LE GRAND TEMPLE
DE LA SCIENCE-FICTION

FRANK HERBERT
LE PROPHÈTE DES SABLES

DU MÊME AUTEUR
CHEZ POCKET

LA BARRIÈRE SANTAROGA

LE BUREAU DES SABOTAGES

1. L'ÉTOILE ET LE FOUET
2. DOSADI

CHAMP MENTAL

LE CYCLE DE DUNE

1. DUNE, tome 1
2. DUNE, tome 2
3. LE MESSIE DE DUNE
4. LES ENFANTS DE DUNE
5. L'EMPEREUR-DIEU DE DUNE
6. LES HÉRÉTIQUES DE DUNE
7. LA MAISON DES MÈRES

LE DRAGON SOUS LA MER
ET L'HOMME CRÉA UN DIEU
LES FABRICANTS D'ÉDEN
LE PRENEUR D'ÂMES
LES PRÊTRES DU PSI

LE PROGRAMME CONSCIENCE

1. DESTINATION VIDE
2. L'INCIDENT JÉSUS

LE PROPHÈTE DES SABLES (Le grand temple de la S.-F.)
LES YEUX D'HEISENBERG

LE GRAND TEMPLE DE LA SCIENCE-FICTION
Collection dirigée par Jacques Goimard

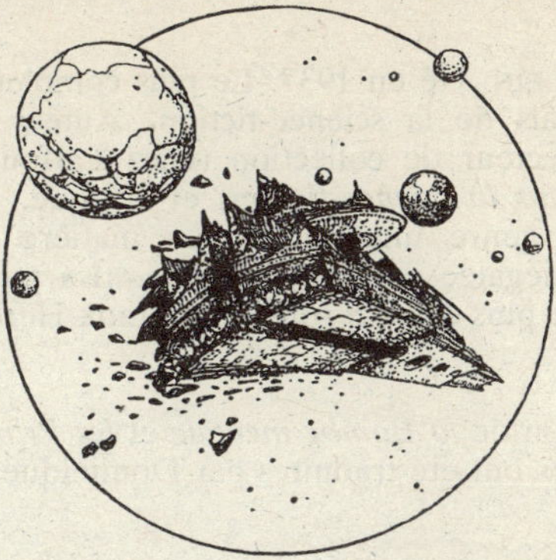

FRANK HERBERT

LE PROPHÈTE DES SABLES

Anthologie réunie
et présentée par
GÉRARD KLEIN

POCKET

GÉRARD KLEIN. Né en 1937. Le plus complet des spécialistes français de la science-fiction. Auteur (*la Loi du talion*), directeur de collection (chez Laffont), essayiste (*Malaise dans la science-fiction*) et critique, il apporte à l'étude du genre une culture en matière de sciences humaines inégalée dans ce domaine. Il a publié dans sa collection le plus célèbre roman de Frank Herbert : *Dune*.

A l'exception de *la Bombe mentale* et *les Primitifs*, toutes les nouvelles ont été traduites par Dominique Abonyi.

ISBN 2-266-02790-5

PRÉFACE

UNE DEFINITION DE L'UNIVERS

> Je postulerai seulement une triple fonction (de l'écriture) : inventorielle, juridique et mythique. *Le livre est donc catalogue, traité de droit et cosmogonie.* Et telle est sa vocation pour être serviteur de la passion délirante. Catalogue, c'est là l'expression du démembrement totalisateur où se marque la fonction du témoignage. Traité de droit qui fixe ma place et celle des autres dans un monde ordonné. Mythe des origines où je refais la création du monde et qui par là même m'enjoint la tâche d'expliquer son désordre.
>
> André Green, *Transcription d'origine inconnue, in* « Nouvelle Revue de Psychanalyse », 16, automne 1977.

UNE image de l'univers héritée du XIXe siècle et qui imprègne encore profondément la sensibilité contemporaine : sur un fond inerte, matériel, s'agite une mystérieuse architecture, la vie. Si l'évolutionnisme a jeté un pont entre l'animal et le végétal, un abîme dualiste persiste qui les sépare du règne minéral [1]. Dans les innombrables œuvres ayant pour thème l'exploration spatiale, étoiles, planètes et jusqu'à l'espace lui-même, apparaissent comme un support, les constituants d'une scène sur laquelle se meut l'homme, scène agitée seulement de tressaillements mécaniques. Il arrive certes qu'une planète entière soit créditée de la vie, comme dans *l'Homme qui fit hurler le monde* de Conan Doyle, mais c'est alors son statut ontologique qui est changé. La barrière, déplacée, subsiste. Elle est plus qu'ébranlée par Olaf Stapledon : l'univers entier apparaît dans *le Créateur d'étoiles* comme ayant un destin, mais il n'est encore que la fabrication, le jouet d'un démiurge incompréhensible.

Dans l'ensemble de la science-fiction anglo-saxonne, l'homme, même menacé, continue de figurer comme un visiteur de cette scène, un transformateur de l'univers qu'il habite et exploite, qui le modèle en retour à la mesure de ses défis, mais avec lequel il n'entretient aucune relation essentielle. L'univers physique demeure l'*autre* mort, l'excrément des dieux, qu'on peut manipuler et déformer sans risque tant qu'on respecte ses lois immuables que la science précisément dévoile.

Ce dualisme entre vie et matière inanimée, qui n'est ni si ancien ni universel, a pris fort évidemment le relais de la discontinuité antérieure entre nature et surnature. D'où l'insistance de savants, de philosophes et d'écrivains à présumer la vie dotée d'une étincelle particulière, d'une essence irréductible à ses composantes. L'élan vital de Berg-

1. Certains ont tenté toutefois trop hâtivement de le réduire. Ainsi Stéphane Leduc qui vit, à l'orée du XXe siècle, dans des productions osmotiques, une forme primitive de vie. Cf. à ce sujet *La Recherche*, janvier 1978, p. 50 et sq.

son est l'ultime rempart contre le matérialisme. Il y flotte, sans qu'on le dise trop haut, quelque chose du souffle divin qui anima l'argile selon le mythe. D'où, pendant longtemps, la nécessité pour les animateurs d'homuncules et autres androïdes, et pour les ressusciteurs de cadavres, de dérober et de canaliser la foudre du ciel.

La science, à compter d'un moment difficile à préciser mais qu'on peut faire remonter au début du siècle pour la physique et aux années 50 pour la biologie, constitue progressivement un modèle plus complexe, où la discontinuité se dissout peu à peu. Dans le premier quart du siècle, la physique quantique introduit au cœur de la matière et au creux du temps une indétermination que l'on croyait l'apanage du vivant; elle ouvre la voie à la chimie quantique qui enrichira la biochimie. Cet inqualifiable scandale surprend les esprits les mieux armés puisqu'un Einstein espérera jusqu'à la fin de sa vie trouver les moyens conceptuels de le liquider.

Puis ce sont, à partir du milieu du siècle, les progrès de la chimie et de la biochimie qui font peu à peu ressortir la vie comme une nécessité de la matière, au travers à la fois de révolutions théoriques et de percées expérimentales. Il en résulte l'élaboration d'une image renouvelée mais encore inachevée de l'univers qui le propose comme un ensemble d'interactions complexes dont la vie est un cas — un niveau — particulier. Au lieu d'être constitué en règnes hiérarchisés, l'univers apparaît comme un tout que la raison mythique a disséqué subjectivement. En apparence au moins, on enregistre là un retour à une conception cosmique de la situation de l'homme dans la nature, présente dans la plupart des traditions ésotériques et gnostiques, préscientifiques, privilégiant le symbole et l'analogie comme modes de préhension de la réalité.

Certains font de cette convergence inattendue un usage douteux, s'efforçant de légitimer et de justifier ainsi les scories superstitieuses de ces traditions. D'autres tentent plus subtilement de trouver en elles des matériaux encore utilisables qui puissent fonder une conception totalisante, ni dualiste ni anthropocentrique, de la réalité.

L'écologie — science des interactions des formes de vie entre elles et avec leur environnement — est issue en partie de cette recherche. Une écologie généralisée — aujourd'hui impensable — ferait intervenir à partir de l'étude d'un point d'un réseau d'interactions toutes les influences de l'univers sans privilège de localisation ni de datation [1]. Elle abolirait aussi le privilège ontologique du vivant et négligerait peut-être les relations partielles et triviales que nous tenons pour explicatives et causales. Elle habiliterait sans doute pleinement le concept de surdétermination que les physiciens ont encore du mal à admettre parce que leurs protocoles expérimentaux l'écartent. Elle exclurait l'idée qu'il soit possible de penser un modèle de l'univers et même qu'il y en ait un et un seul. De telles préconceptions se verraient dissoutes comme autant d'illusions parfois amusantes, souvent opératoires, toujours entachées d'un biais idéologique.

De pareilles spéculations conduisent à imaginer l'univers, selon une figure classique, comme un tapis ou une étoffe dont nous ne sommes jamais sûrs de percevoir ni le dessin ni le sens des fils de trame et de chaîne. Ce que nous prenons pour un fragment du dessin n'est peut-être qu'une tache

1. Sauf sous la forme : la vie est une région de l'univers.

accidentelle ou que l'ombre d'un flocon de poussière. Là où nous croyons discerner de solides chaînes causales, il n'y a peut-être que coïncidences et continuités aléatoires qui nous cachent des relations transversales plus puissantes entre des événements qui nous semblent absurdement distincts. Une chose est sûre : notre possibilité de connaissance n'est pas irréductiblement exilée d'une compréhension partielle de la réalité puisque ces relations nous tissent, que nous sommes nous-mêmes des images dans le tapis et qu'il nous suffirait peut-être de nous retourner pour apercevoir d'autres nœuds de l'étoffe universelle.

Cette nouvelle configuration épistémologique a commencé d'imprégner certaines œuvres de science-fiction. On en trouverait aisément des bribes chez Theodore Sturgeon, Clifford Simak, Philip K. Dick, Stanislas Lem, et pour les Français qui y sont d'ordinaire rebelles en raison de leur cartésianisme, chez Philippe Curval et moi-même. Ces auteurs ont à quelque moment, à quelque degré et souvent pour s'en défier, voire pour en sourire, introduit dans leur fiction une gnostique. Mais nulle part cette conception n'est aussi précisément exprimée que dans l'œuvre de Frank Herbert et principalement dans ses deux cycles majeurs, celui de *Dune* et celui des Calebans, inauguré dans *l'Etoile et le Fouet* et poursuivi dans *The Dosadi Experiment.*

On peut même proposer que l'œuvre inégale de cet auteur n'est jamais aussi saisissante que lorsqu'elle parvient à faire ressentir de l'impensé, à ébranler nos préconceptions. Il y faut, semble-t-il, une certaine dimension matérielle des œuvres, absente évidemment des nouvelles ici réunies, si bien qu'on n'en retrouvera dans cette anthologie que des aperçus passagers.

⁂

Paradoxalement, à première vue, c'est à partir de lieux clos, souvent isolés du reste de l'univers, que Frank Herbert fait ressortir les interactions et les interdépendances qui constituent cet univers, comme si dans de telles bulles et dans un certain silence s'excitaient les résonances harmoniques des vibrations fondamentales, au point de devenir perceptibles. Tout se passe dans un sous-marin naufragé dans *le Monstre sous la mer*; dans une communauté coupée du monde, différenciée par une nourriture spéciale et déjà soucieuse d'écologie dans *The Santaroga Barrier;* sur une seule planète, désertique de surcroît, dans l'étonnante épopée de *Dune* qui comprend aujourd'hui trois volets : *Dune, le Messie de Dune* et *les Enfants de Dune*; au creux d'une sorte de fourmilière humaine dans *la Ruche d'Hellstrom*; à l'intérieur d'une sphère métallique qui est tout l'astronef de l'avatar visible de l'étoile Calebane, dans *l'Etoile et le Fouet*; au sein d'une ville entourée de murs et sise sur une planète elle-même prisonnière d'une barrière infranchissable dans *The Dosadi Experiment.* Autant de figurations de ce que l'on appelle une niche écologique.

Dans ces lieux délimités comme des éprouvettes, les interdépendances écologiques internes ressortent mieux, mais aussi, d'une part, l'homologie entre ces microcosmes et le macrocosme, et d'autre part l'interrelation entre les deux. Herbert rappelle ainsi que le champ clos d'une expérience, malgré le désir de l'expérimentateur d'isoler l'effet d'une seule variable, est défini par une frontière toujours perméable aux influences du reste de l'univers [1], sauf

1. Un épistémologue distingué faisait une fois remarquer que tout protocole expérimental faisait implicitement

celles que le protocole tente précisément d'exclure. Le propos du héros et le sens de l'action reviennent à transgresser cette frontière, soit en l'abolissant, soit en la franchissant, soit encore plus subtilement en rétablissant une communication plus large entre le microcosme et son environnement : il en résulte un effet d'élargissement de la connaissance, du contrôle, du pouvoir.

Croître, selon Herbert, c'est renverser des barrières, agrandir sa zone d'influence, envahir le ciel, augmenter l'intensité des relations entre le grand et le petit, le haut et le bas, toutes fonctions, soit dit en passant, dévolues dans la pensée chinoise au Prince, médiateur de la Terre et du Ciel. Cette tâche est d'ordinaire remplie par ses héros, mais elle se révèle d'un résultat non moins généralement illusoire à l'expérience puisqu'une autre limite, une autre rareté, un pouvoir étranger viennent comme les précédents confiner l'être en expansion : elle est toujours à refaire.

La « réalité » est donc constituée de frontières subjectives incessamment remaniées; elle n'est qu'interférences entre les émanations de centres de volonté ou de désir qui n'ont pas pour autant de réalité absolue. Pour emprunter une expression à Thyone-Fanny Mae, l'étoile Calebane, ce sont des « nodes », des condensations provisoirement stables (du strict point de vue d'un observateur soumis aux mêmes limitations) de la substance indifféren-

référence à tout l'univers dans la classique formule « toutes choses égales d'ailleurs » et qu'un ingrédient indispensable à la réussite d'une manipulation était une certaine constance de l'inconnu, autrement dit d'une infinité de variables écartées du schéma conceptuel. Le reste de l'univers et son passé sont aussi indispensables au succès de l'expérience que ce qui se trouve dans la « boîte ».

ciée de l'univers, « nodes » qui résultent eux-mêmes des interférences entre d'autres formations aussi temporaires. La meilleure image que l'on puisse proposer de la cosmologie psychique d'Herbert, ce sont sans doute les franges d'interférences entre trains d'ondes ou peut-être l'illusion d'optique connue sous le nom de *moiré* et qui résulte de la superposition de trames simples. On verra que cette métaphore n'est pas sans jeter quelque lumière sur sa manière d'écrire.

Ainsi, dans *Dune,* Paul Atreides conquiert l'Imperium Galactique entier sans quitter la planète Arrakis. Sa capacité de prescience, qui joue un grand rôle dans sa réussite, est fondée sur sa perception du sillage laissé dans la substance de l'univers par d'autres objets et d'autres devenirs; elle est atténuée, voire annulée, par d'autres pouvoirs comparables qui introduisent de l'indétermination, et finalement métamorphosée en destin inéluctable par l'effondrement de toutes les forces opposées. Ici le pouvoir absolu (dans la sphère politique) ne corrompt pas : il dissout. C'est au prix de son effacement devant les forces impersonnelles qui agitent l'univers que Paul recouvrera une certaine liberté et une certaine aptitude — limitée — à agir sur ces forces et à dévier l'histoire.

Le moteur de la croissance personnelle ou collective, c'est la rareté, et son espace, c'est la compétition acharnée en vue de la survie qui est une fin, par le truchement du pouvoir qui est un moyen. Tous les mondes clos d'Herbert sont pauvres en quelque élément indispensable, l'air, l'eau, la nourriture, l'épice de longévité et de prescience. Il arrive que cette pauvreté soit déplacée : ainsi Arrakis-Dune regorge (relativement) d'épice de longévité qui fait totalement défaut aux autres mondes de l'Empire, mais manque cruellement d'eau, ce qui introduit à la fois l'échange et le conflit. Ce défaut d'épice constitue l'Imperium à la fois en monde clos par rapport à Dune et en univers pauvre malgré toutes ses richesses.

L'économie extrême est donc une nécessité, la rétention voire l'avarice une vertu, l'égoïsme rationnel une marque de caractère. Du même coup, la générosité devient un luxe infini, un art, un trait distinctif de l'humain ou plus généralement de la conscience (sentience dans la terminologie herbertienne), et le sacrifice de soi, sans recours possible, l'unique occasion de la liberté, l'exercice concret de la sagesse ou de la sainteté. Autant dire que la liberté est elle-même une denrée plutôt rare et qui a tendance à s'évaporer, puisque le sage ou le saint qui poursuivent par leur sacrifice une « fin », même « altruiste », même contraire à leur « intérêt personnel », échouent totalement à l'introduire : toute la saga de Dune est au fond l'histoire de l'échec de Paul, le Messie, métaphore de l'échec de l'humanisme, de la dissipation de l'illusion de liberté qui l'accompagne toujours [1].

Ainsi Dune est une planète désertique, un monde de sable, où une population déportée, les Fremen, a été trempée par la nécessité au point de devenir irréductible, un instrument invincible à la portée de qui saura la conquérir. Comment, puisque ces Fremen sont irréductibles et invincibles? C'est tout le

1. En ce sens, la saga de Dune est une tragédie si, comme je le pense, une tragédie narre toujours la dissipation d'une illusion tandis que le drame concourt au renforcement d'une illusion, celle qui fonde un ordre en général. La comédie pour sa part se contente de se moquer des illusionnés, sans oser nier ou confirmer le substrat de l'illusion, sans toucher à son statut ontologique, sauf à rejoindre les genres précédents.

problème. Là où la brutalité, l'habileté voire la ruse ne sauraient aboutir, Paul réussira en proposant aux Fremen un projet qui réponde à leur désir forgé par la rareté : faire abonder l'eau sur Dune; et en le supportant de sa générosité, du sacrifice de sa vie. Mais il lui faut une condition supplémentaire, la crédulité des Fremen, qui seule leur permettra de lui accorder leur confiance. Crédulité implantée dans leur société par des manipulations antérieures auxquelles Paul n'a pas eu de part, et ancrée par l'intensité même de l'attente. Et bien entendu la réalisation de ce désir (confirmant *a posteriori* la confiance crédule placée par les Fremen en leur messie), l'abondance de l'eau sur Dune, abolira leurs valeurs et les dépouillera de leur invincibilité et de leur irréductibilité. La force procède du désir; elle s'actualise et obtient l'objet du désir grâce à la foi; la libre circulation et disposition de cet objet annule le désir, annule la force, annule la foi ou la transforme en dogme soumis à d'autres fins. L'assouvissement du désir mène le désirant à la servitude et à la mort, à moins que le désir ne soit ailleurs rétabli ou ne se reconstitue de lui-même. On rencontre ici une métaphore limpide des dispositifs pulsionnels décrits par la métapsychologie psychanalytique.

Avant que ces choses s'accomplissent, sur Dune où l'eau nécessaire à la vie est rare, tout est tourné vers son économie, aux deux sens courants du terme : une écologie minutieuse des milieux vivants, qui va pour les humains jusqu'au recyclage des déchets, excréments et cadavres, dont l'eau précieuse et les constituants récupérables sont extraits grâce aux « distilles », ces vêtements parfaitement conçus pour la survie dans le désert. Cette parcimonie et ce retraitement infinis sont à l'image de ce qui se passe dans la nature où, sous le masque trompeur de la prodigalité, la prédation est universelle, et la chair et les excréments d'une espèce la nourriture d'une autre.

De même, dans *la Ruche d'Hellstrom,* une sorte de communauté utopique, hantée par la fragilité humaine, choisit de calquer son mode de vie sur celui des termites afin d'assurer dans le très long terme la survie de l'espèce, fût-ce au prix de sa transformation radicale et, de notre point de vue, de sa déshumanisation. Mais l'humanisme, suggère Herbert, n'est qu'une idéologie transitoire de l'humanité; et il excelle à rendre perceptible, sous l'insensibilité apparente des guerriers Fremen et la collectivisation forcenée des termites humains, le mouvement de la vie et les intenses perceptivité et affectivité d'êtres poussés à leurs limites. L'humanité n'est pas selon lui un ensemble intangible de règles, d'interdits pusillanimes, d'aversions et de préjugés : c'est le désir de faire durer l'espèce humaine, et toutes les règles et interdits que nous tenons pour sacrés ne sont, en dernière instance, que l'expression temporaire de cette véritable pulsion. On en trouvera un écho dans la nouvelle *Semence* qui figure dans ce recueil.

La persistance de cette pulsion implique que d'une génération à l'autre quelque chose se transmette, et son succès que de l'acquis se perpétue. Une part de cette transmission est assurée par le codage génétique; une autre par l'éducation et la relative permanence des institutions. Mais Herbert ne se borne pas là. Il imagine en quelque sorte une collusion des deux systèmes, que la mémoire des individus puisse devenir spécifique, héréditaire, et que l'espèce — ou du moins certaines lignées — se souvienne des acquis de chaque génération propres à assurer sa survie. Au lieu que l'immortalité de l'espèce s'appuie sur la mortalité des individus, une certaine immortalité de ces derniers est convoyée par la reproduction de l'espèce. Hypothèse que rien ne vient aujourd'hui supporter et qui contrevient même à ce que nous savons de la génétique, mais qui trouve sa source dans la théorie de l'inconscient collectif proposée par Carl Gustav Jung, ici exprimée sur le mode matérialiste [1]. La nouvelle *l'Œuf et les Cendres* en fournit une illustration frappante.

Il convient au passage de dissiper une possible erreur. L'insistance sous la plume d'Herbert des thèmes de la rareté, de la dévoration et de la rétention, ne relève pas (pas seulement en tout cas) d'un fantasme où le psychanalyste (et Herbert a exercé cette profession) reconnaîtrait aisément de l'analité. La rareté relative est de l'ordre de la nature en ce que, sur le long terme, toute niche écologique tend à se remplir exactement, le nombre des prédateurs à s'adapter à celui des proies et ce dernier à leur environnement. La prodigalité apparente de la nature, qui faisait l'admiration de Bernardin de Saint-Pierre, est le masque d'une nécessité où tout est rigoureusement agencé, non par le fait d'une intelligence extérieure, mais par suite de conflits incessants, d'ajustements inlassablement recommencés, d'une expérience sans conscience mise en scène par la pression de sélection. Croire en la générosité de la nature, ce serait oublier que l'homme seul meurt (parfois) dans son lit protégé par les siens tandis que l'animal malade

1. Cette hypothèse est la contrepartie matérialiste de la thèse de la transmigration des âmes à travers plusieurs vies, fréquemment défendue par les occultistes et dont Jack London donne une expression romanesque dans son *Vagabond des étoiles.*

ou âgé périt de faim ou sous la dent d'un prédateur : il n'y a pas dans la nature de fin paisible. Seul l'homme peut temporairement en cultiver l'illusion, qu'elle soit fondée en réalité sur l'exploitation de ses semblables ou sur un bouleversement si complet de son biotope, dû à ses prouesses technologiques, qu'il a pu croire s'être affranchi de ses limites — et de la rareté — alors qu'il ne les a seulement pas encore rejointes. De cette révolution déjà ancienne a pu naître l'illusion de l'immortalité partagée par tant de sociétés et convoyée par tant de religions : c'est celle de l'élargissement final et infini du biotope aux dimensions du paradis et de l'enfer.

Herbert ne croit guère qu'une espèce puisse planifier sa quiétude pour longtemps. Si elle y parvient un moment, une espèce plus endurante ou un sous-groupe de l'espèce initiale s'installera dans la lacune indispensable au déploiement de cette « liberté », de ce bonheur, et en ravira l'apanage aux sybarites amollis. La lutte est le moteur de l'évolution; la lutte des classes est le moteur de l'histoire sans fin(s) [1]. Ainsi dans *The Dosadi Experiment* et dans *Vous cherchez quelque chose?* qu'on lira dans ce recueil.

Ainsi, l'univers de Frank Herbert n'est pas convivial au sens où l'entend Ivan Illich. S'y mettent à l'épreuve sans cesse les formes de vie, les espèces, les peuples et les groupes de toute sorte, en s'affrontant en vue d'un but ultime qui, en dernière analyse, leur échappe toujours : durer, et pour ce faire, s'adapter au changement, se perfectionner. Mais

1. On sera peut-être surpris de retrouver ici une formule propre à Louis Althusser (*in* sa *Réponse à John Lewis,* Maspero, 1973). Il ne fait pas de doute qu'elle correspond particulièrement bien à la pensée de Frank Herbert qui ne se réclame pourtant pas spécialement du marxisme.

cette compétition est aussi une collaboration, comme si, dans sa différenciation même, la vie tendait d'abord à assurer sa pérennité. Seule trêve précaire, le répit nécessaire à la reproduction, qui introduit chez l'homme la possibilité de l'amour. La conception de Herbert diffère entièrement de celle de la jungle et de la « lutte pour la vie » exaltée par les chantres du libéralisme économique au siècle dernier et défendue non sans ambiguïté par Jack London. Elle est moins naïve parce qu'elle substitue à l'idée de domination celle d'échanges infinis, à la notion de hiérarchie celle de réseau. Le dominant ne peut avoir que l'illusion de la puissance : il est déterminé dans ses moindres détails et comportements par les caractéristiques de sa proie, et son nombre même est régulé par l'abondance de celle-là. Dans cette perspective, la nature apparaît comme une accumulation presque illimitée d'étayages réciproques. Dans ce plein, tout a un sens, aucun détail, aucun geste, à la limite aucun mot ne reste sans conséquence. En s'efforçant de satisfaire leurs instincts et leurs pulsions, les êtres vivants remanient à leur insu — et dans un sens qui leur échappe — les données du jeu où ils interviennent. En ce sens, la vie — et tout l'univers — forment une sorte de communion, et il se dégage de l'expérience existentielle de cette communion une sorte de mysticisme froid, matérialiste, où la complémentarité est l'autre face de la pression de sélection.

*
**

D'où vient alors que l'homme et les autres espèces intelligentes mises en scène par Herbert paraissent ne pas voir leurs comportements réduits à des séries d'interactions contraintes, que leurs relations de pouvoir et de violence, intraspécifiques aussi bien qu'avec le reste de l'univers, ne semblent pas stabilisées, et qu'il y ait donc place pour une histoire avec des sujets (même illusoires) et par extension pour des développements romanesques qui présupposent un certain degré de liberté?

C'est que l'homme et tous les êtres co-sentients (c'est-à-dire qui partagent une certaine intelligence du monde fondée sur la perception) ont considérablement repoussé, par l'invention de la société et de l'intervention réflexive sur le milieu qui conduit à la technologie, les limites de leur niche écologique. Au travers de tels êtres, le « travail » de l'univers se poursuit, mais il s'effectue désormais surtout à l'intérieur de l'espèce — ou, en généralisant, à l'intérieur de l'espace d'échanges matériels et symboliques élaboré par l'intelligence des co-sentients. Il se poursuit par le moyen de conflits pour le pouvoir qui permet temporairement de s'assurer les ressources nécessaires à la survie. Parce que l'homme n'a plus de concurrents, la compétition entre l'espèce humaine et d'autres formes de vie est repoussée au second plan par la compétition entre les groupes humains, qui a pour enjeu le contrôle de la production des biens arrachés à l'univers. Pour Herbert, la différenciation de groupes aux intérêts conflictuels mais non nécessairement toujours opposés, de classes sociales si l'on veut, est inséparable de la condition humaine. Ces luttes incessantes, cette compétition permanente où l'emportent les plus intelligents, les plus durs ou les plus nombreux, engendrent non seulement les guerres mais aussi les institutions et les croyances qui en sont les moyens, voire les armes. Elles ne sauraient prendre fin qu'avec une différenciation biologique fixant définitivement les rôles, comme celle qui commence d'apparaître chez les termites humains de *la Ruche d'Hellstrom.*

C'est, en attendant, la non-spécialisation biologique de l'homme [1] qui donne à son histoire l'apparence de variations infinies. Mais dans cette perspective, cette histoire apparaît en dernière instance comme une série d'expérimentations en vue d'éprouver les limites de la niche écologique humaine et ses possibilités d'organisation interne. Quand cette série sera achevée, si elle l'est jamais, l'humanité s'ossifiera dans un genre de vie à peu près unique et l'histoire cessera tandis que l'homme aura d'une certaine manière enfin rejoint la nature. Une autre possibilité serait une diversification de l'espèce où l'humanité unique se dissoudrait. Cette conception, tout en accordant une extrême importance aux relations entre les différentes sociétés humaines et leur milieu physique, fait justice des explications fonctionnalistes hâtives qui ont longtemps encombré l'ethnologie : les formes sociales ne sont jamais directement déterminées par le milieu, même lorsque délibérément elles s'étayent sur lui; les déterminations du milieu sont toujours fortement médiatisées — pour ne pas dire plus — par les relations sociales et interindividuelles, principalement de pouvoir, à l'intérieur du groupe humain, et de proche en proche à l'intérieur de toute l'humanité. Les idées de Frank Herbert rejoignent ici remarquablement celles exposées par Jacques Ruffié dans son livre *De la biologie à la culture* (1976) et plus récemment dans un entretien publié dans *le Monde* (20 décembre 1977). Elles conduisent à l'introduction de l'éthique dans la politique, qui est le sujet

1. Cette non-spécialisation résulte, bien entendu, de l'indétermination provisoire (?) des frontières de la niche écologique humaine.

principal de nombreuses variations de notre auteur sur le thème de la lutte pour le pouvoir. On en trouvera dans la présente anthologie deux illustrations au moins avec *l'Effet M.G.* et *les Primitifs.* Le conflit, la politique et l'éthique résultent de ce que l'être humain est soumis à des pulsions qui lui commandent d'inventer de quoi les satisfaire, et non à des instincts qui lui dicteraient étroitement les actes nécessaires à sa survie.

Ce que Frank Herbert nous rappelle ainsi, c'est que l'histoire de l'univers et de la vie est pavée de formes disparues, d'espèces éteintes pour cause d'inadaptation de l'instinct, mais aussi de structures sociales dépassées en raison de leur insuffisance d'éthique, ou de l'inadéquation de leur éthique politique à leurs conditions d'existence. Il ne fait pas, comme semblent le lui reprocher Eliane Pons et Marcel Thaon dans un article intéressant consacré à *Dune* (*Fiction* 220, avril 1972), l'apologie de la paranoïa obsessionnelle, mais il nous renvoie à la dureté inéluctable de la réalité. Ce n'est point hasard si le paradis ou l'utopie nous sont toujours promis, comme aux Fremen, dans un *autre* monde ou dans un avenir indéfiniment reculé. Parce qu'elle n'a pas, au contraire de l'instinct, de référent défini, la pulsion ne peut jamais être entièrement satisfaite : elle ne peut être que provisoirement assoupie (ou assouvie) par une manière de ruse [1]. D'où la propension humaine à accepter des contes, notamment religieux ou idéologiques, qui tiennent lieu socialement de référent et qui promettent, mais sans que cette promesse puisse jamais être tenue, de satisfaire la pulsion. Le paradis ou l'utopie ne

1. Cette absence de référent est un formidable instrument d'adaptation, c'est-à-dire d'invention, d'expérimentation et de sélection de conduites.

sont pas seulement des inventions d'illuminés ou de puissants soucieux d'établir et de maintenir leur pouvoir; l'appétit qui s'en manifeste n'est pas même une conséquence d'un désir détourné, mais une condition ou au moins une circonstance du désir.

De même, du côté des puissants ou des dominants, l'absence de référent conduit à une interrogation, à un dialogue conflictuel, à une quête indéfiniment reconduite, quant à la nature du pouvoir et de la réalité sur laquelle il s'exercerait. C'est pourquoi les héros de Frank Herbert manifestent si souvent l'impression d'être pris dans une machination, dans un complot sans fin, et semblent se perdre dans des digressions illimitées : chaque moment de l'action, chaque étape de l'analyse de leur situation dévoile une nouvelle strate de rouages, de manipulations et de déterminations. Et quand l'un d'entre eux semble l'emporter, tenir dans sa main tous les fils du pouvoir, il sait très bien qu'il s'agit d'une illusion que l'exercice effectif d'un pouvoir limité va démasquer. Le pouvoir absolu est un leurre parce qu'il est impossible d'en donner une définition. Et un pouvoir qui n'est pas absolu est aussitôt remis en question par celui-là qui l'a conquis, avant même que d'autres le contestent. La lucidité herbertienne consiste à percevoir dans l'idéal à réaliser d'une utopie, d'un pouvoir, d'un absolu, un fantasme, et à savoir que la dissolution de ce fantasme entraînera l'émergence d'un autre. La pulsion ne donne à poursuivre que fantasmes, même là où elle trouve à se satisfaire partiellement. Ou encore, moins succinctement, la pulsion, pour atteindre son but réel dans l'incertain, propose au sujet le fantasme qui donne consistance et orientation au désir. La pulsion, pourrait-on dire, est un désir sans objet (défini) qui ne peut s'actualiser dans des conduites adaptées, précises et subtiles, qu'en suscitant le désir du sujet pour des fantasmes tout imprégnés de son histoire concrète et donc par là en prise sur la réalité. Bien entendu, le fantasme *peut* dans certaines conditions devenir un obstacle à la réalisation de la pulsion, puisqu'il assure la médiation entre la pulsion et l'acte.

Est-ce à dire que, comme le croient Marcel Thaon et Eliane Pons, les forces de coalition que représentent précisément la foi dans un paradis ou dans une utopie, l'espoir de récupération d'une unité perdue, et l'amour dont la littérature ordinaire privilégie abusivement la dimension sexuelle réduite au couple et à sa progéniture, sont absentes de l'univers de Frank Herbert? Certes non. *Elles en sont le moteur parce qu'elles sont contrariées.* A défaut d'une telle promesse qui doit être renforcée par une réalisation au moins partielle afin de demeurer efficace, l'individu affronté sans recours à la dureté de l'univers ne pourrait plus que se réfugier dans la schizophrénie (le refus de l'intelligibilité du monde [1]) ou dans la dépression (le refus de l'action sur le monde) et cesser par là de jouer au « jeu » de l'univers. Quant au vrai paranoïaque, il est malade d'un réalisme exacerbé qui lui fait perdre de vue la possibilité et la nécessité de l'amour et donc de la confiance, et qui entraîne un délire qui l'amène à rencontrer l'univers exclusivement sur lui. Qui ne serait paranoïaque dans un univers qui condamne indistinctement toutes les formes organisées à la mort, si n'y résistait précisément la certitude ancrée profondément de la permanence à travers l'autre, partenaire sexuel, descendance, collectivité sociale,

1. Comme on le voit dans *Opération Musikron*, dans la présente anthologie.

espèce, vie, univers? Paranoïa et désir d'immortalité personnelle ont partie liée. L'existence de l'*épice* qui prolonge la vie, dans *Dune,* introduit donc une justification partielle de la paranoïa, et les personnages se partagent entre ceux qui, sur le versant paranoïaque, ne voient, comme le baron Vladimir Harkonnen, dans l'épice qu'un instrument de longévité et de pouvoir, et ceux qui y cherchent un moyen de connaissance, de prescience, comme Paul.

Herbert, cependant, après d'autres, nous prévient que ces attentes paradisiaques ou utopiques ne sont qu'autant de leurres, forcément trompeurs, d'une pulsion de l'espèce que nous nous employons à travestir. Ainsi l'univers apparaît-il à travers la vie comme fonctionnant parce que partagé entre le désir et l'agressivité, l'amour et la compétition. Sans libido, pas de tendance au mouvement. Mais si la pulsion était instantanément satisfaite et la fusion obtenue, il n'y aurait pas non plus de transformation. C'est parce que la satisfaction complète du désir est indéfiniment suspendue, repoussée, par l'adversité issue du désir de l'Autre, que le monde change. C'est parce que l'univers s'est, dès l'origine, morcelé dans la matière, puis dans la vie, est en somme devenu « schizophrène », que les personnages de Frank Herbert, à notre image, sont quelque peu paranoïaques. Si bien qu'à l'opposition de deux pulsions fondamentales, vie et mort, esquissée par Freud, viennent ici se substituer deux modalités de la même pulsion, la totalité et le morcellement. Aucune parcelle de l'univers ne peut être soustraite à l'influence de toutes les autres (totalité), mais ces influences ne se manifestent qu'en raison de la différenciation (morcellement) de l'univers. L'appétit de fusion introduit au morcellement et à la rivalité dès qu'il est porté par des êtres distincts. Est-il encore besoin de postuler un instinct de mort ou de désagrégation? Nous portons en nous la pulsion libidinale qui nous fait durer, lutter, aimer, changer et (pro)créer, mais l'univers porte en lui, dans sa structure intime, le morcellement qui nous condamne, d'abord à combattre, enfin à la destruction.

Et le seul problème métaphysique qui subsiste alors et qui relève de la cosmogonie, c'est de comprendre pourquoi à l'origine l'univers s'est différencié, pourquoi il a commencé d'exister tant de particules élémentaires préludant à des arrangements plus complexes.

L'amour (ou si l'on préfère la libido) est bien loin d'être absent de l'univers de Frank Herbert. Au contraire, il est toujours présent, mais il se manifeste le plus souvent, voire toujours, sous des formes déviées dont la haine n'est qu'un aspect. Car qui pourrait en désigner la forme authentique?

De cette omniprésence des forces de création, je donnerai deux exemples. D'abord la place privilégiée, dominante, presque sans équivalent dans la science-fiction, dévolue aux personnages féminins : ainsi Jessica et Chani dans *Dune,* et Fanny-Mae, l'étoile Calebane de *l'Etoile et le Fouet*. Ensuite l'importance de l'art dans les cultures apparemment les plus démunies de l'univers herbertien : les instruments de musique, la poésie, y jouent partout un très grand rôle. L'art ne disparaît en apparence que dans la société volontairement ascétique à l'extrême de *la Ruche d'Hellstrom* qui se donne pour modèle fonctionnel la termitière : mais en réalité il persiste dans le désir de perfectionnement technologique et dans l'élaboration — aussi délirante que toute œuvre d'art — de cette société utopique. Ce qui se dessine ici, c'est l'idée que l'art n'est pas né dans l'espèce humaine ou avec la conscience, et qu'il n'est pas aussi incongru dans ses origines et arbitraire dans ses développements que nous nous plaisons à le croire.

*
**

Analytique et occasion de dévoilements sans fin, l'œuvre de Herbert l'est certainement. C'est sans doute pourquoi elle ne se déploie vraiment que dans des œuvres longues et toujours inachevées. Elle porte ainsi la marque d'une des expériences et d'une des professions de son auteur, la psychanalyse. Et il est singulier de constater qu'il a emprunté à chacun des pères de la psychanalyse les éléments d'un des niveaux de son univers. A Jung, dont il s'est réclamé dans sa pratique analytique, il emprunte sa métaphysique, sa cosmologie (la synchronicité, jamais nommée, n'est pas loin) et dans une certaine mesure sa conception d'un inconscient collectif et d'une mémoire transindividuelle. A Freud, il emprunte sa théorie de l'homme, libido, Œdipe et topique. A Adler enfin, il emprunte sa théorie politique et sa préoccupation pour l'éthique : « Il se pourrait », m'écrivait-il dans une lettre de 1971 à propos de la structure néo-féodale de *Dune,* « que l'œuvre de pionnier d'Adler éclipse celles de Jung et de Freud aux yeux des générations futures, car nous sommes, assurément, impliqués et concernés par les relations de pouvoir (because we are; for a certainty, involved with power relationships) ».

Sous sa forme apparemment traditionnelle, l'œuvre de Herbert bouscule bien des règles du roman, de science-fiction en particulier. Plus difficile à classer qu'il y paraît d'abord, elle inquiète ou fascine par sa compacité, sa complexité, le volume des digressions, les déséquilibres trop évidents pour être innocents de la construction, l'inintérêt parfois appuyé de l'auteur pour le déroulement de l'action : ainsi, celle de *Dune* ne débute vraiment que bien après la centième page.

Bien que je ne puisse pas développer ici ces propositions, elle m'a paru souvent présenter les « défauts » que nos critiques cartésiens ont jugé bon d'opposer à Shakespeare et à Henry James, démesure et broderie. Comme William, Herbert paraît ne reculer devant aucune outrance; comme James, c'est en disant à côté qu'il suggère le plus. C'est en entrecroisant et en superposant des trames relativement simples qu'il crée un « effet de moiré » stylistique. Hors de son contexte, telle citation de *Dune* ou de *l'Etoile et le Fouet* peut paraître subtile ou banale; elle rejoint le commun de la littérature. Mais sise dans son environnement, elle se dérobe soudain à l'analyse ordinaire parce qu'elle apparaît reliée à toutes les autres propositions constituant l'œuvre et indissociable d'elles; on découvre avec effroi qu'il faudrait pour l'interpréter avec quelque sûreté établir une « concordance » comme on l'a fait pour les textes sacrés. Elle prend brusquement de l'opacité, voire de l'obscurité, indice peut-être d'une profondeur, grâce à l'accumulation ici nullement gratuite des références, des citations, des documents, des néologismes généralement dérivés de traditions existantes. D'où les incertitudes qui confinent au paradoxe : ainsi, pour prendre un exemple simple, dans *Dune*, l'ordre occulte féminin du *Bene Gesserit* a implanté dans la population de Dune, comme sur bien d'autres planètes, des prophéties fabriquées pour assurer si besoin est la sécurité de ses envoyés. Sur Dune, la prophétie se réalise : or pour l'inventer et l'implanter dans ce détail, il faudrait disposer de la prescience. Mais si le *Bene Gesserit* avait prévu l'avenir, il se serait bien gardé d'implanter une prophétie qui protège contre sa volonté Jessica, renégate aux yeux de l'ordre, et Paul, prescient prématuré et monstrueux du point de vue Bene Gesserit. Où la boucle s'est-elle bouclée? Quelle puissance a manipulé le Bene Gesserit? Est-ce l'effet du hasard? Mais le hasard précisément n'est que le masque de la nécessité. C'est par de tels tours que Herbert introduit l'inquiétante étrangeté et qu'il contourne l'incrédulité du lecteur en lui imposant le sentiment de la différence, d'une autre époque et d'autres cultures, bien en deçà ou au-delà de l'anecdote narrée.

Cette tâche n'est pas facile : la science-fiction se contente en général d'illustrer des aspects assez évidents de relations physiques ou logiques. Ses hypothèses s'écartent peu du stock de « connaissances » dont le lecteur moyen a vu doter par l'éducation sa « boîte à outils » méthodologique et épistémologique. Elles n'égratignent que superficiellement l'incrédulité du lecteur. Herbert, lui, tente de suggérer des relations différentes, inédites. Pour proposer une analogie, il ne serait pas trop difficile de faire comprendre à un homme du XVIe siècle le fonctionnement de nos haut-parleurs modernes : les vibrations de leurs membranes sont proches de celles des instruments de musique dont il a l'expérience, et pourvu qu'il admette qu'une force inconnue anime ces membranes, le tour est joué. Par contre, il serait totalement impossible de lui faire saisir le fonctionnement d'un amplificateur de classe A équipé de transistors épitaxiaux. Pour lui, la relation entre une certaine disposition d'impuretés invisibles, microscopiques, dans des cristaux, et certains effets macroscopiques serait purement magique. Aucun homme raisonnable et cultivé de cette époque n'accepterait d'y croire. La plupart de nos contemporains n'y croient du reste que parce qu'ils sont quotidiennement confrontés à l'évidence du résultat. Mais la physique quantique qui fonde l'explication de tels processus échappe aussi complètement à leur expérience concrète que, disons, les éventuelles influences cosmiques qui pourraient donner une base expérimentale à l'astrologie. Leur admission de l'une et des autres s'enracine dans la même ignorance et, au fond, dans la même crédulité. Herbert, par ses procédés d'écriture, instille un doute et finalement une acceptation comparables à l'endroit de techniques développées dans des sociétés autres pour pousser à leurs limites, par exemple, les possibilités du corps humain : il donne une couleur de scientificité à des prodiges revendiqués jusque-là par des mystiques.

*
**

Si intemporelle et universelle qu'elle tente d'apparaître, l'œuvre de Frank Herbert surgit bien entendu d'un contexte historique et géographique. L'importance qu'elle prête à une écologie à la fois planétaire et cosmique, et aussi aux luttes d'individus et de groupes sociaux pour le pouvoir, aux manipulations psychologiques et sociales qui en sont les instruments, enfin à des tendances mystiques qu'elle dénonce d'un côté comme mystifications subies et qu'elle établit de l'autre comme productions agissantes et à quelque degré bien fondées de l'inconscient, du désir de savoir malgré l'incertitude, transpose la perception par l'opinion occidentale de la finitude de notre planète, la fin du rêve américain, la dissolution de l'idéal démocratique, la venue des « monstres froids », des grandes bureaucraties étatiques et économiques. Elle annonce non seulement l'émergence d'un avenir de tyrannies où à vrai dire nous sommes déjà bien engagés, mais aussi un désir commun d'aristocratie et de hiérarchie qui permettent à l'homme ordinaire, dépossédé de l'illusion d'un destin autonome, de se redonner une image intelligible, fût-ce par identification avec un maître.

La quête de gourous et la recherche de matériel initiatique dans des livres (comme *Dune* qui est aux Etats-Unis l'objet d'un véritable culte) sont des manifestations bénignes de tels mécanismes projectifs. D'autres plus redoutables restent à se montrer. Herbert lui-même en est parfaitement conscient, et bien qu'il ne se fasse aucune illusion sur la portée utile de son œuvre en ce domaine, elle a aussi valeur d'avertissement. Sans prétendre être prophétique, elle annonce la venue des prophètes. Elle témoigne de la seule certitude qui nous demeure, à savoir de la dissolution d'une certaine image de l'homme et des structures sociales, économiques et politiques qui la portaient, et des incertitudes, des angoisses, des conflits et de la violence concomitants à cet interrègne qui prélude peut-être à l'établissement d'un nouvel ordre encore dans les limbes ou à tout le moins indistinct pour nos yeux myopes. Elle nous révèle un avenir peu réjouissant mais pour nous dire après tout que nous y vivons déjà, et comme fait l'œuvre d'Ursula Le Guin, qu'en tant qu'espèce nous y survivrons.

*
**

Frank Herbert est né en 1920 aux Etats-Unis à Tacoma, dans l'Etat de Washington, et il a commencé à publier de la science-fiction en 1952 dans *Startling stories*. Le succès lui vient avec la publication dans *Astounding*, en 1955, de son premier roman, *Under Pressure*.

Il a effectué des recherches dans des domaines divers, la géologie sous-marine, la botanique des régions tropicales, la psychologie et l'ethnologie. Il a exercé de nombreuses professions : photographe, plongeur sous-marin, journaliste et psychanalyste. En tant qu'expert, il a participé à l'instruction des pilotes de la NASA, leur apprenant à survivre dans la jungle et les régions arides. Plus récemment, il a enseigné l'art d'écrire à l'université de Seattle et dirigé un séminaire sur les utopies et les anti-utopies à propos duquel il écrit : « Mon approche de l'enseignement peut être ainsi décrite : je fais comprendre, à la fois en le disant et en le montrant, que mes propositions n'ont pas plus de valeur que celles de tout autre participant. A cette fin, j'emploie plusieurs techniques de dynamique de groupe destinées à rompre la relation traditionnelle entre étudiants et enseignant. Nous étudions en jouant des rôles les obstacles à la communication résultant du langage, par exemple les absolus liés à l'emploi du verbe « être ». Nous découvrons que toute classe est un milieu de communication « bruyant » (au sens où on l'entend en électronique). J'amène la classe à prendre en considération de nouvelles techniques pour transmettre l'information, en utilisant par exemple certaines personnes stratégiques comme interfaces et « nœuds de communication ». Nous recherchons également comment l'information se déplace entre une source et un récepteur, et nous y appliquons les techniques critiques... En conséquence, j'insiste sur l'illusion des absolus et sur le fait que nous avons affaire à un univers qui peut être représenté par l'image d'un ordinateur comportant une multitude de rétroactions.

Cela nous contraint à appliquer des concepts relativistes à notre pensée quant au sujet du cours, et demande de mettre l'accent sur les concepts d'équilibre (homéostatique) plutôt que sur les concepts traditionnels de contrôle (avec leurs failles dialectiques inhérentes). »

Le roman à ce jour le plus célèbre de Frank Herbert, *Dune,* a obtenu en 1966 le prix Hugo. Il lui a donné, depuis, deux suites, *le Messie de Dune* et *les Enfants de Dune*.

Frank Herbert vit aujourd'hui à Port Townsend, dans l'Etat de Washington, où il a développé à titre expérimental sur 2,5 hectares un projet de culture écologique destiné à prouver qu'il est possible d'obtenir des rendements satisfaisants en limitant considérablement tout apport d'énergie externe.

N.B. — On remarquera qu'en lecteur conséquent de Frank Herbert, je me suis efforcé d'éviter de convoyer à son propos l'illusion des absolus et que j'ai usé — peut-être abusé — dans cette préface en lieu et place du verbe être de mots introduisans plus de relativité comme paraître, apparaître, sembler, etc., tant il paraît vraisemblable à lire Herbert que l'apparent soit parfois (toujours?) le masque du semblant, à moins qu'il n'en aille tout autrement.

Gérard KLEIN.

OPÉRATION MUSIKRON

Existe-t-il, comme le pensait C. G. Jung, au fond de nos inconscients individuels, une région collective que notre conscient ne peut normalement pas explorer et où se trouveraient en communication les psychismes de toute l'humanité, voire tous les êtres vivants? Si c'était le cas, nous serions dépendants à notre insu, dans notre équilibre le plus intime, des expériences et de l'état mental de tous ceux qui nous environnent, et il conviendrait d'élaborer une écologie psychique sur le modèle de l'écologie physique qui étudie les interactions entre les formes de vie. Heureusement peut-être, de puissantes résistances empêchent, même si la théorie de Jung est fondée, les conflits inconscients des autres de remonter à la surface de notre conscience et de l'investir littéralement.

Mais qu'arriverait-il si un instrument inventé aux confins de l'art et de la science levait temporairement ces résistances? Il y a déjà dans notre propre esprit de quoi nous rendre fou. Que n'y a-t-il dans celui des autres?

OPERATION MUSIKRON

HONOLULU est apaisée; les morts ont été enterrés, les décombres des bâtiments, évacués. Un bateau de sauvetage se balance au gré des flots du Pacifique, au large de Diamond Head. Des plongeurs suivent une traînée de bulles au fond des eaux vertes, dans la direction de l'épave du spatio-train de stateside. Ce sont les effets du Syndrome de Brouillage. A terre, dans des bâtiments militaires récupérés, des psychologues travaillent vainement dans les séquelles de l'aliénation. C'est là que le Syndrome de Brouillage a frappé pour la première fois : en une seconde, une cité tranquille était atteinte de folie furieuse.

Neuf villes contaminées en quarante jours.

Par la Peste Noire du XXe siècle.

SEATTLE

D'abord un tintement dans les oreilles, puis un son flûté qui se transforma en un sifflement, lequel devint le hurlement de sirène d'un train de cauchemar qui traversait son rêve en grondant et en cliquetant.

Un psychanalyste aurait sans doute aimé étudier

ce rêve. Mais ce psychanalyste n'était pas en train de procéder à une étude clinique sur les rêves; il était en train d'en *faire* un. Il serrait le drap autour de son cou et se tordait en silence sur son lit, les genoux ramassés sous le menton.

Le sifflement du train s'infléchit en un contralto; c'était une chanteuse de cabaret de luxe qui interprétait le *Blues de la Folie furieuse*. Son rêve était parcouru des vibrations de la peur et de la solitude.

« Un million de dollars, ce n'est rien du tout... »

Une voix rauque qui triomphait des cuivres claironnants, du tapage de la batterie, de la clarinette qui hennissait comme un cheval fou.

Une chanteuse toute vêtue de noir, à la peau brune et aux yeux bleu électrique, se détachait sur un fond rouge. Elle ouvrait les bras à un public invisible. Puis la fille, le décor, tout se mit à tourner, à tourner, vite, de plus en plus vite, toujours plus vite, pour finir par se fondre en une tête d'épingle de lumière rouge. La lumière rouge se dilata pour former l'embouchure d'une trompette qui soutenait une note mineure.

La musique stridente était un couteau qui tranchait dans son cerveau.

Le docteur Eric Ladde s'éveilla, le souffle court, trempé de sueur. Mais il entendait encore la chanteuse et la musique.

Je rêve que je suis éveillé, se dit-il.

Il repoussa le drap, glissa ses pieds hors du lit et les posa sur le sol tiède. Il était maintenant debout et se dirigeait vers la fenêtre pour regarder les coulées de lune ruisseler sur le lac Washington. Il appuya sur l'interrupteur placé à côté de la fenêtre pour entendre les bruits de la nuit : des grillons, des pépiements printaniers sur la rive du lac, le bourdonnement lointain d'un spatio-train envahirent la chambre.

La musique persistait.

Il vacilla, s'agrippa au rebord de la fenêtre.

Le Syndrome de Brouillage...

Il se retourna, examina les nouvelles enregistrées à son chevet : il n'y était pas question de Seattle. Peut-être souffrait-il de claustrophobie... Mais la musique dans sa tête n'était pas une maladie.

Il s'efforça désespérément de reprendre son sang-froid, secoua la tête, se frappa l'oreille de la paume de la main. Mais la chanteuse était toujours là. Il regarda la pendule à la tête de son lit : 1 h 05 du matin, vendredi 14 mai 1999.

La musique s'arrêta dans sa tête. Mais maintenant c'étaient des applaudissements qui crépitaient! Un tonnerre d'acclamations, de cris, de trépignements. Eric se frotta les tempes.

Je ne suis pas fou... Je ne suis pas fou...

Il enfila sa robe de chambre et pénétra dans la kitchenette de sa garçonnière. Il avala un verre d'eau, bâilla, retint sa respiration, fit tout ce qu'il pouvait pour chasser le bruit de basse-cour qui régnait dans son crâne, mélange de conversations, de tintements et de bruits de pas.

Il se prépara un whisky avec de l'eau et de la glace, qu'il se jeta dans le gosier. Les sons dans sa tête disparurent. Eric s'ébroua en regardant le verre vide qu'il tenait à la main.

Un nouveau remède à la folie : l'alcool! Il eut un sourire mi-figue mi-raisin. *Quand je pense que je répète tous les jours à mes malades que l'ivrognerie n'est pas une solution...* Il eut une pensée amère. *Peut-être aurais-je mieux fait de me joindre aux adeptes de cette thérapeutique, au lieu de rester là à m'efforcer de fabriquer une machine pour soigner les fous. Si seulement on ne s'était pas moqué de moi...*

Il poussa une boîte en carton sur le côté de l'évier et posa son verre à la place. Un calepin dépassait des composants électroniques entassés dans la boîte. Il le prit et regarda fixement les lettres d'imprimerie tracées de son écriture familière sur la couverture : *Télésonde Amanti — Essais IX.*

Ils s'étaient bien fichus du vieux docteur, pensa-t-il. *Au point de l'expédier à l'asile. Peut-être que c'est là que je finirai aussi... avec tous les êtres vivants du globe.*

Il ouvrit le carnet de notes, suivit du doigt le schéma de son dernier circuit expérimental. La télésonde qui se trouvait dans son laboratoire au sous-sol était toujours câblée suivant ce diagramme, encore que certains fils aient été déconnectés.

Qu'est-ce qui ne marchait pas?

Il referma le carnet et le fourra dans la boîte. Il passait en revue les théories emmagasinées dans son esprit et les connaissances acquises après un millier d'échecs. La fatigue et le découragement s'étaient fait sentir. Et pourtant, il savait que les choses que Freud, Jung, Adler et tous les autres avaient recherchées dans les rêves et les folies planaient juste à la limite de sa conscience dans les circuits d'une traceuse électronique.

Il retourna mollement dans la chambre qui lui servait aussi de bureau et se remit au lit. Il s'appliqua à respirer régulièrement et à fond jusqu'à ce que le sommeil vienne le chercher. La chanteuse, le train, le sifflement ne revinrent pas.

La lumière du matin baignait la chambre. Il s'éveilla. des fragments de cauchemar dérivant encore à la lisière de sa conscience, sachant parfaitement que son carnet de rendez-vous était vide jusqu'à 10 heures. Les nouvelles enregistrées proposaient tout un assortiment d'actualités dont la plupart étaient intitulées « Syndrome de Brouillage ». Il composa les codes alphabétiques de huit communiqués, mit l'appareil en marche et écouta les nouvelles tout en s'habillant.

Des relents de cauchemar le harcelaient. Il se demanda combien de gens se réveillaient en pleine nuit en se posant la même question : « Est-ce que c'est mon tour, maintenant? »

Il choisit une cape mauve qu'il jeta sur sa combinaison blanche. Repêchant le calepin dans la boîte qui se trouvait dans la cuisine, il sortit dans le frais matin de printemps. Il remonta un peu le thermostat de sa combinaison. L'unimétro le déposa en un clin d'œil au bord de l'eau, devant Elliott Bay. Il mangea dans un restaurant de fruits de mer, le carnet de notes concernant la télésonde ouvert à côté de son assiette. Après le petit déjeuner, il dénicha un banc libre face à la baie, s'assit et rouvrit le carnet. Il éprouvait une certaine répugnance à l'idée d'étudier les schémas et contempla la baie.

Des tourbillons de brouillard s'élevaient des eaux grises, masquant le rivage opposé. Quelque part sur les flots, un bateau de pêche donna un coup de sirène. L'écho se réfléchit sur les bâtiments derrière lui. Des travailleurs matinaux passaient précipitamment, en silence; des visages grêles, des regards fuyants... l'uniforme de la peur. Il sentait la fraîcheur du banc filtrer au travers de ses vêtements. Il frissonna, aspira une grande bouffée d'air salé. La brise du large était chargée du parfum des algues, harmonique sur l'amertume musquée dominante des effluves de la ville. Des mouettes se disputaient un morceau de choix dans les clapotis de la marée. Les papiers voltigeaient sur ses genoux. Il les retint d'une main tout en regardant passer les gens.

Je tergiverse, se dit-il. *C'est un luxe que ma profession peut difficilement se permettre aujourd'hui.*

Une femme drapée dans une cape de fourrure rouge arrivait vers lui, ses chaussures martelant le béton selon un rythme léger. Sa cape flottait derrière elle au gré du vent.

Il leva les yeux sur son visage encadré de cheveux bruns. Tous les muscles de son corps se contractèrent. C'était la femme de son cauchemar, jusque dans les moindres détails. Il la suivit du regard. Elle vit qu'il la regardait, détourna les yeux et passa son chemin.

Eric rassembla tant bien que mal ses papiers, referma le calepin et courut après elle. Sans réfléchir, il la rattrapa et accorda son pas au sien, ne la quittant pas des yeux.

Elle le regarda en rougissant et tourna la tête.

« Fichez le camp ou j'appelle un flic! »

« S'il vous plaît, il faut que je vous parle. »

« Je vous ai dit de ficher le camp. »

Elle accéléra l'allure. Il resta à son niveau.

« Excusez-moi, je vous en prie, mais j'ai rêvé de vous cette nuit. Voyez-vous... »

Elle regardait droit devant elle.

« On me l'a déjà racontée, celle-là! Fichez le camp! »

« Mais vous ne comprenez pas! »

Elle s'arrêta et se retourna pour le regarder, tremblante de colère. « Oh si, je comprends! Vous avez vu mon spectacle hier soir! Vous avez rêvé de moi! » Elle eut un mouvement de tête. « Miss

Lanai, il *faut* que je fasse votre connaissance! »

Eric secoua la tête. « Mais je ne vous avais jamais vue; je n'avais jamais non plus entendu parler de vous. »

« Oh! Je n'ai pas non plus l'habitude de me faire insulter! » Elle fit volte-face et s'éloigna vivement, sa cape rouge flottant derrière elle. Il la rattrapa de nouveau.

« Je vous en prie... »

« Je vais crier! »

« Je suis psychanalyste. »

Elle hésita, ralentit puis s'arrêta. Une expression d'étonnement passa sur son visage. « Eh bien, au moins, ça c'est nouveau! »

Il profita de son intérêt. « J'ai vraiment rêvé de vous. C'était très troublant. Je ne pouvais pas m'arrêter. »

Elle se mit à rire. Quelque chose dans sa voix, dans son attitude... « Il fallait bien qu'un jour quelqu'un rêve *vraiment* de moi! »

« Je suis le docteur Eric Ladde. »

Elle jeta un coup d'œil au caducée qui ornait sa poche-poitrine. « Je suis Colleen Lanai. Je suis chanteuse. »

Il tiqua. « Je sais. »

« Je croyais que vous n'aviez jamais entendu parler de moi. »

« Vous chantiez, dans mon rêve. »

« Oh. » Elle s'interrompit un instant. « Vous êtes vraiment psychanalyste? »

Il tira une carte de visite de sa poche-poitrine et la lui tendit. Elle l'examina.

« Que signifie *Diagnostic par Télésonde*? »

« C'est l'un des instruments que j'utilise. »

Elle lui rendit sa carte de visite, passa un bras sous le sien et ils se mirent à marcher d'un pas de promenade. « Très bien, docteur. Vous me racontez votre rêve et je vous parlerai de mes migraines. Ça va comme ça? » Elle le regardait par-dessous ses cils épais.

« Vous avez des migraines? »

« Des migraines terribles. » Elle hocha la tête.

Eric baissa les yeux vers elle. Un certain sentiment d'irréalité échappé au cauchemar le submergeait de nouveau. *Qu'est-ce que je fais là?* se demandait-il. *On ne rêve pas d'un visage étranger pour le rencontrer le lendemain, en chair et en os. La prochaine fois, c'est tout l'univers de mon inconscient qui va devenir réalité.*

« Est-ce que ça pourrait avoir un rapport avec le Syndrome? » demandait-elle. « C'est depuis que nous sommes allés à Los Angeles que... » Elle se mordit la lèvre.

Il la regarda fixement. « Vous étiez à Los Angeles? »

« Nous en sommes partis quelques heures avant... avant que... » Elle frémit. « Docteur, comment ça fait, quand on est fou? »

Il hésita. « La même chose que quand on est sain d'esprit. Pour la personne concernée, en tout cas. » Il regarda le brouillard s'élever de la baie. « Le Syndrome se présente comme toutes les autres formes d'aliénation. C'est comme si quelque chose poussait les gens au-delà de leur seuil de démence. C'est étrange; on retrouve partout la même zone saturée, à l'intérieur d'un cercle relativement bien défini d'une centaine de kilomètres de rayon. La ligne de démarcation était très nette autour d'Atlanta, Los Angeles et Lawton, par exemple. D'un côté de la rue, les gens étaient atteints; ils étaient indemnes de l'autre côté. Nous soupçonnons qu'il doit y avoir une période de contamination au cours de laquelle... » Il s'interrompit, la regarda et se mit à sourire. « Et vous n'avez posé qu'une question toute simple. C'est mon côté conférencier. Je ne m'en ferais pas pour ces migraines; du régime, peut-être, un changement de climat. Il se peut que cela vienne de vos yeux. Pourquoi ne vous feriez-vous pas faire un check-up? »

Elle secoua la tête. « Ça fait le sixième depuis que nous avons quitté Karachi : toujours la même chose... j'ai fait quatre régimes... » Elle haussa les épaules. « J'ai toujours des migraines. »

Eric s'arrêta brusquement et s'efforça de respirer calmement. « Vous étiez aussi à Karachi? »

« Eh bien, oui. C'est là que nous sommes allés directement après Honolulu. »

Il se pencha sur elle. « Et à Honolulu? »

Elle fronça les sourcils. « Qu'est-ce que c'est que ça? Un contre-interrogatoire? » Elle poursuivit au bout d'un instant. « Enfin... »

Il avala sa salive. *Comment peut-on avoir traversé toutes ces villes frappées par le Syndrome et en parler avec autant d'indifférence?* se demandait-il.

Elle frappa du pied. « Vous avez avalé votre langue? »

Elle considère tout ça avec une telle désinvolture... pensa-t-il.

Il compta les villes sur ses doigts.

« Vous êtes allée à Los Angeles, Honolulu et Karachi; vous vous êtes rendue dans les endroits les plus contaminés par le Syndrome et... »

Un cri d'animal, aigu, strident, lui échappa. « Il a touché toutes ces villes? »

Comment peut-on être vivant et ne pas savoir exactement quels endroits ont été atteints par le Syndrome? se demanda-t-il.

« Vous ne le saviez pas? » fit-il.

Elle secoua la tête, comme engourdie, le fixant de ses yeux écarquillés. « Mais Pete disait... » Elle s'interrompit. « J'étais tellement occupée à apprendre mes nouveaux numéros. Nous faisons revivre le bon vieux *jazz hot.* »

« Comment est-il possible que vous n'en ayez pas entendu parler? La T.V. ne parle que de ça, et les nouvelles enregistrées, les transgraphes... »

Elle haussa les épaules. « C'est que j'étais tellement occupée. Et je n'aime pas à penser à ces choses-là. Pete dit que... » Elle hocha la tête. « Vous savez, c'est la première fois depuis plus d'un mois que je vais me promener seule. Pete dormait, et... » Son expression s'adoucit. « Ce vieux Pete... Il voulait sûrement éviter que je m'en fasse... »

« Puisque vous le dites. Mais... » Il reprit au bout d'un instant. « Qui est Pete? »

« Vous n'avez jamais entendu parler de Pete Serantis et de son musikron? »

« Qu'est-ce que c'est qu'un musikron? »

Elle renvoya en arrière une mèche de cheveux noirs. « Allez-y de votre petite plaisanterie, docteur. »

« Non, je suis sérieux. Qu'est-ce qu'un musikron? »

Elle fronça les sourcils. « Vous ne savez *vraiment pas* ce qu'est le musikron? »

Il secoua la tête.

Elle eut un petit rire de gorge et se retint. « Docteur, vous parliez de mon ignorance au sujet de Karachi et d'Honolulu... Mais où vous cachiez-vous? Nous sommes portés aux nues dans *Variety*! »

C'est qu'elle est sérieuse, se dit-il.

« Eh bien, j'étais très absorbé par des recherches personnelles », fit-il avec quelque raideur. « En rapport avec le Syndrome. »

« Oh. » Elle se détourna pour regarder les eaux grises de la baie et revint vers lui en se tordant les mains. « Vous êtes sûr, pour Honolulu? »

« Vous avez de la famille, là-bas? »

« Je n'ai pas de famille; juste des amis », répondit-elle en secouant la tête. Elle leva vers lui ses yeux brillants. « Est-ce que... tout le monde a été atteint? »

Il hocha la tête. *Il faut détourner son attention,* pensa-t-il.

« Miss Lanai, pourrais-je vous demander une faveur? » interrogea-t-il; puis il se lança sans attendre sa réponse. « Vous êtes allée dans trois endroits frappés par le Syndrome. Peut-être cette relation pourrait-elle nous fournir un indice. Accepteriez-vous de vous soumettre à une série d'examens dans mon laboratoire? Ce ne serait pas long. »

« Ce me serait impossible; j'ai un spectacle ce soir. Je me suis juste sauvée quelques minutes toute seule. Je suis au Gweduc. Pete pourrait se réveiller et... » Elle prit en compte son expression suppliante. « Je suis navrée, docteur. Peut-être une autre fois. Je ne vous apprendrais rien d'important, n'importe comment. »

Il haussa les épaules, hésita. « Mais je ne vous ai pas parlé de mon rêve. »

« Vous me tentez, docteur. J'ai entendu des tas d'histoires de rêves fabriqués de toutes pièces; j'aimerais bien en entendre un authentique, pour une foi. Pourquoi ne me ramèneriez-vous pas au Gweduc? Ce n'est qu'à quelques pâtés de maisons. »

« D'accord. »

Elle le prit par le bras.

« Ne traînons pas trop... »

C'était un homme maigre, avec une jambe tordue et un visage hâve, haineux. Une canne était appuyée sur son genou. Il était assis au milieu d'un labyrinthe, d'une toile d'araignée de fils électriques : le musikron. Il avait sur la tête un casque en forme de dôme. Espion insoupçonné, il voyait par les yeux d'une femme, un homme qui s'était identifié comme étant le docteur Eric Ladde. L'homme frêle eut un ricanement en entendant par l'intermédiaire des oreilles de la femme « Ne traînons pas trop... »

Eric et Colleen marchaient au pas, sur la promenade le long de la baie.

« Vous ne m'avez pas dit ce qu'était le musikron. »

Son rire fit se retourner un couple de passants qui la dévisagèrent. « Très bien. Mais je ne comprends pas. Nous passons à la T.V. depuis un mois! »

Elle doit me prendre pour un vieux fossile; et c'est probablement ce que je suis! se dit-il.

« Je ne suis pas abonné aux chaînes de variétés », fit-il à haute voix. « Je ne reçois que les réseaux scientifiques et d'information. »

Elle haussa les épaules. « Enfin, le musikron est comme un appareil qui enregistrerait et restituerait les sons, à ceci près que l'opérateur peut y ajouter tous les sons de son choix. Il porte un petit casque de métal sur la tête, il pense les sons et le musikron les joue, tout simplement. » Elle lui lança un bref regard et leva la tête. « Tout le monde dit que c'est du chiqué, mais ce n'est pas vrai. »

Eric s'arrêta et la retint. « C'est fantastique! Enfin... » Il s'interrompit et eut un petit rire. « Ecoutez, il se trouve que vous parlez à l'un des rares experts au monde dans ce domaine. J'ai dans mon laboratoire souterrain un électro-encéphalographe qui est ce que l'on fait de mieux à ce jour dans le domaine des télésondes... et c'est exactement ce que vous êtes en train d'essayer de me décrire. » Il eut un sourire. « Les psychiatres de cette ville pensent peut-être que je suis un jeune parvenu, mais c'est à moi qu'ils envoient leurs cas difficiles. » Il baissa les yeux vers elle. « Alors, admettons que la machine de votre Pete témoigne de son talent pour la mise en scène, hein? »

« Mais ce n'est pas seulement de la mise en scène. J'ai entendu les enregistrements avant qu'ils n'entrent dans la machine, et lorsqu'ils en ressortaient. »

Eric se mit à rire.

Elle se renfrogna. « Oh, je vous trouve bien arrogant! »

Eric lui mit une main sur le bras. « Ne vous fâchez pas, je vous en prie. C'est tout simplement que je connais la question. Vous ne voulez pas admettre que Pete vous a mystifiée, comme tous les autres.

Elle parla tout doucement, en détachant bien ses mots. « Ecoutez-moi-docteur-Pete-est-l'un-des-inventeurs-du-musikron. Pete-et-le-vieux-docteur-Amanti. » Elle le regarda en louchant. « Vous êtes peut-être une grosse légume dans ce domaine, mais je sais bien ce que j'ai entendu. »

« Vous dites que Pete travaillait sur ce musikron avec un docteur. Comment avez-vous dit que ce docteur s'appelait? »

« Oh, le Dr Carlos Amanti. Il y a son nom sur une petite plaque, dans le musikron. »

Eric secoua la tête. « C'est impossible. Le Dr Amanti est dans un asile. »

Elle approuva de la tête. « C'est exact; à l'hospice de Wailiku. C'est là qu'ils y ont travaillé. »

Eric avait l'air hésitant et circonspect. « Et vous avez dit que la machine produisait les sons auxquels Pete pensait? »

« Parfaitement. »

« Il est étrange que je n'aie jamais entendu parler de ce musikron. »

« Docteur, il y a un tas de choses dont vous n'avez jamais entendu parler. »

Il s'humecta les lèvres. « Peut-être avez-vous raison. » Il lui prit le bras et se mit vivement en marche. « Je veux voir ce musikron. »

A Lawton, dans l'Etat d'Oklahoma; de longues rangées de bâtiments préfabriqués écrasés de chaleur sur une étendue de terrain cuit et recuit par le soleil. Dans chaque bâtiment, de petites cabines; dans chacune, un lit d'hôpital et dans chaque lit, un être humain. Le bloc XRO-29 : un psychiatre avance le long d'un couloir, suivi d'un infirmier qui pousse un chariot. Sur le chariot, des seringues hypodermiques, des aiguilles, des antiseptiques, des sédatifs, des éprouvettes. Le psychiatre hoche la tête.

« Ils ont mis le doigt dessus, Baily, le jour où ils ont appelé ça le Syndrome de Brouillage. Tu mets un fouet à œufs dans toutes les psychoses qu'un individu peut avoir, tu mélanges bien, tu retournes tout ça... »

L'infirmier grommelle, regarde fixement le psychiatre.

Le psychiatre se tourne vers lui. « Et nous ne faisons aucun progrès. C'est comme si on voulait vider l'océan avec une épuisette. »

Un homme se met à hurler dans le couloir. Ils accélèrent l'allure.

La coupole de l'ascenseur du Gweduc s'élevait devant Eric et Colleen, comme un demi-melon renversé sur le trottoir. Au sommet de la coupole, un anneau rouge et bleu tournait tout doucement, annonçant « Colleen Lanai et Pete Serantis au musikron ».

Sur le trottoir, devant la coupole, un homme tout maigre faisait les cent pas en s'appuyant sur une canne. Il leva la tête en voyant approcher Eric et Colleen.

« Pete », dit-elle.

L'homme vint vers eux en clopinant, sa canne frappant le sol par saccades.

« Pete, voici le Dr Ladde. Il a entendu parler du Dr Amanti et il aimerait... »

Affectant d'ignorer Eric, Pete regardait Colleen d'un air furieux. « Tu ne sais pas que nous donnons une représentation, ce soir? Où étais-tu passée? »

« Mais il est à peine 9 heures... Je ne... »

Eric l'interrompit. « J'étais un élève du Dr Amanti. Votre musikron m'intéresse. Voyez-vous, j'ai poursuivi les recherches du Dr Amanti et... »

« Pas le temps! » aboya le petit homme. Puis il prit Colleen par le bras et l'entraîna vers la coupole.

« Pete, je t'en prie! Qu'est-ce qui te prend? » Elle resta en arrière.

Pete s'arrêta et vint mettre son visage tout près de celui de la jeune femme. « Tu aimes ce métier? »

Elle hocha la tête en silence, les yeux exorbités.

« Alors, mettons-nous au travail! »

Elle jeta un coup d'œil à Eric, haussa les épaules. « Je suis désolée. »

Pete l'attira sous la coupole.

Eric les regarda s'éloigner en réfléchissant. *Individu autoritaire, despotique... très instable. Pourrait bien ne pas être aussi immunisée contre le Syndrome qu'elle semble l'être.* Il fronça les sourcils et regarda sa montre-bracelet, pensant à son rendez-vous de 10 heures. « Bon sang! » Il fit demi-tour et manqua rentrer dans un jeune homme en combinaison de chasseur.

Le jeune homme tirait avec énergie sur une cigarette qu'il finit par ôter de sa bouche pour le regarder d'un air polisson. « Feriez mieux de vous trouver une autre pépée, toubib. Celle-ci est déjà prise. »

Eric le regarda droit dans ses jeunes yeux déjà usés et le força à baisser son regard. « Tu travailles ici? »

Le jeune homme remit la cigarette entre ses lèvres minces. « Ouais », fit-il au milieu d'un nuage de fumée bleue.

« A quelle heure ça ouvre? »

Le jeune homme retira la cigarette de sa bouche, l'envoya voltiger dans la baie, par-dessus l'épaule d'Eric. « C'est déjà ouvert pour le petit déjeuner. Le spectacle ne commencera qu'à 7 heures ce soir. »

« Est-ce que Mlle Lanai fait partie du spectacle? »

Le chasseur leva les yeux vers l'anneau qui tournait autour de la coupole et eut un sourire entendu. « C'est *elle*, le spectacle, toubib. »

Eric jeta un nouveau coup d'œil à sa montre. *Je vais revenir ce soir*, se dit-il. Il se dirigea vers la station d'unimétro la plus proche. « Merci. »

« Vous feriez mieux de réserver, si vous voulez revenir ce soir », fit le chasseur.

Eric s'arrêta net, regarda par-dessus son épaule et fouilla dans sa poche à la recherche d'une pièce de vingt dollars qu'il envoya d'une chiquenaude au chasseur. Celui-ci attrapa la pièce au vol et la regarda. « Merci, *docteur.* A quel nom? »

« Docteur Eric Ladde. »

Le jeune homme empocha la pièce. « Entendu. Près de la piste. Je reviens à 6 heures. Je m'occuperai de vous personnellement. »

Eric repartit en direction de la bouche d'unimétro..

Sous le soleil filtré par le brouillard de Los Angeles, une cité d'un brun sec

Le Laboratoire Itinérant numéro 31 s'arrêta dans un grincement de freins devant l'hôpital Notre-Dame-de-Miséricorde, faisant jaillir du caniveau un tourbillon de feuilles de palmier séchées. Le turbomoteur surmené émit un soupir affligeant et s'assoupit. Un psychologue japonais émergea de l'une des portières, un médecin suédois, de l'autre. Leurs épaules ployaient sous la fatigue.

« Il y a combien de temps, Ole, que tu n'as pas eu une bonne nuit de sommeil? » demanda le psychologue.

Le docteur secoua la tête. « Je ne sais pas, Yoshi; pas depuis que j'ai quitté Frisco, en tout cas. »

De l'arrière grillagé du camion s'élevèrent un rire sauvage, haut perché, puis un soupir et de nouveau un rire.

Le docteur trébucha sur les marches qui menaient à la contre-allée de l'hôpital. Il s'arrêta, se retourna. « Yoshi... »

« Bien sûr, Ole. Je vais chercher des infirmiers reposés pour s'occuper de celui-ci. » *S'il y a encore des infirmiers reposés,* ajouta-t-il à part soi.

A l'intérieur de l'hôpital, l'air frais du couloir s'abattit sur ses épaules. Le médecin suédois arrêta un homme qui tenait une planche sur laquelle étaient pincés des papiers. « Quels sont les derniers chiffres? »

L'homme se gratta le front avec le coin de sa planche. « Deux millions et demi, la dernière fois que j'en ai entendu parler, docteur. Ils n'en ont pas encore trouvé un seul qui ne soit pas fou. »

Le Gweduc pointait un doigt de plastine sous les eaux d'Elliott Bay. Invisible pour les spectateurs, une cage concentrait au-dessus du plafond transparent une forte densité de créatures marines. Des rayons lumineux sillonnaient les flots, offrant aux clients le spectacle de saumons jaunes, de perches mauves, de pieuvres roses et de méduses bleues. A un bout de la salle, une coquille de gweduc géante, grande ouverte, en nacre synthétique : la scène. Des projecteurs de toutes les couleurs éclaboussaient le fond de rubans de flamme et d'ombres bleues.

Amené par l'ascenseur, Eric émergea au milieu d'une atmosphère qui lui rappelait désagréablement son cauchemar. Il ne manquait que la chanteuse. Un serveur lui montra le chemin dans le brouillard vague de la fumée aromatisée des cigarettes, le conduisant entre les tables autour desquelles faisaient cercle des hommes strictement vêtus de noir, des femmes en lamé or et drapées dans des étoffes synthétiques lumineuses. Une lumière d'aigue-marine ruisselait sur les petites tables rondes — les seules lumières de la salle de spectacle du Gweduc, en dehors des projecteurs de la scène et des rayons lumineux dans les eaux noires au-dessus de leurs têtes. L'air était plein de murmures. Des arômes d'alcool, de tabac, de parfums et de nourritures exotiques venues de la mer parcouraient la salle par vagues, mêlés à un courant sourd de transpiration. Sa table était nichée dans la seconde rangée, entourée de tous les côtés. Le garçon libéra une chaise pour Eric qui s'assit.

« Vous voulez boire quelque chose, monsieur? »

« Une bière de Bombay. »

Le serveur s'en retourna et se fondit dans la pénombre.

Eric s'efforça de placer son siège dans une position confortable et découvrit qu'il était irrémédiablement incrusté entre deux chaises placées derrière la sienne. Une silhouette se matérialisa dans les ténèbres, vint vers lui; il reconnut le chasseur.

« Ce que j'ai pu vous trouver de mieux, toubib. »

« C'est parfait. » Eric lui sourit, pêcha une pièce de vingt dollars dans sa poche et la lui fourra dans la main.

« Je peux faire quelque chose pour vous, toubib? »

« Pourriez-vous dire à Miss Lanai que je suis là? »

« Je vais essayer, toubib. Mais cet animal de Pete l'a surveillée tout l'après-midi comme un objet rare. Remarquez que j'en ferais autant à sa place. »

Un reflet de dents blanches dans les ombres qui émergeaient indistinctement de la fumée. Le chasseur fit volte-face pour se frayer un chemin entre les tables. Le courant sous-jacent des murmures s'atténua et Eric se tourna vers la scène. Un homme imposant, en combinaison rayée d'ébène et de craie, se pencha sur le micro.

« Voici ce que vous attendez tous », dit-il. Il fit un geste de la main gauche et les projecteurs, gommant l'ombre, révélèrent Colleen Lanai, les mains jointes devant elle. Une robe à l'ancienne mode, d'un bleu électrique assorti à la couleur de ses yeux, gainait ses courbes pleines.

« Colleen Lanai! »

Des applaudissements déferlèrent dans la salle et s'apaisèrent. L'homme imposant fit un mouvement de la main droite. D'autres projecteurs flamboyèrent, révélant Pete Serantis en combinaison noire, appuyé sur sa canne.

« Pete Serantis et... »

Il attendit que se calment les applaudissements, moins frénétiques.

« ... le musikron! »

Un dernier projecteur illumina une grande boîte métallique qui se trouvait derrière Pete. L'homme mince fit le tour de la boîte en clopinant, se pencha et disparut à l'intérieur. Colleen prit le micro des mains du présentateur qui s'inclina et quitta la scène.

Eric prit conscience de l'avidité et de l'impatience qui régnaient dans la salle. *Nous oublions pendant un instant que nous avons peur,* pensa-t-il. *Nous oublions le Syndrome et tout le reste pour ne plus penser qu'à la musique et au moment présent.*

Colleen tenait le micro très près de ses lèvres.

« Nous avons préparé pour vous ce soir de nouveaux airs du bon vieux temps », dit-elle. Sa personnalité rayonnait comme une palpitation électrique. « Deux de ces chansons sont inédites pour nous. Ce sera d'abord un trio : *Terrible Blues* pour lequel le musikron fournira un accompagnement de base enregistré par Clarence Williams et les *Red Onion Jazz Babies,* Pete Serantis y ajoutant des effets entièrement inédits; la trompette de la seconde chanson, *Wild Man Blues,* est de Louis

Armstrong et la troisième, *Them's Graveyard Words,* est un vieux succès de Bessie Smith. » Elle s'inclina presque imperceptiblement.

La musique emplit la salle, depuis un point impossible à définir. Elle emplissait les sens. Colleen se mit à chanter sans effort apparent. Elle jouait de sa voix comme d'un cor, s'élevant avec la musique, refluant avec elle, caressant l'atmosphère.

Eric ne pouvait en détacher ses yeux, paralysé comme tous les spectateurs.

La première chanson était terminée. Le bruit des applaudissements l'assourdit. Il éprouva des douleurs dans les mains et baissa les yeux pour découvrir qu'il frappait ses paumes l'une contre l'autre. Il s'arrêta, secoua la tête et respira quatre fois, profondément. Colleen reprenait le thème d'une autre mélodie. Eric ferma à demi les yeux, le regard rivé à la scène. Il porta impulsivement ses mains à ses oreilles et fut envahi par la panique en constatant que la musique n'en n'était pas assourdie pour autant. Il ferma les yeux et eut un hoquet de surprise car il voyait toujours Colleen, d'abord brouillée, puis plus distincte, et enfin très nette, mais placée vers la gauche et plus près de lui.

Un chant funèbre d'émotions vacillantes accompagnait cette vision. Eric se cacha les yeux derrière ses mains. L'image persistait. Il rouvrit les yeux : l'image, floue à nouveau, redevint nette. Il chercha à côté de Colleen la position de laquelle il l'avait vue. Il conclut que ce ne pouvait être que de l'intérieur du musikron et discerna au même instant les contours d'un miroir sur le côté de la boîte métallique. *A travers une glace sans tain,* se dit-il. *Par les yeux de Pete.*

Il réfléchissait lorsque Colleen termina sa troisième chanson. Pete émergea du musikron pour partager les applaudissements. Colleen envoya un baiser aux spectateurs, au bout de ses doigts.

« Nous revenons tout de suite. »

Elle descendit de la scène, suivie de Pete; l'obscurité les absorba. Les garçons se déplaçaient entre les tables. Une boisson fut déposée sur celle d'Eric. Il déposa de l'argent dans le plateau. Une ombre bleue apparut en face de lui, se glissa sur la chaise.

« Tommy m'a dit que vous étiez là... Le chasseur. » Elle se pencha sur la table. « Il ne faut pas que Pete vous voie. Il est fou furieux! Un vrai drame. Je n'aurais jamais pensé qu'on puisse se fâcher comme ça. »

Eric s'inclina vers elle, perçut une délicate bouffée de parfum au bois de santal. Il en fut pris de vertige. « Il faut que je vous parle », dit-il. « Pourrions-nous nous voir après le spectacle? »

« Je pense que je peux avoir confiance en vous », fit-elle en hésitant, avec un sourire timide. « Vous avez l'air compétent. » Elle s'interrompit encore une fois. « Et je crois que j'ai besoin d'un avis compétent. » Elle glissa sur sa chaise, se leva. « Il faut que je m'en aille avant qu'il se doute que je ne suis pas allée aux lavabos. Je vous retrouverai auprès du monte-charge, en haut. »

Elle était déjà partie.

Le vent froid du large jouait dans la cape d'Eric, la faisant voltiger dans son dos. Il s'appuya sur la balustrade de béton, tirant sur sa cigarette. Le bout incandescent projetait sur son visage une lueur orange, vacillante, de plus en plus faible. Les flots clapotaient, furtivement, murmuraient en se retirant; des vagues léchaient le béton en dessous de lui avec de grands bruits de langue. Une lueur multicolore disparut dans l'eau à sa gauche : c'étaient les rayons lumineux du Gweduc que l'on venait d'éteindre. Il frissonna. Des pas approchaient, à gauche... un homme seul le dépassa. Un bruissement étouffé s'éleva, cessa. Des pas légers coururent vers lui, s'arrêtèrent près de la balustrade. Il sentit son parfum.

« Merci », dit-il.

« Je ne peux pas rester longtemps. Il se doute de quelque chose. C'est Tommy qui m'a amenée avec le monte-charge. Il m'attend. »

« Ce ne sera pas long. J'ai réfléchi. Je voudrais vous parler de voyage. Je vais vous dire où vous êtes allée depuis que vous avez fait équipe avec Pete, à Honolulu. » Il se retourna, s'accouda à la balustrade. « Vous avez d'abord mis votre spectacle au point à Santa Rosa, en Californie, mais ce n'était qu'un début. Vous êtes ensuite allés à Piquetberg, Karachi, Reykjavik, Portland, Hollandia, Lawton... et enfin Los Angeles. Et vous voilà ici. »

« Et alors, vous avez regardé notre itinéraire? »

Il secoua la tête. « Non. » Il eut une hésitation. « Pete vous donne beaucoup de travail, avec ces répétitions, n'est-ce pas? »

« Ce n'est pas un métier facile. »

« Je n'ai pas dit ça. » Il se retourna vers la balustrade, envoya sa cigarette voltiger dans l'obscurité et l'entendit grésiller en atteignant le niveau de l'eau. « Il y a longtemps que vous connaissez Pete? »

« Deux mois, à peu de chose près. Pourquoi? »

Il se détourna. « Comment est-il? »

Elle haussa les épaules. « Il est gentil. Il m'a demandé de l'épouser. »

Eric avala sa salive. « Et vous allez l'épouser? »

Elle regarda au loin, la baie toute noire. « C'est

pour ça que je veux votre avis. Je ne sais pas... Je ne sais vraiment pas. C'est lui qui m'a mise où je suis, tout en haut de l'affiche... » Elle se tourna vers Eric. « Et il est vraiment terriblement gentil... quand on sait voir sous toute cette amertume. »

Eric respirait lentement, appuyé sur la balustrade de ciment. « Puis-je vous raconter une histoire? »

« Quel genre d'histoire? »

« Vous avez parlé ce matin du Dr Carlos Amanti, l'inventeur de la télésonde. Le connaissez-vous? »

« Non. »

« J'étais un de ses élèves. Lorsqu'il a craqué, nous avons tous été terriblement touchés, mais j'ai été le seul à poursuivre son projet de télésonde. Il y a huit ans que j'y travaille. »

Il sentait qu'elle était troublée. « Qu'est-ce que c'est que la télésonde? »

« Les chroniqueurs scientifiques en ont fait des gorges chaudes; ils ont appelé ça *le lecteur de pensées*. Mais il ne s'agit pas de ça. Ce n'est qu'un moyen de scruter certaines impulsions inconscientes du cerveau humain et de les interpréter. Sans doute un jour cela reviendra-t-il à lire dans les pensées, mais ce n'est encore qu'un instrument rudimentaire et souvent imprévisible. L'intention d'Amanti était de communiquer avec l'inconscient, d'utiliser les interprétations des ondes encéphaliques. Son idée était de les amplifier, d'établir des distinctions prudentes entre les groupes, et de traduire les variations d'un groupe à l'autre en termes de pensées imagées. »

Elle se mordillait la lèvre inférieure. « Et vous pensez que le musikron pourrait vous aider à faire une meilleure télésonde, qu'il vous permettrait de lutter contre le Syndrome? »

« Bien plus que cela. » Il regardait par terre.

« Vous êtes en train d'essayer de me dire quelque chose et vous n'y arrivez pas. Est-ce que ça concerne Pete? »

« Pas exactement. »

« Pourquoi cette longue tirade au sujet des endroits où nous sommes allés? Ce n'était pas par hasard. Que vouliez-vous dire? »

Il la regarda d'un air méditatif, essayant d'apprécier ses dispositions d'esprit. « Pete ne vous a rien dit au sujet de ces villes? »

Elle mit une main devant sa bouche et resta les yeux écarquillés, le regard fixe. « Pas... le Syndrome. Pas toutes ces villes aussi? » gémit-elle.

« Si ». C'était une syllabe plate, définitive.

Elle secoua la tête. « Qu'est-ce que vous êtes en train d'essayer de me dire? »

« Qu'il se pourrait que le musikron soit à l'origine de tout cela. »

« Oh, non! »

« Je me trompe peut-être. Mais regardez un peu de quoi ça a l'air. Amanti était un génie qui travaillait à la lisière de la folie. Son psychisme se délabre. Alors, il aide Pete à construire une machine. Peut-être cette machine capte-t-elle les ondes du cerveau de l'opérateur pour les retransmettre sous forme d'un courant de brouillage — en tout cas, le musikron convertit la pensée en une énergie perceptible : le son. Pourquoi ne projetterait-il pas aussi bien une impulsion perturbatrice directement dans l'inconscient? » Il s'humecta les lèvres. « Savez-vous que j'entends ces sons alors que je me bouche les oreilles et que je vous vois même avec mes mains sur les yeux? Vous vous rappelez mon cauchemar? Mon système nerveux réagit à une impulsion subjective. »

« Est-ce que ça fait la même chose à tout le monde? »

« Probablement pas. A moins d'avoir été conditionné comme j'ai pu l'être par des années passées au voisinage d'une machine similaire, ces impulsions seraient censurées au seuil de la conscience. Elles seraient refoulées comme n'étant pas crédibles. »

Elle secoua la tête, les lèvres pincées. « Je ne vois pas en quoi tout ce charabia pseudo-scientifique prouverait que le musikron a provoqué le Syndrome. »

« Ce n'est peut-être pas le cas, mais c'est la solution la plus vraisemblable que j'aie envisagée. C'est pour cela que je vais vous demander une faveur. Pourriez-vous me procurer les schémas de câblage du musikron? Si je pouvais y jeter un coup d'œil, je pourrais vous dire exactement comment l'appareil fonctionne. Savez-vous si Pete en a les plans? »

« Il y a un genre de gros carnet à l'intérieur du musikron. Je pense que c'est de ça que vous voulez parler. »

« Pourriez-vous vous le procurer? »

« Peut-être, mais pas ce soir... Et je n'oserais pas en parler à Pete. »

« Pourquoi pas ce soir? »

« Pete dort avec la clé du musikron. Il le verrouille lorsqu'il ne s'en sert pas; pour que personne ne puisse entrer dedans et s'électrocuter. Il met si longtemps à chauffer qu'il faut qu'il soit toujours sous tension. C'est à cause des cristaux, ou de l'énergie potentielle, ou quelque chose comme ça. »

« Où Pete dort-il? »

« Dans un appartement spécial; il y a des pièces, en bas. »

Il se détourna, aspira une profonde bouffée d'air salé, humide, et revint vers elle.

Colleen tressaillit. « Je sais que ce n'est pas le musikron. Je... Ils... » Elle se mit à pleurer.

Il se rapprocha d'elle, passa un bras autour de ses épaules, attentif. Il la sentait trembler. Elle s'appuya contre lui, tremblant toujours.

« Je prendrai les plans. » Elle agitait la tête avec nervosité. « Ça vous prouvera que ce n'est pas le musikron. »

« Colleen... » Il resserra son bras autour de ses épaules, submergé par une vague de chaleur.

Elle se rapprocha. « Oui. »

Il pencha la tête. Ses lèvres étaient douces et chaudes. Elle s'accrocha à lui, le repoussa, se blottit dans ses bras.

« Ce n'est pas bien », dit-elle.

Alors il inclina une nouvelle fois la tête. Elle leva son visage pour rencontrer le sien. Ce fut un baiser très doux.

Elle s'écarta doucement de lui, tourna la tête vers la baie. « Ça ne peut pas arriver comme ça », murmura-t-elle. « Si vite... sans prévenir. »

Il enfouit son visage dans ses cheveux, les humant. « Comme quoi? »

« Comme si on trouvait le chemin de sa maison. »

Il déglutit. « Ma chérie. »

Leurs lèvres se rencontrèrent de nouveau. Elle s'éloigna un peu de lui, posa une de ses mains sur sa joue. « Il faut que je m'en aille. »

« Quand vous reverrai-je? »

« Demain. Je vais dire à Pete que j'ai des courses à faire. »

« Où? »

« Vous avez un laboratoire? »

« Chez moi, Chalmers Place, de l'autre côté du lac. C'est dans l'annuaire. »

« Je viendrai dès que j'aurai réussi à prendre les schémas. »

Ils s'embrassèrent encore une fois.

« Il faut vraiment que je m'en aille. »

Il la serra très fort contre lui.

« *Vraiment.* » Elle se détacha de lui. « Bonne nuit... » Elle eut une hésitation. « Eric. » L'ombre se referma sur elle.

Il entendit le ronronnement de l'ascenseur, s'adossa au muret de béton en respirant profondément pour se calmer.

Des pas décidés approchaient à sa gauche. La lumière d'une lampe électrique l'éblouit; il aperçut derrière la lampe le reflet indistinct du brassard d'un patrouilleur de nuit. Le rayon lumineux fut braqué sur le caducée qu'il portait sur la poitrine.

« Vous sortez tard, docteur. »

La lumière revint sur son visage, s'éteignit. Eric savait qu'on venait de le photographier — pure routine.

« Votre rouge à lèvres a bavé », fit le patrouilleur. Il s'éloigna en direction de la coupole de l'ascenseur.

A l'intérieur du musikron silencieux, un homme maigre, au visage hâve, haineux. Une pensée amère : *Est-ce que ce n'était pas une belle scène d'amour?* Un moment. *Le docteur veut de la lecture?* Un sourire tordu. *Je vais lui en donner. Il aura de quoi s'occuper l'esprit quand nous serons partis.*

Avant d'aller se coucher, Eric rédigea un transgraphe à l'attention de sa secrétaire, Mrs. Bertz, à laquelle il demandait d'annuler tous ses rendez-vous du lendemain. Il se pelotonna au creux de son oreiller, le serrant dans ses bras. Mais le sommeil le fuyait. Il s'appliqua à respirer lentement, régulièrement. Ses sens restaient en éveil. Il se glissa hors du lit, enfila une robe de chambre et des pantoufles. Il regarda la pendule à la tête de son lit : 2 h 05 du matin, samedi 15 mai 1999. *Il y a vingt-cinq heures exactement... un cauchemar,* se disait-il. *Et maintenant... je ne sais plus.* Il eut un sourire. *Ou plutôt si, je sais... Je suis amoureux. Comme un collégien.*

Il respira profondément. *Je suis amoureux.* Il ferma les yeux, se remémorant une image de Colleen. *Eric, si seulement tu élucidais le mystère du Syndrome, le monde serait à toi.* Ses pensées dérivèrent légèrement. *C'est de la folie douce...*

Eric ruminait. *Et si Pete emporte le musikron hors de Seattle... Que se passera-t-il?*

Il fit claquer ses doigts, se dirigea vers le visiophone et appela une agence de voyages ouverte toute la nuit. Une employée finit par accepter — pour un tarif spécial — de vérifier les réservations qu'il lui demandait de rechercher. Il lui communiqua son code de débit, coupa la communication et alla vers le classeur de microfilms placé au pied de son lit. Il parcourut du doigt la table des matières et s'arrêta aux *Implications de la Configuration des Ondes Encéphaliques — Etude des Neuf Pulsions du Cerveau, par le Dr Carlos Amanti.* Il appuya sur le bouton du sélecteur placé de l'autre côté de la bande, mit en marche l'écran qui se trouvait au-dessus du classeur et retourna sur son lit avec le dispositif de télécommande.

La première page s'inscrivit sur l'écran lumineux;

les lumières baissèrent automatiquement dans la chambre. Il se mit à lire.

« Il existe une gradation dans les pulsions vibratoires couvrant tout le spectre des perceptions auditives humaines et le débordant, qui provoque de façon contrôlable des réactions émotionnelles de peur de degrés variés. Certaines de ces pulsions vibratoires — que l'on regroupe d'une manière abusive sous le terme générique de *sons* — mettent à l'épreuve les limites de l'expérience émotionnelle humaine. On peut dire, à juste raison, que toute émotion est une réponse à une stimulation provoquée par un mouvement harmonique, une oscillation.

« Nombreux sont les chercheurs qui ont établi des relations entre les émotions et les ondes encéphaliques caractéristiques résultantes. Nous ne nommerons que quelques-uns de ces savants : Carter, avec ses travaux sur les ondes Zeta et l'amour; Reymann, sur les ondes Pi et la pensée abstraite; Poulson, sur l'Index des Ondes Theta des degrés de la douleur.

« Le but de mon travail est de relever ces réponses caractéristiques et de mettre en évidence ce que je considère comme une voie entièrement nouvelle dans l'interprétation de... »

En raison de l'heure tardive, Eric s'attendait à succomber au sommeil en plein milieu de sa lecture, mais son esprit était plus éveillé au fur et à mesure qu'il progressait. Les mots avaient l'air de déjà-vu des choses lues et relues, mais ils étaient toujours aussi stimulants. Il se remémora un passage vers la fin de l'ouvrage et mit le film sur avance rapide pour rechercher le passage qui l'intéressait. Il ralentit la bande, ramena les commandes à l'avance page par page; c'était là :

« En travaillant avec la télésonde sur des malades très perturbés, j'ai perçu dans l'atmosphère un sentiment de charge émotionnelle, ce que constatèrent aussi d'autres chercheurs desquels mes travaux étaient peu connus. Cela laisse supposer que les émanations caractéristiques provenant d'une mentalité perturbée pourraient produire des réactions de sympathie chez ceux qui se sont trouvés exposés au champ de la télésonde. Il est assez étrange que la perturbation subsiste parfois des minutes ou des heures entières après que le patient a été soumis à l'examen.

« J'hésite à proposer une théorie fondée sur ce dernier phénomène. Nous ignorons encore trop de choses au sujet de la télésonde — sa période de latence, par exemple. Il se peut toutefois que l'association de la télésonde et de personnalités perturbées donne lieu à l'émission d'un champ déprimant affectant les fonctions inconscientes de ceux qui se trouvent à l'intérieur de ce champ. Quoi qu'il en soit, le domaine de la télésonde et les recherches sur les ondes encéphaliques sont lourds d'implications dont... »

D'un mouvement décidé, Eric éteignit le projecteur, se leva et s'habilla. Il était 3 h 28 à la pendule de la tête de son lit, en ce samedi 15 mai 1999. Il ne s'était jamais senti aussi éveillé de toute sa vie. Il descendit deux par deux les marches qui menaient vers son laboratoire au sous-sol, alluma toutes les lumières et amena la télésonde au milieu de la pièce.

Je suis sur quelque chose, pensait-il. *Le problème du Syndrome est trop urgent pour que je perde du temps à dormir.*

Il regarda sa télésonde qui se composait d'un échafaudage à l'air libre, d'étagères sur lesquelles reposaient des rangées de tubes, d'un labyrinthe de fils et d'un fauteuil de repos au milieu, surmonté d'une demi-sphère de métal qui servait à capter les ondes. *Le musikron est équipé pour diffuser des sons; cela implique un quelconque circuit secondaire de résonance,* pensa-t-il.

Il prit un magnétophone inutilisé sur une étagère, au bout de sa table de travail, le dépouilla de son circuit de reproduction. Prenant le manuel technique de l'appareil, il dessina sommairement les modifications qu'il souhaitait y apporter, s'arrêtant à l'occasion pour mesurer sur sa règle à calcul les impédances et les points d'équilibre des circuits. Puis, pas encore très satisfait de son travail mais impatient de commencer, il réunit les pièces dont il allait avoir besoin et commença à couper et à souder. Au bout de deux heures, il avait ce qu'il voulait.

Eric prit des pinces coupantes, s'approcha de la télésonde d'où il détacha le circuit d'enregistrement qu'il ôta d'un seul bloc. Il ramena la carcasse de la télésonde près de la table de travail et tout en vérifiant son schéma de câblage, lentement, précautionneusement, il y intégra le circuit de reproduction des sons. Il conserva les conducteurs principaux du haut-parleur et du système acoustique, qu'il brancha sur la première mémoire du capteur encéphalique. Il connecta à titre d'essai une source d'énergie sur le circuit terminé et commença à y ajouter des résistances afin d'équilibrer l'impédance. Il lui fallut plus d'une heure d'essais et de coupures, plusieurs baguettes de soudure.

Il fit un pas en arrière, regarda son appareil. *Ça va osciller dans toute la salle,* pensa-t-il. *Comment fait-il pour stabiliser ce monstre?*

Se caressant le menton, Eric réfléchissait. *Enfin, on va bien voir ce que cet hybride va nous donner.*

La pendule murale placée au-dessus de la table de travail indiquait 6 h 45. Il respira un grand coup, brancha un fusible sur un interrupteur, ferma le circuit. Un fil grilla; le fusible sauta. Eric rouvrit le circuit, prit un ampèremètre et retourna près de la machine. L'erreur lui échappait. Il se replongea dans l'étude du schéma du circuit.

Trop de puissance, peut-être?... Il se souvint que son rhéostat le plus puissant était au magasin, pour une réparation, et pensa une seconde à aller chercher le générateur auxiliaire qu'il avait utilisé lors d'une expérience précédente. Celui-ci se trouvait sous une pile de boîtes, dans un coin. Il écarta provisoirement l'idée, revint à la télésonde. *Si seulement je pouvais jeter un coup d'œil à ce musikron.*

Il regardait fixement la machine. Un circuit de résonance... Et quoi d'autre? Il essayait d'imaginer les corrélations entre les divers composants, se mettant lui-même dans la machine.

Je me trompe quelque part! Il y a autre chose, et j'ai l'impression de savoir ce que c'est, d'en avoir déjà entendu parler. Il faut que je voie les schémas du musikron.

Il abandonna la télésonde, sortit du labo et remonta les marches qui menaient à la cuisine. Il prit dans le placard un paquet de capsules de café, en posa une près de l'évier. Le vidéophone carillonna. C'était l'employée de l'agence de voyages. Eric nota son compte rendu, la remercia et coupa la communication. Il fit une série de soustractions.

Un décalage de vingt-huit heures, se dit-il. *A chaque fois. La coïncidence serait trop grande.*

Il éprouva un moment de vertige, suivi de lassitude. *Je ferais mieux d'aller me reposer,* pensa-t-il. *Je remettrai ça quand je serai plus en forme.*

Il retourna dans sa chambre, s'assit sur son lit, se défit de ses pantoufles à coups de pied et s'allongea, trop las pour se déshabiller. Le sommeil le fuyait. Il rouvrit les yeux, regarda la pendule : 7 heures du matin. Il poussa un soupir, referma les yeux et s'assoupit à moitié. Une préoccupation insignifiante tenaillait sa conscience. Il rouvrit encore une fois les yeux, jeta un coup d'œil à la pendule : 10 heures moins 10. *Mais je n'ai pas senti le temps passer,* se dit-il. *J'ai dû dormir.* Il ferma les yeux, perdit conscience. Il dérivait dans un tourbillon, le courant d'un fleuve, un vaisseau dans le courant, errant, vagabondant, tournoyant.

J'espère qu'il ne m'a pas vu partir, pensa-t-il.

Il ouvrit brusquement les paupières et vit pendant un instant une bouche d'unitube se dessiner au plafond, au-dessus de lui. Il secoua la tête.

C'était une pensée complètement dingue. D'où venait-elle? se demanda-t-il. *J'ai trop travaillé.*

Il se retourna sur le côté, sombra de nouveau dans un demi-sommeil, ses yeux se refermant tout seuls. Il eut l'impression fugitive de se trouver dans un labyrinthe de fils, un sentiment de haine le submergea avec une telle violence qu'il se sentit paniqué, car il n'était pas capable de l'expliquer ou de le diriger contre quoi que ce fût. Il grinça des dents, secoua la tête, ouvrit les yeux. L'impression disparut, le laissant vidé. Il referma les yeux. Une odeur presque accablante de gardénias s'insinua dans son esprit, avec la vision des premières lueurs du jour filtrant au travers des persiennes. Ses paupières s'ouvrirent d'un seul coup. Il s'assit sur son lit, se prit la tête dans les mains.

Stimulation rhinencéphalique, pensait-il. *Stimulation visuelle... Stimulation auditive... Réaction sensorielle presque totale. Ça veut dire quelque chose.*

Mais quoi? Il secoua la tête, regarda la pendule : 10 heures du matin.

Aux portes de Karachi, au Pakistan, un saint homme hindou était accroupi dans la poussière le long d'une vieille route. Près de lui défila une caravane de camions de la Croix-Rouge internationale qui emmenaient vers le spatio-port du delta de l'Indus des sujets choisis parmi les victimes du Syndrome. Ces malades seraient examinés le lendemain dans une nouvelle clinique, à Vienne. Les moteurs des camions gémissaient et rugissaient; le sol tremblait. Le vieux sage dessina avec son doigt un symbole millénaire dans la poussière. Le déplacement d'air d'un camion modifia le dessin du Brahmapoutre, le tordit. Le saint homme secoua la tête avec tristesse.

Le carillon de la porte d'entrée retentit, annonçant à Eric qu'on venait de mettre les pieds sur le paillasson. Il enfonça l'interrupteur du viseur qui se trouvait à la tête de son lit; le visage de Colleen apparut sur l'écran mural, dans sa chambre. Il appuya sur le bouton qui déclenchait l'ouverture de la porte, le manqua, appuya de nouveau, avec succès cette fois. Il se peigna avec ses doigts, referma la boucle du haut de sa combinaison et se dirigea vers l'entrée.

Plantée au milieu de l'entrée, Colleen avait l'air toute petite et très timide. En la voyant, il sentit quelque chose de définitif, comme les mailles d'un filet, se resserrer en lui... une sorte de plénitude.

Eh bien, mon vieux, rien qu'une seule journée et te voilà complètement accroché.

« Eric », dit-elle.

La douce chaleur de son corps vint se nicher contre lui. Une odeur suave s'exhalait de sa chevelure.

« Vous m'avez manqué », dit-il.

Elle s'écarta de lui, leva les yeux. « Vous avez rêvé de moi? »

Il l'embrassa. « Rien qu'un rêve tout à fait normal. »

« Docteur! »

Elle eut un sourire qui adoucissait le mordant de son exclamation. Elle se détacha de lui, fit glisser sur ses épaules sa cape bordée de fourrure, d'une des poches intérieures de laquelle elle retira un petit carnet bleu, plat. « Voici les diagrammes. Pete ne s'est douté de rien. »

Brusquement, elle se rapprocha de lui en titubant, se cramponna à son bras, haletante.

Il la retint, apeuré. « Que se passe-t-il, chérie? »

Elle secoua la tête en respirant profondément, toute tremblante.

« Ce n'est rien. Rien qu'un peu de... migraine. »

« *Rien qu'un peu de migraine*... Et quoi encore? » Il mit le dos de sa main sur son front. Sa peau était chaude, fiévreuse. « Vous vous sentez mal? »

Elle secoua la tête. « Non. Ça va mieux. »

« Je n'aime pas ce symptôme. Avez-vous mangé? »

Elle leva les yeux sur lui, plus calme. « Non, mais je ne mange presque jamais le matin... ma ligne. »

« Complètement idiot! Venez par ici manger quelques fruits. »

Elle lui sourit. « Oui, docteur... Chéri. »

Les reflets du tableau de commandes intérieur du musikron conféraient au visage de Pete une expression démoniaque, sinistre. Il avait la main posée sur un interrupteur. Ses pensées étaient imprécises. *Je voudrais tant pouvoir contrôler tes pensées, Colleen... Je voudrais pouvoir te dire quoi faire. Chaque fois que j'essaie, tu as mal à la tête. Je voudrais tellement savoir comment cette machine fonctionne EN REALITE...*

Le désordre qui régnait dans son laboratoire témoignait de l'activité d'Eric pendant la nuit. Il l'aida à s'asseoir sur sa table de travail et ouvrit le carnet du musikron à côté d'elle. Il jeta un coup d'œil sur les pages ouvertes.

« Qu'est-ce que c'est que tous ces drôles de gribouillis? »

« Des schémas de câblages », répondit-il en souriant. Il prit une pince à essais et commença à tirer sur les soudures du circuit de résonance tout en regardant le diagramme. Il s'interrompit, un pli interrogateur sur le front. Il regardait le croquis avec attention. « Ce n'est pas possible. » Il ramassa un bloc-notes, un crayon .et se mit à vérifier le carnet.

« Qu'est-ce qui ne va pas? »

« Ça n'a pas de sens. »

« Comment cela?

« Ça n'a pas été fait pour ce que ça devrait être. »

« Vous en êtes certain? »

« Je connais le travail du Dr Amanti. Ce n'est pas sa façon de travailler. » Il se mit à feuilleter le carnet. Une page se détacha. Il examina la reliure. Les pages du carnet avaient été coupées au rasoir et remplacées par d'autres. C'était du bon travail. Si la page ne s'était pas envolée, il ne s'en serait peut-être pas aperçu. « Vous disiez que vous n'aviez eu aucun mal à vous le procurer. Où était-il? »

« Juste posé sur le musikron. »

Il la regarda d'un air méditatif.

« Qu'est-ce qui ne va pas? » Elle ouvrait de grands yeux candides.

« Je voudrais bien le savoir. » Il indiqua le carnet du doigt. « Ce truc-là est une fumisterie. Pire que les canaux de Mars. »

« Comment le savez-vous? »

« Si je montais ça comme ça », fit-il avec un geste en direction du carnet, « tout sauterait à l'instant où je le brancherais. Il n'y a qu'une seule explication : Pete nous a à l'œil. »

« Mais comment est-ce possible? »

« C'est ce que je voudrais bien savoir... Comment pouvait-il prévoir que vous essayeriez de me procurer ce carnet? Le chasseur, peut-être?... »

« Tommy? Mais c'est un si gentil garçon. »

« Ouais! Il vendrait sa mère si le prix lui convenait. Il a pu nous écouter, hier soir. »

« Je ne peux pas le croire. » Elle secouait la tête.

Dans la toile d'araignée du musikron, Pete grinçait des dents. *Hais-le! Déteste-le!* Il s'efforçait de faire passer la pensée vers elle, vit qu'il n'y parvenait pas. Avec violence, il rejeta la demi-sphère de métal qu'il avait sur la tête, sortit en trébuchant du musikron. *Il ne l'aura pas! S'il veut vraiment la bagarre, je vais lui montrer ce que c'est qu'une bagarre!*

« N'y a-t-il pas une autre explication? » demandait Colleen.

« Vous en voyez une? »

Elle commença à se laisser glisser en bas de la table de travail, puis hésita et se jeta contre lui, appuyant sa tête contre sa poitrine. « Ma tête... Ma tête... » Elle s'abandonna dans ses bras, frémissante, et se reprit tout doucement, en respirant lentement, avec peine. Elle se redressa. « Merci. »

Il y avait une chaise longue recouverte de grosse toile dans un coin du laboratoire. Il l'aida à s'y installer. « Vous allez tout de suite à l'hôpital pour un examen complet. Des analyses, et tout ça. Je n'aime pas ça du tout. »

« Ce ne sont que des migraines. »

« De drôles de migraines. »

« Je n'irai pas à l'hôpital. »

« Ne discutez pas. Le temps de mettre la main sur le vidéophone et j'appelle pour retenir un lit. »

« Eric, je n'irai pas! » Elle se redressa dans la chaise longue. « J'en ai assez des docteurs! » Elle eut une hésitation, leva les yeux vers lui. « En dehors de vous... J'ai déjà subi tous ces examens. Tout va bien... Sauf qu'il y a quelque chose dans ma tête... » Elle eut un sourire. « Il me semble que je parle justement à un spécialiste. »

Elle s'appuya au dossier de la chaise longue, ferma les yeux et se détendit. Eric tira un tabouret près d'elle, s'assit, lui tenant la main. Colleen parut s'assoupir doucement; elle respirait régulièrement. Des minutes s'écoulèrent.

Si la télésonde n'était pas démantibulée, j'aurais pu l'examiner, pensait-il.

Elle bougea, ouvrit les yeux.

« C'est ce musikron », dit-il. Il lui prit le bras. « Aviez-vous déjà mal à la tête comme ça avant de commencer à travailler avec cet appareil? »

« J'avais des maux de tête, mais... enfin pas aussi terribles. » Elle frissonna. « J'ai fait des rêves affreux la nuit dernière, au sujet de tous ces pauvres gens qui devenaient fous. Je n'arrêtais pas de me réveiller. J'avais envie d'aller trouver Pete et de mettre les choses au point avec lui. » Elle se cacha les yeux derrière ses mains. « Comment pouvez-vous être sûr que c'est le musikron? Vous ne pouvez pas en être sûr. Je ne le crois pas! Je ne peux pas le croire! »

Eric se leva, retourna vers la table de travail et fourragea parmi des pièces détachées. Il revint avec son bloc-notes qu'il jeta sur les genoux de Colleen. « Voilà la preuve qui vous manquait. »

Elle regarda le carnet sans l'ouvrir. « Qu'est-ce que c'est? »

« Quelques données sur votre itinéraire. J'ai demandé à une agence de voyages de vérifier vos heures de départ. Entre le moment où Pete éteignait le musikron et le moment où tous les diables de l'enfer se déchaînaient, il y a un intervalle constant de vingt-huit heures. Le même intervalle à chaque fois. »

Elle repoussa le carnet sur ses genoux. « Je ne vous crois pas. Vous avez inventé tout ça. »

Il secoua la tête. « Colleen, ça ne veut rien dire pour vous, que vous ayez été dans tous les endroits frappés par le Syndrome? Qu'il y ait à chaque fois un intervalle de temps de vingt-huit heures? Est-ce qu'il ne vous semble pas que la coïncidence est un peu forte? »

« Je sais que ce n'est pas vrai. » Elle serra les lèvres. « Je ne sais pas à quoi je pensais pour avoir seulement pu envisager que vous aviez raison. » Elle leva la tête, évitant son regard. « Ce ne peut pas être vrai. Si ce l'était, cela voudrait dire que Pete avait tout machiné. Mais il n'est pas comme ça. Il est gentil, bienveillant. »

Il tendit la main en direction de son bras. « Mais, Colleen, je croyais... »

« Ne me touchez pas. Je me fiche de ce que vous croyiez, ou de ce que je croyais. Je crois que vous vous êtes servi de vos compétences psychologiques pour essayer de me détourner de Pete. »

Il secoua la tête, essaya encore de lui prendre le bras.

Elle eut un mouvement de recul. « Non! Je veux réfléchir, et je ne peux pas réfléchir quand... quand vous me touchez. » Elle le regarda fixement. « Je crois que vous êtes tout simplement jaloux de Pete. »

« Ce n'est pas... »

Il s'interrompait, l'œil attiré par quelque chose qui remuait du côté de la porte du laboratoire. C'était Pete, debout, appuyé sur sa canne.

Comment a-t-il pu entrer? se demanda Eric. *Je n'ai rien entendu. Et depuis combien de temps est-il là?* Il se leva.

Pete fit un pas en avant. « Vous aviez oublié de refermer la porte, docteur. » Il regarda Colleen. « C'est une chose assez fréquente. Ça m'est déjà arrivé. » Il traversa la pièce en boitillant, sa canne frappant le sol avec régularité. « Vous parliez de jalousie. » Il s'interrompit un instant. « Je sais ce que c'est que la jalousie. »

« Pete! » Colleen le regarda d'un air ébahi et se retourna vers Eric. « Eric, je... » Elle haussa les épaules, incapable de poursuivre.

Appuyé des deux mains sur sa canne, Pete leva les yeux vers Eric. « Vous alliez tout me prendre, n'est-ce pas, docteur? La femme que j'aime, le musikron... Vous alliez même me faire porter le chapeau pour cette histoire de Syndrome. »

Eric ramassa son carnet tombé à terre. Il le tendit à Pete qui le retourna, jeta un coup d'œil au dos.

« La preuve est là-dedans. Il y a un intervalle de vingt-huit heures entre le moment où vous quittez chaque ville et le moment où la folie fait rage. Vous savez déjà qu'elle vous suit tout autour du monde. Il n'y a pas eu une seule exception; j'ai vérifié. »

Le visage de Pete blêmit. « C'est une coïncidence. Les chiffres peuvent raconter n'importe quoi. Je ne suis pas un monstre. »

Colleen se tourna vers Eric, puis vers Pete. « C'est ce que je lui ai dit, Pete. »

« Personne ne vous accuse d'être un monstre, Pete... Pas encore », répondit Eric. « Vous *pourriez* être notre sauveur. Si nous savions ce qui est enfermé dans ce musikron, nous pourrions pratiquement effacer la folie. C'est indiscutablement un lien avec l'inconscient... On pourrait le sonder à n'importe quel moment. Enfin, correctement protégé... »

« Du baratin, tout ça! Vous essayez de vous approprier le musikron pour pouvoir faire de l'esbrouffe. » Il regarda Colleen. « Et vous l'avez embobinée pour qu'elle vous aide. Ce n'est pas la première fois que je me fais avoir par une femme », dit-il en ricanant. « Je crois que j'aurais dû être psychiatre. »

Colleen hocha la tête. « Pete, ne parle pas comme ça. »

« Ouais... Comment veux-tu que je parle? Tu n'étais rien du tout, un serin au milieu d'un ensemble hawaïen; je t'ai ramassée pour te porter au pinacle et qu'est-ce que tu fais?... » Il se détourna, s'appuya lourdement sur sa canne. « Vous pouvez la prendre, docteur; c'est tout à fait votre genre! »

Eric tendit la main, se ravisa. « Pete! Ne laissez pas votre invalidité troubler votre bon sens! Ce que nous éprouvons envers Colleen n'a aucune importance. Il faut que nous pensions au musikron et à ce qu'il fait aux gens! A toute la détresse qu'il leur apporte... la mort... la douleur... »

« Les gens! » cracha Pete.

Eric fit encore un pas vers lui. « Finissons-en! Vous savez que j'ai raison. Vous pourrez retirer tout le bénéfice de ce qui se passera. Vous pourrez en avoir le contrôle plein et entier. Vous pourrez... »

« N'essayez pas de m'avoir, docteur. Des experts ont essayé. Vous et vos grands mots! Vous êtes tout simplement en train d'essayer d'impressionner la môme. Je vous ai déjà dit que vous pouviez la prendre. Je n'en veux pas. »

« Pete! Vous... »

« Attention, docteur! Vous perdez votre sang-froid! »

« Qui ne s'énerverait devant votre tête de cochon! »

« Alors c'est avoir une tête de cochon que de se défendre contre un voleur, docteur? » Pete cracha sur le sol, se retourna vers la porte, trébucha sur sa canne et tomba.

Colleen se précipita vers lui. « Pete, tu t'es fait mal? »

Il la repoussa. « Ne t'occupe pas de moi! » Il se remit péniblement sur ses pieds, s'aidant de sa canne.

« Pete, je t'en prie... »

Eric vit qu'il avait les yeux humides. « Pete, réglons cette affaire. »

« C'est déjà réglé, docteur. » Il passa la porte en claudiquant.

Colleen hésita. « Il faut que je parte avec lui. Je ne peux pas le laisser s'en aller comme ça. On ne peut pas savoir ce qu'il va faire. »

« Mais vous ne voyez pas ce qu'il *fait*? »

Ses yeux brillaient de colère. Elle le regarda fixement. « J'ai vu ce que vous avez fait, et c'était la chose la plus cruelle que j'aie jamais vue. » Elle fit volte-face et courut derrière Pete.

Ses pas résonnèrent dans l'escalier; la porte d'entrée claqua.

Il y avait une boîte de carton vide sur le sol, près de la télésonde. Eric l'envoya d'un coup de pied traverser le laboratoire.

« Irraisonné... névrosé... imprévisible... irresponsable... »

Il s'interrompit. Un grand vide s'ouvrait dans sa poitrine. Il regarda la télésonde. *Les femmes sont parfois bien déroutantes...* Il retourna vers la table de travail, ramassa un transistor, le reposa, poussa un tas de résistances vers le côté le plus éloigné de la table. *Tu aurais dû t'en douter.*

Il se retourna, alla vers la porte et s'arrêta, pétrifié par une pensée qui oblitérait tout le reste.

Et s'ils quittaient Seattle?

Il monta les marches trois par trois, sortit pour regarder la rue, d'un côté puis de l'autre. Une jetmobile fonçait comme un bolide, un seul occupant à l'intérieur. Une femme et deux enfants venaient vers lui, à gauche. Mais en dehors de ça, la rue était déserte. L'entrée de l'unitube qui se trouvait à moins d'un pâté de maisons vomit trois adolescentes. Il allait courir dans leur direction puis se ravisa. Les rames se suivaient à quinze secondes d'intervalle et ses chances de les rattraper avaient disparu pendant qu'il perdait du temps à se lamenter sur son propre sort.

Il pénétra de nouveau dans son appartement. *Il faut que je fasse quelque chose,* se disait-il. *S'ils s'en vont, Seattle va finir comme les autres villes.* Il s'assit près du vidéophone, mit le doigt sur le cadran et le retira aussitôt.

Si j'appelle la police, ils vont vouloir des preuves. Et qu'est-ce que je pourrai leur montrer en dehors d'un emploi du temps? Il regarda par la fenêtre qui se trouvait à sa gauche. *Le musikron! Ils verront bien...* Il tendit de nouveau le doigt vers le cadran et le retira encore une fois. *Et que verraient-ils? Pete se contenterait d'affirmer que je voulais le lui voler.*

Il se leva, alla jusqu'à la fenêtre et regarda le lac. *Je pourrais appeler la Société,* pensa-t-il.

Il raya de son esprit les hauts dignitaires de la Société des Médecins Psychiatres du Comté de King. Ils considéraient tous le docteur Eric Ladde comme réussissant un peu trop bien pour son âge; et d'ailleurs, il y avait la question de ses recherches sur la télésonde... considérée comme une plaisanterie. *Mais il faut que je fasse quelque chose... Le Syndrome... Il secoua la tête. Il faut que je me débrouille tout seul, quoi que je fasse.*

Il passa une cape noire et ressortit, faisant voile vers le Gweduc.

Un vent froid faisait écumer les vagues dans la baie et empanachait la promenade du bord de l'eau d'un poudroiement humide. Eric plongea dans l'ascenseur, émergea au milieu d'une atmosphère de salle à manger. La caissière assise à l'entrée leva les yeux vers lui.

« Vous êtes tout seul, docteur? »

« Je cherche Miss Lanai. »

« Je suis désolée. Vous avez dû les croiser dehors. Elle vient de partir avec M. Serantis. »

« Savez-vous où ils sont allés? »

« Je suis navrée. Si vous reveniez ce soir, peut-être... »

Eric remonta dans l'ascenseur et se retrouva au niveau de la rue, vaguement inquiet. En sortant de la coupole de l'ascenseur, il vit un camion démarrer devant la coupole de service. Sur un pressentiment, il courut en direction du monte-charge qui commençait déjà à redescendre.

« Hé! »

Le ronflement de l'ascenseur s'interrompit, repartit. L'ascenseur remonta au niveau de la rue; Tommy, le chasseur, se trouvait à l'intérieur.

« Vous aurez plus de chance la prochaine fois, docteur. »

« Où sont-ils? »

« Euh... »

Eric fourra la main dans sa poche gousset, en tira une pièce de cinquante dollars qu'il garda à la main.

Tommy regarda la pièce, puis de nouveau Eric, droit dans les yeux. « J'ai entendu Pete appeler le spatio-port de Bellingham et réserver des places pour Londres. »

Une boule dure s'installa dans l'estomac d'Eric. Sa respiration devint courte, sèche; il jeta un coup d'œil autour de lui.

« Plus que vingt-huit heures. »

« C'est tout ce que je sais, toubib. »

Eric regardait le chasseur dans les yeux, le sondant.

Tommy secoua la tête. « Ne me regardez pas comme ça! » Il frissonna. « Cette espèce de Pete me donnait la chair de poule. Il était toujours là, à vous regarder fixement; toute la journée assis dans son machin, et sans un bruit... » Il eut un frémissement. « Je suis content qu'il soit parti. »

Eric lui donna la pièce. « Tu vas le regretter, oui. »

« Vraiment? » Tommy recula dans son monte-charge. « Désolé pour la fille, docteur. »

« Une minute. »

« Ouais? »

« Il n'y avait pas un message de la part de Miss Lanai? »

Tommy fit en direction de la poche intérieure de sa combinaison un geste presque imperceptible que les yeux exercés d'Eric perçurent aussitôt. Il fit un pas en avant, agrippa le bras de Tommy.

« Donne-moi ça! »

« Enfin, écoutez, docteur. »

« Donne-moi ça! »

« Je ne sais pas de quoi vous voulez parler, docteur. »

Eric mit son visage tout près de celui du chasseur. « Tu as vu ce qui est arrivé à Los Angeles, à Lawton, Portland et dans tous les endroits où le Syndrome a frappé? »

Le garçon ouvrit de grands yeux. « Docteur, je... »

« Donne-moi ça! »

Tommy plongea vivement sa main libre sous sa combinaison et en retira une épaisse enveloppe qu'il fourra dans la main d'Eric.

Eric lâcha son bras. Il y avait quelque chose d'écrit sur l'enveloppe : « Ceci vous prouvera que vous aviez tort au sujet de Pete. » Et c'était signé « Colleen. »

« Tu voulais garder ça pour toi? » demanda Eric.

Les lèvres de Tommy se tordirent. « Le premier imbécile venu verrait que ce sont les plans du musikron, docteur. Ça a de la valeur. »

« Tu ne sais pas à quel point », fit Eric en relevant la tête. « Ils sont partis pour Bellingham? »

« Ouais. »

L'unimétro direct déposa Eric au terrain de Bellingham en vingt et une minutes. Il bondit hors du wagon, courut vers la gare en bousculant tout le monde. Un spatio-train fila comme une flèche dans l'air à l'autre bout du terrain. Eric rata une marche, trébucha et reprit son équilibre.

Dans la gare, il croisa un flot de gens qui s'éloignaient du guichet. Eric fonça vers le comptoir sur lequel il s'appuya. « Le prochain train pour Londres? »

La fille qui se trouvait au guichet consulta un écran placé auprès d'elle. « Il y en a un demain midi, à 13 h 50, monsieur. Vous venez d'en manquer un. »

« Mais ça fait vingt-quatre heures! »

« Vous arriveriez à Londres à 5 heures moins 10, monsieur. » Elle eut un sourire. « Juste un petit peu en retard pour le thé. » Elle jeta un coup d'œil sur son caducée.

Eric se cramponna au rebord du comptoir, se pencha vers elle. « Ça fait vingt-neuf heures... Une heure trop tard. »

Il s'écarta du guichet, fit demi-tour.

« Ça ne fait *que* quatre heures de voyage, docteur. »

Il se retourna. « Pourrais-je louer un appareil privé? »

« Désolée, docteur. Il y a un orage électrique en prévision; le rayon guide devra être coupé. Je suis sûre que vous ne pourriez pas faire sortir un pilote sans le rayon. Vous comprenez? »

« Est-ce qu'il y a moyen d'appeler quelqu'un dans le spatio-train? »

« C'est une affaire personnelle, docteur? »

« C'est une urgence. »

« Puis-je vous demander la nature de l'urgence? »

Il réfléchit un instant, regarda la fille. *Le même problème partout... Personne ne me croirait,* se dit-il.

« Peu importe », répondit-il. « Où se trouve le plus proche vidéophone? Je vais lui laisser un message à la gare de Plymouth. »

« Dans le couloir, à votre droite, docteur. » La fille se replongea dans ses billets. Elle regarda Eric s'éloigner. « C'était pour une raison médicale, docteur? »

Il s'arrêta et se retourna vers elle. Dans sa poche, l'enveloppe craqua. Il palpa les papiers, sortit l'enveloppe de sa poche. Pour la seconde fois depuis que Tommy la lui avait remise, Eric jeta un coup d'œil à l'intérieur sur les pages pliées, pleines de schémas électroniques; certaines portaient des initiales : C.A.

La fille le regardait toujours, dans l'expectative.

Eric remit l'enveloppe dans sa poche; une pensée cristallisa. Il leva les yeux sur la fille. « Oui, c'était pour une raison médicale, mais vous êtes en dehors du coup. »

Il fit demi-tour et ressortit pour reprendre l'unimétro. Il pensait à Colleen. *Ne jamais faire confiance à une femme névrosée. J'aurais dû réfléchir au lieu de me laisser hypnotiser par mes glandes.*

Il pénétra dans la bouche d'unimétro, se fraya un chemin vers la bande à grande vitesse, prit la première voiture qui passait et fut content de la trouver vide. Il sortit l'enveloppe et en examina le contenu pendant le trajet. Il n'y avait aucun doute : l'enveloppe contenait bien les pages du manuel du musikron que Pete avait coupées au rasoir. Eric reconnaissait les pattes de mouche caractéristiques du Dr Amanti.

Lorsque Eric alluma la lumière dans son laboratoire, la pendule murale indiquait 2 h 10 de l'après-midi. Il prit une feuille de papier blanc dans son calepin et inscrivit au crayon gras :

DERNIER DELAI : 16 heures, dimanche 16 mai.

Il fixa la feuille avec une punaise, sur le mur au-dessus de la table, sortit de l'enveloppe les schémas de câblage et examina la première page.

Modulations en série, pensa-t-il. *Onde quarte.* Il parcourut la page de son stylo et passa à la seconde. *Multiples renversements de phase.* Il tourna la page et resta le stylo en l'air. Il dessina un circuit, retourna à la première page. *Rétroaction dégénérescente.* Il secoua la tête. *Ce n'est pas possible! Ce ne serait qu'un labyrinthe d'harmoniques sauvages.* Il continua de vérifier les diagrammes et s'arrêta pour lire lentement les deux dernières pages. Il regarda une nouvelle fois les schémas, puis une troisième fois et une quatrième. Il secoua la tête. *Qu'est-ce que c'est que ça?*

Il suivait parfaitement la progression de la plupart des schémas et s'émerveillait de la clarté et de la simplicité des idées. Mais les dix dernières pages... Elles décrivaient une série de circuits vaguement familiers qui lui rappelaient un calibrateur piézoélectrique à double fréquence aux oscillations extrêmement importantes. Il était écrit « 10 000 KH » dans la marge. Mais il y avait des différences subtiles qu'il ne pouvait expliquer. Par exemple, il y avait une indication d'une limite inférieure.

Une série, pensait-il. *Les harmoniques se suivent*

et se modifient. Mais ce ne peut pas être au hasard. Il faut quelque chose pour les maîtriser, les équilibrer.

Il y avait une note, au bas de la dernière page : « Important. N'utiliser que les C6 variables miniatures, C7, C8 double et 4μfd. »

On ne fabrique plus de tubes de cette série depuis cinquante ans, se dit-il. *Par quoi les remplacer?*

Il étudia le schéma.

Je n'ai pas une seule chance d'arriver à faire tout ça à temps. Et même si j'y arrivais? Il s'essuya le front. *Pourquoi est-ce que ça me fait penser à un oscillateur piézo-électrique?* Il regarda la pendule : il s'était écoulé deux heures. *Où sont-elles passées,* se demanda-t-il. *Je perds du temps à essayer de comprendre ce que c'est.* Il se mordit les lèvres, regarda galoper l'aiguille des secondes sur la pendule et s'immobilisa soudain. *Les magasins de pièces détachées vont fermer, et demain c'est dimanche!*

Il alla vers le vidéophone du labo, composa le numéro d'un magasin de pièces détachées. Pas de chance. Il en demanda un autre tout en compulsant la liste des numéros placée près de l'appareil. Toujours rien. Son cinquième appel lui valut l'idée qu'un circuit de substitution utilisant des transistors fonctionnerait peut-être. Eric vérifia la liste des pièces que lui proposait l'employé et lui communiqua son numéro de tuyau postal.

« Je vous les envoie lundi matin, à la première heure », fit l'homme.

« Mais il me les faut aujourd'hui! Ce soir! »

« Je suis désolé, monsieur. Les pièces sont dans notre entrepôt; et il est fermé le samedi après-midi. »

« Je vous donnerai cent dollars en plus du prix du tarif pour ces pièces. »

« Je suis désolé, monsieur. Je n'ai pas l'autorisation. »

« Deux cents. »

« Mais... »

« Trois cents. »

L'employé hésitait. Eric le voyait réfléchir. Les trois cents dollars représentaient probablement une semaine de salaire pour lui.

« Il va falloir que j'aille les chercher après mon travail », répondit l'employé. « De quoi avez-vous encore besoin? »

Eric feuilleta les diagrammes, relut la liste des pièces inscrites en marge. « Il y a encore cent dollars pour vous si vous m'apportez tout ça avant 7 heures. »

« Je sors à 5 heures et demie, docteur. Je ferai de mon mieux. »

Eric coupa la communication, retourna à sa table de travail et commença à ébaucher les circuits avec le matériel dont il disposait. L'élément de base était constitué par la télésonde et les changements étaient étonnamment peu nombreux.

A 6 heures moins 20, son transgraphe se mit à cliqueter dans l'appartement. Il posa son fer à souder, monta l'escalier et prit la bande. Ses mains se mirent à trembler lorsqu'il vit quel était le bureau d'émission : Londres. Il lut.

« N'essayez jamais de me revoir. Vos soupçons étaient absolument injustifiés comme vous le savez sûrement maintenant. Pete et moi nous marions lundi. Colleen. »

Il s'assit devant le manipulateur et frappa un message pour l'American Express, à remettre d'urgence à Colleen Lanai.

« Colleen, si vous ne voulez pas penser à moi, pensez, je vous en prie, à ce que tout cela signifie pour une ville pleine de gens. Ramenez Pete et sa machine avant qu'il ne soit trop tard. Vous ne pouvez être inhumaine à ce point. »

Il hésita avant de signer et frappa : « Je vous aime, Eric. »

Espèce d'imbécile, se dit-il. *Après la façon dont elle t'a traité.*

Il retourna dans la cuisine, prit une gélule pour tromper la fatigue, avala un dîner constitué de pilules et une tasse de café. Il s'adossa un moment à l'égouttoir, près de l'évier, en attendant que la gélule fasse de l'effet. Sa tête s'éclaircit; il se lava le visage à l'eau froide, s'essuya et retourna au labo.

Le carillon de la porte d'entrée résonna à 6 h 42 minutes, ce soir-là. L'employé du magasin de pièces détachées apparut sur l'écran, un gros paquet dans les bras. Eric appuya sur le bouton qui déclenchait l'ouverture de la porte et lui parla par l'interphone. « Première porte à gauche, en bas de l'escalier. »

Le mur sur lequel était placée sa table de travail se mit à vaciller, les lignes de maçonnerie à se gondoler; il éprouva un instant de désorientation. Il se mordit la lèvre, se cramponnant à la réalité de la douleur.

C'est trop tôt, se dit-il. *Mes propres nerfs, sans doute. Je suis trop tendu.*

Il eut conscience pendant un éclair de la nature du Syndrome. Il prit un bloc-notes et se mit à inscrire fiévreusement des choses. « Perte de l'autonomie inconsciente; surexcitation des récepteurs subliminaux; perception globale — perception réduite. Vérifier inconscient collectif C. G. Jung. »

Des pas descendaient l'escalier.

« C'est là? »

L'employé était plus grand qu'il n'aurait cru.

Les traits de l'homme arborèrent une expression d'avidité juvénile lorsqu'il embrassa du regard le laboratoire. « Quelle installation! »

Eric dégagea un endroit sur la table. « Mettez tout ça là. » Les yeux d'Eric se fixèrent sur les mains délicates et sensibles du jeune homme. Celui-ci fit glisser le carton sur la table, ramassa un oscillateur piézo-électrique qui se trouvait à côté et l'examina.

« Vous connaissez quelque chose à la cuisine électronique? » lui demanda Eric.

L'employé leva les yeux et lui fit un grand sourire. « W7CGO. Il y a plus de dix ans que je suis radio-amateur. »

Eric lui tendit la main. « Je suis le Dr Eric Ladde. »

« Platte, Charles, dit le Chauve. » Il passa une de ses mains délicates dans ses cheveux clairsemés.

« Content de faire votre connaissance... Charlie. Que penseriez-vous de mille dollars en plus de ce que je vous ai déjà promis? »

« Vous plaisantez, docteur? »

Eric tourna la tête et regarda la carcasse de la télésonde. « Si ce truc-là n'est pas terminé et prêt à fonctionner demain après-midi, à 4 heures, Seattle finira de la même façon que Los Angeles.

Charlie ouvrit de grands yeux. Il regarda la carcasse. « Le Syndrome? Mais comment... »

« J'ai découvert ce qui a causé le Syndrome... C'est une machine pareille à celle-ci. Il faut que j'en construise une copie et que je parvienne à la faire fonctionner. Sans cela... »

Les yeux de l'employé étaient clairs, calmes. « J'ai vu la plaque sur votre maison, docteur, et je me suis rappelé avoir lu quelque chose à propos de vous. »

« Et alors? »

« Si vous affirmez que vous avez découvert ce qui provoque le Syndrome, je vous crois sur parole. N'essayez même pas de me l'expliquer. » Il regarda les pièces étalées sur la table, puis la télésonde. « Dites-moi ce que je dois faire. » Il s'interrompit un instant. « J'espère seulement que vous savez de quoi vous parlez. »

« J'ai découvert quelque chose qui ne peut être une coïncidence », répondit Eric. « Ajoutez à cela ce que je sais sur les télésondes, et... » Il hésita. « Oui, je sais de quoi je parle. »

Eric prit un petit flacon au fond de la table, regarda l'étiquette et en fit sortir une gélule. « Tenez, prenez ça; ça vous aidera à rester éveillé. »

Charlie avala la gélule.

Eric fourragea parmi les papiers étalés sur la table, prit la première page. « Voilà de quoi il s'agit. Il y a une combinaison délicate d'ondes quartes, associées à un facteur d'amplification qui va vous renverser. »

Charlie regardait par-dessus l'épaule d'Eric. « Ça n'a pas l'air trop difficile à suivre. Laissez-moi travailler là-dessus; vous prendrez les parties les plus complexes pendant ce temps-là. » Il prit le schéma, se rapprocha d'une zone mieux éclairée de la table. « Qu'est-ce que c'est censé être, docteur? »

« Ça provoque un champ d'impulsions qui pénètrent directement dans l'inconscient humain. Le champ déforme... »

Charlie l'interrompit. « Très bien, docteur. J'oubliais que je vous avais demandé de ne pas m'expliquer. » Il leva les yeux et sourit. « Je me suis fait coller en sociologie. » Son expression redevint grave. « Je me contenterai de travailler en partant de l'hypothèse que vous savez de quoi il s'agit. Je comprends l'électronique... Mais pas la psychologie. »

Ils travaillèrent en silence, ne s'adressant que de rares questions, à mi-voix. L'aiguille des secondes tournait sur le cadran de la pendule murale, encore et toujours, toujours... L'aiguille des minutes la suivait, et puis l'aiguille des heures.

A 8 heures du matin, ils se firent apporter un petit déjeuner. Le schéma de montage des oscillateurs piézo-électriques les surprenait encore. La plus grande partie des diagrammes était griffonnée dans une sorte de sténographie propre aux radio-amateurs.

Charlie fut le premier à percer l'énigme.

« Docteur, est-ce que tout ça est censé émettre un bruit? »

Eric regarda le schéma. « Quoi? » Il écarquilla les yeux. « Bien sûr, que c'est censé faire du bruit. »

Charlie s'humecta les lèvres. « Il existe un système piézo-électrique de sondage sous-marin par ultrasons, qui ressemble vaguement à ce circuit; à quelques étranges modifications près. »

Eric se tiraillait la lèvre inférieure; il avait les yeux brillants. « Mais c'est ça! C'est pour ça qu'il n'y a pas de circuit de contrôle! C'est pour ça qu'on dirait que tout le dispositif va faire tout le tour de la salle! C'est l'*opérateur* qui est le contrôle! C'est son esprit qui le maintient en équilibre! »

« Comment ça? »

Eric ignora sa question. « Mais ça veut dire que nous n'avons pas les cristaux qu'il faut. Nous n'avons pas lu la nomenclature comme il aurait fallu. » Ses épaules s'affaissèrent. Il était anéanti. « Et nous n'en sommes même pas à la moitié. »

Charlie tapota le diagramme avec son doigt. « Docteur, il y a des vieux appareils de ce type, à la maison. Je vais appeler ma femme et lui demander de les apporter. Je crois qu'il y a six ou sept sonopulsateurs... Ça pourrait marcher. »

Eric jeta un coup d'œil à la pendule murale : 8 h 20 du matin. Plus que sept heures et demie. « Dites-lui de se dépêcher. »

Mme « Charlie » était une version femelle de son mari. Elle porta une lourde caisse de bois jusqu'au bas des marches, la trimbalant avec une aisance nonchalante.

« Salut, Chou. Où je mets tout ça? »

« Par terre... n'importe où. Docteur, c'est Betty. »

« Comment allez-vous? »

« Salut, docteur. Il y en a encore plein la voiture. Je vais les chercher. »

Charlie la prit par le bras. « Il vaudrait mieux que tu me laisses le faire. Tu ne devrais pas porter de choses aussi lourdes, surtout dans l'escalier. »

Elle s'esquiva. « Vas-y. Continue ton travail. C'est bon pour moi... J'ai besoin d'exercice! »

« Mais... »

« Il n'y a pas de mais. » Elle le repoussa.

Il retourna à contre-cœur à la table de travail, jetant par-dessus son épaule des regards en direction de sa femme. Celle-ci se retourna en arrivant à la porte et regarda Charlie. « Tu as l'air en forme pour quelqu'un qui vient de passer la nuit debout, Chou. Que se passe-t-il donc? »

« Je t'expliquerai plus tard. Tu ferais mieux d'aller chercher le matériel. »

Charlie se plongea dans l'étude de la caisse qu'elle avait apportée et se mit à fouiller dedans. « Les voilà. » Il en retira deux petites boîtes de matière plastique qu'il tendit à Eric, en pêcha une troisième, puis une autre encore. Il y en avait huit en tout. Ils les alignèrent sur la table et Charlie ouvrit le couvercle de la première.

« Ce sont essentiellement des circuits imprimés,

des transistors, des diodes et quelques tubes. Du beau travail. Je me demande bien ce que j'avais l'intention de faire avec. Je n'ai pas pu résister à l'affaire! A deux dollars la bête! » Il fit glisser le couvercle. « Voilà vos cristaux, docteur! »

Eric se pencha sur la petite boîte.

Charlie fouillait dans la caisse. « Quels sont les tubes dont vous aviez besoin? »

Eric prit le schéma de câblage et parcourut la liste du doigt. « Variable C6 miniature, C7, C8 double et 4µfd. »

Charlie tendit un tube. « Voici le C6 ». Il en sortit un autre. « Voici le C8. » Un autre encore. « Le C7. » Il jeta un coup d'œil sur les appareils. « Il y a un troisième étage là-dedans, mais je doute fort qu'il puisse nous servir à quelque chose. Nous bricolerons bien un composant de substitution pour le 4µfd. »

Charlie émit un sifflement entre ses dents. « Pas étonnant que ce diagramme ait l'air familier; il était basé sur ce circuit du temps de guerre. »

Eric eut un moment d'exultation mais un regard à la pendule suffit à le dégriser : il était 9 h 04 du matin.

« Il faut que nous travaillions plus vite », pensa-t-il. « Nous n'y arriverons jamais sans cela. Et nous n'avons même plus sept heures devant nous. »

« Il faut nous y mettre », dit-il. « Il ne nous reste plus beaucoup de temps. »

Betty redescendait l'escalier avec une autre caisse. « Vous avez mangé, les gars? »

Charlie répondit sans même relever la tête du deuxième boîtier de matière plastique qu'il était occupé à disséquer. « Ouais, mais tu pourrais nous faire des sandwiches pour plus tard. »

Eric leva les yeux d'une autre de ces boîtes. « Le

placard de la cuisine, au-dessus, est plein de vivres. »

Betty fit demi-tour et on entendit ses talons claquer sur les marches.

Charlie jeta un regard en coin sur Eric. « Ne dites pas à Betty les raisons de tout cela, docteur. » Il reporta toute son attention sur la petite boîte qu'il démantibulait méthodiquement. « Nous attendons notre premier fils pour dans cinq mois. » Il respira un grand coup. « Vous m'avez convaincu. » Une goutte de sueur ruissela le long de son nez, lui tomba sur la main. Il s'essuya sur sa chemise. « Il faut que ça marche. »

La voix de Betty retentit dans l'escalier. « Hé, docteur, où est l'ouvre-boîtes? »

Eric émergea de la télésonde dans laquelle il avait la tête et les épaules engagées. « L'appareil électrique, à gauche de l'évier », s'écria-t-il.

Des ronchonnements, des murmures hostiles et des bruits mécaniques divers dégringolèrent les marches en provenance de la cuisine. Puis Betty réapparut porteuse d'un plateau de sandwiches, un pansement teinté de rouge au pouce gauche. « J'ai démoli votre bazar à éplucher les patates », expliqua-t-elle. « Ces gadgets mécaniques me donnent la chair de poule. » Elle jeta un regard attendri sur le dos de son mari. « Il aime autant bricoler que vous, docteur. Si je ne l'espionnais pas en permanence, ma chère vieille cuisine serait un cauchemar électronique, depuis le temps. » Elle retourna une caisse vide sur laquelle elle posa le plateau de sandwiches. « Vous mangerez quand vous aurez faim. Je peux me rendre utile? »

Charlie fit un pas en arrière et se retourna. « Pourquoi n'irais-tu pas passer la journée chez Maman? »

« Toute la journée? »

Charlie jeta un coup d'œil à Eric, puis regarda de nouveau sa femme. « Le docteur me donne mille quatre cents dollars pour ce travail. C'est l'argent du bébé. Sauve-toi, maintenant. »

Elle allait dire quelque chose, puis se ravisa, ferma la bouche, s'approcha de son mari et lui donna un baiser sur la joue. « D'ac, Chou. Salut! » Elle s'en alla.

Eric et Charlie se remirent au travail, leur tension croissant à chaque tic-tac de la pendule. Ils procédaient laborieusement, vérifiant méthodiquement chaque étape.

A 3 h 20 de l'après-midi, Charlie ôta les contacts d'essai de la moitié du nouveau circuit de résonance et jeta un coup d'œil à la télésonde, mesurant le travail qu'il leur restait encore à faire. Eric était couché sur le dos, sous la machine, et soudait un chapelet de connexions.

« Nous n'y arriverons jamais, docteur. » Il reposa son instrument de mesure sur la table, sur laquelle il s'appuya. « Il ne nous reste pas assez de temps. »

Un fer à souder électronique surgit de sous la télésonde. Eric sortit en se tortillant à sa suite et regarda la pendule, puis les fils encore libres du circuit piézo-électrique. Il se releva, tira son carnet de crédit de sa poche et rédigea un chèque de mille quatre cents dollars au nom de Charles Platte. Il détacha le chèque et le tendit à Charlie.

« Vous les méritez, jusqu'au dernier centime, Charlie. Fichez le camp, maintenant. Allez rejoindre votre femme. »

« Mais... »

« Nous n'avons pas le temps de discuter. Vous refermerez la porte derrière vous, de façon à ne pas pouvoir revenir si... »

Charlie leva sa main droite, la laissa retomber. « Docteur, je ne peux pas... »

« Tout ira bien, Charlie. » Eric reprit son souffle. « Je sais à peu près ce qui m'arrivera si je suis en retard. » Il le regardait dans les yeux. « Mais pour vous, je ne sais pas. Il se pourrait que vous... Enfin... » Il haussa les épaules.

Charlie hocha la tête et déglutit péniblement. « Je crois que vous avez raison, docteur. » Il remua les lèvres puis, tout d'un coup, il fit volte-face et monta les marches en courant. La porte d'entrée claqua derrière lui.

Eric se tourna vers la télésonde, saisit un fil libre qu'il rapprocha du circuit, le fixa à son récepteur; Il fit couler une goutte de soudure sur la connexion et passa au circuit suivant, puis à un autre...

A 4 heures moins le quart, il regarda la pendule. Il en avait encore pour plus d'une heure de travail sur la télésonde, et ensuite... Il ne savait pas. Il s'appuya sur la table de travail, les yeux embués par la fatigue. Il tira une cigarette de sa poche, appuya sur la molette de son briquet et aspira une profonde bouffée. Il se rappelait la question de Colleen : « Comment ça fait, quand on est fou? » Il ne pouvait détacher son regard du bout incandescent de sa cigarette.

Est-ce que je mettrai la télésonde en pièces? Est-ce que je prendrai un fusil pour courir après Colleen et Pete? Est-ce que je foncerai... Derrière lui, la pendule fit entendre un déclic. Il se raidit. *A quoi est-ce que ça ressemblera?* Il était pris de vertiges, avait mal au cœur. Une vague de mélancolie engloutit toutes ses émotions. Des larmes de compassion envers lui-même lui picotèrent les yeux. Il grinça des dents. *Je ne suis pas fou... Je ne suis pas fou...* Il enfonçait les ongles dans la paume de ses mains, aspira de profondes bouffées, fébrilement. Des pensées incertaines dérivaient dans son esprit.

Je vais m'évanouir... l'incohérence de la morosis... possession démoniaque... étourdissement dithyrambiques... une représentation de l'anima concrétisée émerge de la libido... fièvre corybantique... fou comme le lièvre de Mars...

Sa tête retomba en avant.

Non compos mentis... aliéné... avoir le diable au corps... Qu'est-ce qui est arrivé à Seattle? Qu'est-ce qui est arrivé à Seattle? Qu'est-ce qui... Sa respiration se fit plus régulière; il cligna les yeux. Rien ne semblait avoir changé... changé... changé... *Je divague! Il faut que je me reprenne.*

Il sentit que ses doigts le brûlaient à la main droite. Il secoua la cendre de sa cigarette.

Est-ce que ça n'allait pas? Qu'est-ce qui se passe, dehors? Il alla vers l'escalier mais était à peine arrivé à mi-chemin lorsque les lumières s'éteignirent. Un étau se referma autour de sa poitrine. Eric se dirigea à tâtons vers la porte, se cramponna à la rampe et grimpa l'escalier, vers la lumière vague, filtrée, du couloir. Il s'arrêta devant les briques de verre coloré auprès de la porte, se figea en entendant tirer des coups de feu au-dehors. Il se dirigea vers la cuisine comme un somnambule, se dressa sur la pointe des pieds pour regarder au-dehors par l'ouverture du ventilateur, au-dessus de l'évier.

La foule! La rue grouillait de monde... des gens couraient, d'autres marchaient d'un air décidé, d'autres encore sans but; certains étaient habillés, il y en avait qui n'étaient pas complètement vêtus et d'autre nus. Deux corps, un homme et un enfant, gisaient dans une flaque de sang de l'autre côté de la chaussée.

Il secoua la tête, se détourna et repartit vers la

pièce principale. Les lumières se rallumèrent tout d'un coup, s'éteignirent de nouveau, revinrent et restèrent allumées. Il composa le code vidéo des actualités mais ne reçut que des lignes ondulantes. Il passa sur commande manuelle et composa le code de la station de Tacoma. Des lignes ondulées encore une fois.

C'était Olympia; un journaliste lisait le bulletin météorologique : « La journée de demain sera partiellement nuageuse, avec des averses dans l'après-midi. Températures... »

Une main tenant une feuille de papier entra dans le champ de vision du commentateur qui s'interrompit pour regarder le message. Sa main tremblait. « Attention! Notre unité mobile de spatio-port de Clyde nous signale que le Syndrome de Brouillage a frappé les villes jumelles de Seattle-Tacoma. Plus de trois millions de gens seraient contaminés. Des mesures d'urgence ont déjà été prises. Des barrages sont en place. Nous savons que des sinistres ont eu lieu mais... »

On lui tendait un second papier. Les muscles de ses mâchoires se crispèrent tandis qu'il lisait : « Un avion à réaction s'est écrasé dans la foule, au terrain de Clyde. On estime à trois cents le nombre des morts. Il n'y a sur place aucun moyen médical disponible. Tous les médecins qui entendraient cet appel — tous les médecins — sont priés de se rendre immédiatement au quartier général du bureau des Désastres Nationaux. Des moyens médicaux de fortune... » Les lumières s'éteignirent de nouveau et l'image disparut de l'écran.

Eric hésita. *Je suis médecin. Dois-je sortir et faire de mon mieux, médicalement parlant, ou bien faut-il que je redescende pour terminer la télésonde — maintenant que la preuve est faite que j'avais raison? Et si parvenais à la faire marcher, est-ce que ça serait d'une quelconque utilité?* Il s'aperçut qu'il respirait très fort. *Ou bien, suis-je fou, comme tous les autres? Est-ce que je fais vraiment ce que je crois être en train de faire? Est-ce que je suis fou et en train de rêver une réalité?* Il pensa à se pincer, mais il savait que ce ne serait pas une preuve. *Il faut que je fasse comme si j'étais sain d'esprit. Toute autre attitude serait vraiment de la folie.*

Il choisit la télésonde; il mit la main sur une lampe de poche dans sa chambre et redescendit dans son laboratoire, au sous-sol. Il retrouva, enfoui sous une pile de caisses dans un coin, le générateur de secours dont il ne s'était pas servi depuis longtemps. Il le transporta au milieu de la pièce et l'examina. La puissante turbine à alcool semblait en ordre de marche. La valve du réservoir d'essence rebondit lorsqu'il la libéra. Le réservoir était plus qu'à moitié plein. Il découvrit deux bonbonnes de combustible dans le même coin où le générateur avait été mis de côté. Il remplit le réservoir, remit le bouchon en place et pompa pour faire monter la pression à l'intérieur.

Il brancha la prise du générateur dans la boîte à fusibles du labo. L'allumage à main partit du premier coup. La turbine s'anima et émettant un bourdonnement qui gravit toute la gamme des sons vers l'aigu. Les lumières du labo se rallumèrent, faiblirent et se stabilisèrent comme les relais s'ajustaient.

Il était 19 h 22 minutes lorsque Eric finit de souder la dernière connexion. Il estima à une demi-heure le délai survenu avant que le petit générateur prenne le relais, et évalua l'heure vraie à près de 8 heures. Il hésitait maintenant; il éprouvait une étrange répugnance à essayer la machine qu'il venait de terminer. Ce qui était autrefois son électro-encéphalographe était maintenant un labyrinthe dément de fils entrecroisés, de blindages improvisés, de tubes en pagaille et de cristaux. La seule chose encore familière dans toute la carcasse tubulaire était la demi-sphère du casque qui se trouvait au-dessus du fauteuil d'analyse.

Eric brancha un fil et le relia à un interrupteur portatif qu'il plaça dans la machine, auprès du fauteuil. Il écarta un entrelacs de fils électriques, se faufila à l'intérieur et s'installa dans le fauteuil. Il eut une hésitation et mis la main sur l'interrupteur.

Est-ce que je suis vraiment assis ici? se demanda-t-il. *Ou bien n'est-ce qu'un piège de la partie inconsciente de mon cerveau? Peut-être suis-je roulé en boule dans quelque coin, en train de sucer mon pouce. Peut-être ai-je mis la télésonde en pièces. Peut-être l'ai-je montée de telle sorte qu'elle me tuera à l'instant où je fermerai le circuit.*

Il baissa les yeux sur l'interrupteur, retira sa main. *Je ne peux pas rester assis ici comme ça,* se dit-il. *C'est aussi de la folie.*

Il tendit la main vers le casque en forme de dôme qu'il plaça sur sa tête. Il sentit les piqûres des électrodes qui passaient entre ses cheveux pour venir au contact de son cuir chevelu. Mais les narco-aiguilles intervinrent et la sensation cutanée disparut.

Ça ressemble bien à la réalité, se dit-il. *Mais peut-être suis-je en train de reconstituer tout ça de mémoire. Il est peu vraisemblable que je sois le seul être encore sain de la ville.* Il baissa sa main vers l'interrupteur. *Mais il faut que je fasse comme si c'était le cas.*

Comme s'il agissait de par sa propre volonté, son pouce se déplaça, appuya sur l'interrupteur. Au même instant, une douce lamentation plana dans l'air du laboratoire, se transforma pour devenir dissonante puis harmonieuse, musique plaintive et comme à demi oubliée qui escaladait la gamme et la redescendait en ondulant.

Dans l'esprit d'Eric, les images diaprées de la folie menaçaient de bmerger sa conscience. Il sombrait dans un tour on. Un spectrographe lumineux scintillait devant ses yeux. Dans un petit coin de sa conscience, un assortiment discret de sensations persistait, réalité à laquelle il fallait s'accrocher pour être sauvé : la sensation du fauteuil de la télésonde en dessous de lui et dans son dos.

Il sombrait toujours, de plus en plus profondément dans le tourbillon, mais il le vit devenir gris, puis ressembler tout d'un coup à la petite image que l'on voit lorsqu'on regarde par le gros bout d'un télescope. Il voyait un petit garçon qui tenait par la main une femme en robe noire. Tous deux entrèrent dans une pièce qui ressemblait à un vestibule. Et brusquement, Eric cessa de les voir de loin : il était redevenu lui-même, à l'âge de neuf ans et il avançait vers un cercueil. Il éprouva de nouveau l'horrible fascination, entendit sa mère sangloter et la voix murmurante, vide de sens, de l'employé des pompes funèbres, un grand homme mince. Et puis, il y eut le cercueil et dedans une créature livide, couleur de cire, qui ressemblait un peu à son père. Mais sous les yeux d'Eric, le visage fondait et se transformait en celui de son oncle Mark; et c'était maintenant un autre masque, celui de son professeur de géométrie, à l'université. *On avait oublié ça dans ma psychanalyse,* pensa Eric. Il regardait le visage qui bougeait dans le cercueil et se transformait maintenant en celui du professeur qui lui avait enseigné les psychologies anormales, puis en celui de son propre analyste, le Dr Lincoln Ordway, et enfin — il lutta contre ce dernier — celui du Dr Carlos Amanti.

Alors voilà l'image du père que je traîne depuis toutes ces années, se dit-il. *Ça veut dire... ça veut dire que je n'ai jamais vraiment cessé de chercher mon père. C'est une jolie découverte pour un analyste!* Il hésita. *Mais pourquoi faut-il que je reconnaisse tout cela? Je me demande si Pete a éprouvé la même chose avec son musikron. Sûrement pas,* répondait une autre partie de son esprit. *Il faut vouloir voir en soi, faute de quoi on ne le fera jamais, même si on en a la possibilité.*

L'autre partie de son esprit sembla se renforcer, prendre le contrôle de sa conscience. La notion de soi s'escamota, se transforma en un atome qui fouaillait ses souvenirs avec une telle rapidité que c'était à peine s'il parvenait à distinguer les événements entre eux.

Est-ce que je suis en train de mourir? se demandait-il. *Est-ce que c'est ma vie que je passe en revue?*

Cette progression kaléidoscopique s'arrêta brutalement sur une vision de Colleen — comme il l'avait vue dans son rêve. L'écran de la mémoire fit une embardée : c'était Pete, maintenant. Il vit les deux êtres en relation avec lui-même d'une façon qu'il n'avait jamais tout à fait comprise jusque-là. Ils représentaient un catalyseur, ni bon ni mauvais, un réactif plutôt, qui mettait les événements en marche.

Brusquement, Eric sentit sa conscience croître, imprégner tout son corps. Il connaissait l'état et le rôle de chacune de ses glandes, fibres musculaires et terminaison nerveuse. Il accommoda son œil intérieur sur la grisaille qu'il avait traversée. Et, dans ce gris, une vrille rouge vint se faufiler, se tortiller, puis le dépasser en rampant. Il suivit la ligne rouge. Une image se forma dans son esprit et y grandit, comme lorsqu'on se réveille après une anesthésie. Il regardait vers le bout d'une longue rue indistincte dans le crépuscule de printemps, et les phares d'une voiture à réaction fonçaient vers lui à la vitesse de l'éclair. La voiture devenait de plus en plus grosse, les phares étaient comme deux yeux qui auraient voulu l'hypnotiser. Et en même temps que la vision lui venait une pensée : *Par exemple, c'est joli!*

Des réactions involontaires prirent le relais. Il sentit ses muscles se raidir, bondir, le déplacement d'air chaud de la voiture à réaction qui passait près de lui. Une pensée plaintive lui traversa l'esprit : *Où suis-je? Où est Maman? Où est Bea?*

Eric sentit son estomac se contracter lorsqu'il comprit qu'il se trouvait dans une conscience étrangère, qu'il voyait par les yeux d'un autre, qu'il sentait par l'intermédiaire de ses nerfs. Il fit un bond en arrière, refusant l'expérience, se retirant de la conscience de l'autre comme s'il avait touché un poêle chauffé au rouge.

Voilà comment Pete pouvait en savoir autant, se dit-il. *Pete restait assis dans le musikron et il regardait par nos yeux.* Et une autre pensée : *Qu'est-ce que je fais ici?* Il sentait le fauteuil de la télésonde en dessous de lui et entendait le nouveau lui-même dire à l'intérieur de lui : *Je vais avoir besoin d'aide, de gens entraînés.*

Il suivit un autre filament rouge, le fouilla et le rejeta; il en chercha un autre. Il avait un sens assez particulier de l'orientation : il n'y avait ni haut ni bas, non plus qu'aucun point de repère jusqu'au moment où il regardait par d'autres yeux. Il arriva finalement derrière deux yeux qui regardaient vers le sol depuis une fenêtre ouverte située au quarantième étage d'un immeuble d'affaires; il perçut les intentions suicidaires de l'être. Doucement, Eric explora le centre de sa conscience, cherchant son nom... C'était le Dr Lincoln Ordway, psychanalyste.

Même maintenant, c'est vers mon propre analyste que je me tourne, pensa-t-il.

Tendu, Eric se retira vers un niveau inférieur de la conscience de l'autre, sachant que la moindre maladresse ne ferait que précipiter le désir de mort de l'homme, qui sauterait par la fenêtre. Mais dans les niveaux inférieurs, un soleil de lumière pourpre, éblouissante, fit soudain éruption. Le mouvement giratoire du soleil se ralentit, il se transforma en mandala; aux quatre sommets du symbole, une fenêtre ouverte, un cercueil, un arbre de vie et un visage humain qu'Eric reconnut tout à coup comme une image déformée de lui-même. Le visage était enfantin, un peu égaré.

L'analyste lui aussi est lié par ce qu'il croit qu'est son malade, se dit Eric. Et cette pensée lui permit de prendre doucement, discrètement, la place de sa propre image et de commencer à étendre sa zone d'influence dans l'inconscient de l'autre. Il lança une pensée en guise d'essai contre le mur presque palpable qui représentait le foyer de conscience du Dr Ordway. *Lincoln,* (un murmure) *ne sautez pas. M'entendez-vous, Lincoln? Ne sautez pas. La ville a besoin de votre aide.*

Dans une partie de son esprit, Eric réalisa que si l'analyste sentait que son intimité mentale était violée, cette prise de conscience pouvait faire basculer son équilibre et le faire plonger dans le vide. Une autre partie du cerveau d'Eric choisit cet instant pour lui fournir la raison pour laquelle il avait besoin de cet homme, et d'autres comme lui : les motifs de démence diffusés par Pete Serantis ne pourraient être contrebalancés que par une rediffusion de calme et de modération.

Eric se tendit, se retira légèrement en sentant que l'analyste se rapprochait de la fenêtre. Il murmura, dans l'esprit de l'autre : *Eloignez-vous de la fenêtre... éloignez-vous...* Mais il résistait! Une lumière blanche se répandit dans les pensées d'Eric, le repoussa. Il eut l'impression de se retrouver dans le tourbillon gris, de reculer. Un tentacule rouge approcha et avec lui une question qui n'émanait pas de lui-même s'éleva dans son esprit :

Eric? Qu'est-ce que c'est que ça?

Eric laissa le schéma de la conception de la télésonde filtrer hors de son esprit. Il termina son exposé par une description de ce qu'il leur fallait faire.

Eric, comment le Syndrome ne vous a-t-il pas atteint? fut la pensée.

Le conditionnement par une exposition prolongée à ma propre télésonde : une résistance élevée à la déformation inconsciente provoquée par ce travail.

C'est drôle : j'allais sauter par la fenêtre lorsque j'ai senti votre interférence. C'était quelque chose qui ressemblait à cela... La vrille rouge se rapprocha.

Ils se fondirent complètement.

« Et maintenant? » demanda le Dr Ordway.

« Nous aurons besoin de toutes les personnes compétentes que nous pourrons trouver dans la ville. Les autres censureraient cette expérience et la maintiendraient en dessous du niveau de conscience. »

« L'influence de votre télésonde pourrait tranquilliser tout le monde. »

« Oui, mais si la machine vient jamais à s'éteindre,

ou si les gens sortent de sa zone d'influence, ils seront de nouveau dans le pétrin. »

« Il nous faudra entrer par la porte de service dans toutes les consciences de la ville et remettre les choses en ordre! »

« Pas seulement cette ville; toutes les villes où le musikron est passé, et toutes les villes où Serantis l'emportera avant que nous ne puissions l'en empêcher. »

« Comment le musikron peut-il faire ça? »

Eric projeta un schéma complexe formé d'images et de concepts. « Le musikron nous a expédiés au fond de l'inconscient collectif, nous y plongeant tout aussi longtemps qu'il nous tenait dans sa zone d'influence. *(Une image de corde se balançant dans des tourbillons de brouillard.)* Puis il fut coupé. *(Image d'un couteau coupant la corde dont l'extrémité tombait dans un maelström gris et tourbillonnant.)* Voyez-vous? »

« Si nous devons plonger dans ce tourbillon derrière tous ces gens, ne ferions-nous pas mieux de nous y mettre? »

C'était un petit homme qui creusait avec ses doigts la terre meuble de ses plates-bandes, contemplant d'un regard vide les feuilles déchiquetées. Son nom : Harold Marsh — psychologue. Doucement, discrètement, ils l'absorbèrent dans le réseau de la télésonde.

C'était une femme vêtue d'une légère blouse, qui s'apprêtait à sauter d'une jetée. Son nom : Lois Voorhies, psychanalyste. Prestement, ils la ramenèrent à la santé.

Eric s'interrompit pour suivre un filament rouge qui conduisait à l'esprit d'un de ses voisins, et vit par les yeux de l'autre homme la santé mentale revenir autour de lui.

Comme des cercles concentriques s'étendant à la surface d'une mare, une apparence de santé s'étendit dans la ville. L'électricité revint; les services d'urgence furent restaurés.

Les yeux d'un psychologue clinicien de l'est de la ville transmirent l'image d'un avion à réaction qui filait en direction du terrain de Clyde. Par l'intermédiaire de l'esprit du psychologue, le réseau capta les pensées radiantes d'une femme : de la culpabilité, des remords, du désespoir.

Colleen!

Prudemment, le réseau étendit un pseudopode de pensée, atteignit la conscience de Colleen pour y découvrir la terreur. *Qu'est-ce qui m'arrive?*

Eric prit le relais. *N'ayez pas peur, Colleen. C'est Eric. Nous remettons les choses en ordre, grâce à vous et aux plans du musikron.* Il projeta le schéma de leurs activités.

Je ne comprends pas. Vous êtes...

Vous n'avez pas besoin de comprendre pour l'instant. Puis, avec une hésitation : *Je suis heureux que vous soyez venue.*

Eric, je suis venue aussitôt que j'ai appris... Quand j'ai réalisé que vous aviez raison pour Pete et le musikron. Elle s'interrompit. *Nous allons atterrir.*

L'avion affrété par Colleen se posa sur la piste et alla se ranger dans un hangar où il fut entouré par des Gardes Nationaux.

Elle lui envoya une pensée : *Il faut que nous fassions quelque chose pour Londres. Pete a menacé de pulvériser le musikron, de se suicider. Il a essayé de me retenir de force.*

Quand cela?

Il y a six heures.

Il y a donc si longtemps que le Syndrome a frappé?

Le réseau intervint. *Quelle est la nature de cet homme, de Serantis?*

Les pensées de Colleen et d'Eric fusionnèrent pour projeter l'image de la personnalité de Pete.

Le réseau : *Il ne se suicidera pas, il ne détruira pas non plus sa machine. Il est trop égocentrique. Il se cachera. Nous pourrons toujours le retrouver lorsque nous le voudrons... à moins qu'il ne se fasse lyncher d'ici là.*

Colleen intervint. *Le chef des Gardes Nationaux ne veut pas me laisser quitter l'aéroport.*

Dites-lui que vous êtes une infirmière assignée à l'hôpital de Maynard.

Une pensée individuelle du réseau : *Je confirmerai de ce côté-ci.*

Eric : *Dépêchez-vous... chérie. Nous avons besoin de toute l'aide que nous pouvons recueillir auprès de ceux qui sont capables de résister à la télésonde.*

Pensées du réseau : *Cette rationalisation est aussi bonne qu'une autre. A chaque homme sa folie. Assez d'absurdités... mettons-nous au travail!*

Operation Syndrome.

LE SYNDROME DE LA MARIE-CÉLESTE

On connaît l'étrange histoire de la Marie-Céleste, *un voilier retrouvé abandonné par son équipage, en parfait état de marche et par beau temps. Une marmite mijotait encore sur le feu de la cambuse et la pipe du capitaine était tiède à côté du livre de bord grand ouvert. La question était moins de savoir où étaient allés les occupants de la* Marie-Céleste, *que de comprendre pourquoi ils avaient tous en même temps quitté le bord.*

Est-il possible que de semblables réactions se développent dans nos sociétés où les épreuves de toute nature agressent des systèmes nerveux mal armés pour leur résister? Est-ce déjà une pareille réaction de panique qui conduit certains citadins à retourner aux champs? Fera-t-elle un jour de grandes cités des navires abandonnés par leurs équipages?

Frank Herbert nous suggère ici, dans une direction un peu différente, que lorsqu'une espèce — la nôtre en l'occurrence — pousse à la limite sa résistance nerveuse, une sélection s'opère, dont les résultats sont imprévisibles.

LE SYNDROME DE LA *MARIE-CELESTE*

L'AUTOMOBILE de Martin Fisk, une Buick 1997 de l'année passée, à triple turbine et réacteurs assistés, jaillit de l'autoroute, s'insinua entre un gigantesque camion-citerne de réapprovisionnement en marche et un autobus de banlieue, fila comme une flèche et s'engouffra sur la première des huit files de droite, juste à temps pour prendre la bretelle marquée « NOUVEAU PENTAGONE SEULEMENT — Vitesse maximale autorisée : 120 km/h. »

Fisk jeta un coup d'œil à l'indicateur de rapport air/surface à palpeur et vit qu'il roulait à 130, pas trop au-dessus donc de la vitesse limite. Il se fraya alors un chemin dans la circulation dense du matin et se trouva dans la seconde file largement à temps pour rejoindre les voitures qui bifurquaient vers la rampe d'accès au cinquième niveau.

Une grosse limousine officielle, dont l'aile avant était ornée d'une décalcomanie représentant un drapeau de général à deux étoiles, lui fit une queue de poisson et il fut obligé de redescendre à 80 kilomètres à l'heure. Il entendait la barre d'attelage hurler dans son dos alors que les voitures de sa file s'efforçaient frénétiquement d'ajuster leur vitesse. L'ombre d'un hélicoptère de la circulation passa sur la chaussée. *J'espère que le chauffeur de ce général va y laisser son permis,* se dit-il.

Il était déjà dans la courbe ample qui menait au cinquième niveau. A cet endroit, la vitesse était limitée à 90, et contrôlée. La chaussée entrait dans le bâtiment et Fisk ramena à la vitesse limite son indicateur à palpeur, cherchant des yeux le code de sa sortie, BR71D$_2$, qui brillait un peu plus loin, clignotant mnémonique d'un vert éblouissant.

Fisk arrivait derrière une navette interne au bâtiment; il se faufila dans la file de droite, donna un coup sec sur le bouton de commande de la centrale warning qui mit en marche tous les feux clignotants autour de sa voiture et déclencha les automatismes. Sa machine capta le signal émis par la chaussée, passa sur automatique et, toujours à 90, s'engagea sur la sortie.

Fisk lâcha le levier de commandes.

Des crochets de traction qui se trouvaient sous la Buick s'engagèrent dans les rubans de freinage de la bretelle de sortie et sa voiture s'arrêta si brusquement qu'il fut projeté en avant; ce fut son harnais qui le retint.

Le grand signal lumineux rouge qui occupait toute la paroi en face de lui se mit à clignoter un avertissement : « 7 SECONDES! 7 SECONDES! »

On a tout le temps, pensa-t-il.

Il tira d'un coup sec avec sa main droite sur sa serviette qui se trouvait dans le logement sous le tableau de bord, tandis qu'il détachait son harnais de sécurité de la main gauche et pressait sur la commande d'ouverture de la portière avec son genou. Il se trouva sur le passage pour piétons avec trois secondes d'avance. La paroi lumineuse s'éclipsa : la voiture fit un bond en avant et plongea dans une cage d'ascenseur qui la descendrait au sous-sol où elle serait rangée dans un casier programmé. En indiquant son signal d'identification personnel au système contrôlé par ordinateur, il récupérerait sa voiture vérifiée, révisée et prête au trajet de ce soir : la sortie de la ville, toujours périlleuse.

Fisk jeta un coup d'œil à sa montre-bracelet; plus que quatre minutes avant son rendez-vous avec William Merril, l'officier de liaison du Président du Bureau de Contrôle Intérieur, patron de Fisk. Adoptant la discourtoisie impersonnelle de rigueur, Fisk se joignit à la cohue des gens qui se hâtaient sur le tapis roulant.

Un jour, se disait-il, *j'aurai un chic travail agréable et de tout repos dans une station hydroponique océanique, où tout ce que j'aurai à faire consistera à surveiller des cadrans et où il n'y aura rien de plus rapide que des tapis roulants qui iront à 65 kilomètres à l'heure.* Il pêcha une pilule verte dans la poche de son veston et l'avala, espérant qu'il ne serait pas obligé d'en reprendre une autre pour ramener à la normale sa pression sanguine.

Mais il était déjà dans la capsule pneumatique de l'ascenseur qui l'amènerait selon une courbe particulière à une courte distance à pied de sa destination. Il entoura de ses bras la barre d'appui. La porte se referma avec un bruit sourd. Il entendit un sifflement lointain, éprouva sur ses épaules la douce accélération du mouvement sinusoïdal de translation et se retrouva devant le mur opposé, jaune et nu, qu'il connaissait bien. La pression diminua, la capsule s'immobilisa et sa porte s'ouvrit.

Fisk pénétra dans une vaste galerie, esquiva les files qui menaient au trottoir à grande vitesse et se fraya un chemin parmi les piétons qui se rendaient à leur travail en se hâtant tout autour de lui.

Quelques secondes plus tard, il était dans le bureau de Merill, devant une secrétaire du Corps Auxiliaire des Femmes, une brune bien roulée et à l'air efficace. Elle le regarda entrer depuis son bureau.

« Oh, monsieur Fisk », dit-elle, « je suis bien contente que vous ayez une minute d'avance. M. Merill est déjà arrivé. Vous pourrez avoir neuf minutes. J'espère que ce sera suffisant. Il a un emploi du temps très chargé, aujourd'hui, et cet après-midi, il y a la réunion de la Sous-Commission du Conseil de Sécurité, avec le Président. » Elle était déjà levée et lui ouvrait la porte intérieure. « Est-ce que ce ne serait pas merveilleux si on pouvait inventer des journées de quarante-huit heures? » demanda-t-elle.

C'est déjà fait, pensa-t-il. *On s'est simplement contenté de les faire tenir dans le bon vieux modèle de vingt-quatre heures.*

« M. Fisk est arrivé », annonça-t-elle en s'effaçant.

Fisk était maintenant dans le Saint des Saints, et il se demandait pourquoi il n'arrivait pas à s'ôter de l'esprit la soudaine prise de conscience du fait qu'il n'y avait que trente-deux minutes qu'il était sorti au volant de sa voiture de l'ascenseur du garage de son appartement, à 160 kilomètres de là.

Merill, un homme roux et sec, au visage étroit, à la peau livide semée de taches de rousseur, était assis, l'air tendu, derrière son bureau qui se trouvait juste en face de la porte. Il leva sur Fisk ses yeux verts et l'invita à franchir le seuil. « Entrez et asseyez-vous, Marty, mais dépêchez-vous. »

Fisk traversa le bureau. C'était un hexagone irrégulier, dont la plus grande diagonale mesurait peut-être douze mètres. Merill tournait le dos au mur le plus étroit. A sa droite se trouvait la paroi la plus large, entièrement occupée par un tableau synoptique représentant une carte des Etats-Unis, l'intensité lumineuse des lignes rouges, bleues et violettes qui la sillonnaient symbolisant la densité de la circulation sur les grandes voies express qui s'entrecroisaient dans tout le pays. Il y avait une carte semblable au plafond, mais celle-ci montrait l'ensemble de l'hémisphère nord et se limitait aux axes de première priorité, larges de vingt voies ou plus.

Fisk se laissa tomber dans le fauteuil qui se trouvait devant le bureau de Merill, repoussa une mèche brune sur son front et sentit qu'il était humide de transpiration. *Flûte!* pensa-t-il. *Il va falloir que je prenne une autre pilule.*

« Alors? » demanda Merill.

« Tout est là », répondit Fisk en flanquant la serviette sur le bureau de Merill. « Dix jours de voyage, soixante-cinq mille kilomètres et dix-huit entretiens particuliers, plus cinquante et une autres entrevues et des rapports de mes assistants. »

« Vous savez que le Président est très préoccupé à ce sujet », fit Merill. « J'espère que c'est présenté de telle sorte que je puisse lui en parler cet après-midi. »

« C'est en ordre », répondit Fisk. « Mais ça ne va pas vous plaire. »

« Ouais, eh bien je m'y attendais », dit Merill. « De toute façon, il n'y a pas grand-chose qui me plaise dans tout ce qui échoue sur ce bureau. » Il leva tout d'un coup les yeux sur une ligne jaune qui était apparue sur la carte au-dessus de leurs têtes, indiquant une obstruction partielle sur la transcontinentale, près de Caracas. Sa main droite se leva vers le bouton d'un interphone et resta dessus jusqu'à ce que le jaune ait fait place à du rouge, puis à du bleu tirant sur le violet.

« Le quatrième problème dans cette région depuis deux jours », fit Merill en retirant sa main du bouton. « Il faudra que je trouve le moyen d'en parler à Mendoza dans le programme de ce matin. Bon. » Il se retourna vers Fisk. « Faites-moi un résumé, le modèle économique. Qu'est-ce qui prend à tous ces cinglés pour qu'ils déménagent d'un bout du pays à l'autre, comme ça? »

« Il y a une vingtaine d'éléments qui se recoupent tous, pour étayer mon idée première », répondit Fisk. « Le service Psy la confirme également. La question est de savoir si ça va se stabiliser et s'arranger. Vous pourriez signaler au Président, en dehors du rapport, que tout cela est plein d'implications politiques. Et *délicates*, avec ça, si l'histoire vient à filtrer. »

Merill appuya sur le bouton d'un enregistreur, sur son bureau. « Très bien, Marty, nous allons enregistrer tout ça. Reprenons les faits et résumons-nous. J'écouterai la bande pour examen en lisant votre rapport. »

Fisk hocha la tête. « Très bien. » Il sortit de la serviette des dossiers bourrés de papiers et les rangea devant lui. « Nous disposions évidemment du rapport originel, qui exposait le fait que des gens se déplaçaient hardiment d'un bout du pays à l'autre, en quantités plus importantes que la normale, depuis des points de départ auxquels nous n'aurions jamais pensé, pour rallier les destinations auxquelles nous nous attendions le moins. Et ces gens, loin d'être des pionniers audacieux qui auraient déplacé leurs racines par esprit d'aventure, se révélaient être les individus les plus timides qui soient. »

« Les profils psy se trouvent-ils dans votre rapport? » demanda Merill. Je ne m'en sortirai pas avec le Président si je n'ai pas toutes les preuves nécessaires. »

« C'est là », répondit Fisk en tapotant l'une des chemises. « J'ai aussi des photocopies de factures de restoroutes itinérants et de camions-citernes pour des ravitaillements en marche, qui montrent que les gens dont il est question dans ces rapports sont bien ceux que nous avons analysés. »

« Inquiétant », fit Merill. Il jeta un coup d'œil au plafond sur une brève lueur jaune du côté de Seattle et ramena son attention sur Fisk.

« Les rapports des services national et fédéral des contributions directes sont là aussi », poursuivit Fisk en désignant un autre dossier. « Et, ah oui, le nombre des propriétaires de voitures est, par endroits, en chute vertigineuse. J'ai aussi des chiffres sur les transferts de permis de conduire, et des relevés de banques et de compagnies d'assurance qui montrent les transactions commerciales effectuées lors de ces déménagements. Vous savez, certains de ces cinglés ont vendu à perte des affaires florissantes pour s'adonner à des carrières différentes sur les lieux de leur nouveau domicile. D'autres ont accepté un nouvel emploi à un salaire inférieur. De très grosses entreprises en sont fort ennuyées. Elles ont perdu leurs chevilles ouvrières pour des raisons insensées. Et le ministère de la Santé Publique a calculé que... »

« Oui, mais qu'est-ce que ç'a à voir avec l'effondrement des propriétaires d'automobiles? » demanda Merill.

On peut toujours lui faire confiance pour mettre droit dans le mille, se dit Fisk. « On enregistre parmi ces gens une dégringolade du nombre des propriétaires de voitures », répondit-il.

« Est-ce que les gens de Detroit se doutent de quelque chose? » demanda Merill.

« J'ai fait de mon mieux pour les dépister », répondit Fisk, « mais ça va faire du bruit lorsque leurs enquêteurs iront interroger les mêmes personnes que moi. »

« Nous ferions mieux de les inviter à étudier nos constatations », suggéra Merill. « Il y a de gros alliés politiques là-bas. Et à quoi ressemblent les communautés choisies par ces cinglés? »

« C'est très révélateur », répondit Fisk. « La plupart des régions qui ont reçu une grosse affluence sont ce que les ingénieurs qui construisent nos autoroutes appellent irrévérencieusement des *marécages de cours supérieur*, c'est-à-dire des endroits où les embranchements des autoroutes vont en se ramifiant, ce qui permet de quitter plus facilement les voies express. »

« Par exemple? »

« Oh... New York, San Francisco, Seattle, Los Angeles. »

« C'est tout? »

« Non. Il y a eu des augmentations de population significatives dans des zones où la construction des autoroutes ralentissait la circulation. Il y a eu des vagues à Bangor, dans le Maine..., à Blaine, dans le Washington... Et, grand Dieu! à Calexico, en Californie! Ces villes ont vu débarquer cent soixante-dix nouveaux arrivants au cours de deux week-ends consécutifs. »

« Je suppose que les courbes de distribution sont cohérentes? » fit Merill d'une voix lasse.

« D'un bout à l'autre. Ils sont tous d'un certain âge, voire d'un âge certain, ils conduisent des voitures anciennes, bien entretenues, ont peur de prendre l'avion et n'aiment pas dire pourquoi ils sont allés si loin. Le profil de régions entières de ces zones de *marécages* en a été modifié. Il y a quelque chose d'uniforme chez eux : ce sont des gens conservateurs, timides... vous voyez le genre. »

« J'en ai bien peur. Ça risque d'avoir des répercussions politiques, aussi. La représentation au Congrès changera dans ces régions pour se conformer au nouvel état de fait, c'est certain. C'est ce que vous vouliez dire, n'est-ce pas? »

« Oui. » Fisk vit qu'il ne lui restait plus que cinq minutes et sentit sa nervosité augmenter. Il se demanda s'il oserait avaler une pilule devant Merill, décida qu'il valait mieux n'en rien faire et poursuivit. « Vous devriez également étudier le problème du point de vue des assurances. Les tarifs augmentent et les gens commencent à se plaindre. Il y avait un rapport sur mon bureau, lorsque je suis rentré, hier soir. A un homme près, ces cinglés étaient tous des conducteurs à faible risque. Comme ils sortent du marché, les charges supportées par les autres augmentent d'autant. »

« Je ferai peut-être faire une enquête complémentaire », répondit Merill. « Autre chose? Il ne vous reste presque plus de temps. »

Il ne vous reste presque plus de temps, se répétait Fisk. *L'histoire de notre vie à tous.* Il montra un autre dossier. « Voici les rapports sur les personnes disparues. La courbe qui l'illustre correspond à cette théorie. J'ai aussi des notes sur les divorces, qui valent la peine d'être regardées de près : des femmes ont refusé de rejoindre leur mari lors de ces déplacements; et des choses comme ça. »

« Le mari a déménagé et sa femme a refusé de le rejoindre? »

« C'est ce qui se passe le plus souvent. Il est

quand même arrivé aussi quelquefois que ce soit la femme qui s'en aille et refuse de revenir. Abandon de domicile... Très caractéristique. »

« Oui, c'est bien ce que je craignais », fit Merill. « Très bien, j'étudierai tout ça quand... »

« Encore une chose, chef », le coupa Fisk. « Les télégrammes et les comptes rendus des compagnies de déménagement. » Il indiqua du doigt un épais dossier sur la droite. « J'ai fait faire des photocopies, parce que sans cela peu de gens accepteraient de nous croire. »

« Ah oui? »

« Une compagnie de déménagement reçoit l'ordre de, disons Bangor, d'aller chercher tout le contenu de la maison qui se trouve, par exemple, à Tulsa, dans l'Oklahoma. La demande contient une requête, celle de nourrir le chat, le chien, le perroquet ou n'importe quel animal. Et, lorsque les déménageurs se rendent à l'adresse, c'est pour découvrir dans la maison un chat ou un chien affamé, voire même parfois mort de faim. Un déménageur a trouvé un bocal de poissons rouges morts. »

« Et alors? »

« Ces maisons cadrent parfaitement avec le reste », expliqua Fisk. « Les déménageurs trouvent des dîners qu'on avait laissé mijoter, le couvert mis et tous les signes qui montrent que les gens étaient partis avec l'intention de revenir... mais n'étaient pas revenus. Il y a un nom pour ça dans l'industrie du déménagement : ils appellent ça les déménagements à la *Marie-Céleste,* d'après l'histoire du bateau à voiles qui... »

« Je connais l'histoire », trancha Merill d'une voix morose.

Merill passa une main lasse sur son visage, puis la laissa retomber sur son bureau avec un bruit sourd. « Très bien, Marty, ça colle », dit-il. « Ces gens-là s'en vont pour la promenade du samedi ou du dimanche après-midi. Ils se trompent de chemin, prennent par erreur une bretelle d'accès à sens unique et se retrouvent coincés sur une voie express à grande vitesse. Ils n'ont jamais roulé à plus de 240 de toute leur vie et le rayon porteur de la voie express les force à rouler à plus de 450 ou 480, alors ils paniquent, ils passent sur automatique et ils n'osent plus toucher à rien jusqu'à ce que les automatismes les fassent ralentir pour bifurquer. Après ça, on a de la chance si on arrive à les faire remonter dans quelque chose avec des roues. »

« Ils vendent leurs voitures », poursuivit Fisk. « Ils s'en tiennent au métro local et aux moyens de transport de surface. Les marchands de voitures d'occasion ont repéré ces gens-là; ils les appellent des *paniqués*. Un cinglé avec une plaque d'immatriculation d'un autre Etat vient les voir, tout tremblant, l'œil vitreux, et leur demande : « Combien me donnez-vous pour ma voiture? » Le marchand l'assomme au passage, évidemment. »

« Evidemment », répéta Merill. « Enfin, il vaut mieux que nous passions tout cela sous silence, jusqu'à ce que le Congrès ait voté les crédits pour la nouvelle voie express, le Trans-Huron. Après ça... » Il haussa les épaules. « Je ne sais pas quoi, mais nous trouverons bien quelque chose. » Il fit un geste de la main pour congédier Fisk, se pencha vers l'enregistreur de rapports qui jaillit du bureau. « Ne vous éloignez pas, Marty, que je puisse vous joindre en cas d'urgence », dit-il.

Quelques secondes plus tard, Fisk était dans la galerie, devant les files allant vers le tapis roulant à grande vitesse qui le conduirait à son propre bureau. Un homme le bouscula et Fisk se rendit compte qu'il se tenait debout sur le pas de la porte du bureau, peu désireux de s'engager dans le couloir envahi par les multitudes grouillantes qui passaient dans un sifflement.

Non, se dit-il. *Ce n'est pas que je n'en aie pas envie; j'ai peur, c'est tout.*

Mais il était tout de même assez honnête envers lui-même pour réaliser que ce n'était pas du tapis roulant à grande vitesse qu'il avait peur. C'était de ce que le tapis signifiait, de l'endroit où il pourrait l'emmener.

Je me demande ce que ma voiture me rapporterait, pensa-t-il. Puis il se posa une question : *Est-ce que ma femme déménagerait?* Il essuya sur sa manche la paume de sa main couverte de sueur avant de prendre une autre pilule verte dans sa poche et de l'avaler. Puis il fit un pas en avant dans la galerie.

Mary Celeste Move.

L'EFFET M. G.

Dans la précédente nouvelle, la course à l'efficacité et au pouvoir ne manifestait qu'indirectement ses effets redoutables. Ici, le contrôle de l'avenir se donne pour moyen la connaissance exacte du passé, et l'affrontement entre ceux qui savent est inéluctable et violent.

Et quel meilleur moyen y aurait-il d'atteindre à une exacte connaissance du passé que de se remémorer les souvenirs de ses ancêtres? C'est encore à une hypothèse empruntée à C. G. Jung que Frank Herbert fait appel, en l'amplifiant toutefois. Pour Jung, des événements considérables ou traumatisants auraient laissé une trace mnésique dans l'inconscient collectif de l'humanité, se transmettraient génétiquement, et trouveraient encore à s'exprimer par la voie symbolique des archétypes.

Selon un autre psychanalyste, Emmanuel Velikovsky, notre psychisme porterait même la trace des terrifiants cataclysmes qui ont accompagné la naissance de l'humanité, et son expérience clinique le conduisit à s'intéresser à l'astronomie et à développer une théorie peu orthodoxe de la genèse des formations géologiques.

Frank Herbert est plusieurs fois revenu sur le

thème de la mémoire ancestrale, notamment dans l'Œuf et les Cendres *qu'on lira plus loin, et dans son célèbre roman*, Dune.

L'EFFET M. G.

C'ETAIT une douce soirée d'automne et tout en s'asseyant à la longue table de la salle de séminaires du sous-sol de Meade Hall, le Dr Valeric Sabantoce pensait à la façon dont les journalistes, de la radio comme de la presse écrite, insisteraient le lendemain sur le temps qu'il faisait. Ils ne manqueraient pas de souligner la clémence des éléments, dramatisant le contraste entre l'aspect souriant de la Nature et la tragédie qui s'était déroulée dans la nuit, laquelle paraissait du coup encore plus horrible.

Sabantoce était un petit homme dodu dont l'indomptable tignasse noire donnait l'impression de n'avoir jamais connu le peigne. Son visage rond arborait une expression d'innocence enfantine qui donnait à ceux qui ne le connaissaient pas une fausse impression de lui; à moins qu'ils ne se trouvent exposés dès le premier abord à son esprit paillard, ou qu'ils ne croisent le lourd regard de ses yeux bruns, profondément enfoncés dans les orbites.

Ils étaient maintenant quatorze autour de la table : neuf étudiants et cinq membres du corps enseignant, le professeur Joshua Latchley présidant la table.

« Maintenant que nous sommes tous réunis »,

commença Latchley, « je peux vous communiquer le motif de la réunion de ce soir. Nous avons une terrible décision à prendre... Nous... euh... »

Latchley s'interrompit et se mordilla la lèvre inférieure. Il était conscient de l'image qu'il offrait en ce moment : un grand homme au crâne dégarni, aux manières gauches, qui portait des lunettes aux verres épais... et un éternel air d'excuse qu'il arborait à la façon d'un parapluie. Ce soir-là, il avait le sentiment que son allure n'était qu'un déguisement. Qui aurait pu deviner — en dehors de Sabantoce, bien sûr — combien cette réunion en apparence innocente était en fait téméraire?

« Ne les faites pas languir, Josh », intervint Sabantoce.

« Oui... Euh, oui... », reprit Latchley. « Il m'est venu à l'esprit que le Dr Sabantoce et moi-même avions ce soir une démonstration très particulière à vous exposer, mais avant de vous parler de cette expérience, peut-être ferions-nous mieux en quelque sorte de résumer la situation. »

Se demandant ce qui avait bien pu distraire Latchley, Sabantoce fit du regard le tour de la table et s'aperçut qu'ils n'étaient pas *tous* là. Le Dr Richard Marmon était absent.

Et s'il s'était douté de quelque chose et avait fichu le camp, se demandait Sabantoce. C'est alors qu'il réalisa que Latchley essayait de gagner du temps pendant qu'on recherchait Marmon et qu'on le ramenait.

Latchley frottait son crâne luisant. Il aurait bien voulu être ailleurs, mais il fallait en finir. Il savait que, dehors, l'accalmie très spéciale de 9 heures du soir avait établi son règne sur le campus de l'Ecole des Arts et Métiers de Yankton; et c'était le moment qu'il préférait entre tous pour aller faire un tour — peut-être jusqu'à l'étang envahi par la fraîcheur, pour écouter les grenouilles et les couples d'amoureux et penser aux dérivés étymologiques de...

Il prit conscience des bruits variés — toussotements et traînements de pieds — qui se faisaient entendre autour de la table et réalisa qu'il avait laissé vagabonder son esprit. Latchley savait qu'il était connu pour se rendre coupable de ce crime infamant. Il s'éclaircit la voix. *Où diable Marmon pouvait-il bien se trouver? N'arrivaient-ils donc pas à le retrouver?*

« Comme vous le savez », fit Latchley, « nous n'avons pas fait d'efforts particuliers pour garder notre découverte secrète, encore que nous ayons tenté de décourager les spéculations délirantes et les discussions au-dehors. Notre intention était de mener nos expériences à bien avant d'en publier les résultats. Et vous tous, étudiants, euh... cobayes et professeurs du conseil d'université, avez été extrêmement coopératifs. Mais il était inévitable que des échos de ce que nous faisions ici aient filtré, souvent très déformés et parfois même d'une manière hystérique. »

« Ce que veut dire le professeur Latchley », intervint Sabantoce, « c'est que le feu est aux poudres. »

On pouvait lire la curiosité sur le visage des étudiants qui s'étaient jusqu'à présent contentés de dissimuler leur ennui. Le vieux Dr Inkton eut une quinte de toux.

« Il y a une vieille expression malaise », continua Sabantoce, « qui dit que quand on joue à saute-mouton avec un porc-épic, on finit forcément par faire des bonds. Enfin, nous étions tous prévenus que ce porc-épic était prêt à sauter. »

« Merci, Dr Sabantoce », dit Latchley. « J'ai le

sentiment — je sais bien que c'est une procédure tout à fait inhabituelle — que vous devez tous contribuer à la décision que nous avons à prendre ce soir. En participant à ce projet, vous avez tous été beaucoup plus profondément concernés qu'il n'est d'usage d'ordinaire dans ce genre d'expériences scientifiques à caractère général. Et puisque vous, étudiants *assistants,* avez été tenus un peu à l'écart, peut-être le Dr Sabantoce qui est à l'origine de la découverte de l'effet M. G. devrait-il vous rappeler certains faits. »

C'est ce qui s'appelle gagner du temps, pensa Sabantoce.

« La découverte de la mémoire génétique, ou effet M. G., fut l'effet du hasard », commença Sabantoce, lui donnant la réplique. « Le Dr Marmon et moi-même recherchions une méthode hormonale pour extraire les graisses du corps. Notre composé numéro 105 avait donné d'excellents résultats sur les souris et les hamsters. Nous avions obtenu six générations sans effets secondaires apparents, et ce matin-là je décidai d'essayer le 105 sur moi-même. »

Sabantoce se permit un sourire faussement désapprobateur et enchaîna : « Peut-être vous rappelez-vous que je disposais alors de quelques kilos superflus. »

L'éclat de rire général qui lui répondit lui confirma qu'il avait réussi à alléger l'atmosphère, laquelle était devenue un peu étouffante après le discours sinistre de Latchley.

Josh est complètement cinglé, se disait Sabantoce. *Je lui avais dit de rester anodin. C'est drôlement dangereux.*

« Il était 10 h 08 du matin lorsque je pris la première dose », poursuivit Sabantoce. « C'était un matin de printemps particulièrement radieux, et je me souviens que j'entendais Carl Kychre réciter une ode grecque dans sa classe, plus loin dans le couloir. Au bout de quelques minutes, je commençai à me sentir un peu euphorique — comme ivre, mais très légèrement — et je m'assis sur un tabouret du labo. Et je me mis à déclamer avec la classe de Kychre, agitant les bras au rythme de l'ode. La seule chose dont je me souvienne ensuite, c'est que Carl était à la porte du labo, quelques-uns de ses étudiants derrière lui, et qu'ils m'observaient. Je réalisai alors que j'avais dû faire un peu de bruit... »

« C'est du magnifique grec ancien, mais ça perturbe mon cours », disait Carl.

Sabantoce attendit que les rires cessent.

« Je réalisai tout d'un coup que j'étais deux personnes à la fois », fit Sabantoce. « Je savais parfaitement où j'étais et qui j'étais, mais je savais aussi avec certitude que j'étais un soldat hoplite du nom de Zagreut et que je venais de rentrer d'une opération mercenaire sur Kyrene. C'était l'effet de *surimpression* qu'un grand nombre d'entre vous ont ressenti. J'avais tous les souvenirs et toutes les idées de cet hoplite, y compris les sentiments très particuliers et parfaitement terre à terre qu'il éprouvait envers une femelle, laquelle tenait la première place dans sa (ou ma) conscience. Et il y avait aussi une autre chose, que nous avons tous remarquée : je formulais ses (ou mes) pensées en grec, mais elles étaient intrinsèquement liées à mon présent dominant et à ma conscience basée sur l'anglais. Je pouvais traduire comme je voulais. La sensation d'être deux personnes fut une expérience très troublante. »

Un étudiant de licence prit la parole : « Vous étiez toute une foule, docteur. »

Il y eut de nouveau des rires, auxquels se joignit même le vieil Inkton.

« J'ai dû sembler un peu bizarre à ce pauvre Carl », reprit Sabantoce. « Il entra dans le labo et me demanda si j'allais bien. Je lui dis d'aller chercher le Dr Marmon en vitesse, ce qu'il fit. Et à propos de Marmon, l'un de vous sait-il où il est? »

Sa question fut accueillie dans le silence. Puis Latchley répondit : « Il a été... convoqué. »

« Bon », fit Sabantoce. « Eh bien, poursuivons. Nous nous sommes enfermés dans le laboratoire, Marmon et moi-même, et avons commencé à explorer les possibilités de ce composé. Nous avions découvert en quelques minutes que nous pouvions diriger à volonté la conscience du sujet vers n'importe laquelles des strates de son héritage génétique, où elle devait être *explicitée* par un ancêtre de son choix; nous saisîmes immédiatement le fait que cette découverte éclairait sous un jour tout à fait nouveau le concept d'instinct et les théories de l'emmagasinage de la mémoire. Lorsque je dis que nous étions très excités, c'est l'euphémisme du siècle. »

L'étudiant de licence bavard intervint de nouveau : « Est-ce que l'effet s'est dissipé de la même façon que pour nous? »

« Au bout d'une heure environ », répondit Sabantoce. « Mais comme vous le savez, il ne s'estompa évidemment pas complètement. Ce vieil hoplite était pour ainsi dire toujours avec moi, ainsi que le reste de la *foule*. Une goutte de 105 et il revenait distinctement, avec tous ses souvenirs intacts, jusqu'au moment de la conception de mon ancêtre suivant, dans la même lignée. Il y a des superpositions d'images, aussi, et des réminiscences plus tardives de son histoire venant des ascendants parallèles et des descendants ultérieurs. Je suis aussi relié à sa branche maternelle, évidemment, et deux d'entre vous sont de la même farine, comme vous le savez. Le plus remarquable dans cette affaire, c'est que les souvenirs incroyablement précis de l'hoplite ne collent pas avec plusieurs versions autorisées de l'histoire de cette époque. Ce fut en fait le premier indice que nous devions avoir que la plus grande partie de l'histoire telle qu'elle est écrite est une fumisterie. »

Le vieil Inkton se pencha en avant, eut une quinte de toux rauque et demanda : « Ne serait-il pas bientôt temps, docteur, que nous fassions quelque chose à ce sujet? »

« C'est dans une certaine mesure pour cela que nous sommes ici ce soir », répondit Sabantoce. Et il poursuivit, *in petto* : *Toujours pas signe de vie de Marmon. J'espère que Josh sait de quoi il parle. Mais il faut encore que nous gagnions du temps.*

« Puisque seuls quelques-uns d'entre nous connaissent toute l'histoire de certaines de nos plus sensationnelles découvertes, nous allons retracer brièvement pour vous les recherches en question. » Sabantoce arbora son sourire le plus désarmant et fit un signe en direction de Latchley. « Je laisse maintenant la parole au professeur Latchley, historien chargé de la coordination de cette phase de nos expériences. »

Latchley se racla la gorge et échangea un regard d'intelligence avec Sabantoce. *Est-ce que Marmon se doutait de quelque chose?* Latchley s'interrogeait. *Il était impossible qu'il sache... Mais il pouvait avoir eu des soupçons.*

« Nous fûmes d'emblée confrontés à plusieurs aspects évidents de cette méthode de recherche », fit Latchley en détournant son attention de Sabantoce et oubliant pour un instant l'inquiétude occasionnée par l'absence de Marmon. « En ce qui concerne tous les incidents majeurs de l'histoire — prenons une bataille, par exemple — nous avons toujours une gamme étendue de connaissances sur le vainqueur mais parfois aucune donnée sur le vaincu. Dans le grand nombre d'informations recueillies au sein même de notre petit groupe, nous trouvons par exemple un nombre remarquablement restreint de souvenirs adjacents et fortuits du côté troyen sur le cours de la guerre de Troie : quelques sujets femelles, bien sûr, mais très peu de mâles. Les lignées mâles ont été littéralement effacées. »

Latchley perçut de nouveau l'impatience de son auditoire et en ressentit une certaine jalousie. Leur attention ne faiblissait pas lorsque c'était Sabantoce qui parlait. La raison était évidente, Sabantoce ne leur racontait pour ainsi dire que des histoires.

Il poursuivit avec un sourire d'excuse : « Peut-être aimeriez-vous entendre quelques anecdotes? »

Nom de Dieu! Ils dressaient l'oreille, maintenant!

« Ainsi que le soupçonnaient certains », fit Latchley, « nos preuves mettent en évidence le fait que Henry Tudor ordonna bien le meurtre des deux princes dans la Tour... tout en instaurant une campagne de propagande contre Richard III. Il s'avère que Henry était un être des plus pervers, retors, cruel, lâche et assassin. Le crime politique était chose admise sous son règne. » Latchley haussa les épaules. « Et grâce à son énergie sexuelle, il est l'ancêtre d'un grand nombre d'entre nous. »

« Parlez-leur de Lincoln », fit Sabantoce.

Latchley rajusta ses lunettes et posa un doigt sur la commissure de ses lèvres. « L'honnête Abraham... »

Il fit une longue pause, comme s'il venait d'annoncer un visiteur, et poursuivit.

« Ce fut extrêmement affligeant. Lorsque j'étais enfant, Lincoln était mon héros privilégié. Certains d'entre vous savaient déjà que le général Butler était l'un de mes ancêtres, et... Eh bien, ce fut *très* pénible. »

Latchley fouilla dans une de ses poches, en retira un bout de papier qu'il étudia. « Lors d'une discussion avec le juge Douglas, Lincoln prononça les paroles suivantes : " Je vous dis très franchement que je ne suis pas en faveur du droit de cité des nègres. Je ne suis pas et n'ai jamais été de quelque façon que ce soit en faveur de l'égalité sociale et politique des races blanche et noire; je ne suis pas et n'ai jamais été en faveur du vote des nègres et je n'ai pas l'intention de les voir devenir jurés, tenir des emplois ou se marier avec des Blancs. J'ajouterai qu'il y a une différence physique entre les races blanche et noire qui interdira à jamais, je le suppose, aux deux races de vivre ensemble en termes d'égalité sociale et politique; or, dans la mesure où elles ne peuvent vivre ainsi, puisqu'elles doivent rester ensemble, il faut qu'il y ait des supérieurs et des inférieurs; et je suis, comme n'importe quel autre homme, en faveur de la supériorité de l'homme blanc ". »

Latchley poussa un soupir et remit le papier dans sa poche. « Terriblement affligeant », dit-il. « Une fois, dans une conversation avec Butler, Lincoln suggéra que tous les nègres soient déportés en Afrique. Une autre fois, parlant de la Déclaration d'Emancipation, il dit : " Si ça peut contribuer à préserver l'Union, c'est très bien. Mais il est clair pour moi, comme pour tous les êtres pensants de la République, que cette déclaration sera considérée comme anticonstitutionnelle par la Cour Suprême, et ce dès la cessation des hostilités ". »

Sabantoce l'interrompit. « Combien parmi vous réalisent à quel point tout cela risque d'être brûlant? »

Tout le long de la table les visages se tournèrent vers lui avant de revenir à Latchley.

« Une fois que vous avez un tuyau d'un observateur », fit-il, « vous pouvez même retrouver des lettres et d'autres preuves. La façon dont les gens arrivaient à cacher leurs papiers est stupéfiante. »

L'étudiant bavard posa ses coudes sur la table avant de parler. « Plus les événements sont brûlants, plus les gens y font attention, n'est-ce pas, professeur Latchley? »

Pauvre type qui se démène encore en cet instant pour obtenir une meilleure mention, se dit Sabantoce avant de répondre à la place de Latchley. « Oui, mais plus les événements sont brûlants et plus ils sont difficiles à avaler. »

Cet échange de considérations ineptes entre Sabantoce et l'étudiant provoqua un silence profond et un sentiment croissant de malaise.

Un autre étudiant prit la parole. « Où est le Dr Marmon? J'ai cru comprendre qu'il était d'avis que, plus grande était la quantité de M. G. que nous parvenions à amener à la conscience, plus nous étions contrôlés par la violence dominante de nos ancêtres. Vous savez qu'il prétend que les plus forts survivent pour avoir des enfants et que nous passerions là-dessus, en fait, dans notre conscience présente... ou quelque chose comme ça. »

Le vieil Inkton émergea de son hébétude et tourna vers Latchley ses yeux de lait caillé. « Les Pèlerins », dit-il.

« Ah oui », répondit Latchley.

Sabantoce intervint. « Nous avons le récit de témoins visuels selon lesquels les Pèlerins et les Puritains volèrent et violèrent les Indiens. De leur violence. C'étaient des ancêtres à moi, je le crains. »

« Et le thé? » fit Inkerton.

Pourquoi ce vieil imbécile ne la ferme-t-il pas? se demanda Latchley en prenant conscience du fait que l'absence de Marmon le mettait de plus en plus mal à l'aise. *Se pourrait-il que les trompeurs soient trompés?*

« Pourquoi ne pas parler de la *Boston Tea Party?* » demanda Sabantoce. « Certains d'entre nous n'étaient pas ici à cette période. »

« Oui... Euh... Mmmm », fit Latchley. « En ce temps-là, le gouverneur du Massachusetts fraudait, bien sûr. Tous ceux qui comptaient dans les Colonies fraudaient. Sur les traités de navigation, des choses comme ça. Le gouverneur et ses compères obtenaient leur thé des Hollandais. Ils en avaient de pleins entrepôts. La Compagnie anglaise des Indes était au bord de la banqueroute lorsque le gouvernement britannique vota une subvention équivalant à plus de vingt millions de dollars en monnaie convertible. Grâce à cette... euh, subvention, la Compagnie anglaise des Indes pouvait vendre son thé, taxe comprise, à près de la moitié du prix du thé de contrebande. Le gouverneur et ses acolytes étaient menacés de ruine. Alors, ils embauchèrent des brigands qui, déguisés en Indiens, déversèrent dans le port le thé de la Compagnie anglaise des Indes — près d'un demi-million de dollars de thé! Le plus beau de l'histoire, c'est que c'était un bien meilleur thé que celui des contrebandiers. Notons aussi que le gouverneur et ses hommes de confiance ajoutèrent par la suite le coût de l'opération à ce qu'ils faisaient ordinairement payer pour leur thé de contrebande! »

« Ce sont des événements brûlants », fit Sabantoce. « Et nous n'avons même pas encore abordé les questions religieuses. Moïse et les siens rédigeant les Dix Commandements; la dispute entre Pilate et les fanatiques religieux... »

« Ou l'actuel sénateur d'un Etat du Sud, dont le grand-père était un nègre à la peau très claire », dit Latchley.

Le malaise planait de nouveau dans la salle. Chacun se tournait vers son voisin, se tortillait sur sa chaise.

Sabantoce en prit conscience et réfléchit. *Nous ne pouvons pas les laisser commencer à poser les questions qu'il ne faut pas. Peut-être était-ce une mauvaise tactique. Nous aurions dû les attirer par un autre moyen. Peut-être dans un autre endroit... Où est Marmon?*

« Aussi étrange que cela puisse paraître », reprit Latchley, « notre tâche est compliquée par la précision. Lorsque vous savez où regarder, les preuves de ce que vous avez appris sont faciles à trouver. Les actes de naissance des ancêtres de ce sénateur seraient à l'abri de toute controverse. »

Un étudiant qui se trouvait à l'autre bout de la table prit la parole : « Eh bien, si nous avons des preuves, rien ne pourrait nous arrêter. »

« Euh... Mmmm », fit Latchley. « Enfin... Euh... Le financement de notre école est en... »

Il fut interrompu par un vacarme à la porte. Deux hommes en uniforme projetèrent dans la pièce un grand jeune homme blond vêtu d'un costume sombre chiffonné. La porte se referma et l'on entendit le déclic de la serrure. Un bruit sinistre.

Sabantoce se frictionna la gorge.

D'une main, le jeune homme s'appuya au mur et

il se mit en devoir de rejoindre un point situé de l'autre côté de la table, en face de Latchley; il tituba jusqu'à un siège vide dans lequel il se laissa tomber. Il était accompagné d'une forte odeur de whisky.

Latchley le regarda fixement, éprouvant un mélange de soulagement et de gêne. Ils étaient *vraiment* tous là, maintenant. Le nouvel arrivant lui rendit son regard, de ses yeux bleus enfoncés profondément dans leurs orbites. Sa bouche était une ligne droite, rectiligne, et son visage paraissait d'autant plus allongé qu'il avait un front extrêmement haut.

« Qu'est-ce qui se passe ici, Josh? » demanda-t-il.

Latchley se fabriqua un sourire d'excuse pour dire : « Eh bien, Dick, je suis navré d'avoir dû vous arracher à l'endroit d'où... »

« M'arracher! » Le jeune homme jeta un coup d'œil à Sabantoce puis ramena son regard sur Latchley. « Qui sont ces types? M'ont dit qu'ils étaient de la police du campus, mais j'les ai jamais vus. M'ont dit qu'il fallait que je les suive. Que c'était d'une importance vitale! »

« Je vous avais dit que la réunion de ce soir était importante », fit Sabantoce. « Vous avez... »

« Importante! » fit le jeune homme d'un ton sarcastique.

« Il nous faut décider ce soir si nous devons abandonner le projet », dit Latchley.

Autour de la table, tout le monde eut un sursaut d'étonnement.

C'était intelligent, se dit Sabantoce. Il regarda l'assistance et fit : « Maintenant que le Dr Marmon est parmi nous, nous pouvons étudier la question et en discuter. »

« Aband... », intervint Marmon, qui se redressa sur sa chaise.

Un long moment de silence suivit son interruption, puis tout d'un coup la salle entra en éruption : tout le monde voulait parler en même temps. Le tumulte ne cessa que lorsque Sabantoce eut réussi à faire encore plus de bruit en tapant sur la table et en criant : « S'il vous plaît! »

Latchley parla dans le silence soudain. « Vous ne pouvez pas imaginer comme cette évidence est pénible à ceux qui ont déjà été confrontés à sa réalité. »

« Réalité? » demanda Marmon. Il secoua la tête dans un effort évident pour surmonter les effets de l'alcool.

« Laissez-moi seulement souligner pour vous une toute petite partie du problème », reprit Sabantoce. « Sur la base des connaissances que nous avons acquises, la succession de plusieurs des fortunes les plus importantes de ce pays pourrait être légalement contestée — et avec les plus grandes chances de succès. »

Sabantoce leur laissa un instant pour digérer la nouvelle et enchaîna. « Nous sommes sur un bateau ballotté par les flots, dans un monde dont la devise est : Ne pas abandonner le navire. Et nous pourrions bien rencontrer quelques autres vaisseaux. »

« Regardons les choses en face », dit Latchley, suivant l'idée de Sabantoce. « Nous ne sommes pas très solides. »

« Une minute! » hurla Marmon. Il rapprocha sa chaise de la table. « Espèces de marchands de tapis! Où avez-vous laissé votre bon sens? On a barre sur tout un tas de crétins! Vous savez c' que ça vaut, ça? »

De sa gauche émana un mot explosif : « Du chantage? »

Latchley regarda Sabantoce en haussant les sourcils, d'un air qui voulait dire clairement : « Tu vois? Je te l'avais bien dit! »

« Et pourquoi pas? » demandait Marmon. « Ces salauds nous font bien chanter depuis des siècles! " Croyez c' que je vous dis, les gars, ou on vous arrachera les yeux! " Voilà c'qu'ils nous racontent... Ce qu'ils nous racontent... » Il s'essuya les lèvres.

Sabantoce se leva, fit le tour de la table et posa doucement la main sur l'épaule de Marmon. « Très bien, nous allons laisser le Dr Marmon faire l'avocat du diable. Pendant qu'il parle, le Dr Latchley et moi-même allons chercher le film et les appareils pour la petite démonstration que nous avons préparée pour vous. Elle devrait vous faire comprendre ce que nous voulons éviter. »

Il fit un signe de tête à l'adresse de Latchley qui se leva et le rejoignit. Ils se dirigèrent vers la porte en essayant de ne pas marcher trop vite. Sabantoce frappa deux coups sur le panneau. La porte s'ouvrit et ils se glissèrent au-dehors, entre deux gardes en uniforme; l'un d'eux referma la porte derrière eux et la verrouilla.

« Par ici, s'il vous plaît », fit l'autre garde.

Ils suivirent le couloir; la voix de Marmon résonnait toujours, de plus en plus faiblement au fur et à mesure qu'ils avançaient : « Ces salauds ont toujours eu la haute main sur les livres d'histoire, les tribunaux, la monnaie, l'armée et tout... »

L'éloignement réduisait sa voix à un murmure inintelligible.

« Saleté de coco », marmonna l'un des gardes.

« Ce ne sera pas une telle perte, après tout », fit Latchley.

« Ne nous leurrons pas », dit Sabantoce en commençant à monter les marches de la sortie latérale du bâtiment. « Quand le bateau coule, on sauve ce qu'on peut. Je crois que l'évêque a expliqué les choses de façon suffisamment claire : Dieu met tous les hommes à l'épreuve et cela est l'épreuve ultime de la foi. »

« Pour une épreuve ultime... » fit Latchley qui s'efforçait de rester au niveau de Sabantoce. « Et j'ai bien peur d'être d'accord avec celui qui a dit que tout cela n'amènerait que le chaos, des bouleversements et... l'anarchie. »

« C'est évident. » Sabantoce passa la porte extérieure, gardée par un autre homme.

Latchley et leur escorte le suivirent.

Sabantoce remarqua immédiatement que toutes les lumières étaient éteintes sur le campus. *La fausse coupure de courant,* pensa-t-il. *Ils ont probablement raccordé Meade Hall à un générateur de secours pour que nous ne remarquions rien.*

L'un des gardes fit un pas en avant, toucha le bras de Latchley et dit : « Prenez le chemin qui mène directement à l'Ecole de Médecine, à travers le campus. Entrez dans Vance Hall par la porte de derrière. Dépêchez-vous. Il ne vous reste pas beaucoup de temps. »

Sabantoce fut le premier à descendre l'escalier et mena le train le long du chemin qui s'éloignait de Meade Hall. Le sentier était une évocation plus claire dans l'obscurité. Dans sa précipitation, Latchley heurta Sabantoce et lui fit ses excuses.

Ils avaient l'impression qu'un grand nombre de formes noires bougeaient dans l'ombre autour d'eux. A un moment, ils reçurent en plein visage la lumière d'une lampe, aussitôt éteinte.

Une voix leur arriva du coin obscur d'un bâtiment. « Par ici. Vite. »

Des mains les guidèrent vers un escalier qui descendait, puis à travers une porte, derrière des tentures épaisses, de l'autre côté d'une autre porte encore et enfin dans une petite pièce chichement éclairée.

Sabantoce reconnut une petite réserve de médicaments qui semblait avoir été vidée en toute hâte de son contenu. Sur une étagère, à sa droite, il y avait encore une petite boîte de compresses.

L'air de la pièce était chargé de fumée de cigarette et de relents de transpiration. Une douzaine d'hommes au moins émergeaient des ténèbres qui les entouraient; certains portaient un uniforme.

Un homme mafflu qui arborait à l'épaule l'étoile de général de brigade se dressa devant Sabantoce et fit : « Content de voir que vous vous en êtes sortis. Ils sont tous dans le bâtiment, maintenant? »

« Tous, jusqu'au dernier », fut la réponse de Sabantoce qui avala sa salive.

« Et la formule de votre composé numéro 105? »

« Eh bien », répondit Sabantoce en se permettant un léger sourire, « j'ai pris une petite précaution à ce sujet; juste pour m'assurer de votre honnêteté. J'en ai envoyé quelques copies à... »

« Nous sommes au courant pour celles-là », fit le général de brigade. « Il y a des mois que nous interceptons tout le courrier d'ici et le faisons censurer. Je parle des exemplaires que vous avez tapés sur la machine à écrire de l'économie. »

Sabantoce blêmit. « Mais... Ils sont... »

Latchley l'interrompit. « Mais que se passe-t-il, enfin? Je croyais que... »

« Du calme! » aboya le général de brigade. Il reporta son attention sur Sabantoce. « Eh bien? »

« Je... Euh... »

« Voici celles que nous avons trouvées sous le

plancher de sa chambre », dit un homme qui se trouvait près de la porte. « Les caractères sont identiques, mon général. »

« Ce que je veux savoir, c'est s'il en a fait d'autres copies », fit l'homme en uniforme.

L'expression du visage de Sabantoce montrait clairement que ce n'était pas le cas. « Euh... Je... » commença-t-il.

Latchley l'interrompit une nouvelle fois. « Je ne vois pas pourquoi... »

Il n'eut pas le temps de finir. Le bruit d'un pistolet muni d'un silencieux retentit comme un bouchon qui saute d'une bouteille de champagne et se répéta plusieurs fois.

Latchley et Sabantoce étaient morts avant d'avoir touché le sol. L'homme qui se trouvait auprès de la porte fit un pas en arrière, rengainant son arme.

Comme pour mettre un point final à leur mort, la nuit qui régnait au-dehors fut ponctuée par une explosion déchirante.

Un homme passait maintenant la tête dans la pièce.

« Les murs sont tombés dans la direction prévue, mon général. On finit à la thermite et au napalm. Y restera pas une trace de ces sales rouges. »

« Bon travail, capitaine », fit le général. « Ce sera tout. Tenez simplement les civils à l'écart des environs immédiats jusqu'à ce que nous soyons tout à fait sûrs. »

« Très bien, mon général. »

La tête disparut et la porte se referma.

Brave type, pensa le général. Il toucha du doigt le seul exemplaire restant de la formule du Composé numéro 105 qui se trouvait maintenant dans sa poche. *C'étaient tous de braves types. Triés sur le volet. Utiliser quand même une méthode de sélection différente pour les hommes qui participeraient à la prochaine mission : rechercher les applications militaires possibles du Composé 105.*

« Je veux que ces cadavres soient réduits en cendres », fit le général de brigade en indiquant du pied les corps de Latchley et Sabantoce. « Vous les mettrez avec ceux que vous retirerez des décombres. »

Du fond de la pièce plongée dans la pénombre s'éleva une grosse voix bourrue. « Qu'est-ce que je vais dire au sénateur? »

« Ce que vous voudrez », répondit le général. « Je lui ferai parvenir plus tard mon propre rapport. » *Voici une utilisation immédiate du composé, se dit-il. Nous avons maintenant un sénateur dans la poche.*

« Saloperies d'amis des nègres », reprit la grosse voix.

« Ne dites pas de mal des morts », fit une voix moelleuse de ténor dans le coin opposé de la pièce. Un homme vêtu de noir s'approcha des cadavres, s'agenouilla et se mit à prier d'une voix douce, indistincte.

« Vous me direz quand le feu sera éteint », demanda le général.

The GM Effect.

[illegible]

[illegible]

[illegible] de l'armée [illegible]

[illegible] Je veux que ces cadavres soient rendus [illegible] et le général de brigade [illegible] de Lambley et Schabrock [illegible] avec tout ce [illegible]

Du fond de la salle [illegible]

[illegible] C'est [illegible]

[illegible]

[illegible]

[illegible]

FORCES D'OCCUPATION

Le thème des extra-terrestres débarquant sur notre planète par un beau jour d'été est l'un des plus rebattus de la science-fiction. Il est devenu un sujet de plaisanterie.

On reproche précisément parfois à Frank Herbert de manquer d'humour. Il prouve le contraire dans cette brève nouvelle où il trouve le moyen de stigmatiser les réactions stéréotypées des militaires et de se moquer gentiment de ceux qui croient que la Terre est visitée présentement par des extra-terrestres et qu'elle l'a sans doute été dans le passé.

Mais qui sont les extra-terrestres?

FORCES D'OCCUPATION

IL avait du mal à se réveiller. Des coups sourds résonnaient quelque part et le général Henry A. Llewellyn ouvrit tout d'un coup les yeux. Il entendait la voix, maintenant. « Mon général... Mon général... Mon général... » C'était son ordonnace.

« Très bien, Watkins. Je suis réveillé. »

Le martellement s'interrompit.

Il posa vivement les pieds par terre et regarda le cadran lumineux de sa montre. 2 h 25. Que diable... Il passa une robe de chambre. C'était un homme de haute taille, au visage coloré, qui présidait la Commission des Chefs d'Etat-major.

Le général ouvrit la porte. Watkins fit le salut militaire. « Mon général, le Président a convoqué d'urgence les membres du cabinet. » L'ordonnance se mit à parler de plus en plus vite et ses mots se télescopaient. « Un vaisseau extra-terrestre aussi grand que le lac Erié est en orbite autour de la Terre, et il s'apprête à nous attaquer. »

Le général mit quelques secondes à interpréter ses paroles. Il renifla. *Des sornettes échappées d'un magazine pour kiosque de gare,* se dit-il.

« Mon général », poursuivit Watkins, « une voiture d'état-major attend en bas pour vous conduire à la Maison Blanche. »

« Allez me chercher une tasse de café pendant que je m'habille », répondit le général.

Les délégués de cinq nations étrangères, tous les officiers ministériels, neuf sénateurs, quatorze représentants, les chefs des services d'espionnage et de contre-espionnage, du F.B.I. et de toutes les armées, assistaient à cette réunion. Ils étaient rassemblés dans la salle de conférences de l'abri antiatomique de la Maison Blanche, une pièce lambrissée dont les murs étaient ornés de peintures encadrées dans des châssis épais destinés à simuler des fenêtres. Le général Llewellyn était assis en face du Président, de l'autre côté de la table de conférences. Le brouhaha cessa dans la salle lorsque le Président frappa de son marteau la table de chêne. Un de ses aides de camp se leva et fit un rapide exposé de l'affaire.

Il était près de 20 heures lorsqu'un astronome de l'université de Chicago avait repéré l'appareil qui venait en gros de la direction de la ceinture d'Orion. L'astronome avait alerté d'autres observatoires et quelqu'un avait eu l'idée d'en aviser le gouvernement.

Le navire s'était rapproché à une vitesse incroyable et avait pris place sur une orbite d'une heure et demie autour de la Terre. Il était alors visible à l'œil nu et faisait comme une seconde lune dans le ciel. Il avait à peu près la forme d'un œuf et on évaluait ses dimensions à une trentaine de kilomètres de longueur et vingt de largeur.

L'analyse spectroscopique mettait en évidence le fait qu'il était propulsé par un flux de cations, avec des traces de carbone, provenant peut-être du milieu réfringent. L'envahisseur était transparent au radar et ne répondait à aucune tentative de communication.

Opinon de la majorité : c'était un vaisseau hostile venu conquérir la Terre.

Opinon de la minorité : un visiteur *prudent* venu de l'espace.

Deux heures environ après s'être mis sur orbite, le vaisseau largua une navette de reconnaissance, un appareil de 150 mètres de long qui fonça vers Boston et mit le grappin sur un homme du nom de William R. Jones qui attendait l'autobus au milieu d'un groupe de travailleurs de nuit.

Certains membres de la minorité se rangèrent aux côtés de la majorité. Pourtant, le Président continuait à repousser toutes les suggestions d'attaque. Il était soutenu par les représentants étrangers, en contact intermittent avec leurs gouvernements.

« Regardez les dimensions de cette chose », disait le Président. « Nous avons contre elle les mêmes chances qu'une fourmi qui s'attaquerait à un éléphant armée d'un pistolet à pommes de terre modèle réduit. »

« Il est toujours possible qu'ils soient seulement prudents », fit un aide du Département d'Etat. « Rien ne dit qu'ils sont en train de disséquer ce Jones, de Boston, ainsi que quelqu'un l'a suggéré, je crois. »

« Les dimensions de cet engin écartent toute possibilité qu'ils soient animés d'intentions pacifiques », affirma le général Llewellyn. « Il y a une armée d'envahisseurs, à l'intérieur. Nous devrions envoyer dessus tous les missiles à ogive nucléaire dont nous disposons et... »

Le Président le fit taire d'un signe de la main.

Le général Llewellyn se rassit. Il avait mal à la gorge à force de discuter et son poing n'en pouvait plus de frapper la table.

A 8 heures du matin, alors qu'il passait au-dessus

des côtes de New Jersey, le vaisseau spatial détacha une navette de 300 mètres de long qui dériva vers Washington. A 8 h 18, l'appareil de reconnaissance prenait contact avec l'aéroport de Washington et demandait dans un anglais parfait des instructions d'atterrissage. Un aiguilleur du ciel absolument sidéré tint la navette à distance jusqu'à ce que les détachements militaires aient fait évacuer la zone.

Le général Llewellyn et un groupe d'assistants, dont on pourrait toujours se passer le cas échéant, furent choisis pour accueillir les envahisseurs. A 8 h 51, ils étaient sur le terrain. Le vaisseau éclaireur, bleu azur comme un œuf de rouge-gorge, se posa sur une piste d'atterrissage qui s'effondra sous sa masse. De petits opercules commencèrent à clignoter spasmodiquement à la surface de l'appareil. De longs tentacules en sortirent, puis se rétractèrent. Après dix minutes de ce manège, un panneau s'ouvrit et une glissière en jaillit qui s'inclina vers le sol. Et ce fut de nouveau le silence.

Toutes les armes sur lesquelles les militaires avaient pu mettre la main furent braquées vers l'envahisseur. Une escadrille d'avions à réaction décrivit une parabole à la verticale de la navette. Haut en dessus d'eux, un bombardier solitaire tournait en ronde, LA BOMBE dans son ventre. Tous attendaient le signal du général.

Quelque chose se mit à bouger dans l'ombre, en haut de la glissière. Quatre silhouettes humaines apparurent à la porte, en pantalons rayés, queues de pie, souliers noirs vernis et chapeaux hauts de forme. Leurs chemises étincelaient de blancheur. Ils portaient des serviettes et l'un d'entre eux tenait un parchemin. Ils se mirent à descendre la glissière.

Le général Llewellyn et ses aides avancèrent vers

le pied de la rampe. *Ma parole, ce sont des ronds-de-cuir,* se dit le général.

Celui qui portait le parchemin, un homme à la chevelure sombre et au visage étroit, parla le premier. « J'ai l'honneur d'être l'ambassadeur de Krolia, Loo Mogasayvidiantu », dit-il dans un anglais impeccable. Il tendit le parchemin. « Mes lettres de créance. »

Le général Llewellyn reçut le parchemin. « Je suis le général Henry A. Llewellyn... » dit-il en hésitant, « représentant de la Terre. »

Le Krolien s'inclina. « Puis-je me permettre de vous présenter mon état-major? » Il se retourna. « Ayk Turgotokikalapa, Min Sinobayatagurki et William R. Jones, autrefois établi à Boston, sur Terre. »

Le général reconnut l'homme dont la photo s'étalait dans tous les journaux du matin. *C'est le premier Quisling du système solaire,* se prit-il à penser.

« Je vous prie d'excuser le retard apporté à notre atterrissage », dit l'ambassadeur krolien. « Il arrive que nous laissions s'écouler un long moment entre les phases préliminaire et secondaire d'un programme colonial. »

Programme colonial! Le général faillit donner le signal qui déchaînerait la mort sur le paysage. Mais l'ambassadeur n'en avait pas terminé.

« Le délai d'atterrissage était une précaution nécessaire », fit le Krolien. « Il arrive qu'après une telle période de temps nos informations soient démodées. Il nous fallait le temps de prélever des échantillons, de parler avec M. Jones, de remettre nos données à jour. » Il s'inclina une nouvelle fois avec une politesse exquise.

Le général Llewellyn n'y comprenait plus rien. *Echantillons... Données...* Il inspira une profonde bouffée d'air. Conscient du poids de l'histoire qui reposait sur ses épaules, il demanda : « Nous avons une question à vous poser, monsieur l'Ambassadeur. Venez-vous en amis ou en conquérants? »

Le Krolien ouvrit de grands yeux. Il se tourna vers le Terrien qui se trouvait à côté de lui. « C'est bien ce que je pensais, monsieur Jones. » Il pinça les lèvres. « Ce ministère des Affaires coloniales! Des incapables! Des paperassiers! Et pas assez de personnel! »

Le général fronça les sourcils. « Je ne comprends pas... »

« Non, bien sûr », fit l'ambassadeur. « Mais si notre ministère des Affaires coloniales avait été à la hauteur... » Il agita la main. « Regardez votre peuple, général. »

Le général regarda d'abord les hommes qui se trouvaient derrière l'ambassadeur. Humains, de toute évidence. Sur un geste du Krolien, il se tourna vers les soldats alignés derrière lui-même, puis vers les visages effrayés des civils massés au-delà des portes de l'aéroport. Le général haussa les épaules, revint vers le Krolien. « Le peuple de la Terre attend la réponse à ma question. Venez-vous en amis ou en conquérants? »

L'ambassadeur émit un profond soupir. « La vérité, mon général, est qu'il n'y a pas de réponse à votre question. Vous avez certainement remarqué que nous sommes de la même race. »

Le général attendait toujours.

« Ça devrait vous crever les yeux », répondit le Krolien. « Nous avons déjà occupé la Terre — il y a environ sept mille ans. »

Occupation Force.

LES PRIMITIFS

Nous avons un petit peu tendance à prendre nos ancêtres, plus ou moins lointains, pour des imbéciles adonnés à toutes sortes de pratiques superstitieuses. Peut-être, comme le suggère Frank Herbert, notre préjugé est-il à la mesure de notre ignorance de leurs conditions de vie réelles; peut-être étaient-ils tout aussi rationnellement adaptés à leur environnement que nous pensons l'être au nôtre.

Et peut-être n'avons-nous pas beaucoup changé, quant aux pulsions fondamentales, le sexe et l'agressivité, demeurant sur ce point d'éternels primitifs.

LES PRIMITIFS

1

L'ENVOI par le fond du vaisseau de propagande soviétique dans le seul but de voler le diamant martien était un crime caractéristique de Conrad Rumel (alias Swimmer [1]) : un pied de nez gigantesque avec bénéfices. Qui plus est, Swimmer avait pour cela un nez gigantesque approprié, un cuir chevelu qui frôlait les sourcils, de petits yeux gris-vert, un menton qui disparaissait presque dans son cou et unc grande bouche aux lèvres épaisses, semblable à celle d'un bar.

A dix-huit ans, Swimmer avait décidé que sa laideur ne lui permettait qu'une seule carrière : la criminalité. Il était issu d'une famille qui se distinguait par le nombre de ses spécialistes — mathématiciens, chirurgiens, physiciens, professeurs, biochimistes. Rien de surprenant à ce que Swimmer eût choisi de se spécialiser. Sa spécialité était la criminalité sous-marine.

Il avait reçu son premier masque branchial et sa première combinaison variable à l'âge de cinq

1. *Nageur* en anglais *(N.D.T.)*.

ans (cadeau d'un père qui préférait le voir le moins possible) et il n'avait bientôt fait aucun doute que Swimmer était à l'aise dans l'élément qu'il s'était choisi.

Sa bonne éducation ne l'en avait pas moins marqué : il s'arrêtait à l'effusion de sang et au meurtre. S'il existait un *modus operandi* des crimes de Swimmer (en dehors d'un côté lâcheté physique), c'était bien l'humour bizarre. On remarquera qu'il coula le navire soviétique en eaux peu profondes lorsque seuls se trouvaient à bord cinq hommes de quart (les autres étant à terre à une fiesta mexicaine officielle), et tous les cinq étaient sur le pont. Swimmer leur avait prudemment fourni un plein carton d'un produit appelé « Faux seins flotteurs » qui dansèrent à la surface et permirent aux cinq Russes de parvenir sains et saufs à la plage la plus proche.

La nature du crime devait inciter Swimmer à faire appel à un gangster professionnel nommé Bime Jepson. Se débarrasser du diamant martien ne serait pas facile, et le sens de l'honneur de Swimmer exigeait de lui qu'il eût recours à Jepson. Leur dernière entreprise commune avait extrêmement mal tourné et coûté à Jepson une somme qu'il estimait à 288 764,51 dollars.

La réaction de Jepson fut une surprise pour Swimmer.

« C'est un diamant, ça? » ricana-t-il en fixant l'objet qu'il tenait entre ses mains. La pierre était d'un blanc bleuté à la surface nébuleuse, et elle avait à peu près la taille et la forme d'une pastèque normale. « T'es dingue, ou quoi? » lui demanda Jepson. « C'est... c'est... » Son esprit routinier cherchait un terme convenable. « C'est un caillou. C'est un bout de rien du tout! » Ses yeux bleus rétrécis luisaient de fureur.

Ils se tenaient dans la chambre de la suite de Jepson au 324e étage du Mazatlan Hilton. Des fenêtres en coin donnaient sur l'océan et la ville aux couleurs somptueuses et éclatantes dans l'après-midi mexicain.

Jepson déplaça son attention de la pierre sur le gnome brun qui lui avait apporté ce désagréable présent. L'homme était un souvenir vivant de leur dernière rencontre — tout cet argent englouti dans une invention de l'un des fameux oncles de Swimmer, le professeur Amino Rumel.

Le projet de l'oncle était une machine temporelle de fonctionnement incertain. Mis au courant de l'appareil par Swimmer, Jepson avait conçu l'idée d'une sortie dans le passé avec l'appui d'une équipe dotée d'armes modernes, leur objet étant le trésor de Cnossos. (L'une des maîtresses de Jepson avait lu un roman où figurait ce trésor.)

Après ces quelques petits subsides, l'oncle avait déclaré que la machine nécessitait encore « de nombreuses études ».

« Ça n'a pas marché », avait résumé Jepson. C'était un homme qui n'aimait pas voir ses projets contrecarrés. Seul le fait que l'oncle était un « régulier » et l'espoir que l'appareil pût encore marcher l'avaient retenu de se livrer à une effusion de sang. Et voilà que ce neveu à la gomme venait encore lui causer des ennuis.

Swimmer avait remarqué ces signes de colère. « Jep, je te jure que... »

« Tu jures rien du tout! C'est pas un diamant! Un diam, c'est quelque chose qui a... quelque chose qu'on peut... »

« Jep, laisse-moi t'expliquer... »

« On t'a jamais dit de jamais m'interrompre, Swimmer? »

Swimmer fit un pas en arrière en direction de la porte. « Allons, ne t'excite pas, Jep. »

Jepson jeta la pierre sur le lit défait qui se trouvait derrière lui. « Un diamant! » ricana-t-il.

« Jep, ce caillou vaut... »

« La ferme! »

Le cœur battant la chamade, Swimmer effectua encore une retraite de deux pas, le dos appuyé à la porte faisant face à Jepson. Les choses n'allaient pas comme il l'avait prévu.

« Je devrais appeler mes gars pour t'apprendre les bonnes manières », grogna Jepson. « Combien de fois il faudra que j'te dise de pas m'interrompre? » Jepson se renfrogna. « La seule raison que je les fais pas venir, c'est que tu leur as dit que tu avais fauché un diamant un peu trop en vue pour toi. Tout le monde sait que j'ai bon cœur. Je suis ici pour aider mes amis qui ont des petits problèmes comme ça. Mais pas pour aider mes amis qui... qui... je ne veux pas être réveillé chaque fois qu'un écumeur de grèves trouve un gros caillou qui vaut rien mais qu'il essaye de refiler à tout le monde pour qu'on coule avec autour du cou! »

« Puis-je dire quelque chose, Jep? » le supplia Swimmer.

« Dis tout ce que tu veux, mais dis-le ailleurs. Je veux que tu te barres d'ici et... »

« Jep! » l'implora Swimmer.

« Interromps-moi encore un coup et je perds mon sang-froid. »

La voix sans inflexion de Jepson s'était faite dangereusement menaçante.

Swimmer opina silencieusement. Il n'avait pas

prévu de la part de Jepson cette rage immédiate. Tout dépendait maintenant de sa capacité à expliciter les choses.

« Tu penses que je reconnais pas ce caillou? » lui demanda Jepson.

Swimmer remua la tête de gauche à droite.

« C'est le diamant martien », fit Jepson. « Martien! C'est le caillou que les Russkis ont ramené dans leur vaisseau spatial. Il était à bord de leur musée flottant, dans le port, hier encore. Je l'y ai vu. Ça répond à toutes tes questions, Swimmer? »

« Mais il vaut peut-être dix millions de dollars! » s'exclama Swimmer. « Tout le monde a dit... »

« Il vaut pas dix centimes mexicains! T'as pas vu toutes les cartes et les trucs qu'il y avait avec? »

Swimmer tapota une poche intérieure de son complet permasec et quelques gouttes d'eau qui s'y étaient trouvées prisonnières jaillirent sur le tapis. Il déglutit et annonça : « Je les ai aussi apportés. Les diagrammes et tout. »

« Alors, tu devrais être au courant », grogna Jepson. « Il y a pas un tailleur de diamants au monde qui touchera à ce truc. D'abord, il y en a pas un qui le reconnaîtrait pas. Ensuite, les diagrammes te montrent pourquoi ce diamant peut pas être taillé sans se briser en petits bouts d'une valeur de vingt cents. C'est pas possible de tailler ce truc, andouille! Enfin, c'est ce qu'ils appellent une relique culturelle de Mars que les Russkis et tous les flics du monde vont essayer de rattraper dès qu'ils verront qu'il a disparu. Et il a fallu que tu l'amènes ici! »

C'était un long discours, pour Jepson. Il s'arrêta pour rassembler ses esprits. *Taré de Swimmer!*

Swimmer tremblait en désirant parler et en craignant ce qui arriverait s'il le faisait.

Jepson regarda par la fenêtre et jeta à Swimmer un regard spéculatif : « Comment tu l'as fauché? »

« J'ai coulé le bateau. Tandis que tout le monde pataugeait, j'ai plongé avec masque branchial et chalumeau, j'ai ouvert le coffret et j'ai traversé la baie. Aussi facile que ça. »

Jepson se frappa le front de la paume de la main droite.

« Tu as coulé le bateau! » soupira-t-il. « Eh bien, je vais te faire une faveur. Pas parce que j'le veux, mais parce que j'y suis forcé. Je vais veiller à ce que ce *caillou* retourne dans la baie à proximité du bateau des Russkis comme s'il était tombé. Et tu m'en reparleras jamais plus, vu? »

« Jep », fit Swimmer sur un ton désespéré, « je connais peut-être un tailleur de diamants. »

Jepson l'étudia, intéressé malgré la leçon de son association avec Swimmer. « Un tailleur qui pourrait s'occuper de *ce* caillou? Qui irait jusqu'à essayer? »

« Elle travaillera sur n'importe quelle pierre, Jep. Elle ne la reconnaîtra pas et se moquera de l'endroit d'où elle provient. »

« Elle? »

Swimmer s'épongea le front. Jepson était enfin intéressé. Il allait peut-être marcher.

« Oui, elle. Et il n'y a pas un tailleur au monde qui peut la battre. »

« J'ai jamais entendu parler de nana qui taille des diamants. Je ne crois pas qu'elles aient assez de sang-froid pour ça. »

« C'est une nouvelle, Jep. »

« Une nouvelle tailleuse », rêvassa Jepson. « Une nana. Elle est chouette? »

« Je ne crois pas, mais je ne l'ai jamais vue. »

« Tu l'as jamais vue, mais elle est prête à travailler? »

« Oui. »

« Aaah », fit Jepson. Il secoua la tête. « Intéressant que tu aies une nana tailleur à ta disposition, mais personne peut tailler cette pierre. Tu as vu les cartes. Les Russkis ne font pas d'erreurs pareilles. Ce caillou, il est pour personne. Il n'est pas taillable. »

« Je crois qu'elle y arrivera », s'entêta Swimmer.

L'air obstiné de Swimmer aviva l'intérêt de Jepson. Ce n'était pas le genre de Swimmer de s'entêter en face d'une opposition si marquée.

« Où tu l'as trouvée, cette fille? »

Swimmer se lècha les babines. Voilà l'instant délicat, vu le caractère de Jepson. « Tu te rappelles mon oncle Amino et les conseils de patience qu'il t'a... »

« Aaah, ah! » aboya Jepson. Il désigna la porte. « Dehors! Tu m'entends, petit taré! Dehors! »

« Jep, sa machine temporelle fonctionne! »

Le silence se prolongea pendant une douzaine de battements de cœur tandis que Swimmer se demandait s'il avait correctement chronométré l'annonce de cette nouvelle et que Jepson se rappelait que cette possibilité était l'une des raisons pour laquelle il n'avait pas annihilé Swimmer.

Jepson finit par demander : « Elle fonctionne? »

« Je te le jure, Jep. Elle fonctionne, mais les commandes ne sont pas très... euh, précises. Mon oncle dit que de temps en temps elle cale et que... elle ne va précisément là où on veut. »

« Mais elle fonctionne? » répéta Jepson.

« Elle a ramené notre tailleuse », répondit Swimmer. « Et d'une époque qui remonte peut-être à vingt ou trente mille ans. »

Un tic agita la joue gauche de Jepson et sa mâchoire se durcit. « Je croyais que cette nana était une experte. »

Swimmer prit une profonde inspiration en se demandant comment il pourrait expliquer la culture paléolithique à un homme comme Jepson. Le patois du milieu n'était pas adapté à la tâche.

« Tu dis rien? » lui demanda Jepson.

« Je vais te citer mon oncle, qui est un homme très sincère », répondit Swimmer. « Suivant mon oncle, à l'époque de cette nana, tous les outils étaient faits en pierre. Ils avaient ce que mon oncle appelle une *intuition* à propos des pierres et de leur travail. C'est lui qui a dit qu'elle pourrait tailler le diamant martien. »

Jepson fronça les sourcils. « L'oncle a passé la barrière? C'est lui qui t'a refilé ce boulot? »

« Oh non! Aucun des membres de ma famille ne sait comment je... euh, gagne ma vie. »

Jepson tâtonna derrière avec le pied, toucha le bord du lit et s'assit dessus. « Combien de pèze est-ce que l'oncle veut encore pour arranger sa machine? »

« Tu as mal compris, Jep. Ce n'est pas une question de pèze. Mon oncle dit qu'il y a des anomalies locales et des variations dynamotemporelles qui rendent toute précision pratiquement impossible. »

« Mais elle marche? »

« En tenant compte de ces restrictions. »

« Alors, pourquoi on ne m'a rien dit? Un truc comme ça, il me semble que c'est plus important que tous les diamants martiens. Pourquoi on en a pas parlé? »

« Mon oncle essaie de déterminer si sa théorie des variations dynamotemporelles est correcte. D'autre part, il se prépare à présenter sa femme de l'âge de pierre devant une assemblée de savants et il amasse les preuves. Il dit qu'il a des problèmes à lui apprendre à parler. Elle pense qu'il est une sorte de dieu. »

« Ce que tu me dis commence vraiment à m'intéresser », fit Jepson. « Continue. »

« Tu n'es plus en colère, Jep? »

« J'ai prononcé des paroles peu aimables. Et alors? J'y ai peut-être droit. Disons que maintenant l'intérêt l'emporte sur mon malheur. Tu es sûr que c'est pas ton oncle qui a préparé ce petit boulot? »

Swimmer hocha la tête. « Oncle Amino ne voudrait rien avoir à faire dans de telles histoires. Non, c'est mon idée. Après notre... tu sais, j'étais un peu à court. J'ai pensé à ça pour avoir un peu de liquide et j'ai voulu t'y associer... Eh bien, disons que c'est ce que je te dois. Tu y retrouveras ton fric avec l'intérêt. Voilà un boulot terrible, Jep. Le diamant martien... impossible à tailler. Et on le taille. »

« Qui c'est qu'il faut croire? » Jepson hocha la tête. « Tu penses que la gonzesse de ton oncle y arriverait? »

« J'ai rencontré oncle Amino à Long Beach. Il était en train d'acheter de l'équipement quand le vaisseau russe est entré au port et le diamant martien a fait parler de lui. Oncle Amino a lu ce qu'on disait sur l'impossibilité de le tailler et il a éclaté de rire. Il dit que sa bonne femme pourrait lui donner la forme d'un oignon pour le gousset de M. Sherdokov, si elle voulait. C'est à ce moment-là que j'ai appris l'existence de la nana et le fonctionnement de la machine. Il avait gardé tout ça secret, comme je te l'ai expliqué. Eh bien... ce qu'il m'a dit m'a donné mon idée. J'ai questionné mon oncle; il était sérieux. Cette fille de l'âge de pierre y parviendra. Il en est sûr. »

Jepson hocha encore la tête. « S'il dit que cette tailleuse peut le faire, peut-être... je dis bien : peut-être, qu'on pourra faire affaire ensemble. Mais je m'engage pas tant que j'ai rien vu. »

Swimmer se permit un long soupir. « Mais bien sûr, Jep. »

Jepson retroussa les lèvres. « Je vais te dire une chose, Swimmer. Tu n'as pas fait tout ça uniquement par amitié pour moi. Tu as fauché ce caillou en causant peut-être un incident international, mais tu as aucun moyen de le sortir du Mexique. »

Swimmer fixa ses pieds et réprima un sourire. « On ne peut pas t'avoir, Jep. Il faut que la pierre passe au nord. Il faut que j'arrache la fille à mon oncle et que j'aie un endroit où elle puisse travailler. J'ai besoin d'une organisation. Tu as cette organisation. »

« Une organisation coûte cher », fit Jepson.

Swimmer leva les yeux. « Combien? »

« Soixante-quinze contre vingt-cinq », répondit Jepson.

« Ahhh, Jep! Je pensais à cinquante-cinq et quarante-cinq. » Devant le regard de Jepson, il ajouta : « Soixante-quarante? »

« Ta gueule avant que je dise quatre-vingts contre vingt! » lança Jepson. « Sois content d'avoir un ami comme moi qui accepte de t'aider dans le besoin. »

« On peut tirer plusieurs millions de ce truc »,

déclara Swimmer en s'efforçant de dissimuler sa douleur et sa colère. « Le partage... »

« Le partage est très bien comme ça. 75 pour 100 et 25 pour 100. Pas de discussion. D'autre part, je suis complètement dingue de t'écouter. Dès que tu parles de fric, je me retrouve avec des ennuis. Ce coup-ci, j'ai plutôt intérêt à ce que mon investissement me rapporte. Maintenant, sors dire à Harpsy de refiler deux ronds aux geishas et de les faire caleter. On doit se concentrer sur la façon de passer le caillou. Et ça, ça demandera du travail. »

2

Couleur de roitelet, le chalet était furtivement niché dans l'ombre matinale des pins et de la ciguë sur une île lacustre. Le lac lui-même était un miroir d'argent qui reflétait l'image de l'île et d'un ponton sur sa rive méridionale. Deux overcrafts avaient été amenés sous les arbres et cachés sous un filet de camouflage.

Assis dans l'ombre au-dessus du ponton, un homme muni d'un rafleur à balles explosives fumait nerveusement un *alerto*. Deux hommes encore, pareillement armés et dopés pour la surveillance, patrouillaient l'autre rivage de l'île.

On pouvait entendre le bruit d'une discussion qui provenait de ce qui avait été la salle à manger du chalet avant de devenir un atelier de fortune. Ce n'était qu'une des innombrables altercations qui avaient consommé une quantité considérable de temps durant les cinq jours de voyage depuis Mazatlan.

Swimmer, quant à lui, était écœuré de ces discussions, mais il ne connaissait aucune façon non violente d'imposer le silence à son oncle. Les choses n'allaient pas du tout comme prévu. On avait d'abord fait la découverte déconcertante qu'un gosse mexicain l'avait identifié à partir des fiches de la police comme étant l'homme qui était sorti de l'eau portant complet normal (permasec), masque branchial et un « caillou blanc ».

L'organisation de Jepson avait fait franchir la frontière à Swimmer dans un chargement de pastèques. On avait caché le diamant dans l'une d'elles.

Ensuite, l'oncle de Swimmer, alarmé par ce tapage journalistique, s'était absolument opposé à coopérer à tout ce que désirait son fantasque neveu.

Jepson avait alors piqué une colère, donné des ordres sévères à ses hommes de main, et ils s'étaient tous retrouvés au Canada ou au nord du Minnesota.

En pleines discussions.

Un seul des occupants de la salle à manger n'avait pas participé aux réjouissances. Elle répondait au nom d'Ob (quoique les siens l'eussent appelée Kiunlan, que l'on pouvait traduire par Forme-Gracieuse).

Kiunlan-Ob mesurait 1,55 mètre. Les balances du labo du professeur Amino Rumel lui avaient donné 57,6 kilos. On avait tiré en arrière ses cheveux noir bleuté à l'aide d'un bandeau rouge. Son front était bas et ses grands yeux gris-bleu étaient très écartés. Elle avait un nez plat aux narines développées. Le menton et la bouche étaient larges, les lèvres épaisses. Quinze cicatrices zébraient sa joue gauche et apprenaient aux initiés qu'elle avait vu quinze étés et n'avait pas encore mis bas de petits. Une robe marron très simple serrée par une ceinture couvrait son corps aux jambes épaisses mais ne parvenait à dissimuler ses quatre seins.

L'attention de Swimmer avait été attirée par ce trait particulier. Il avait alors remarqué ses mains. Elles portaient des cals épais sur les paumes, les doigts, le long du bord des doigts... et même sur le dos des doigts, par exemple autour des ongles.

Ob était maintenant debout à côté d'un établi qui remplaçait la table de la salle à manger du chalet. L'une de ses mains reposait sur le dossier d'un fauteuil élevé proche de l'établi. Le diamant martien se trouvait sur un coussin carré de velours noir. La surface laiteuse de la pierre reflétait en jaune la lumière voisine d'un spot suspendu à une perche.

Tandis qu'avançait la discussion, l'attention d'Ob passait craintivement d'un interlocuteur à l'autre. Il y avait d'abord eu de nombreux sons colériques venant de Gruaaack, le super dieu-démon qui se nommait Proff Ess Orr. Des sons tout aussi colériques et bruyants avaient ensuite jailli du gros dieu-démon appelé Jepp. Celui dont les yeux brillaient d'une menace de terreurs inconnues, et qui était manifestement supérieur à tous les autres en ce lieu.

Des bruits plus doux provenaient parfois de la créature qui avait accompagné le dieu-démon Jepp. La position de cet être n'avait rien de clair. Ob le trouvait vaguement humain. Son visage n'était pas totalement désagréable. Il semblait aussi partager certaines des craintes d'Ob. Elle songea que l'autre créature était peut-être un humain capturé comme elle par ces êtres terrifiants.

« Oui, c'est un génie quand il s'agit de tailler des pierres! » hurla l'oncle. « Oui! Oui! Mais c'est quand même une créature primitive dont la compréhension de ce que nous désirons est limitée. »

Le petit homme maigre et chauve, tremblant d'indignation, allait et venait devant Ob et l'établi. *Des voleurs, des assassins, des kidnappers,* songeait-il. *Comment Conrad avait-il pu frayer avec de tels individus? Cette façon d'arriver dans son laboratoire, d'embarquer son équipement sans mot dire, de l'emmener en ce lieu perdu!*

« Vous avez fini de jacasser? » lui demanda Jepson.

« Non, pas du tout », répondit l'oncle. Il désigna le diamant sur l'établi. « Ça... ce n'est pas un diamant ordinaire. C'est le diamant martien. Confier un joyau pareil à... »

« Votre gueule! » lâcha Jepson.

Des tarés qui discutent de conneries, songea-t-il.

Le professeur jeta un coup d'œil à son neveu. Ils avaient connu des moments difficiles, durant les quelques jours de leur voyage. Le professeur se posa de nouvelles questions au sujet de son neveu Conrad. Ce garçon avait-il pu être trompé par Jepson? Cet homme était un criminel et c'est de là que venait manifestement tout son argent — l'argent qui avait servi à la construction de la machine temporelle. Ce Jepson avait-il pu conduire le pauvre Conrad à cette infâme combinaison grâce à une menace terrifiante?

D'une voix calme, Jepson demanda : « Oui ou non, avez-vous dit à votre neveu Swimmer que cette fille pouvait tailler le diamant martien? »

« Oui, je l'ai dit; j'ai dit qu'elle pourrait tailler n'importe quelle pierre, mais... »

« Alors, okay. Je veux qu'elle taille ça. »

« Voudriez-vous bien essayer de comprendre? » le supplia le professeur. « Il ne fait aucun doute qu'Ob peut tailler la pierre en question. Mais les notions de facettes, d'obtention de brillance maximale à partir d'un joyau donné... tout cela lui est probablement incompréhensible. Elle est habituée à des artefacts *fonctionnels,* à des objets plus simples qui... »

« Simples, mon œil! » grogna Jepson. « Vous nous retardez. Qu'est-ce que c'est, hein? Est-ce que vous me mentez? Dans toutes les histoires que j'ai lues, les types taillaient les pierres pendant que les bonnes femmes se cachaient dans les cavernes à cause des tigres qu'avaient des dents de deux mètres de long. »

« Il nous faudra revoir nos hypothèses sur la division du travail à l'âge de la pierre », fit le professeur. « Si j'en juge d'après Ob, les femmes fabriquaient les outils et les armes tandis que les hommes chassaient. Leur société était matriarcale, certaines des femmes servant de prêtresses. Des Mères de la Caverne, on pourrait les appeler ainsi. »

« Ouais? J'en suis pas si sûr. Et ces trucs?

« Ces trucs? » Interdit, le professeur fixa Jepson en fronçant les sourcils.

« Elle en a quatre! » aboya Jepson. « Vous essayez de faire passer cette anormale pour... »

« Oh », fit le professeur. « Quatre, oui. C'est très curieux. Environ une femelle humaine sur 14 millions se caractérise aujourd'hui par une mamelle surnuméraire. Nous avons trois hypothèses : mutation, un cas apparenté aux siamois et... euh, l'atavisme. Ob est la preuve vivante du troisième cas. Les naissances multiples étaient plus fréquentes à son époque, vous voyez. C'est bien simple : les femmes devaient allaiter plus de bébés. Une caractéristique en vue de la survie qui a disparu graduellement avec le déclin des naissances multiples. »

« Pas possible! » grommela Jepson.

« George était particulièrement enthousiaste, car il appuyait la troisième hypothèse. »

« George? Qui est George? » demanda Jepson.

« Mon associé, le professeur George Elwin », répondit le professeur.

« Vous m'aviez pas parlé de ce George. Quand j'ai englouti tout ce pèze dans votre idiotie de machine, il y avait pas de George dans le coin. Qui c'est, ce nouveau mec? »

« Mec? » Le professeur jeta un coup d'œil à Swimmer puis revint à Jepson.

Swimmer s'efforça de déglutir, la gorge sèche car il voyait approcher l'explosion violente de la rage de Jepson. Swimmer trouvait étrange que son oncle ne vît point le danger.

« Je ne vois pas en quoi mes associés vous concernent. Mais si... »

« Combien de gens ont entendu parler de cette machine temporelle... » Jepson indiqua la grande caisse calée dans un coin derrière lui: « ... et de cette Ob? »

« Eh bien, vous savez, naturellement, que... »

« Faites pas le malin avec moi, taré! Qui? »

Le professeur le fixa en prenant enfin conscience de cette rage latente. Le professeur Rumel sentit soudain sa bouche se dessécher. Les criminels de cet acabit devenaient facilement violents... au point de commettre un crime, parfois.

« Eh bien, à part ceux qui sont dans cette pièce, il y a le professeur Elwin et probablement deux ou trois de ses assistants. Le seul secret que je leur aie demandé, c'est de faire en sorte que rien ne filtre avant que nos renseignements soient publiés dans... »

« Où est ce George? » demanda sèchement Jepson.

« Eh bien, cher monsieur, il fallait que quelqu'un doté des connaissances nécessaires se rende dans le nord de la France afin d'identifier les preuves archéologiques. On ne va pas manquer de crier à la supercherie, vous savez. »

Le visage de Jepson se transforma en une grimace d'embarras. « Archéol... Qu'est-ce que c'est que cette histoire d'aller en France? »

Le visage du professeur s'éclaira d'une lueur de fanatisme. « Vous l'ignorez peut-être, monsieur Jepson, mais les artefacts paléolithiques portent des marques qui sont sous certains rapports aussi caractéristiques que les coups de pinceau d'un grand peintre. Nous allons rechercher *in situ* certaines des œuvres d'Ob... là où elles ont été réalisées. »

« Ouais? »

« Vous voyez, monsieur Jepson, autant que nous puissions le déterminer, Ob vient d'une région à l'est de Cambrai, en France. Il s'agit là d'une supposition qui s'appuie sur des faits. Nous avons plusieurs preuves : un bout d'obsidienne — voilà d'où vient son nom... une petite blague : Ob pour obsidienne — eh bien, ce bout d'obsidienne qu'elle avait sur elle est caractéristique de la région que nous avons choisie. Nous avons aussi trouvé sur sa personne du pollen, du sol argileux sur ses pieds, et nous avons pris une photo du paysage au moment où nous l'avons enlevée à... »

« Ouais. On est donc que quelques-uns à la connaître. »

« En effet. Je suis sûr que vous comprenez pourquoi nous avons décidé de retarder nos révélations et d'éviter toutes spéculations. C'est le sensationnel des suppléments du dimanche qui porte le plus atteinte au caractère scientifique d'une tentative. »

« Ouais. Vous m'l'avez dit. »

« Il existe aussi un problème d'éthique. Certaines personnes peuvent mettre en question l'aspect moral d'arracher cet être humain à son habitat naturel.

Je pencherais personnellement pour la théorie selon laquelle le courant temporel d'Ob a divergé du nôtre au moment où nous l'avons enlevée à son passé personnel... et au nôtre. Néanmoins, si vous... »

« Ouais, ouais! » aboya Jepson.

Merde! songea-t-il. *Ce vieux taré pourrait jaçasser toute la journée à propos de rien. Des grands mots! Des grands mots! Et qui voulaient rien dire.*

3

Swimmer regardait l'un puis l'autre en s'émerveillant du niveau de communication réduit des deux hommes. Le professeur aurait aussi bien pu parler à Ob. Swimmer manipula dans sa poche son masque branchial en songeant qu'il lui servirait de planche de salut pour s'échapper si les choses s'envenimaient un peu.

« Ainsi que j'allais le dire », continuait le professeur, « si vous considérez l'équation d'interférence historique en tant qu'élément de votre... »

« Ouais! » explosa Jepson. « C'est très intéressant. Mais ce que je veux savoir, c'est pourquoi je peux pas montrer un caillou à cette nana et lui dire que je veux qu'elle en taille un pareil. Elle pourrait faire ça facile, pas vrai? »

Le professeur soupira et leva les mains au ciel. Il croyait avoir percé l'étrange jargon de Jepson, lui avoir fait saisir une partie du problème, mais on dirait que ç'avait été peine perdue.

« Vous avez pas dit qu'elle était un expert? » demanda férocement Jepson.

« Avec le temps », fit le professeur sur un ton de souffrance infinie, « je crois fermement qu'Ob deviendrait l'un des meilleurs tailleurs de diamants du monde. Nous avons quelques diamants industriels, dans notre labo, et notre examen comportait une confrontation avec ceux-ci. Il ne lui a pas fallu plus d'un regard pour distinguer les lignes de coupe naturelles. Rien qu'un regard expérimenté. Mais je tiens à vous avertir : sa mesure de sa compréhension se révèle dans le fait qu'elle a trouvé le diamant trop dur pour être utilisé pratiquement. »

« Mais elle a travaillé ces cailloux, hein? »

« Si vous désirez en parler de la sorte, oui. »

« Est-ce qu'elle avait de meilleurs outils qu'ici? »

Jepson désigna l'étagère derrière l'établi et l'étau fixé à une extrémité.

« Non, au contraire. »

« Elle sait se servir de ces instruments? »

« Elle a un sens manuel inné. C'est un travailleur instinctif. On pourrait dire qu'elle *vit* la pierre. Elle paraît en fait projeter des idées de vie et d'animisme dans les pierres qu'elle travaille. »

« Ouais. Alors, au boulot. » Il se retourna et étudia Ob.

Elle baissa les yeux sous le poids du regard du dieu-démon en fureur. Ob avait l'impression de comprendre ce qu'on exigeait d'elle. Elle saisissait beaucoup mieux cette langue qu'elle ne le laissait croire aux dieux-démons. L'éducation que lui avait fournie sa Mère de la Caverne était parfaitement adaptée : « *Aux dieux-démons et aux esprits, accorde l'obéissance et la servilité qu'ils exigent. Mais dissimule, dissimule toujours.* »

Un élan de nostalgie la transperça et sa lèvre inférieure se mit à trembler, mais elle réprima cette émotion. Une femme éduquée pour devenir Mère de la Caverne et créatrice d'outils vivants ne se laissait pas aller, même devant les dieux-démons. Il y avait aussi un travail à faire pour lequel elle avait été instruite. En dehors de sa compréhension des paroles des dieux-démons, il existait des méthodes plus directes de percer leurs désirs. Ils l'avaient mise en présence de leurs fabuleux instruments et avaient érigé la pierre en une sorte de sacrifice. La pierre était dure, très dure, et son fil avait été strié et tordu par des forces inimaginables. Mais Ob distinguait les points d'entrée et la façon dont elle devait procéder.

« Dites-lui ce qu'elle doit faire », commanda Jepson.

« Je refuse d'avoir encore à faire dans cette histoire », répondit le professeur.

Swimmer devint blanc comme un linge.

« Personne, non, personne refuse mes ordres », fit Jepson d'une voix calme et glaciale. « Vous, l'oncle, vous allez faire piger à cette bonne femme ce qu'elle doit faire. Vous allez le faire, autrement vous aurez le privilège de voir comment mes gars couperont votre taré de neveu en petits morceaux. On voudrait pas que les poissons s'étouffent quand on se débarrassera de lui. Je suis assez clair? »

« Vous n'oseriez pas. » Au moment de parler, le professeur sentit que Jepson oserait bel et bien. C'était un criminel monstrueux... et ils se trouvaient à sa merci.

Swimmer tremblait de tous ses membres. Il regrettait désormais son exploit. Le masque branchial était inutile. S'il se glissait la moindre faille dans ses plans, Jepson ne lui laisserait à aucun prix quitter l'île en vie.

A contrecœur, le professeur demanda : « Que désirez-vous exactement de moi, monsieur Jepson? »

« On en a déjà parlé! » grogna Jepson. « Que la nana se mette à tailler le caillou. Les grosses têtes disent qu'on peut pas le faire. Alors, qu'elle le taille. »

« Vous en prenez toute la responsabilité. »

« Ouais. Allez. »

Swimmer prit une profonde inspiration tandis que le professeur se tournait vers Ob. Swimmer savait maintenant que Jepson avait des plans à lui concernant la tailleuse. Le diamant martien n'était qu'un préliminaire. Swimmer soupçonnait Jepson de ne lui laisser aucune place dans ses plans ultérieurs. Et les gens qui n'avaient aucune place dans ses plans avaient tendance à disparaître.

Tandis que ces pensées lui traversaient l'esprit, Ob le fixa avec une telle compassion qu'il se demanda si les anciens ne possédaient pas une faculté télépathique qui s'était perdue dans le flux et le reflux des millénaires. Il songea alors aux terreurs qui devaient hanter cette pauvre créature... et qu'elle dissimulait si bien. Elle avait été arrachée à sa patrie et à son époque, éloignée pour toujours de tous ses amis. Aucun moyen de l'y renvoyer; on n'arrivait pas à contrôler correctement la machine temporelle. Elle était désormais entre les pattes de Jepson.

Il fallait faire quelque chose au sujet de Jepson, songea Swimmer. Il frissonna, effrayé par ce qu'il devait faire... et ce qui arriverait s'il échouait.

« Ob », commanda le professeur.

Ob regarda Gruaaack en s'efforçant d'exprimer par son silence attentif un désir presque frénétique de plaire. Grâce soit rendue aux esprits pacificateurs qui protégeaient ces lieux, les dieux-démons avaient fini de lutter, songea-t-elle.

« Ob », répéta le professeur Rumel, « regarde la pierre. » Il désigna le diamant martien sur son coussin de velours noir.

Ob regarda la pierre.

Le professeur parlait lentement et distinctement. « Ob, peux-tu tailler cette pierre? »

Une pierre si difficile, songea Ob. *Mais il y avait un moyen. Le dieu-démon Gruaaack devait le savoir. C'était alors une épreuve. Le dieu-démon était en train de la mettre à l'épreuve.*

« Ob. Tailler. Pierre », dit-elle.

Swinner admira sa voix de gorge.

« D'abord, tu tailles un petit bout de pierre. »

Oui, c'est une épreuve. Tout le monde sait qu'on avance un éclat à la fois. Mais c'était une pierre tellement difficile. Le premier éclat serait plus gros que de coutume. Le morceau serait tout de même réduit.

« Petit. Bout. »

« As-tu tous les outils nécessaires? » lui demanda le professeur. Il désigna l'étau, le maillet et les coins posés sur l'établi.

Encore une épreuve, songea Ob.

« Veux. Eau », dit-elle. « Veux. Ongh-ongh. »

« Qu'est-ce que ça peut être, un ong-ong? » demanda Jepson. « J'ai jamais entendu un tailleur exiger un ong-ong. »

« Je n'en ai pas la moindre idée. Elle n'a jamais utilisé ce terme auparavant. » Le professeur tourna son visage dérouté vers Jepson. « Vous voyez bien comme notre compréhension est limitée. Il existe un tel fossé entre... »

« Allez, trouvez-lui un ong-ong! » aboya Jepson.

Ob regarda un dieu-démon puis l'autre. Ils devaient avoir de l'ongh-ongh, pensa-t-elle. Pas de feu sans ongh-ongh. Elle regarda Swimmer et ne vit que peur en lui. Ce devait être un humain comme elle. Elle porta son attention sur Gruaaack. Encore une épreuve? Tout ceci était embarrassant. Elle prit le diamant martien dans sa main calleuse et traça dessus une ligne avec le doigt. « Ongh-ongh. »

Le professeur haussa les épaules. « Oh, trouve ton ongh-ongh », lui dit-il.

Ob soupira. *Encore une épreuve.*

Elle prit le diamant des deux mains et se dirigea vers la salle de séjour du chalet. Il y avait là un feu; elle l'avait senti et vu.

Le séjour contenait de gros meubles rustiques et des tissus mexicains. Le cuir coloré lui inspira de la crainte. *Quelle sorte d'animal a donné ces peaux?* se demanda-t-elle. *Les terres des dieux-démons devaient abriter maintes terreurs.*

Deux des *gars* de Jepson étaient assis à la table ronde près de la fenêtre qui donnait sur le lac. Ils mangeaient et jouaient au poker. Un feu brillait dans la cheminée et Ob se dirigea droit dessus, suivie par Jepson, le professeur et Swimmer.

Les *gars* levèrent les yeux et l'un d'eux déclara : « Regarde ça. Elle me file les jetons. »

« Ouais », opina son compagnon qui regarda Jepson. « Qu'est-ce qu'elle fout avec le caillou, patron? »

Jepson répondit sur son ton décontracté habituel, son attention fixée sur Ob. « Vos gueules. »

Les *gars* haussèrent les épaules et se remirent à jouer.

Ob s'agenouilla près du foyer et ramassa une poignée de cendres. « Ongh-ongh », dit-elle. Elle posa le diamant sur le foyer, cracha sur les cendres et pétrit un peu de boue noire qu'elle colla sur le diamant. Ses mains cornées frottèrent de boue toute la surface de la pierre.

« Qu'est-ce qu'elle a foutu? » demanda Jepson.

« Ça, je l'ignore. Mais ongh-ongh semble être de la cendre. »

Jepson porta son attention sur le diamant qui était désormais tout barbouillé de noir. Ob le prit et alla jusqu'à la fenêtre est. Elle mit le diamant face au soleil et l'étudia.

Oui, songea-t-elle. *La lumière du Feu Puissant traversait la pierre, était assombrie et découpée en dessins étranges par l'ongh-ongh.* Elle frotta la pierre, ôta une partie de son enveloppe noire, essuya ses mains sur la robe marron et tendit à nouveau le diamant vers le Feu Puissant. Elle vit ce à quoi elle s'attendait après ce que lui avait appris la Mère de la Caverne. Les traits d'ongh-ongh à la surface de la pierre révélaient des failles minuscules, et ces lignes servaient de références de base pour étudier les contours intérieurs.

« Je crois qu'il s'agit de préliminaires rituels avant la taille », fit le professeur.

Swimmer jeta un coup d'œil à son oncle puis à Jepson pour finir par s'avancer jusqu'à Ob. Il se pencha, fixa la pierre par-dessus son épaule et distingua la lumière scintillante et tous les dessins esquissés par la cendre.

Ob se retourna. Elle lui adressa un sourire timide qui s'effaça rapidement lorsqu'elle fixa Jepson et le professeur.

Swimmer se redressa et sourit.

Il fut récompensé par le même sourire timide qui adoucit un instant ses traits durs.

« Etrange », fit le professeur. « Culte du soleil, probablement. Il faut que j'aille un peu plus loin dans ses croyances... »

« Quand c'est qu'elle va s'arrêter de déconner et se mettre à tailler le caillou? » coupa Jepson.

« Ob. Travailler », déclara-t-elle.

Elle se retourna, revint dans l'atelier et replaça la pierre sur son carré de velours.

Swimmer allait s'approcher et fut stoppé par une main qui lui saisit l'épaule. Il fit volte-face et fixa Jepson.

« J'aimerais bien que tu te tiennes à l'écart, mon gars. »

Swimmer frissonna. Il avait perçu une menace totale dans la voix du gangster.

Un oiseau choisit cet instant pour chanter à la fenêtre sud : « Ouilo, ouil-ouil, ouilo. »

Ob regarda par la fenêtre et sourit. Ce chant lui était familier, c'était une voix qu'elle connaissait. Il disait : « C'est mon terrain, mon buisson. » Elle se retourna et rencontra le regard pesant de Jepson.

« Taille ce putain de caillou! »

Elle se redressa. La voix était porteuse de mort. Elle l'avait nettement distingué.

Le professeur ajusta le spot au-dessus de l'établi et toucha le bras d'Ob.

Elle leva les yeux et fut surprise de lire de la crainte sur son visage. *Gruaaack avait peur?* Les dieux-démons n'étaient donc pas ce qu'ils paraissaient! L'esprit bourdonnant, elle se pencha sur la pierre, la déposa dans l'étau qu'elle serra... doucement, avec précision. *Les dieux-démons avaient des outils vraiment merveilleux.*

Jepson se plaça à côté de l'établi afin de surveiller son travail. Il se passa les mains sur les tempes pour ôter des gouttes de sueur. Il avait déjà observé des tailleurs de pierres précieuses. La première coupe semblait toujours s'éterniser tandis que montait la tension et que le tailleur rassemblait toute son énergie nerveuse afin de donner le coup décisif.

S'attendant à cela, Jepson trouva les actions d'Ob particulièrement stupéfiantes.

4

Elle chercha un instant un coin convenable parmi tous ceux qui se trouvaient à sa disposition, en choisit un et le posa sur le diamant. Elle leva le maillet.

Jepson attendit la mise en place et le déplacement interminables du coin. Il sursauta lorsqu'elle abattit le maillet sans changer la position primitive, apparemment désinvolte.

Crac!

Un morceau allongé du diamant martien tomba sur l'établi.

Crac!

Un autre, un peu plus petit, cette fois-ci.

Crac!

Jepson sortit de son ébahissement lorsque le troisième morceau claqua sur l'établi. « Attends! » s'écria-t-il.

Crac!

« Dites-lui d'arrêter! » geignit Jepson.

Crac!

Le professeur retrouva sa voix. « Ob! »

Elle se retourna, tenant toujours fermement coin et maillet, obéissante aux ordres de Gruaaack.

« Arrête », lui dit-il.

Elle posa calmement les mains sur l'établi.

Jepson retroussa les lèvres et lâcha un son grave : « Biiigre. » Il ramassa le gros morceau et le présenta à la lumière. « On pouvait pas tailler ce caillou, hein? Biiigre. » Il reposa le morceau de diamant sur l'établi, sortit un pistolet à aiguilles de son holster et le pointa sur Swimmer.

« Sans rancune, Swimmer », dit-il. « Mais tu pèses trop lourd. Et le tonton a besoin d'une leçon qui lui apprenne à obéir. »

« Vous n'oserez pas! » siffla le professeur.

Jepson lui jeta un regard.

C'est le désespoir qui poussa alors Swimmer à agir : il sauta de côté et lança un coup de pied à la main qui tenait l'arme. Grâce aux muscles durcis par des années de natation, la pointe de la chaussure s'enfonça dans la main de Jepson. Le pistolet lâcha un *pfft!* en quittant sa main. Une aiguille se logea dans le plafond. L'arme traversa la pièce avec un bruit métallique.

Ob fut un instant pétrifiée par l'action horrible de Swimmer. Mais elle avait perçu la mort dans la voix du dieu-démon et elle savait que même l'oiseau *ouil-ouil-ouilo* s'attaquait à un humain s'il le fallait. Pourquoi un humain ne pourrait-il donc pas attaquer un dieu-démon?

Au moment où Jepson ouvrait la bouche pour appeler ses *gars,* Ob abattit son poing sur sa tête. Un bruit de melon trop mûr que l'on vient de laisser tomber lorsque le cou de Jepson se brisa. Il s'affala avec un bruit assourdi.

Swimmer plongea vers le pistolet à aiguilles, le ramassa et s'accroupit face à la porte du séjour, attentif à tout signe révélant qu'on les avait entendus.

« Fichtre! » fit le professeur.

Seuls les bruits habituels de la maison pénétraient dans la pièce : des pas dans une chambre du premier, un craquement de ressorts de lit, un robinet qu'on ouvrait, quelqu'un qui sifflotait.

Swimmer se retourna.

Ob avait les yeux fixés sur Jepson. Un air d'étonnement naissant se lisait sur son visage.

Swimmer s'approcha de Jepson et l'examina.

« Mort », annonça-t-il. Il se redressa et adressa à Ob un sourire tranquille. Une tranquillité qu'il n'éprouvait guère, en fait. « On est dans la mélasse, tonton, si l'un des gars arrive... »

Le professeur réprima un frisson. « Qu'allons-nous faire? »

« Nous n'avons qu'une seule chance. Ob, aide-moi à mettre cette carcasse derrière l'établi. » Il se pencha et se mit à tirer le corps de Jepson.

Doucement, Ob l'écarta et d'une main souleva le corps de Jepson par la ceinture. La tête du mort oscilla; ses bras traînaient sur le plancher.

Swimmer déglutit et lui indiqua où il voulait qu'elle dépose le corps. Ils posèrent Jepson dans un coin et poussèrent l'établi pour le dissimuler.

« Fichtre », répéta le professeur. « Elle est forte comme un bœuf! »

« Ecoutez attentivement. Ob doit continuer à travailler comme si rien ne s'était passé. Je vais essayer d'arriver au lac. Si j'y parviens, une fois sous l'eau je pourrai m'éloigner et obtenir de l'aide. » Il passa au professeur le pistolet à aiguilles de Jepson. « Garde ça dans ta poche. Ne l'utilise pas à moins d'y être forcé. »

« C'est horrible », lâcha le professeur.

« Ça sera encore plus horrible si tu ne fais pas exactement ce que je t'ai dit », lui annonça sèchement Swimmer. « Bon, place ce pistolet dans ta poche. »

Le professeur déglutit et obéit.

« Maintenant, quelle se remette au travail. »

Le professeur opina et s'adressa à Ob. « Toi... travaille... la pierre. »

Elle demeura immobile et l'étudia, étonnée du ton de commandement qu'avait utilisé l'humain avec le dieu-démon. Un humain pouvait-il donner des ordres aux dieux-démons?

« S'il te plaît, Ob », lui dit Swimmer. « Travaille la pierre. »

Une quasi-adoration se lisait dans ses yeux quand elle regarda Swimmer. « Toi. Vouloir. Ob. Travailler? » demanda-t-elle.

« Tu travailles. » Swimmer lui tapota le bras.

A nouveau, un sourire timide effleura ses lèvres. Elle se retourna vers l'établi et le diamant. « Ob. Travailler? »

Swimmer regarda son oncle, dont les yeux paraissaient voilés par la stupéfaction.

« Tonton? »

Le professeur hocha la tête et parut devenir attentif.

« Si quelqu'un demande Jep, il est sorti se promener et il t'a laissé le soin de surveiller le travail d'Ob. Compris? »

Le professeur déglutit. « Je comprends très bien, Conrad. Je dois dissimuler, mentir. Dépêche-toi. Tout ceci est fort déplaisant. »

Crac!

Ob enleva un nouveau morceau au diamant.

Crac!

Swimmer se permit une profonde inspiration. Il n'avait plus le temps d'avoir peur ni de se rappeler qu'il était lâche. La vie de son oncle et de cette femme primitive bizarrement attirante dépendaient de lui. Il composa son visage, se glissa hors de la pièce et descendit jusqu'à la cuisine. Elle était vide mais quelqu'un avait laissé bouillir une casserole d'eau. Un fumet de vapeur épicée le suivit jusqu'à la porte de derrière.

Une brise légère agitait les pins. Il leva les yeux et observa la position du soleil : c'était encore le matin. Des mouvements sur le rivage, à droite et à gauche : deux gardes.

Swimmer s'efforça de marcher d'un pas tranquille vers le lac en se dirigeant vers un point situé à mi-chemin entre les deux gardes. Un arbre abattu s'avançait dans les eaux, ses branches mortes se partageant entre l'air et l'eau. Il s'assit sur le sable à côté de l'arbre, à quelques centimètres de l'eau, et jeta une pomme de pin dans le lac d'un air décontracté.

Les gardes feignirent de l'ignorer après un regard inquisiteur.

Swimmer attendit en se demandant pourquoi il trouvait Ob si attirante. Il finit par décider que c'était la première femme qui l'eût véritablement regardé sans éprouver la moindre révulsion.

Les gardes arrivèrent jusqu'à lui, firent demi-tour et continuèrent leur patrouille. Tous deux lui tournaient désormais le dos. Swimmer sortit son masque branchial, le plaça sur sa tête, se glissa dans l'eau parmi les branches de l'arbre et plongea. Ses années d'entraînement rendirent son action pratiquement silencieuse.

Il avança lentement près du fond du lac. Son complet permasec se gonflait et il tira sur de minuscules cordelettes pour le rendre collant.

Il se trouva bientôt en eaux profondes. Il contorsionna les talons de ses chaussures. Des palmes jaillirent de l'empeigne. D'une brasse régulière et puissante, il gagna le rivage opposé en se guidant à l'aide de la boussole de sa montre.

D'étranges émotions tourbillonnaient en lui, la moindre n'étant point cette impression de purification à l'idée de se couper de son passé de criminel. La loi du milieu est explicite : on ne donne pas ses compères, quelles que soient les circonstances.

Mais il lui fallait trahir. Une femme qui avait soudain pris beaucoup d'importance risquait autrement de mourir.

5

Plus tard, en réfléchissant à cet après-midi que les autorités devaient appeler « le jour où on a démantelé le gang Jepson », Swimmer découvrit qu'il contenait des ombres d'irréalité hypnotique entrecroisées de flots d'imminence absolue.

Il y eut le calme relatif de la traversée sous-marine du lac. Ce qui n'était que train-train et ne comptait guère. Il émergea à un endroit invisible de l'île et il y eut un petit trot à travers arbres et broussailles jusqu'à une piste en terre battue bordée de piles d'humus projeté par les hélices des écumeurs. La piste menait à un chemin vicinal où l'embarqua un camion doté de jupes démesurées et d'hélices produisant de véritables hurricanes.

Le visage du fermier ne réagit point. Mais sa voix, un nasillement chevalin, traînait interminablement et une phalange de l'index de sa main droite portait un gros grain de beauté marron. Un peu plus tard, il parut important à Swimmer que le fermier transportât une cargaison de choux qui fleuraient la terre fraîche.

Swimmer s'inquiétait pour Ob et se tenait au bord de son siège. Le fermier l'appelait *voisin* et se plaignait du pris de l'engrais. Il ne posa qu'une question à Swimmer : « Où qu'tu vas, voisin? »

« En ville. »

La ville, suivant le panneau, s'appelait Ackerville, 12 908 habitants. Le fermier déposa Swimmer en face d'une grande bâtisse qui datait manifestement du tournant du siècle : une façade monotone de verre et d'aluminuim. A l'entrée, une plaque annonçait qu'il s'agissait du centre administratif du canton de Crane.

Un sifflet annonçait midi au moment où Swimmer pénétra dans le bâtiment pour suivre les flèches qui menaient au bureau du shérif. Il devait ensuite se rappeler les lieux en raison de l'odeur des couloirs (désinfectant à la senteur de pins) et du shérif maigre et de grande taille vêtu d'un complet très classique et d'un chapeau de cow-boy, qui lui annonça lorsqu'il entra :

« Vous devez être Conrad Rumel. Ralph Abernathy vient de m'appeler de son camion pour me dire qu'il vient de vous amener ici. »

Le fait qu'un fermier du nord du Minnesota pût le reconnaître aussi facilement permit à Swimmer de comprendre la terrifiante efficacité à laquelle il se trouvait confronté. Des assistants armés apparurent à la porte derrière lui. Ils semblèrent surpris de le découvrir désarmé. On le poussa dans un bureau aux panneaux d'érable qui donnait sur le coin de rue où le fermier l'avait déposé.

Ralph Abernathy. Il ne put mettre aucun visage sur ce nom. Swimmer se demanda comment il avait pu rester assis à côté du fermier sans remarquer son visage.

Oh! Le danger qui la menaçait.

Le shérif voulait savoir où était le diamant martien.

Swimmer dut répéter à trois reprises son récit pour le shérif et ses assistants, et une nouvelle fois pour un gros chauve à la barbe blanche qui se présenta comme étant le procureur du canton. Ils semblaient inconscients du caractère urgent de la situation et ne cessaient de trouver de nouvelles questions à lui poser.

D'un seul coup, d'autres hommes apparurent dans la pièce. Shérif et procureur passèrent à l'arrière-plan.

Les nouveaux venus se rapportaient à un certain Wallace MacPreston, un individu d'un mètre cinquante-sept aux cheveux acier et à la large bouche toujours crispée en un demi-sourire qui ne touchait jamais ses grands yeux bleus.

« Je suis assistant particulier du Président », déclara MacPreston.

Swimmer n'eut pas besoin de demander : *Président de quoi?*

MacPreston se lança alors à son tour dans ses questions. Certaines furent les mêmes que celles du shérif et de ses assistants, mais MacPreston désirait également savoir *comment* Swimmer avait coulé le navire de propagande soviétique. Swimmer savait-il qu'il avait coupé le bateau en deux? Etait-ce là son intention? Qu'est-ce qui l'avait guidé dans sa pose des explosifs? Quelle taille avaient ses charges? Pourquoi? Quel type de détonateur? Jusqu'où avait-il reculé pour éviter le choc de la compression? Quels détails dans la construction du bateau lui avaient indiqué ses points faibles? Quelle sorte de chalumeau avait-il utilisé pour ouvrir le coffret contenant le diamant? Pourquoi avait-il choisi ce moment-là pour agir?

Swimmer remarqua petit à petit quelques visages qui encadraient celui de MacPreston. L'un d'eux surtout; celui d'un homme massif au visage carré, aux yeux semblables à des cavernes noires au-dessus d'un nez crochu, des cheveux noirs qui bouclaient près des tempes dégarnies. Cet homme s'intéressait beaucoup aux détails du navire soviétique.

Mais aucune de ces personnes ne semblait se rendre compte du danger qui menaçait Ob... et son oncle Amino.

MacPreston revint sur le récit de Swimmer... une deuxième... une troisième... et une quatrième fois.

La localisation du diamant... Qu'est-ce qui l'avait guidé dans sa pose des explosifs?

« Ecoutez! » s'exclama soudain Swimmer. « Est-ce qu'aucun de vous ne se rend compte de ce qui va arriver si les gars de Jepson découvrent qu'il est mort? »

« Les gars de Jepson ne bougeront pas », lui assura MacPreston.

« Mais ils vont tuer Ob... et mon oncle. »

« J'en doute. Bon, à propos d'Ob, vous dites que votre oncle l'a trouvée grâce à une machine *temporelle?* »

Swimmer dut tout leur expliquer au sujet de la machine temporelle, de l'argent de Jepson, de la découverte et des commandes imprécises. A chaque nouvelle question, il sentait diminuer le temps qui restait à vivre à Ob et son oncle.

« Une machine temporelle », ricana MacPreston.

L'homme au nez crochu tira la manche de MacPreston. MacPreston leva les yeux. « Oui, Mish? »

« Dehors », fit l'homme. « On a à causer. » Ils quittèrent la pièce.

Le temps passa encore. Swimmer commençait à perdre tout espoir.

MacPreston et son compagnon revinrent en compagnie d'un général de l'armée de Terre et d'un colonel des Rangers. C'est ce dernier qui parlait lorsqu'ils entrèrent. « 380 hommes, y compris les monoscooters, les monojets et les 25 tanks volants qu'envoient les Marines; ça devrait suffire. »

« Et lui? » demanda le général en tournant la tête en direction de Swimmer.

« Rumel nous accompagne », répondit MacPreston. « Vous avez entendu ce qu'a dit le Président. »

« Il nous reste trois heures de jour », fit le colonel. « Cela suffira amplement. »

« Vous avez besoin d'un moyen de transport? » demanda le général.

« Nous utiliserons notre limousine », répondit MacPreston.

« Restez en hauteur avant qu'on envoie le signal », fit le général. « Je suppose que vous n'êtes pas blindé. »

« Une limousine présidentelle... vous plaisantez? »

« Ouais, mais restez quand même à l'écart jusqu'à ce qu'on ait fini de tirer. On ne sait jamais quel genre d'armes ces gangsters peuvent avoir. »

« De tirer sur quoi? » demanda Swimmer.

« On va aller sauver votre oncle et votre petite amie de l'âge de pierre », lui répondit MacPreston. Il hocha la tête. « La machine temporelle. »

Swimmer prit deux longues inspirations et demanda : « Vous savez où ils sont? »

« L'architecte nous a fourni un plan de la maison. » MacPreston allait se détourner et jeta un nouveau regard à Swimmer. « L'un des gars de Mish vient de me remettre le plus extravagant rapport que j'aie jamais vu... venant d'un professeur Elwin à Cambrai, en France. Vous connaissez cet Elwin? »

« Je sais qui c'est », répondit Swimmer. Il réprima ses propres questions dans l'espoir que les autres mettent leur projet à exécution.

« Une machine temporelle », marmonna MacPreston d'une voix plus craintive que dubitative.

Swimmer sentit quelque chose se refermer sur son poignet gauche qu'il découvrit relié par des menottes au poignet droit du compagnon au nez crochu : Mish.

« Je m'appelle Mischa Levinsky, C.I.D. [1] », fit l'homme en fixant froidement Swimmer. « Faudra que j'vous parle un jour de cette affaire de Mazatlan. Pour un seul homme, c'était du beau boulot. »

Le C.I.D., songea Swimmer. *Le Président. L'armée. Les Marines.* Il avait l'impression de se trouver dans un billard électrique affolé où il rebondissait de place en place tandis que MacPreston hurlait. « *Tilt! tilt! tilt!* »

« Allez, roulez, jeunesse! » lança Levinsky.

6

Les forces combinées plongèrent sur l'île lacustre, dos au soleil, hurlant comme un essaim d'insectes furieux s'abattant sur une ruche ennemie. Les monoscooters de l'armée formèrent un anneau solide sur la plage. Les Marines noircirent le ciel. Des Rangers en monojets apparaissaient et disparaissaient parmi les pins.

Aux yeux de Swimmer qui regardait de l'arrière de la limousine à 7 000 pieds d'altitude au sud-est, ce pandémonium organisé n'était qu'un jeu de fous. Il trouvait difficile d'associer ses propres actions à ce résultat. Sans ses craintes pour Ob, il eût trouvé tout ceci positivement ridicule.

La limousine descendit plus près à 3 000 pieds.

Swimmer regarda MacPreston à sa droite. « Est-ce qu'ils... »

« On ne sait pas encore. Une sacrée opération, pas vrai, Mish? »

1. *Criminal Investigation Departement*, la P.J. américaine *(N.D.T.)*.

« Y en a vachement trop », grogna Levinsky. « J'me demande comment ils font pour pas se tomber dessus. »

« Qu'est-ce que vous en pensez, Rumel? »

« Quoi? »

« C'est une belle opération? »

Ils sont dingues, songea Swimmer. Il déclara : « Je suis d'accord avec M. Levinsky. Jepson n'avait pas plus de vingt hommes... d'après mes calculs. J'aurais gardé les tanks en réserve et attaqué avec cinquante hommes. »

« Où auriez-vous attaqué? » lui demanda MacPreston.

« Par le toit de la maison. »

Levinsky opina du chef.

La limousine descendit à 500 pieds au-dessus de la rive sud du lac. Swimmer entendit des coups de fusils. Chacun le traversa d'un éclair de terreur.

Oh...

Une sérénité artificielle revint sur l'île, silence forcé rompu par quelques cris que l'on entendait parfois. Un cordon d'hommes les mains en l'air était en train de franchir une ligne de monoscooters.

Quelque chose bourdonna sur le tableau de la limousine.

« Ça y est », fit MacPreston. « Allons-y. »

La limousine descendit sur le terrain proche du chalet. Ses hélices de sustentation soulevèrent un nuage d'aiguilles de pin qui se déposa lentement après l'arrêt des moteurs.

MacPreston ouvrit sa fenêtre et éternua dans la poussière.

Un capitaine des Rangers courut jusqu'à lui et salua. « Tout est en ordre, monsieur. Le professeur Rumel et la... euh, femme sont sains et saufs dans la maison. »

Swimmer s'accorda un profond soupir.

« Quel est le chiffre des pertes? » demanda sèchement Levinsky.

« Monsieur? » Le capitaine se pencha pour fixer Levinsky.

« Les pertes! » répéta brutalement Levinsky.

« Dix blessés, monsieur. Huit du fait de notre tir croisé. Mais rien de sérieux. On a aussi tué deux... euh, hommes, là-dedans. Et blessé quatre autres. »

MacPreston appuya sur un bouton. La bulle de la limousine disparut avec un sifflement de mécanisme hydraulique.

« Cinquante hommes sur la maison auraient largement suffi », murmura Levinsky.

« Eh bien, capitaine », continua MacPreston, « amenez ici le professeur Rumel et la femme. Je suis impatient de les rencontrer.

Le capitaine des Rangers était plutôt nerveux. « Eh bien, monsieur... vous savez que nous avons reçu l'ordre de les manier avec des gants de velours et nous... »

« Amenez-les ici! »

« Monsieur, la femme refuse de quitter son travail. »

« Son *travail*? »

« Monsieur, le professeur Rumel m'a déclaré qu'elle ne reçoit d'ordres que de son neveu ici présent. » Le capitaine indiqua Swimmer.

Swimmer reçut cela en silence mais sentit le caractère humoristique de la situation. Ce capitaine lui plaisait. MacPreston lui plaisait. Levinsky et tous ces satanés combattants imbéciles lui plaisaient. Swimmer se surprit à sortir de sa rêverie sous le regard de Levinsky et de MacPreston.

« Pourquoi ne nous en aviez-vous pas parlé? » demanda Levinsky.

D'Ob qui taillait le diamant, songea Swimmer. Il déglutit et déclara : « Je crois qu'elle m'aime bien. »

« Et alors? » fit MacPreston.

« Alors, c'est très bien. »

« D'après les descriptions, elle a l'air d'une anormale. Qu'est-ce que ça a de bien? »

D'un seul coup, MacPreston ne lui plaisait plus du tout. Sa réaction dut se lire dans le regard qu'il adressa à l'assistant du Président. « Peut-être que les descriptions étaient erronées », ajouta MacPreston.

« Wally », fit Levinsky, « pourquoi tu ne te tais pas? »

Dans le silence embarrassé qui suivit, Swimmer considéra Levinsky en songeant : *Ob anormale? Pas plus que moi! Elle a quelque chose en plus, d'accord. A son époque c'était un avantage. Et ce n'est pas sa faute si on l'a arrachée à son époque. Elle n'a pas demandé à se retrouver soumise aux ricanements de tous ces gens. Rien que parce qu'elle est comme ça. C'est une femme normale et en bonne santé. Probablement plus normale et en meilleure santé que ce retardé de MacPreston!*

MacPreston, le visage rouge de colère, se tourna vers le capitaine des Rangers. « Elle *refuse* de venir ici? »

« Monsieur, le professeur affirme qu'elle n'obéit qu'à son neveu. Je... j'hésite à user de la force. »

« Pourquoi? Vous n'avez pas assez d'hommes pour ça? »

« Monsieur, il y a là-dedans un établi de deux

cents kilos. Ils ont caché Jepson derrière. On a voulu le bouger pour voir si Jepson était bien mort. Elle a soulevé l'établi d'une main. »

« Un établi de deux cents kilos? D'une seule main? »

« Oui, monsieur. Oh... et Jepson est bel et bien mort, monsieur. Le crâne fracassé. Suivant le professeur, c'est elle qui a fait ça d'un coup de poing. »

« D'un coup de poing? » MacPreston posa sur Swimmer son regard furieux. « Rumel, qu'est-ce que c'est que cette femme? »

« Rien qu'une femme tout à fait normale. »

« Mais... »

« Il n'y a rien de curieux en elle! Pour son époque, elle était peut-être chétive. Elle n'a pas demandé à venir ici, MacPreston. Elle n'a pas demandé à ce qu'on fasse des critiques idiotes sur son apparence physique. »

MacPreston étudia le visage de Swimmer, en remarqua le moindre détail, du front bas au menton effacé. Il finit par lui dire : « Pardon, monsieur Rumel. J'ai commis une erreur. »

Swimmer opina en songeant : *Elle ne reçoit d'ordres que de moi.* Un fol enivrement l'envahit. Il sentit son poignet gauche se soulever et vit que Levinsky le détachait.

« Mish, qu'est-ce que tu fais? »

« C'est pas évident? »

« Attends une minute, Mish. Je comprends ta requête, et le Président aussi. Mais il existe des obstacles de taille. Cet homme a commis des crimes qu'aucun autre n'a... »

« C'est le meilleur agent potentiel que j'aie rencontré », répliqua Levinsky.

« Mais il faut penser aux Russes! » fit MacPreston, misérable.

« On leur refilera Jepson. Jepson est mort. Il ne peut pas émettre d'objection... *ni mettre en doute notre version des faits.* »

Swimmer se massait le poignet tandis que son regard allait de MacPreston à Levinsky. Leur conversation n'avait pour lui aucun sens. Le capitaine, toujours debout à côté de la limousine, paraissait tout aussi éberlué.

« Mais Rumel a été identifié! »

« Et alors? »

« Alors, les Russes sauront qu'il a participé à l'affaire. A quoi te servira-t-il, ensuite? Il a un visage (excusez-moi, monsieur Rumel, mais c'est la vérité) qu'un fermier du Minnesota peut reconnaître après l'avoir vu deux fois dans le journal. Comment le dissimuler aux Russes? »

« Ne fais pas l'idiot, Wally! Je n'ai jamais voulu l'utiliser de la sorte. Je veux ses *connaissances,* son expérience. Je le veux à l'Académie. »

« Mais si on ne le remet pas à l'accusation avec les autres gangsters... »

« Et s'il prétend qu'il a toujours été notre agent? S'il prétend qu'il s'est infiltré *pour nous* dans le gang de Jepson? »

« Tu l'as dit toi-même, Mish. Ils savent qui était l'expert. Ils savent qui a coulé le bateau. »

« Et alors? »

MacPreston fronça les sourcils.

« Tu as entendu ce qu'a dit le Président. Si Rumel coopère et si après notre enquête nous jugeons utile de... »

« Ça ne me plaît pas. »

« Ça ne plaira pas aux Russes non plus. Surtout si on leur rend le diamant et le gang de Jepson, du moins ce qu'il en reste. »

« Le bateau? »

« On s'excusera, pour le bateau. »

Rendez-leur ce diamant, songea Swimmer. *O mon Dieu! et Ob qui est en train de le réduire en menus morceaux!*

« Il faudra que j'y réfléchisse », déclara MacPreston. « Battre les Russes me plaît autant qu'à toi. Mais il existe d'autres considérations. » Il leva les yeux sur le capitaine des Rangers. « Eh bien, qu'est-ce que vous attendez? »

« Monsieur? »

« Amenez-nous au professeur Rumel et à cette... femme. »

« Monsieur, j'ai... je crois que nous ferions bien de nous dépêcher. »

« Pourquoi? »

« Eh bien, monsieur, c'est ce que j'essayais de... voilà, le travail qu'elle ne veut pas abandonner, c'est le diamant qu'elle est en train de couper. »

Swimmer n'aurait pas cru que MacPreston pût bouger aussi vite. La porte de la limousine s'ouvrit en trombe. MacPreston lui saisit le bras et ils se retrouvèrent en train de courir le long de l'escalier du chalet tandis que des hommes en uniforme s'écartaient à la hâte, de franchir la porte pour entrer dans la salle de séjour.

Des chaises renversées, des fenêtres brisées, un mur fendu par les balles, tout témoignait de la violence de l'attaque. Un cordon de gardes s'ouvrit pour les laisser avancer jusqu'à l'atelier.

MacPreston s'arrêta net. Swimmer le heurta et fut à son tour heurté par Levinsky qui se trouvait sur leurs talons.

« Ce bruit », fit MacPreston.

Swimmer le reconnut. Il provenait du couloir.

Crac!

Crac!

Crac!

MacPreston lâcha le bras de Swimmer et pénétra dans le couloir comme un taureau sur le point de charger. Levinsky poussa Swimmer qui suivit le mouvement. Il avait l'impression de marcher avant l'exécution et trouva curieux que ses pieds suivent le rythme des coups d'Ob.

Ils entrèrent au pas dans l'atelier.

A part une vitre fracassée, les lieux semblaient avoir été épargnés par les violences militaires. Le professeur Amino Rumel se tenait à côté de la fenêtre. Il se tourna lorsque son neveu entra. « Conrad! Dieu merci tu es là. Elle ne veut pas m'obéir. »

MacPreston s'arrêta bien à deux mètres de l'endroit où travaillait Ob. Il fixa la silhouette brune et remarqua la contraction de son dos, le jeu de ses muscles. Swimmer et Levinsky stoppèrent derrière lui.

Crac!

Crac!

Le professeur avança vers Swimmer. « Quelle horrible agitation. »

« Au nom de Dieu, Rumel, arrêtez-la! » lâcha MacPreston.

« J'ai essayé », répondit le professeur. « Elle ne me prête pas attention. »

« Pas vous! » aboya MacPreston.

Crac!

Le professeur se redressa et fixa MacPreston. « Et qui êtes-vous donc? » Il tourna ses yeux pitoyables vers Swimmer. MacPreston se rappelait manifestement l'établi de deux cents kilos soulevé d'une seule main.

Swimmer s'efforça de retrouver sa voix. Il avait l'impression que sa gorge avait été brûlée au feu rouge. Il dépassa lentement MacPreston et toucha le bras d'Ob.

Ob lâcha coin et maillet et fit volte-face avec un regard qui le fit reculer d'un bon pas. Mais dès qu'elle le reconnut, un sourire apparut sur son visage. Ce sourire possédait une qualité rayonnante qui transperça Swimmer.

« Ob, tu peux arrêter de travailler, maintenant », lui murmura Swimmer.

Sans cesser de sourire, elle s'approcha de lui et posa sur sa joue un index calleux, invite traditionnelle de la Caverne qui mettait à l'épreuve l'émotion qu'elle lisait sur son visage. Sur ce visage, aucune cicatrice ne comptait les années qu'il avait vécues... et la peau était si douce, comme celle des bébés de la Mère de la Caverne. Il parut tout de même saisir le sens de ce geste. Il la fit reculer, écarta une boucle de sa joue et toucha ses cicatrices.

Ob voulut lui prendre la main, le mener à l'établi et lui montrer son travail, mais elle avait peur de rompre le charme.

« Même lorsque les balles volaient, elle ne s'est pas arrêtée », leur apprit le professeur Rumel. « Elle a continué comme si... » sa voix s'arrêta. Elle finit par reprendre : « Mon Dieu. Mais elle ne sait pas ce qu'est une balle. »

Swimmer entendit ceci comme dans un rêve. Une partie de lui-même savait que MacPreston et Levinsky se tenaient auprès de l'établi et marmonnaient dessus. Ce qu'il lisait sur le visage d'Ob ôtait à cela toute importance.

Les paroles de la Mère de la Caverne revinrent à Ob : « *C'est très bien de jouer avec les mâles pour les sélectionner, mais lorsque viendra le temps de l'union permanente, ma magie te dira lequel choisir. Tu le sauras aussitôt.* »

La sagesse de la Mère de la Caverne était grande, pensa Ob. Que sa magie était puissante!

Swimmer avait l'impression de revivre, de renaître dans cette pièce, et que derrière lui gisait tout un segment égaré de non-existence. Il désirait enlacer Ob, mais il craignait qu'elle ne réagît avec une vigueur douloureuse. Avant qu'elle ne lui casse quelques côtes, il faudrait lui demander de ménager sa force. Il avait également l'impression qu'elle n'aurait pas les inhibitions de la culture actuelle. Il se l'imagina s'abandonnant totalement à un baiser de lui.

Il s'écarta lentement.

Ob, devant son hésitation, pensa : « *Il y a les dieux-démons. Nous devons distraire les dieux-démons, les occuper à autre chose. Peut-être emporteront-ils leur magie tonnante en abandonnant les mortels aux choses qui intéressent les mortels.* »

Mais Swimmer commençait à songer aux conséquences de certaines actions à l'aspect légal desquelles il ne s'était jamais intéressé. Le diamant martien l'avait attiré parce que c'était une diablerie, une blague, une plaisanterie de grande envergure. Mais après ce qui s'était passé MacPreston et Levinsky devraient le remettre aux mains des Russes. Ils ne pouvaient se contenter de leur donner un tas d'éclats de diamant en disant : « Désolé, les gars... il s'est cassé. » Tout s'était cassé... et Swimmer restait sans voix à la crainte de ce qui risquait d'arriver à Ob.

Il ne pouvait plus feindre d'ignorer les conséquences. Levinsky et MacPreston étaient engagés dans une discussion enflammée.

« C'est une catastrophe, je peux te le dire! » lança MacPreston.

« Wally, tu es un âne », répliqua Levinsky.

« Mais qu'est-ce qu'on peut dire aux Russes? »

Oui, songea Swimmer, *qu'est-ce qu'on peut bien dire aux Russes?*

« Voilà. Cette femme préhistorique vient de résoudre notre problème. C'est un outil de *propagande* que nous pourrons présenter au monde entier! »

« Mais tu ne... »

« Mais si! Tout le monde comprendra. » Levinsky baissa le ton. « Le diamant impossible à tailler, tu ne vois pas? Et on peut dire que c'était prévu comme ça. On leur file le gang de Jepson et... » Il indiqua quelque chose que cachait le corps de MacPreston « ... et cette leçon de choses. »

Swimmer se trouvait envahi par la curiosité. Il se dirigea vers l'établi, mais Ob le devança, écarta MacPreston de l'épaule et se retourna avec quelque chose de brillant entre les mains.

« Ob. Travailler », dit-elle. « Pour... toi. »

Interdit, impressionné, Swimmer reçut l'objet en comprenant ce que Levinsky avait voulu dire par « leçon de choses ».

Ce qu'Ob avait fabriqué à partir du diamant martien, c'était, parfaitement équilibré et d'une habileté exquise, un fer de lance qui palpitait et étincelait entre les mains de Swimmer.

« Toi... vouloir? » lui demanda Ob.

Traduit par Christian Meistermann.
The Primitives.

VOUS CHERCHEZ QUELQUE CHOSE?

La réalité est-elle bien la réalité, ou bien est-elle une autre réalité qu'il faudrait considérer avec des yeux lavés pour l'apercevoir comme réalité? Vieille question à laquelle les philosophes n'ont pas fini de répondre et que tous les gourous, de Gurdjieff à Don Juan, le sorcier yaqui de Castaneda, prétendent résoudre en réveillant les sens endormis de leurs disciples.

Mais si nous dormons, si le vrai visage de la réalité nous demeure caché, peut-être cela fait-il l'affaire de prédateurs? Ainsi le tigre avance-t-il invisible dans l'ombre striée de la forêt de bambous. Qui ouvrira les yeux de la vache?

Cette nouvelle est la première que Frank Herbert ait publiée, en 1952, dans la revue Startling Stories.

VOUS CHERCHEZ QUELQUE CHOSE?

MIRSAR WEES, endoctrineur en chef de la sous-préfecture de Sol III, était un défi vivant à la finalité de la salle de relaxation de ses appartements qu'il arpentait furieusement, d'un mur métallique à l'autre, en émettant un bourdonnement, accompagné du bruit de succion que faisaient en se décollant les ventouses de sa membrane de sustentation.

Les imbéciles! pensait-il. *Imbéciles, stupides, incompétents et idiots!*

Mirsar Wees était Dénebien. Sa race avait vu le jour voilà plus de trois millions d'années terriennes sur la quatrième planète autour de l'étoile de Déneb — planète qui n'existait plus. De profil, il ressemblait étrangement à une grande femme en robe longue, sa membrane de sustentation recouverte de ventouses touchant le sol sous la « jupe ». Ses huit extensions spécialisées s'agitaient pour l'instant selon un motif de colère typiquement dénebien. Sa bouche, mince fente transversale parfaitement distincte de l'orifice pulmonaire et olfactif placé juste en dessous, éructait un torrent d'invectives dans toutes les langues à l'adresse de son assistant qui se faisait tout petit devant lui.

« Comment est-ce arrivé? » hurlait-il. « Je pars

en vacances pour la première fois depuis une centaine d'années, et quand je reviens, c'est pour découvrir que ma carrière est pratiquement ruinée par votre incompétence! »

Mirsar Wees fit volte-face et repartit en grésillant vers l'autre bout de la pièce. Par l'intermédiaire de son anneau de vision — organe d'un blanc brillant dont la forme évoquait un peu une chambre à air de tricycle et enfoncé au tiers de sa tête — il examina de nouveau le rapport sur le Terrien Paul Marcus, tout en surveillant d'un air sinistre son assistant qui se trouvait derrière lui. Activant les cellules de vision du côté gauche, il observa le chronomètre mural.

« Si peu de temps... » murmura-t-il. « Si seulement j'avais au Contrôle Central quelqu'un qui sache reconnaître un déviant lorsqu'il s'en présente un. Il va falloir maintenant que je m'occupe moi-même de ce gâchis avant que tout ne nous saute à la figure. S'ils en entendent parler au bureau... »

Mirsar Wees le Dénebien, simple rouage dans l'empire galactique d'éleveurs de korad, fondé par ceux de sa race, pivota sur sa membrane de sustentation et passa par une porte qui s'ouvrit sans un bruit devant lui. Les humains qui virent cette nuit-là son profil en forme de flamme devaient contribuer à propager les contes populaires où il était question de fantômes, de djinns, de fées, de lutins, d'elfes et de farfadets...

Et s'il leur avait été donné les moyens de le voir, ils se seraient aperçus qu'un gardien furieux venait de passer. Mais cela, ils ne le verraient évidemment pas; ça faisait partie du travail de Mirsar Wees.

C'était avant tout parce qu'il était hypnotiseur professionnel que Paul Marcus avait mérité un regard superficiel des dirigeants du monde.

La nuit où cela se produisit, il gravait un commandement post-hypnotique dans l'esprit d'une volontaire choisie dans la salle lors de son spectacle au Roxy Theatre de Tacoma, dans l'Etat de Washington.

Paul était un homme de haute taille, dont la minceur faisait par contraste paraître plus grosse encore sa large tête. Il portait une queue-de-pie; il y avait une bande de satin sur son pantalon de cérémonie et les boutons de manchette qui ornaient les poignets d'un blanc immaculé de sa chemise étincelaient et jetaient des éclairs à chacun de ses mouvements. Un projecteur rouge envoyait depuis le balcon un petit côté méphistophélique sur sa mise en scène, qui consistait essentiellement en un fond de satin noir sur lequel se détachaient deux yeux gigantesques et lumineux. Il était annoncé sur les affiches sous le nom de « Marcus le Mystique » et ça lui allait bien.

Le sujet était une fille blonde et Paul l'avait choisie parce qu'elle montrait des signes d'une intelligence supérieure à la moyenne, caractéristique générale des sujets faciles à hypnotiser. La femme était bien faite et montra suffisamment de ses jambes lorsqu'elle s'assit sur la chaise pour déclencher les sifflets et les miaulements des spectateurs des premiers rangs. Elle rougit mais resta impassible.

« Puis-je vous demander votre nom? » l'interrogea Paul.

« Madelyne Walker », répondit-elle d'une voix de contralto.

« Madame ou mademoiselle? »

« Mademoiselle », fut sa réponse.

Paul leva sa main droite qui tenait une chaîne dorée au bout de laquelle était accrochée une fausse pierre dont la surface était taillée d'une multitude de facettes. Un spot était dirigé sur le joyau de façon à en faire jaillir une pluie d'étincelles.

« Regardez le diamant », fit Paul. « Ne le quittez pas des yeux. »

Il commença à faire osciller la pierre rythmiquement, d'un côté à l'autre, comme un pendule. La fille la suivait du regard. Paul attendit que le mouvement de ses yeux suive celui du morceau de verroterie qui se balançait puis il se mit à réciter son incantation d'un ton monotone, rythmé par la période du pendule :

« Dormir. Vous allez vous endormir... profondément... vous endormir... dormir... vous endormir... dormir... dormir... »

Ses yeux suivaient le joyau.

« Vos paupières vont s'alourdir », disait Paul. « Dormir. Vous endormir. Vous vous endormez... profondément, doucement... un sommeil réparateur... vous endormir... dormir... dormir... dormir... »

Sa tête commença à dodeliner, ses paupières se mirent à se fermer puis à se rouvrir, mais de plus en plus mollement. Paul leva lentement sa main gauche vers la chaîne. « Lorsque le diamant cessera de se balancer, vous vous endormirez doucement, profondément, et moi seul pourrai vous réveiller », dit-il du même ton monotone. Il ralentit graduellement, insensiblement le balancement du pendule, dont les oscillations étaient maintenant de moins en moins amples. Puis il finit par refermer ses deux mains sur la chaîne qu'il fit tourner. La pierre brillante se mit à tournoyer à toute vitesse à l'extrémité de la chaîne, ses facettes scintillantes réfléchissant en mille feux la lumière du projecteur.

La tête de Miss Walker tomba sur sa poitrine et Paul la prit par l'épaule pour l'empêcher de dégringoler de sa chaise. Elle était plongée dans une transe profonde. Il mit en évidence pour le public les symptômes classiques qui accompagnent cet état : insensibilité à la douleur, rigidité du corps, obéissance complète à la voix de l'hypnotiseur.

Le spectacle se poursuivit comme à l'habitude. Miss Walker aboya comme un chien. Elle devint une reine douairière drapée dans sa dignité, refusa de répondre à son propre nom, dirigea un orchestre symphonique imaginaire et chanta un air d'opéra.

Le public applaudit aux bons moments. Paul salua et obtint de sa victime qu'elle s'incline aussi, avec raideur. Il allait terminer la représentation.

« Lorsque je claquerai des doigts, vous vous éveillerez », fit-il. « Vous vous sentirez parfaitement reposée, comme après un bon sommeil. Dix secondes après vous être réveillée, vous vous imaginerez être dans un tramway bondé où personne ne veut vous céder sa place. Vous serez extrêmement fatiguée. Vous finirez par demander au gros monsieur assis devant vous de vous laisser son siège. Avez-vous bien compris?

Miss Walker hocha la tête.

« Lorsque vous vous éveillerez, vous aurez tout oublié », dit Paul.

Il leva la main pour claquer les doigts...

Et c'est alors que Paul Marcus eut une idée qui ébranla son esprit. Il resta la main en l'air, prêt à faire claquer ses doigts, à ruminer son idée jusqu'à ce qu'il entende les mouvements d'impatience du public derrière lui. Alors il secoua la tête et fit claquer ses doigts.

Miss Walker s'éveilla doucement, regarda autour d'elle, se leva; et dix secondes plus tard exactement commença l'hallucination du tramway. Elle fit exactement ce qui lui avait été ordonné, se réveilla de nouveau et descendit de la scène, l'air confus, sous les applaudissements et les sifflets.

Il aurait dû être satisfait. Mais, à partir du moment où il avait eu l'idée, la représentation aurait aussi bien pu être donnée par tout autre que Paul Marcus, pour l'attention qu'il lui porta. La force de l'habitude l'amena aux rites de la fin du numéro : de brefs commentaires sur les pouvoirs de l'hypnotisme, le baisser du rideau et les rappels. Puis il retourna lentement, pensivement, dans sa loge tout en défaisant les boutons de son plastron comme toujours après la dernière séance de la soirée. Ses pas résonnaient dans la cave de béton qui se trouvait sous la scène.

Une fois dans sa loge, il retira sa queue-de-pie et la suspendit dans la garde-robe. Puis il s'assit devant la coiffeuse et se mit à enduire son visage de crème avant de retirer son léger maquillage. Il avait du mal à rencontrer son propre regard dans la glace.

« C'est complètement idiot », se dit-il avec humeur.

On frappa un coup à la porte. « Entrez », dit-il sans se retourner.

La porte s'ouvrit et la blonde Miss Walker fit un pas dans la pièce, l'air irrésolu.

« Excusez-moi », fit-elle. « L'homme qui se trouve à la porte m'a dit que vous étiez à l'intérieur et... »

La voyant dans son miroir, Paul se retourna et se leva.

« Il y a quelque chose qui ne va pas? » demanda-t-il.

Miss Walker regarda autour d'elle comme pour s'assurer qu'ils étaient seuls avant de répondre. « Pas exactement. »

Paul fit un geste en direction d'un canapé placé près de la coiffeuse. « Vous ne voulez pas vous asseoir? » lui demanda-t-il. Comme elle s'installait, il retourna à son miroir.

« Vous me pardonnerez d'en finir avec cette corvée », fit-il en essuyant avec un papier filtre la crème grasse et sale sous son menton.

Miss Walker se mit à sourire. « Vous me rappelez une femme à sa toilette de nuit », dit-elle.

Encore une fille atteinte de la maladie des planches et pour laquelle la représentation de ce soir est un prétexte pour me faire perdre du temps, se dit-il. Puis il lui jeta un regard du coin de l'œil. *Pas mal, quand même...*

« Vous ne m'avez pas dit à quoi je dois le plaisir de votre compagnie », lui dit-il.

Le visage de Miss Walker prit une expression songeuse.

« C'est complètement idiot », fit-elle.

Ça, sûrement, se dit Paul.

« Pas du tout », répondit-il. « Dites-moi ce que vous avez à l'esprit. »

« Eh bien, c'est une idée que j'ai eue lorsque mes amis m'ont raconté ce que j'ai fait sur scène », dit-elle. Elle eut un sourire mi-figue mi-raisin. « Je n'arrivais pas à croire qu'il n'y avait pas vraiment un tramway sur scène. Et je n'en suis encore pas totalement convaincue. Peut-être que vous avez fait mettre un faux tramway avec plein d'acteurs. Oh, je ne sais plus! » Elle secoua la tête et se passa une main devant les yeux.

La façon dont elle avait dit « Je ne sais plus! » rappelait à Paul son idée; *l'*idée. Il décida de se débarrasser de Miss Walker en vitesse afin de consacrer davantage de temps à trouver une conclusion logique à cette nouvelle hypothèse.

« Et alors, ce tramway? » demanda-t-il.

Le visage de la fille prit un air préoccupé. « Je croyais que j'étais dans un véritable tramway », dit-elle. « Il n'y avait pas de spectateurs, pas d'hypnotiseur... Rien du tout. Rien que la réalité d'être dans le tramway, fatiguée, comme après une dure journée de travail. Je voyais les gens dans le tram. Je les sentais. Je sentais le tramway vibrer sous mes pieds. J'entendais les pièces de monnaie du contrôleur qui s'entrechoquaient et tous les autres bruits qu'on entend dans le tramway : les gens qui parlent, un monsieur qui déplie son journal. Je voyais ce gros type assis devant moi. Je lui ai demandé sa place. J'en étais même gênée. Je l'ai entendu me répondre, et je me suis assise à sa place. Elle était toute chaude, et je sentais les gens assis contre moi, des deux côtés. C'était terriblement réel. »

« Et qu'est-ce qui vous ennuie? » demanda Paul.

Elle leva les yeux de ses mains, étroitement serrées sur sa poitrine.

« Ça m'ennuie », répondit-elle. « Ce tramway. Il était bien réel, aussi réel que tout ce que j'ai jamais connu, aussi réel que maintenant. J'y croyais. Et maintenant, on me dit que ce n'était pas vrai. » Elle baissa de nouveau son regard sur ses mains. « Qu'est-ce qu'il faut que je croie? »

Ça se rapproche de mon *idée,* se dit Paul.

« Pouvez-vous exprimer autrement ce qui vous dérange là-dedans? » fit-il.

Elle le regarda droit dans les yeux. « Oui », répondit-elle. « Pendant que mes amis me parlaient, je me suis mise à penser. Je me suis demandée... si tout ceci... » Elle fit un geste circulaire. « ... notre vie tout entière, notre monde, tout ce que nous voyons, tout ce que nous sentons, entendons, respirons ou éprouvons de toutes les façons, n'était pas de la même essence? Une illusion hypnotique? »

Paul ne put retenir une exclamation. « Tout juste! »

« Qu'avez-vous dit? » demanda-t-elle.

« J'ai dit : Tout juste! »

Elle fronça les sourcils. « Pourquoi? »

Paul se tourna vers elle et appuya son coude gauche sur la table de maquillage. « Parce que », dit-il, « au moment même où je vous disais ce que vous feriez en vous éveillant, à l'instant où je vous donnais l'ordre qui entraîna votre hallucination, j'avais la même idée. »

« Bonté divine! » fit-elle. La modération même de cette exclamation la faisait paraître infiniment plus véhémente que si elle avait juré.

Paul se retourna vers le miroir de la coiffeuse. « Je me demande s'il pourrait y avoir aussi quelque chose dans la télépathie? »

Miss Walker le regarda dans la glace et la pièce sembla se recroqueviller derrière elle. « Je ne pouvais pas garder cette idée-là pour moi », dit-elle. « J'en ai parlé à mes amis — je suis venue avec un couple d'amis mariés — mais ils se sont moqués de moi. J'ai décidé sur un coup de tête de revenir en parler avec vous ici, et c'est ce que j'ai fait avant d'avoir le temps de manquer de courage. Après tout, vous êtes hypnotiseur. Vous devriez en savoir quelque chose. »

« Je vais y réfléchir », répondit Paul. « Je me demande... » Il se tourna vers elle de nouveau. « Est-ce que vous êtes libre, ce soir? »

Elle changea d'expression et le regarda comme si sa mère avait été en train de lui chuchoter à l'oreille : « Attention! Attention! C'est un homme... »

« Euh, je ne sais pas... » fit-elle.

Paul revêtit son sourire le plus engageant. « Je ne suis pas le satyre du théâtre », dit-il. « S'il vous plaît; j'ai l'impression qu'on vient de me demander de trancher le nœud gordien; je préférerais le dénouer, seulement j'ai besoin d'aide. »

« Que pourrions-nous faire? » demanda-t-elle.

C'était le tour de Paul d'hésiter. « Il y a plusieurs façons d'aborder le problème », répondit-il. « En Amérique, nous n'avons fait qu'effleurer la surface des études sur l'hypnotisme. » Il frappa doucement le dessus de sa table de maquillage avec son poing fermé. « Funérailles! J'ai vu à Haïti des sorciers qui en savaient plus long que moi à ce sujet-là. Seulement... »

« Par quoi commenceriez-vous? » demanda-t-elle.

« Je... Je... » Paul la regarda pendant un instant comme s'il la voyait pour la première fois de sa vie. « Voilà ce que je ferais », fit-il. « Asseyez-vous confortablement sur le canapé. Appuyez-vous au dossier. Voilà, comme ça. »

« Qu'est-ce que vous allez faire? » demanda-t-elle.

« Eh bien », répondit Paul, « il est relativement admis que les hallucinations sensorielles ont leur siège dans une partie du système nerveux que l'hypnotisme met à nu. Il est possible d'accéder, par le moyen de l'hypnotisme, aux instructions que d'autres hypnotiseurs auraient pu y déposer. Je vais vous replonger en transe profonde et vous faire chercher vous-même ces instructions. Si quelque chose nous ordonne de vivre une illusion, cette instruction devrait s'y trouver, avec les autres. »

« Je ne sais pas », dit-elle.

« Je vous en prie », l'exhorta Paul. « Nous pourrions arriver à tirer tout cela au clair ici et maintenant, en quelques minutes à peine. »

« Très bien. » Elle avait toujours l'air hésitant, mais s'installa ainsi qu'il le lui demandait.

Paul prit son joyau de pacotille sur la coiffeuse

et dirigea la lumière de la lampe droit dessus. « Regardez le diamant », dit-il...

Elle entra en transe beaucoup plus aisément cette fois. Il vérifia le seuil de la douleur, son contrôle musculaire. Elle réagissait comme il convenait. Il commença à l'interroger :

« Entendez-vous ma voix? »

« Oui », répondit-elle.

« Savez-vous quelles instructions hypnotiques se trouvent dans votre esprit? » demanda-t-il.

Il y eut un long silence puis ses lèvres s'ouvrirent mécaniquement. « Il y a... des ordres », fit-elle.

« Leur obéissez-vous? »

« Il le faut. »

« Quel est le plus fondamental de ces ordres? » lui demanda-t-il.

« Je... ne... peux pas... le dire... »

Paul faillit se frotter les mains. *Un simple « n'en parlez pas »*, se dit-il.

« Hochez simplement la tête si je répète l'ordre », dit-il. « Est-ce qu'il dit : Il ne faut pas en parler? »

Elle hocha la tête.

Paul s'essuya les mains sur les jambes de son pantalon et réalisa tout à coup qu'il transpirait excessivement.

« Qu'est-ce que vous ne devez pas dire? » demanda-t-il.

Elle secoua la tête en silence.

« Il faut que vous me le disiez », fit-il. « Si vous ne me le dites pas, votre pied droit va commencer à vous brûler et à vous piquer d'une façon insupportable, et il vous fera mal jusqu'à ce que vous me le disiez. Racontez-moi ce qu'on vous a ordonné de ne pas dire. »

Elle secoua la tête de nouveau. Elle se pencha et

se mit à se gratter le pied droit. Elle retira sa chaussure.

« Il faut que vous me le disiez », dit Paul. « Quel est le premier mot de l'ordre? »

La fille leva les yeux vers lui, mais son regard restait vague.

« Vous... » dit-elle.

C'était comme si elle était allée chercher le mot loin, dans un endroit obscur au fond d'elle-même, et comme si le fait de le prononcer était presque insupportable. Elle se grattait toujours le pied droit.

« Quel est le second mot? » l'interrogeait-il toujours.

Elle essaya de parler mais n'y parvint pas.

« Est-ce que c'est " devez "? » demanda-t-il. « Hochez la tête si c'est cela. »

Elle hocha la tête.

« Que *devez*-vous faire? »

Elle se retrancha de nouveau dans le mutisme.

Il réfléchit un instant. *Perception sensorielle*, se disait-il. Il se pencha en avant. « Est-ce : " Vous devez sentir... "? demanda-t-il. « Est-ce : " Vous devez sentir seulement... "? »

Elle se détendit. Sa tête s'inclina et elle dit : « Oui. »

Paul respira profondément.

« Qu'est-ce que " vous devez sentir seulement... "? » lui demanda-t-il encore.

Elle ouvrit la bouche; ses lèvres remuèrent, mais il n'en sortit aucun son.

Il eut envie de crier après elle, de lui arracher les réponses de l'esprit avec ses mains.

« Qu'est-ce que c'est? » Sa voix se brisa sur la question. « Dites-le-moi! »

Elle penchait la tête d'un côté et de l'autre. Il remarqua des signes annonciateurs du réveil.

Il aspira de nouveau profondément. « Que vous arrivera-t-il si vous me le dites? »

« Je mourrai », répondit-elle.

Il se pencha en avant et baissa la voix jusqu'à un murmure confidentiel. « C'est idiot », dit-il. « Vous ne mourriez pas rien que pour m'avoir dit quelques mots. Vous le savez bien. Maintenant, dites-moi ce qu'on vous a ordonné de sentir. »

Elle regardait fixement le vide, droit devant elle, la bouche entrouverte. Paul baissa la tête pour croiser son regard. « Est-ce que vous me voyez? » lui demanda-t-il.

« Non », répondit-elle.

« Que voyez-vous? »

« Je vois la mort. »

« Regardez-moi », fit Paul. « Vous vous souvenez de moi? »

« Vous êtes la mort », dit-elle.

« C'est stupide! Regardez-moi », lui ordonna-t-il.

Paul plongea son regard dans ses yeux qui s'écarquillèrent. Ils semblaient grandir, grandir, grandir, grandir... Paul était incapable d'en détacher son regard. Il n'y avait plus rien d'autre au monde que ces deux yeux bleu-gris. Une voix profonde, qui vibrait comme les registres les plus bas d'un violoncelle, emplit son esprit.

« Vous oublierez tout ce qui s'est passé ce soir », disait-elle. « Vous mourrez plutôt que de vous en souvenir. Vous ne sentirez, vous ne devrez sentir, que les choses que l'on vous a ordonné de sentir. C'est moi qui vous l'ordonne. Vous souvenez-vous de moi? »

Les lèvres de Paul articulèrent un mot : « Oui. »

« Qui suis-je? » demanda la voix.

Paul humecta ses lèvres sèches de la pointe de sa langue. « Vous êtes la mort », répondit-il.

Il existe un moule propre à l'administration qui ignore le temps et les races, et fait que les communiqués qui en sortent sont, rien qu'à leur modèle, reconnaissables par les membres de n'importe quel bureau, où que ce soit. La reproduction en de multiples exemplaires, la rédaction précise destinée à recouvrir des desseins tortueux, la formule de politesse protocolaire sortent toutes du même moule, que le message soit destiné au Conseil de Restauration des Finances ou au Bureau Dénebien d'Endoctrinement.

Mirsar Wees connaissait le modèle d'instinct. Il était directeur de la surveillance de l'endoctrinement et inspecteur de l'élevage de korad sur Sol III depuis cent cinquante-sept des années de cette planète. Pendant tout ce temps, en suivant fidèlement la lettre du code du Bureau d'Endoctrinement et en ne se fiant jamais à l'interprétation individuelle de son esprit, il s'était assuré une promotion au rôle de Coordinateur de la préfecture entière de Sol, lorsque l'occasion s'en présenterait.

Ayant déjà été précédemment menacé dans sa situation et ayant résolu la question, instruit de la sûreté de sa position, il s'assit devant le secrétaire-transmetteur automatique de son bureau et dicta une lettre au Bureau. L'anneau de vision qui entourait sa tête brillait d'une lueur ambrée lorsqu'il en mettait les récepteurs au repos. Son corps s'étendit confortablement sous l'influence du léger massage opéré par le fauteuil.

« L'entraînement des néo-endoctrineurs s'est considérablement relâché ces derniers temps », dicta-t-il dans le tuyau du communo.

Faisons tomber quelques têtes au Bureau, se dit-il.

« Il semblerait que le sentiment général soit que, puisqu'ici, dans la préfecture de Sol, nous traitons avec des êtres inférieurs, il suffit de prendre des précautions inférieures avec les endoctrineurs de la préfecture. Je viens d'être confronté à une menace de première grandeur pour l'approvisionnement de korad de Sol III, menace qu'il convient d'attribuer directement à la négligence des néo-endoctrineurs. Un déviant a réussi à passer à travers les mains de trois de nos dernières recrues issues du Collège d'Endoctrineurs. Ces endoctrineurs ont été renvoyés pour un complément d'entraînement. »

Ils vont réfléchir que le korad sécrété par les glandes des créatures à notre charge est nécessaire à leur propre immortalité, se disait-il avec satisfaction. *Et comme cela, ils se montreront plus sévères dans les centres d'entraînement. Il serait temps que je leur parle de nos expériences pour amener les glandes à korad à l'extérieur de ces êtres, rendant ainsi possibles des ponctions plus fréquentes. Ils apprécieront particulièrement les subtilités de l'endoctrinement : l'accroissement des motifs d'accouplement, des dangers individuels et de ce fait de la sécrétion des glandes de longévité, tout cela avec les limitations visuelles les plus strictes, de sorte que ces créatures ne s'aperçoivent pas du changement...*

« J'envoie par câble vidéo un rapport complet sur les moyens mis en œuvre pour venir à bout de cette menace », dicta-t-il dans le tuyau. « En bref, je me suis insinué moi-même en présence de l'être terrien, et lui ai inculqué des injonctions plus strictes. Processus standard. Il ne fut pas jugé à propos d'éliminer la créature en raison des dernières interprétations sur l'interférence des ordres, le principe étant que l'élimination de l'être pourrait susciter des schémas de pensée contraires à nos desseins.

« La créature reçut donc la consigne de s'accoupler avec une autre de sa race qui se trouve être plus étroitement contrôlée par nous. Cette créature a été également écartée de tout travail mettant en jeu les centres nerveux supérieurs et dirigée vers une tâche différente, consistant en la manœuvre d'un système de transport appelé tramway.

« La femelle a été soumise à l'amputation de l'un de ses appendices. Avant que j'aie eu le temps d'intervenir, la créature que j'ai traitée avait mis au point un plan d'une extrême intelligence et placé un commandement inamovible qui rendait inutilisable l'appendice en question. »

Ils verront comme cette créature était déviante, se disait-il, *et à quel point les endoctrineurs ont été imprudents.*

« Le service d'endoctrinement doit garder constamment à l'esprit ce qui a amené la création de la ceinture d'astéroïdes de Sol. Ainsi que nous le savons tous, ces planétoïdes étaient autrefois la planète Dirad, la plus grande source de korad de toute la galaxie. La procédure négligente employée par les endoctrineurs déclencha une situation similaire à celle que je viens de faire avorter et nous fûmes contraints de détruire la planète entière. Le potentiel des esprits qui échappèrent à notre contrôle devrait être constamment présent à notre attention. Dirad devrait servir d'exemple.

« La situation est bien sûr redevenue parfaitement normale ici, et l'approvisionnement de korad est sauvé. Nous pourrons continuer à exploiter l'immortalité des autres — mais *seulement aussi longtemps que nous maintiendrons une vigilance constante.* »

Il signa : « Cordialement, Mirsar Wees, Endoctrineur en Chef, Sous-préfecture de Sol. »

Un jour, se disait-il, *il serait « Coordinateur ».*

Se levant du mécano-secrétaire, Mirsar Wees alla

vers le tuyau d'arrivée de son tableau de rapport et remarqua un tube que son nouvel assistant avait marqué de la bande jaune de l' « extrême importance ».

Il inséra le tube dans un traducteur, s'assit et le regarda déchiffrer le rapport :

« Une créature hindoue s'est vue telle qu'elle est en réalité », disait le rapport.

Mirsar Wees se pencha pour diriger un rayon traceur sur son nouvel assistant, afin de voir comment cet individu remarquable faisait face à la nouvelle menace.

Le rapport bourdonnait déjà : « La créature est devenue folle, conformément à l'ordre de l'endoctrinement, mais elle fait, bien malencontreusement, partie d'une secte qui vénère la folie. D'autres commencent à écouter ses divagations. »

Le rapport se terminait par : « Je vais me dépêcher. »

Mirsar Wees s'appuya au dossier de son fauteuil, se détendit et eut un sourire suave. Il promettait, le nouvel assistant.

Looking for Something?

PASSAGE POUR PIANO

Un des thèmes principaux de Frank Herbert est celui de la rareté, de la compétition féroce qui en résulte et de la nécessité d'économiser rigoureusement des ressources disputées. Ainsi sur Dune, planète désertique où l'eau est un bien si rare qu'elle est récupérée jusque dans les excréments et dans les corps des morts.

Dans une société soumise à de telles restrictions et à une sélection aussi sévère, quelle peut être la place d'un infirme et quelle peut être la fonction de l'art? On a parfois reproché à Herbert de ne mettre en scène que des héros superbement équipés pour la survie en milieu hostile et de privilégier, au nom de l'écologie, des valeurs purement utilitaires.

Or c'est une situation de choix difficile qui est exposée dans Passage pour piano. *Une communauté qui va coloniser un monde lointain et qui ne peut emmener avec elle qu'un fret limité, dont la survie peut être mise en question par l'absence d'un outil ou d'un produit indispensable, peut-elle s'encombrer d'un enfant aveugle et d'un piano?*

La réponse des techniciens est évidemment négative, surtout pour ce qui est du piano. Mais la sagesse de la communauté peut voir plus loin et décider autrement. Car l'art peut être pour elle tout ce qui relie son avenir à son passé, et lui confère une identité.

PASSAGE POUR PIANO

SI une boule de cristal cosmique avait prédit à Margaret Hatchell qu'elle tenterait de faire embarquer un piano de concert dans le vaisseau spatial de la colonie, elle aurait été scandalisée. Elle se trouvait chez elle, par ce bel après-midi d'été, dans sa cuisine, et se demandait comment gagner quelques *grammes* dans le peu de poids que sa famille était autorisée à emporter pour le voyage — et le piano pesait plus d'une demi-*tonne*.

Avant d'épouser Walter Hatchell, elle travaillait comme infirmière-diététicienne, ce qui lui conférait une certaine utilité au sein du groupe de colons à destination de la Planète C. Mais, en tant qu'écologiste de l'expédition, Walter était l'un des rouages les plus importants de l'entreprise. Il était spécialiste en bionomie — la science qui consisterait à établir l'équilibre délicat de tout ce qui devait pousser et assurer la subsistance des êtres humains sur ce monde étranger.

Walter était retenu par son travail à la base de White Sands et il y avait un mois, depuis le début de la période cruciale de préparations, qu'il n'était pas rentré chez eux, à Seattle. Et voilà pourquoi Margaret se retrouvait toute seule avec deux enfants et tout un tas de problèmes — dont le plus grave était que l'un de ses enfants était un petit pianiste prodige, aveugle et sujet à des crises de cafard.

Margaret jeta un coup d'œil à la pendule murale : trois heures et demie; il était temps de commencer à préparer le dîner. Elle fit rouler hors de la cuisine l'appareil enregistreur sur microfilms et, pour ne plus l'avoir dans les jambes, le poussa le long du couloir jusqu'à la salle de musique. En entrant dans la pièce familière, elle eut tout d'un coup l'impression d'être étrangère en ces lieux et s'arrêta, intimidée et presque craintive à l'idée de regarder de trop près son fauteuil à oreillettes préféré, le piano à queue de son fils ou le tapis rose, orné de motifs sur lesquels le soleil de l'après-midi faisait ruisseler des flots d'or liquide.

Elle éprouvait un sentiment d'irréalité, quelque chose de semblable à la sensation qui l'avait envahie le jour où le bureau de la colonisation leur avait fait savoir que les Hatchell avaient été sélectionnés.

« Nous allons être pionniers sur la Planète C », murmura-t-elle. Mais ça n'avait pas l'air plus réel. Elle se demandait si, parmi les trois cent huit colons qui avaient été choisis, il s'en trouvait d'autres pour ressentir la même chose à l'idée d'émigrer vers un monde vierge.

Dans les premiers jours qui avaient suivi la sélection, alors qu'ils étaient tous réunis à White Sands pour les instructions préliminaires, un jeune astronome leur avait fait une brève conférence.

« Votre Soleil sera l'étoile de Giansar », disait-il en indiquant du doigt une étoile sur la carte; et sa voix résonnait dans la grande salle pareille à une étable. « Elle se trouve dans la queue de la constellation du Dragon. Votre vaisseau mettra seize années à venir de la Terre, en propulsion sub-macro. Vous savez bien sûr déjà que vous passerez cette période en état d'hibernation et que vous aurez simplement l'impression d'avoir passé une nuit à dormir. La lumière de Giansar est plus orange que celle de notre soleil, et cette étoile est aussi un peu plus froide que la nôtre; seulement, comme la Planète C est plus proche de son soleil, votre climat devrait être en moyenne plus chaud que celui auquel nous sommes habitués ici. »

Margaret avait essayé de suivre scrupuleusement les paroles de l'astronome, exactement comme pour toutes les autres conférences, mais il ne lui en restait que les points marquants : la lumière orange, le climat plus doux, moins d'humidité, économisez sur le poids de ce que vous emporterez, trente-cinq kilos de bagages personnels autorisés pour chaque adulte, dix-huit pour les enfants de moins de quatorze ans...

Et maintenant, plantée au milieu de la salle de musique, Margaret avait l'impression que c'était une autre personne qui avait suivi toutes ces conférences. *Je devrais être heureuse, exaltée,* se disait-elle. *Pourquoi est-ce que je suis aussi triste?*

A trente-cinq ans, Margaret Hatchell en paraissait quelque chose comme vingt-cinq, sa silhouette était attirante et sa démarche gracieuse. Il y avait des reflets acajou dans ses cheveux bruns. Ses yeux sombres, sa bouche pleine et son menton au dessin ferme contribuaient à donner l'impression qu'un feu secret couvait en elle.

Elle caressa de la main le bord incurvé du couvercle du piano et sentit sous ses doigts la marque que les déménageurs avaient faite en le cognant contre la porte, lorsqu'ils avaient quitté Denver pour Seattle. *Il y avait combien de temps, déjà?* se demanda-t-elle. *Huit ans? Oui... C'était l'année qui avait suivi la mort du grand-père Hatchell... après qu'il eut joué son dernier concert sur ce piano.*

Par les fenêtres de derrière ouvertes, elle entendait sa fille âgée de neuf ans, Rita, remplir cet après-midi d'été avec un débat sur les insectes étranges que l'on découvrirait sur la Planète C. Le public de Rita était composé de camarades non immigrants, auxquels la renommée de leur compagne en imposait. Rita désignait le monde qu'ils allaient coloniser sous le nom de « Ritelle », nom qu'elle avait soumis au Service d'Etudes et d'Exploration.

S'ils choisissent le nom de Rita, nous n'avons pas fini d'en entendre parler... littéralement! se disait Margaret.

La pensée qu'une planète entière pourrait s'appeler comme sa fille changea le cours des pensées de Margaret. Elle était debout, immobile et silencieuse dans l'ombre dorée de la salle de musique, une main sur le piano qui appartenait autrefois au père de son mari, Maurice Hatchell — le célèbre Maurice Hatchell, qui donnait des concerts. Pour la première fois, Margaret réalisait une des choses que les journalistes lui avaient dites ce matin même : sa famille, ainsi que tous les autres colons, étaient des gens « choisis », et pour cette raison, leur vie était d'un immense intérêt pour tous les habitants de la Terre.

Elle remarqua que le radar portatif de son fils, son « œil de chauve-souris », et le harnais qui lui permettait de fixer le boîtier sur ses épaules, étaient au-dessus du piano. Cela voulait dire que David n'était pas loin de la maison. Il n'utilisait jamais le radar lorsqu'il restait dans les lieux qui lui étaient familiers et où la mémoire remplaçait la vue qu'il avait perdue. En voyant le radar, Margaret s'empressa de pousser la machine à microfilmer dans un coin où David ne rentrerait pas dedans s'il venait s'exercer au piano. Elle tendit l'oreille, se demandant si David n'était pas en haut en train d'essayer le léger orgue électronique qu'ils lui avaient fait faire pour qu'il puisse l'emmener dans le vaisseau spatial. On n'entendait pas la moindre note de musique dans les sons atténués de l'après-midi, mais il avait pu mettre la sourdine, aussi.

Penser à David lui remémora l'accès de mauvaise humeur qu'il avait eu à la fin de l'enregistrement pour les actualités filmées. Le chef de l'équipe des journalistes — *comment s'appelait-il, déjà? Bonaudi?* — lui avait demandé ce qu'ils avaient l'intention de faire du piano à queue. Elle entendait encore l'affreux accord dissonant qui avait retenti lorsque David avait frappé le clavier de ses deux poings crispés. Puis il avait bondi et quitté la pièce comme une flèche, petite silhouette sombre pleine d'une rage impuissante.

On est tellement émotif, à douze ans, se disait-elle.

Margaret décida que sa tristesse était de la même essence que celle de David. *C'est de quitter toutes les choses qu'on aimait tant... Savoir qu'on ne reverra plus jamais tout ce qu'on possédait... Que tout ce qui nous restera, ce sera les films et des objets de remplacement allégés.* Une incroyable nostalgie s'emparait d'elle. *Ne plus jamais éprouver la joie simple du confort de tant de choses qui évoquaient la tradition familiale : le fauteuil à oreillettes que Walter et moi-même avions acheté pour meubler notre première maison, le nécessaire à couture que la trisaïeule avait ramené de l'Ohio, le grand lit aux dimensions spéciales fabriqué sur mesure pour loger la grande carcasse de Walter...*

Elle se détourna précipitamment du piano et retourna dans la cuisine. C'était un laboratoire plus qu'une cuisine, carrelé de blanc avec des éléments noirs, et pour l'instant encombré de débris d'emballages. Margaret repoussa ses fiches de cuisine sur la paillasse, à côté de l'évier, en faisant bien attention à ne pas déplacer le petit morceau de papier jaune qui marquait l'endroit où elle s'était arrêtée de les microfilmer. L'évier débordait encore des pièces du service de porcelaine de Spode de sa mère qu'elle préparait au voyage dans l'espace. Le poids des tasses et des soucoupes dans leur emballage spécial serait de près de trois livres. Margaret se remit à laver les pièces qu'elle déposait soigneusement dans les alvéoles délicats de la boîte en allégé.

Sur le vidéophone mural, tout près d'elle, le visage d'une opératrice s'éclaira. « Je suis chez les Hatchell? »

Margaret leva ses mains trempées de l'évier et enfonça du coude le bouton d'appel. « Oui? »

« C'est au sujet de votre préavis pour Walter Hatchell à White Sands : il n'est toujours pas disponible. Dois-je renouveler l'appel dans vingt minutes? »

« Oui, s'il vous plaît. »

Le visage de la standardiste s'effaça de l'écran. Margaret pressa de nouveau le bouton et retourna à sa vaisselle. Ce matin-là, l'équipe de tournage avait filmé plusieurs plans d'elle devant son évier. Elle se demandait de quoi sa famille et elle-même auraient l'air dans le film. Le reporter avait surnommé Rita « l'entomologiste en herbe » et parlait de David comme du « pianiste prodige aveugle — l'une des rares victimes du virus *tambour* ramené de la planète inhabitable A-4 ».

Rita revenait de la cour. C'était une longue petite fille mince de neuf ans, précoce et extrovertie, dont les grands yeux bleus semblaient considérer le monde comme un problème personnel qui n'attendait que d'être résolu.

« Je suis désespérément affamée », proclama-t-elle. « Quand est-ce qu'on mange? »

« Quand ce sera prêt », répondit Margaret. Elle nota avec un sursaut d'exaspération que les cheveux blonds de sa fille s'ornaient d'un lambeau de toile d'araignée et que sa joue gauche était décorée d'une marque noire.

Comment une petite fille peut-elle être fascinée par ces bestioles? se demandait Margaret. *Ce n'est pas normal.* « Où as-tu ramassé cette toile d'araignée que tu as sur la tête? » fit-elle.

« Oh, la barbe! » Rita passa une main dans ses cheveux et en retira la toile d'araignée profanatrice.

« Où? » répéta Margaret.

« Maman! On est inévitablement amené à affronter de telles choses lorsqu'on désire acquérir une certaine connaissance du monde des insectes! Je suis simplement consternée d'avoir déchiré cette toile d'araignée. »

« Eh bien, moi je suis consternée que tu sois d'une saleté répugnante. Monte te laver pour être présentable lorsque nous obtiendrons l'appel pour ton père. »

Rita tourna les talons.

« Et pèse-toi », l'interpella Margaret. « Il faut que je remette demain le total hebdomadaire des poids de tous les membres de la famille. »

Rita fila hors de la pièce.

Margaret était certaine d'avoir entendu murmurer un « les parents! »... Le bruit des pieds de l'enfant alla en s'affaiblissant vers le haut de l'escalier, puis une porte claqua au premier étage. Et maintenant Rita redescendait les marches dans un grand vacarme pour se précipiter dans la cuisine.

« Maman, tu... »

« Tu n'as pas eu le temps de te nettoyer », fit Margaret sans se retourner.

« C'est David », répondit Rita. « Il a l'air bizarre et il dit qu'il ne veut pas manger. »

Margaret s'arracha à l'évier, les traits composés pour dissimuler la peur qui venait de s'emparer d'elle. Elle savait par expérience que les *bizarre* de Rita pouvaient signifier n'importe quoi... vraiment n'importe quoi.

« Que veux-tu dire par *bizarre,* chérie? »

« Il est tout pâle. On dirait qu'il n'a plus une goutte de sang dans les veines. »

Pour une quelconque raison, une image déjà ancienne s'imposa à l'esprit de Margaret : David, lorsqu'il avait trois ans, petite forme inerte dans un lit d'hôpital, des tuyaux d'alimentation rose chair lui sortant du nez, avec sa peau pâle comme la mort et sa respiration si légère que c'était tout juste si on voyait sa poitrine se soulever.

Elle s'essuya les mains sur un torchon. « Allons le voir. Il est probablement fatigué, voilà tout. »

David était étendu sur son lit, un bras en travers des yeux. Les persiennes étaient tirées et la pièce était plongée dans la pénombre. Les yeux de Margaret mirent un certain temps à s'accoutumer à l'obscurité. *Est-ce parce qu'elle leur donne un avantage sur ceux qui y voient, que les aveugles recherchent l'obscurité?* se demanda-t-elle. Elle s'approcha du lit. C'était un petit garçon aux cheveux sombres — le fils de son père. Il avait le menton étroit et la bouche ferme de son grand-père Hatchell. Mais pour l'instant il avait l'air faible et désarmé. Et Rita avait raison : il était terriblement pâle.

Margaret retrouva ses meilleures manières d'infirmière pour ôter de son visage le bras de David et lui prendre le pouls.

« Tu ne te sens pas bien, Davy? » lui demanda-t-elle.

« Je préférerais que tu ne m'appelles pas comme ça », fit-il. « C'est un nom de bébé. » Les traits de son petit visage mince étaient figés, mornes.

Elle reprit haleine, très vite. « Désolée. J'avais oublié. Rita dit que tu ne veux pas manger. »

« Il a l'air absolument mourant, maman », fit Rita, depuis le palier.

« Est-ce qu'elle est obligée de me persécuter continuellement? » demanda David.

« Je crois que j'ai entendu la sonnerie du vidéophone », dit Margaret. « Tu ne veux pas aller voir, Rita? »

« Tu es d'une limpidité insultante », répondit celle-ci. « Si vous ne voulez pas de moi, dites-le tout simplement. » Elle fit demi-tour et quitta lentement la pièce.

« Tu as mal quelque part, David? » questionna Margaret.

« Je suis fatigué, c'est tout », murmura-t-il. « Pourquoi ne me laisses-tu pas tranquille? »

Margaret gardait les yeux baissés sur lui, frappée comme il lui était si souvent arrivé de l'être par sa ressemblance avec le grand-père Hatchell — ressemblance saisissante lorsque le petit garçon se mettait au piano : il y avait en lui cette même intense vibration, ce même génie musical qui avaient fait que le nom de Hatchell remplissait les salles de concert. *C'est peut-être parce que le Steinway a appartenu à son grand-père qu'il est tellement malheureux à l'idée de s'en séparer. Le piano est un symbole du talent dont il a hérité,* se disait-elle.

Elle tapota la main de son fils et s'assit sur le lit, auprès de lui. « Il y a quelque chose qui te tracasse, David? »

Son visage se crispa et il lui tourna le dos. « Va-t'en! » marmonna-t-il. « Fiche-moi la paix! »

Margaret poussa un soupir, consciente de son impuissance. Elle se prit à regretter désespérément que Walter soit aussi absorbé par son travail à la base de lancement. Elle avait en cet instant précis terriblement besoin de son mari. Un autre soupir lui échappa. Elle savait ce qu'elle avait à faire. Les ordres étaient explicites : les colons devaient signaler à l'attention des médecins tous les symptômes, absolument tous, même les plus superficiels. Elle tapota une dernière fois la main de David et redescendit pour appeler le Dr Mowery — le médecin réservé aux colons de la zone de Seattle — sur le vidéophone de l'entrée. Le docteur dit qu'il serait là dans une heure environ.

Rita revint alors que Margaret raccrochait. « Est-ce que David va mourir? » demanda-t-elle.

Toute la tension et tous les énervements de la journée ressortirent dans la réponse de Margaret. « Ne te comporte pas comme une sale petite imbécile! »

Elle regretta aussitôt son emportement, s'accroupit pour serrer Rita contre elle et lui présenta des excuses d'une voix plaintive.

« Tout va bien, maman », fit Rita. « Je comprends que tu sois surmenée. »

Toute contrite, Margaret retourna dans la cuisine pour y préparer le régal de sa fille : des sandwiches au thon accompagnés d'un milkshake au chocolat.

J'ai les nerfs à fleur de peau, se répétait-elle. *David n'a rien de sérieux. C'est la chaleur qu'il a fait ces derniers jours et tout l'énervement du départ...* Elle monta un sandwich et un verre de chocolat au petit garçon, mais il refusa encore une fois de manger. Et il avait l'air tellement livide tellement écrasé... L'histoire de quelqu'un qui était mort pour avoir tout bonnement renoncé à la vie s'imposa à elle et refusa de quitter son esprit.

Elle redescendit dans la cuisine pour s'occuper jusqu'à ce que l'appel pour Walter aboutisse. Le visage aux traits marqués de son mari, sa voix profonde, lui amenèrent enfin le calme qu'elle avait en vain cherché toute la journée.

« Tu me manques tellement, mon chéri », lui dit-elle.

« Ce ne sera plus long, maintenant », répondit-il. Il eut un sourire, s'appuya sur un côté, dévoilant derrière lui le mur impersonnel d'une cabine automatique. Il avait l'air fatigué. « Comment va la famille? »

Elle lui parla de David et vit l'inquiétude sourdre au fond de son regard. « Le docteur est déjà arrivé? » demanda-t-il.

« Il est en retard. Il aurait dû être là à six heures et il est la demie. »

« Il est probablement occupé comme un chien de chasse », dit-il. « On dirait que David n'est pas vraiment malade. Plutôt bouleversé... L'excitation du départ. Appelle-moi aussitôt que le docteur t'aura dit ce qui ne va pas. »

« D'accord. Je pense qu'il est juste dans tous ses états à l'idée de laisser ici le piano de ton père. »

« David sait bien que ce n'est pas de gaieté de cœur que nous abandonnons tout ça. » Un sourire éclaira ses traits. « Grand dieux! Imagine un peu que nous essayions d'emmener ce machin avec nous! Le vieux Charlesworthy serait fou! »

Elle sourit. « Pourquoi ne lui en parlerais-tu pas? »

« Tu veux que j'aie des ennuis avec lui? »

« Comment ça marche, chéri? » demanda-t-elle.

Son visage se détendit. Il poussa un soupir. « J'ai dû parler à la femme de ce pauvre Smythe, aujourd'hui. Elle est venue chercher ses affaires. C'était assez pénible. Le vieux avait peur qu'elle ne veuille encore venir avec nous... Mais non... » Il secoua la tête.

« Savez-vous par qui vous allez le remplacer? »

« Oui. Un jeune gars qui vient du Liban. Un nommé Teryk. Il a un joli petit bout de femme. » Walter regarda la cuisine, derrière elle. « On dirait que tu mets de l'ordre. Tu as choisi ce que tu allais emmener? »

« Certaines choses. Je voudrais bien savoir trancher dans le vif comme toi. Je me suis décidée à emporter les tasses et les soucoupes en Spode de maman, et l'argenterie... Pour Rita, quand elle se mariera... Et l'Utrillo que ton père avait acheté à Lisbonne... Et j'ai réduit mes bijoux à deux livres — l'indispensable... Je ne me soucie pas des produits de beauté, puisque tu m'as dit que nous pourrions en fabriquer dès que... »

Rita entra dans la cuisine en courant, repoussa sa mère sur le côté. « Salut, Papa! »

« Bonjour, p'tite tête! Alors, qu'est-ce que tu fabriques? »

« J'ai dressé le catalogue de ma collection d'insectes et je l'ai complété. Maman va m'aider à filmer les spécimens que j'ai coulés dans la résine, dès que j'aurai fini. Ils sont tellement *lourds!* »

« Et par quelles manigances espères-tu lui arracher l'accord d'approcher d'aussi près toutes ces bestioles? »

« Papa! Ce ne sont pas des *bestioles*! ce sont des spécimens entomologiques! »

« Pour ta mère, chérie, ce sont des bestioles. Maintenant, si... »

« Papa, il y a encore une chose! J'ai parlé à Raul — c'est un nouveau garçon du quartier — je lui ai parlé aujourd'hui de ces insectes qui ressemblent à des sphinx, sur Ritelle, et qui... »

« Ce ne sont pas des insectes, chérie; ce sont des amphibies adaptés. »

Elle fronça les sourcils. « Mais le rapport de Spencer dit clairement qu'ils sont chitineux, et qu'ils... »

« Ho! Du calme! Tu aurais dû lire le rapport technique, celui que je t'ai montré le mois dernier lorsque j'étais à la maison. Ces créatures ont un métabolisme à base de cuivre et ils sont très proches d'une race de poissons commune sur la planète. »

« Oh... Tu crois que je ferais mieux de m'orienter vers la biologie marine? »

« Une chose à la fois, chérie. Maintenant... »

« Est-ce que la date du départ est fixée, papa? Je ne peux plus attendre de me mettre au travail là-bas. »

« Elle n'est pas encore déterminée, chérie. Mais nous la connaîtrons d'un jour à l'autre, maintenant. Enfin, pour l'instant, j'aimerais bien parler à ta mère. »

Rita s'effaça.

Walter sourit à sa femme. « Qu'est-ce que nous avons fait pour en avoir des comme ça? »

« Je voudrais bien le savoir. »

« Ecoute... Ne t'en fais pas, pour David. Ça fait neuf ans que... Qu'il est complètement remis. Tous les examens montrent bien qu'il est complètement guéri de ce virus. »

Oui... se disait-elle. *Guéri — à un petit détail près : il n'a plus de nerf optique.* Elle se força à sourire. « Je sais que tu as sûrement raison. Ça va être quelque chose de tout à fait banal... Et nous en rirons quand... » Le carillon de la porte d'entrée retentit. « C'est sûrement le docteur. »

« Rappelle-moi lorsque tu sauras », fit Walter.

Margaret entendit le bruit des pas de Rita qui courait vers la porte d'entrée.

« Je te quitte, chéri », dit-elle. Elle lui envoya un baiser. « Je t'aime. »

Walter leva deux doigts en signe de victoire, cligna de l'œil. « Moi itou. Et courage! »

Ils raccrochèrent.

Le docteur était un gaillard aux cheveux gris, au visage dur, maniaque des hochements de tête entendus et des murmures inintelligibles. Il tenait dans l'une de ses grosses pattes une serviette grise bourrée d'instruments. Il tapota la tête de Rita, donna une poignée de main ferme à Margaret et insista pour examiner David seul.

« Les mères ne servent qu'à compliquer le travail du docteur », dit-il en adoucissant la portée de ses paroles par un clin d'œil.

Margaret envoya Rita dans sa chambre et attendit sur le palier, à l'étage. Entre la porte de la chambre de David et le coin du palier il y avait cent six motifs à fleurs. Elle allait se mettre à compter les barreaux de la balustrade lorsque le docteur ressortit de la chambre de David. Il referma doucement la porte derrière lui, hochant la tête tout seul.

Elle attendait.

« Mmmmmm-hmmmmm », fit le docteur Mowery. Il s'éclaircit la voix.

« Est-ce que c'est grave? » demanda Margaret.

« Pas sûr. » Il se dirigea vers les premières marches. « Depuis combien de temps est-il dans cet état... apathique et déprimé? »

Margaret avala la boule qu'elle avait dans la gorge. « Il n'est plus le même depuis qu'ils ont livré le piano électronique... Celui qui va remplacer le Steinway de son grand-père. C'est de cela que vous voulez parler? »

« Plus le même? »

« Il se révolte, il s'emporte... Il demande qu'on le laisse tranquille... »

« Je suppose qu'il est absolument exclu d'emmener ce grand piano », dit le docteur.

« O mon dieu... Il doit peser des centaines de kilos », répondit Margaret. « L'instrument électronique ne pèse que vingt kilos. » Elle s'éclaircit la gorge. « Est-ce qu'il s'en fait pour le piano, docteur? »

« C'est possible. » Le docteur Mowery hocha la tête, descendit la première marche de l'escalier. « Ce n'est rien d'organique; il n'a rien que mes instruments puissent déceler. Je vais demander au docteur Linquist et à quelques autres de venir voir David ce soir. Le docteur Linquist est notre psychiatre en chef. En attendant, j'essaierais de lui faire manger quelque chose. »

Elle rejoignit le docteur Mowery en haut de l'escalier. « Je suis infirmière », dit-elle. « Vous pouvez me dire si c'est quelque chose de grave que... »

Il fit passer sa serviette dans sa main gauche et lui tapota le bras. « Allons, ne vous en faites pas, mon petit. Les colons ont de la chance d'emmener avec eux dans l'Arche un musicien prodige. Nous ne laisserons rien lui arriver de mal. »

Le docteur Linquist avait le visage rond et les yeux cyniques d'un chérubin déchu. Sa voix surgissait de ses entrailles en vagues houleuses qui submergeaient son auditeur et l'entraînaient dans leurs profondeurs. Le psychiatre et ses confrères restèrent au chevet de David jusqu'à dix heures ce soir-là, puis le docteur Linquist donna congé aux autres et redescendit dans le salon de musique où Margaret attendait. Il s'assit sur le tabouret du piano, les mains cramponnées de chaque côté à la traverse de bois qui passait sous ses cuisses.

Margaret était assise dans son fauteuil à oreillettes; elle savait que c'était le meuble qu'elle regretterait le plus parmi toutes les choses de la maison. Un long usage avait déformé le fauteuil selon un profil qui la complétait exactement et son capitonnage de tissu épais était d'une familiarité rassurante.

Derrière les fenêtres aux volets fermés, la nuit résonnait du chant des grillons.

« Nous sommes en mesure d'affirmer catégoriquement qu'il fait une fixation sur ce piano », dit Linquist. Il fit claquer la paume de ses mains sur ses genoux. « Avez-vous envisagé de ne pas emmener votre fils avec vous? »

« Docteur! »

« Je pense que je me devais de vous poser cette question. »

« Est-ce que c'est tellement grave, pour David? » demanda-t-elle. « Je veux dire, après tout... Nous allons tous regretter certaines choses... » Elle caressait le bras de son fauteuil. « Mais, mon Dieu, nous... »

« Je ne connais pas grand-chose à la musique », poursuivit Linquist. « Mais les critiques racontent que votre fils est déjà de taille à donner des concerts... Qu'il en a été délibérément écarté pour éviter d'ajouter le désarroi à la confusion. Je veux dire, avec le fait que vous partiez si vite, et tout cela. » Le psychiatre torturait sa lèvre inférieure. « Vous réalisez évidemment que votre enfant vénère la mémoire de son grand-père? »

« Il a vu tous ses vieux stéréos, il a écouté tous ses enregistrements », répondit Margaret. « Il n'avait que quatre ans à la mort de son grand-père, mais David se rappelle absolument tout ce qu'ils ont fait ensemble. C'était... » Elle haussa les épaules.

« David a identifié le talent dont il a hérité avec le piano qui lui a été légué », fit Linquist. « Il... »

« Mais on peut remplacer les pianos », le coupa Margaret. « Est-ce que les menuisiers de la colonie, ou les ébénistes, ne pourraient pas reproduire... »

« Oh non », répondit Linquist. « Le reproduire, non. Ce ne serait pas le piano de Maurice Hatchell. Vous comprenez, votre fils a trop conscience d'avoir hérité le génie musical de son grand-père... Exactement comme le piano qu'il lui a légué. Il a lié les deux. Il croit — enfin, pas consciemment, vous comprenez? — mais il croit, néanmoins, que s'il n'a plus son piano, il perdra son talent. Et vous voilà avec un problème beaucoup plus complexe que vous ne pouviez prévoir. »

Elle secoua la tête. « Mais les enfants parviennent à surmonter ces... »

« Ce n'est pas un enfant, Madame Hatchell. Peut-être devrais-je ajouter que ce n'est pas *seulement* un enfant. Il est cette chose fragile et sensible que nous appelons un *génie*. C'est un état délicat qui tourne trop facilement au drame. »

Elle sentait sa bouche se dessécher. « Qu'est-ce que vous êtes en train d'essayer de me dire? »

« Je ne voudrais pas vous alarmer sans raisons, Madame Hatchell. Mais la vérité — et c'est notre opinion à tous — est que si votre enfant est privé de son instrument de musique... eh bien, il pourrait en mourir. »

Elle blêmit. « Oh, non! Il... »

« Ce sont des choses qui arrivent, Madame Hatchell. Nous pourrions bien entendu lui appliquer certaines procédures thérapeutiques, mais je ne pense pas que nous ayons le temps. Ils vont fixer la date de votre départ d'un jour à l'autre. La thérapie pourrait prendre *des années.* »

« Mais David... »

« David est précoce et hypersensible », fit Linquist. « Il a investi dans la musique beaucoup plus qu'il n'aurait fallu pour sa santé. Sa cécité est en partie responsable de cet état de fait, mais en plus, et au-delà du fait qu'il est aveugle, il y a son avidité d'expression musicale. Chez les génies tels que David, c'est une force qui a des affinités avec les exigences profondes de la vie elle-même. »

« Nous ne pourrions jamais le laisser », murmura-t-elle. « C'est impossible. Vous ne pouvez pas comprendre. Nous sommes une famille tellement unie que... »

« Alors peut-être devriez-vous vous désister, laisser une autre famille prendre votre... »

« Ce serait la mort de Walter. Mon mari », répondit-elle. « Il a vécu toute sa vie dans cet espoir. » Elle secoua la tête. « Et puis, n'importe comment, je ne crois pas que nous pourrions nous retirer maintenant. L'assistant de Walter, le docteur Smythe, s'est tué la semaine dernière dans un accident d'hélicoptère près de Phoenix. Ils ont déjà trouvé quelqu'un pour le remplacer, mais vous savez sûrement à quel point le rôle de Walter est important pour le bon déroulement de la colonisation. »

Linquist hocha la tête. « J'avais appris la nouvelle par les journaux en ce qui concerne Smythe, mais je n'avais pas fait le rapprochement évident. »

« Je n'ai pas d'importance pour la colonie », dit-elle. « Ni les enfants, en réalité. Mais les écologistes... L'aboutissement de tous nos efforts dépend d'eux. Sans Walter... »

« Alors il faut que nous trouvions une solution », dit-il. Il se leva. « Nous reviendrons demain, examiner encore une fois votre fils, Madame Hatchell. Le docteur Mowery lui a fait prendre des pilules aminées et lui a donné un sédatif; il devrait dormir toute la nuit. S'il y avait des complications — mais il ne devrait pas y en avoir — vous pourriez me joindre à ce numéro. » Il tira une carte de visite de son portefeuille et la lui remit. « C'est vraiment dommage, ce problème de poids. Je suis sûre que s'il pouvait seulement emmener ce monstre avec lui, tout serait réglé. » Linquist tapota le piano. « Enfin... Bonne nuit. »

Lorsque Linquist eut pris congé, Margaret s'appuya contre la porte, pressant son front sur le bois froid. « Non », gémissait-elle. « Non... non... non... » Puis elle se rendit dans la salle de séjour et demanda un préavis pour Walter. Il était dix heures vingt du soir. La communication fut établie immédiatement, ce qui prouvait qu'il attendait son appel. Margaret remarqua les rides profondes que les soucis creusaient dans le front de son mari; elle avait tellement envie de tendre la main pour les caresser, les apaiser...

« Que se passe-t-il, Margaret? » demanda-t-il. « Comment va David? »

« Oh, chéri... » Elle avala sa salive. « C'est au sujet du piano. Le Steinway de ton père. »

« Le *piano?* »

« Les docteurs viennent de partir. Ils ont passé toute la soirée à examiner David. Le psychiatre dit que si David perd le piano, il pourrait perdre sa... sa musique... et sa... Et que s'il perdait ça, il pourrait en mourir. »

Walter cligna des paupières. « A cause d'un piano? Oh, allons, il y a sûrement une... »

Elle lui répéta tout ce que le docteur Linquist avait dit.

« Le petit ressemble tellement à papa », fit Walter. « Un jour, papa avait fait un scandale de tous les diables au Philharmonique, parce que le tabouret de son piano était deux centimètres trop bas. Mon Dieu! Je... Qu'est-ce que Linquist nous conseille de faire? »

« Il dit que si nous pouvions emmener le piano, ça règlerait... »

« Le piano à queue? Mais ce maudit truc doit peser plus de cinq cents kilos! C'est trois fois ce que toute la famille est autorisée à emmener comme bagages personnels. »

« Je sais bien. Je crois que je vais bientôt donner ma langue au chat. Tous ces tracas pour décider de ce qui allait partir avec nous et maintenant... David. »

« Partir avec nous! » aboya Walter. « Mon Dieu! Avec tous ces tracas au sujet de David, j'allais presque oublier : la date du départ a été fixée ce soir. » Il jeta un coup d'œil à sa montre. « Décollage dans quatorze jours et six heures — à quelques minutes près, en plus ou en moins. Le vieux a dit que... »

« Quatorze jours! »

« Oui, mais il ne te reste que *huit* jours. C'est le délai de rassemblement de la colonie. Les équipes de ramassage passeront chercher les bagages dans l'après-midi de... »

« Walter! Je n'ai même pas encore décidé... » Elle s'interromptit. « J'étais sûre que nous avions encore au moins un autre mois devant nous. Tu m'avais dit toi-même que...

« Je sais. Mais la production de carburant a dépassé les estimations et les prévisions météorologiques à long terme sont favorables. De plus, il ne serait pas psychologique de laisser traîner en longueur les adieux. Comme ça, le choc de la précipitation laisse une coupure bien nette. »

« Mais qu'allons-nous faire avec David? » Elle se mordillait la lèvre inférieure.

« Est-ce qu'il est éveillé? »

« Je ne crois pas. Ils lui ont donné un sédatif. »

Walter se renfrogna. « Je veux parler à David demain matin à la première heure. Je l'ai négligé ces derniers temps parce que j'avais tellement de travail ici, mais... »

« Il comprend très bien, Walter. »

« J'en suis sûr, mais je voudrais le voir moi-même. Je voudrais bien avoir le temps de rentrer à la maison, mais ici, je ne sais plus où donner de la tête, maintenant. » Il secoua la tête. « Je ne vois vraiment pas comment ce diagnostic pourrait être exact. Toutes ces histoires pour un piano! »

« Walter... Tu n'attaches pas d'importance aux choses. Pour toi, ce sont les gens et les idées qui comptent. » Elle baissa les yeux, refoulant ses larmes. « Mais il y a aussi des gens qui en viennent à aimer des objets inanimés... des choses qui représentent le confort et la sécurité. » Elle avala sa salive.

Il hocha la tête. « Je crois que je n'arrive pas à comprendre. Enfin, nous trouverons bien quelque chose. Tu peux me croire. »

Margaret se força à sourire. « Je sais, mon chéri. »

« Maintenant que nous connaissons la date du

départ, ça pourrait chasser tout ça de son esprit », fit Walter.

« Tu as peut-être raison. »

Il regarda sa montre bracelet. « Il faut que je te quitte, maintenant. J'ai des expériences en route. » Il lui fit un clin d'œil. « La famille me manque. »

« A moi aussi », soupira-t-elle.

Le lendemain matin, le docteur Prester Charlesworthy, directeur de la colonie, l'appela. Son visage apparut sur l'écran du vidéophone de la cuisine de Margaret alors qu'elle finissait de laver la vaisselle du petit déjeuner de Rita. David était encore au lit. Et Margaret ne leur avait pas parlé de la date du départ.

Charlesworthy était un homme aux traits osseux, aux attitudes nerveuses. Il avait l'air un peu balourd, jusqu'à ce que l'on remarque le regard pénétrant de ses yeux bleu clair.

« Pardonnez-moi de vous ennuyer de la sorte, Madame Hatchell », dit-il.

Elle se contraignit à rester calme. « Vous ne m'ennuyez pas. Nous attendions un appel de Walter, ce matin. Je pensais que c'était lui. »

« Je viens de parler à Walter », répondit Charlesworthy. « Il m'a parlé de David. Nous avons eu dès ce matin un rapport du docteur Linquist. »

Après une nuit blanche passée à faire l'aller et retour sur la pointe des pieds entre sa chambre et celle de David, Margaret se sentait les nerfs comme du fil de fer barbelé et la première explication qui lui vint à l'esprit fut bien entendu la pire : « Vous nous excluez de la colonie! » laissa-t-elle échapper. « Vous allez prendre un autre écologiste à sa... »

« Oh, non, Madame Hatchell! » Le docteur Charlesworthy respira profondément. « Je sais que cela peut vous sembler étrange — que je vous appelle comme ça — mais notre petit groupe sera isolé dans un monde extrêmement étranger, nous serons très dépendants les uns des autres... jusqu'à l'arrivée du vaisseau suivant. Il faut que nous travaillions ensemble pour tout et je veux sincèrement vous aider. »

« Je suis désolée », dit-elle. « Je n'ai pas beaucoup dormi la nuit dernière... »

« Je comprends très bien. Croyez-moi, il n'y a rien que j'aimerais autant que de renvoyer Walter près de vous tout de suite. » Charlesworthy haussa les épaules. « Mais c'est hors de question. Après la mort de ce pauvre Smythe, c'est une responsabilité terrible qui pèse sur les épaules de Walter. Sans lui, il se pourrait même que nous soyons obligés de renoncer à l'expédition. »

Margaret s'humecta les lèvres de la pointe de sa langue. « Docteur Charlesworthy, y aurait-il une quelconque possibilité pour que nous puissions... Je veux dire... Le piano... le prendre avec nous dans le vaisseau? »

« Madame Hatchell! » Charlesworthy s'écarta de l'écran avec horreur. « Il doit peser une demi-tonne! »

Elle poussa un soupir. « La première chose que j'ai faite ce matin, c'était de téléphoner à la compagnie de déménagement; celle qui avait transporté le piano dans la maison. Ils ont vérifié dans leurs dossiers. Il pèse six cent trente-huit kilos et demi. »

« C'est impensable! Enfin... Nous avons dû renoncer à du matériel technique de première urgence qui ne pesait pas la moitié de ce poids! »

« Je suis désespérée », répondit-elle. « Je n'arrête

pas de penser à ce que m'a dit le docteur Linquist, que David pourrait mourir si... »

« Bien sûr », fit Charlesworthy. « C'est pour cela que je vous appelle. Je veux que vous sachiez ce que nous avons fait. Nous avons dépêché Hector Torres à l'usine Steinway, ce matin. Hector est l'un des ébénistes de la colonie. Ils ont eu la générosité, chez Steinway, de consentir à lui montrer tous leurs secrets de fabrication, de sorte qu'Hector sera capable de faire une réplique exacte dans ses moindres détails de votre piano. Philip Jackson, l'un de nos métallurgistes, ira avec Hector cet après-midi pour la même raison. Je suis certain que lorsque vous expliquerez cela à David, toutes ses angoisses disparaîtront. »

Margaret refoula ses larmes d'un battement de paupières. « Docteur Charlesworthy... Je ne sais comment vous remercier. »

« Ne me remerciez pas, ma chère. Nous sommes une équipe... nous devons nous entraider. » Il hocha la tête. « Encore un tout petit détail; il y a une chose que vous pourriez faire pour moi. »

« Certainement. »

« Essayez, si vous le pouvez, de ne pas trop tourmenter Walter cette semaine. Il vient de découvrir une mutation qui devrait nous permettre de croiser les plantes de la Terre avec celles qui poussent déjà sur la Planète C. Il va procéder cette semaine aux dernières expériences avec des échantillons de sol prélevés sur la planète. Ce sont des examens décisifs, madame Hatchell; leur résultat nous permettra peut-être de gagner des années sur les premières étapes du développement d'un nouveau cycle de vie équilibrée. »

« Evidemment », répondit-elle. « Je suis désolée d'avoir... »

« Ne soyez pas désolée. Et ne vous en faites pas. Le petit n'a que douze ans. Le temps guérit toutes les blessures. »

« Je suis certaine que ça marchera », fit-elle.

« Parfait », dit Charlesworthy. « Voilà comment il faut prendre les choses. Maintenant, n'hésitez pas à m'appeler si vous aviez besoin de quoi que ce soit... De jour comme de nuit. Nous sommes une équipe, il faut que nous nous entraidions. »

La liaison coupée, Margaret resta plantée devant le visiophone, les yeux rivés sur l'écran aveugle.

« Qu'est-ce qu'il a dit au sujet de la date de départ? » demanda Rita, depuis la table de la cuisine qui se trouvait derrière sa mère.

« Elle a été fixée, chérie. » Margaret se retourna. « Il faut que nous rejoignions papa à White Sands d'ici huit jours. »

« Youuuupie! » Rita bondit sur ses pieds, renversant les plats sur la table. « Nous partons! Nous partons! »

« Rita! »

Mais Rita fila comme une flèche, quitta la cuisine, puis la maison. Ses « huit jours! » retentissaient depuis l'entrée.

Margaret alla vers la porte de la cuisine. « Rita! »

Sa fille revint en courant de l'entrée. « Je vais le dire tout de suite aux autres! »

« Tu vas te calmer tout de suite. Tu fais assez de bruit pour... »

« Je l'ai entendue. » C'était David, debout en haut de l'escalier. Il descendit les marches lentement, en se tenant à la rampe. Il avait le visage d'un blanc de craie et ses pas n'étaient pas très assurés.

Reprenant son souffle, Margaret lui expliqua les projets du docteur Charlesworthy pour remplacer le piano.

David s'arrêta à deux marches d'elle, la tête penchée. « Ce ne sera pas le même », dit-il lorsqu'elle eut terminé. Puis il la contourna et se rendit dans la salle de musique. On aurait dit qu'il y avait quelque chose de brisé en lui.

Margaret fit volte-face et se précipita vers la cuisine. Elle brûlait de colère et de détermination. Elle entendait les petits pas de Rita, derrière elle, et l'interpella sans se retourner. « Rita, combien de poids pourrais-tu retirer de tes bagages? »

« Maman! »

« Nous allons emmener ce piano! » lança Margaret.

Rita s'approcha d'elle. « Mais la famille tout entière n'a droit qu'à cent six kilos! Nous ne pourrions... »

« Nous sommes trois cent huit colons », répondit Margaret. « Chaque adulte a droit à trente-cinq kilos, et chaque enfant de moins de quatorze ans à dix-huit. » Ramassant son bloc-notes, elle se mit à griffonner des chiffres. « Il suffirait à chacun de faire don de deux kilos sept cents grammes et nous pourrions prendre ce piano avec nous! » Avant d'avoir eu le temps de changer d'avis, elle se rua sur l'évier et flanqua dans la boîte aux rebuts le service en porcelaine de Spode qui avait appartenu à sa mère. « Et voilà! Un cadeau pour les gens qui achèteront la maison! Ça fait déjà plus d'un kilo et demi! »

Puis elle se mit à pleurer.

Rita était dégrisée. « Je vais laisser ma collection d'insectes », murmura-t-elle. Puis elle fourra sa tête dans la jupe de sa mère et commença à sangloter à son tour.

« Pourquoi pleurez-vous, toutes les deux? » demanda David. Il était debout dans l'embrasure de la porte, le boîtier de son radar fixé sur ses épaules. Les traits tirés de son petit visage avaient une expression vraiment misérable.

Margaret s'essuya les yeux. « Davy... David, nous allons essayer d'emmener ton piano avec nous. »

Il releva la tête, son visage se détendit l'espace d'un instant puis il reprit son air malheureux. « Sûrement, oui. Ils vont juste se débarrasser d'une partie des graines de papa, de quelques outils et autres instruments scientifiques pour mon... »

« Il y a un autre moyen », dit-elle.

« Quel autre moyen? » Sa voix luttait contre un espoir qui pouvait s'effondrer brutalement.

Margaret lui exposa son plan.

« Tendre la main? » répondit-il. « Aller mendier auprès des gens pour qu'ils renoncent à leurs propres... »

« David, nous allons coloniser un nouveau monde désert et froid. Le confort sera rudimentaire, nous porterons des vêtements de fortune — nous ne disposerons pratiquement d'aucun raffinement, ni d'aucune des choses auxquelles nous nous référons comme étant les éléments d'une culture civilisée. Un bon vieux piano terrestre et républicain et le... l'homme qui en jouera seront les bienvenus. Ça sera bon pour notre moral et nous permettra sûrement d'éloigner la nostalgie dont nous ne manquerons pas de souffrir. »

Ses yeux éteints semblèrent la regarder fixement pendant un long moment; puis il rompit le silence. « Ce serait une terrible responsabilité pour moi. »

Elle sentit une grande fierté pour son fils l'envahir. « Je suis heureuse que tu voies les choses de cette façon. »

Le carnet de prescriptions et de conseils qui leur avait été remis lors de la première réunion à

White Sands comportait les noms et adresses de tous les colons. Prenant la liste par le début, Margaret appela la femme du zoologiste en chef de l'expédition, Selma Atkins, qui habitait à Little Rock.

Madame Atkins était un petit bout de femme colorée, aux cheveux flamboyants, à la personnalité pétillante et qui se révéla être une conspiratrice-née. Avant même que Margaret ait fini de lui raconter ses problèmes, Selma Atkins s'était portée volontaire pour tenir une conférence au vidéophone. Elle jeta sur le papier les noms de leurs alliées possibles, puis s'inquiéta : « Et même si nous arrivons à réunir le poids nécessaire, comment ferons-nous monter ce machin à bord? »

Margaret ouvrit de grands yeux. « Et pourquoi ça ne marcherait pas, si en remettant le piano aux gens qui vont charger le vaisseau nous pouvons tout simplement leur prouver que nous ne dépassons pas le poids limite autorisé? »

« Charlesworthy ne marchera jamais, mon chou. Il est malade chaque fois qu'il pense à la quantité de matériel qu'ils ne pourront pas emporter à cause du poids. Il jetterait un coup d'œil sur nos six cent trente-huit virgule cinquante kilos de piano et il dirait : “ Ça fera un générateur atomique de rechange ”! Mon mari m'a dit qu'il avait été obligé de percer des trous dans les cartons pour économiser des *grammes!* »

« Mais comment faire pour... »

Selma fit claquer ses doigts. « Je sais! Ozzy Lucan! »

« Lucan? »

« L'intendant du vaisseau », expliqua Selma. « Vous savez bien : le grand type aux cheveux rouges, celui qui ressemble à un cheval. Il a fait un exposé lors d'une des réunions. Vous voyez le genre : “ Tout sur la façon de gagner du poids en faisant ses paquets et comment utiliser les emballages spéciaux ”. »

« Ah oui », fit Margaret. « Et alors? »

« Il a épousé la fille aînée de Betty, ma cousine au troisième degré. Rien de tel qu'un peu de chantage familial. Je vais m'y mettre tout de suite! »

« Est-ce qu'il ne vaudrait pas mieux en parler tout de suite à Charlesworthy? » demanda Margaret.

« Hah! » rugit Selma. « Vous ne connaissez pas le côté “ Betty ” de la famille! »

Le docteur Linquist arriva dans le milieu de la matinée, deux assistants psychiatres à la remorque. Ils passèrent une heure avec David et vinrent rejoindre Margaret et Rita à la cuisine, où elles finissaient d'enregistrer sur microfilm les recettes de cuisine. David, qui les suivait, resta dans le couloir.

« Le petit est apparemment plus solide que je ne pensais », dit Linquist. « Vous êtes sûre qu'on ne lui a pas raconté qu'il pourrait emporter son piano? J'espère que vous ne l'avez pas induit en erreur pour qu'il se sente mieux. »

David fronça les sourcils.

« Le docteur Charlesworthy a refusé que nous emmenions le piano lorsque je le lui ai demandé », répondit Margaret. « Mais il a envoyé deux experts à l'usine Steinway pour s'assurer qu'ils pourraient le reproduire exactement. »

Linquist se tourna vers David. « Et ça va comme ça, David? »

David hésita avant de répondre. « Je comprends, pour le poids... »

« Eh bien, je crois que tu deviens raisonnable », fit Linquist.

Lorsque les psychiatres furent partis, Rita se jeta sur Margaret. « Maman! Tu leur as menti! »

« Pas du tout », répondit David. « Elle ne leur a dit que la stricte vérité. »

« Mais pas *toute* la vérité », fit Margaret.

« C'est exactement comme de mentir », dit Rita.

« Oh, ça suffit! » coupa Margaret. « David, tu es bien sûr que tu veux laisser tes textes en braille? »

« Oui. Ça fait un peu plus de sept kilos. Nous avons la petite presse à poinçonner et la machine à écrire en braille; je pourrai refaire des copies de tout ce dont j'aurai besoin, si Rita veut bien me faire la lecture. »

Vers trois heures de l'après-midi, l'Intendant en Chef Oswald Lucan leur donnait — à contrecœur — son accord pour embarquer le piano à bord s'ils parvenaient à obtenir le poids nécessaire, au gramme près. Mais les dernières paroles de Lucan, avant de couper la communication, furent pour les avertir. « Ne laissez pas le vieux entendre parler de tout ça. Il fait des bonds en pensant à tout le matériel auquel nous avons dû renoncer. »

A sept heures et demie, Margaret additionnait les premiers dons de poids de la journée : soixante et une personnes s'étaient engagées, pour un total de quatre-vingt-quatorze kilos. *Chacun donne trop peu,* se disait-elle. *Mais je ne peux pas le leur reprocher. Nous tenons tous tellement à ce que nous possédons. C'est tellement difficile de se séparer de toutes les petites choses qui nous lient au passé et à la Terre. Il faudra que nous trouvions davantage de poids ailleurs.* Elle chercha désespérément dans son esprit les choses auxquelles elle pourrait encore renoncer puis éprouva un sentiment de futilité devant les quelques livres dont elle disposait.

A dix heures, le matin du troisième jour, elles

avaient réuni deux cent cinquante et un kilos et demi, cédés par cent cinquante-six de leurs compagnons émigrants. Elles s'étaient aussi attiré vingt refus indignés. La crainte que l'une de ces vingt personnes n'aille dénoncer leur conspiration commençait à torturer Margaret.

David aussi donnait l'impression de sombrer de nouveau dans la mélancolie. Il était assis sur le tabouret de piano, dans la salle de musique, Margaret derrière lui, dans son fauteuil préféré. L'une des mains de David caressait distraitement le clavier que Maurice Hatchell avait si prodigieusement amené à la vie.

« Nous obtenons moins de deux kilos par personne, n'est-ce pas? » demanda David.

Margaret s'essuya la joue. « Oui. »

Une douce mélodie s'élevait du piano. « Nous n'y arriverons pas », fit David. La musique coulait dans la pièce comme un ruisseau murmurant. « N'importe comment, je ne suis pas sûr que nous ayons le droit de demander cela aux gens. Ils renoncent déjà à tant de choses et nous... »

« Chut, Davy. »

Il laissa passer le nom de bébé, flatta le clavier dont s'éleva un passage aérien de Debussy.

Margaret cacha ses yeux derrière ses mains et pleura en silence, de fatigue et de déception. Mais les larmes que David arrachait au piano allaient plus loin.

Puis il se leva, sortit doucement du salon et monta l'escalier. Elle l'entendit refermer sans bruit la porte de sa chambre. L'absence de toute violence dans son comportement la blessait comme une lame acérée.

Le carillon du vidéophone la tira de sa songerie mélancolique. Elle prit l'appel sur l'appareil portatif de l'entrée. Le visage de Selma Atkins parut sur l'écran; elle avait l'air déprimé, les yeux écarquillés. « Ozzy vient de m'appeler », lâcha-t-elle. « Quelqu'un a vendu la mèche à Charlesworthy, ce matin. »

Margaret mit une main devant sa bouche.

« Avez-vous parlé à votre mari de ce que nous faisions? » demanda Selma.

« Non. » Margaret secoua la tête. « J'allais le faire, et puis j'ai eu peur de ce qu'il dirait. Charlesworthy et lui sont très amis, vous savez. »

« Vous voulez dire qu'il moucharderait sa propre femme? »

« Oh non, mais il aurait pu... »

« En tout cas, il est sur la sellette, maintenant », fit Selma. « Ozzy dit que c'est la révolution à la base. Il hurlait en tapant du poing sur son bureau et il traitait Walter de tous les... »

« Charlesworthy? »

« Et qui d'autre? Je vous ai appelée pour vous prévenir. Il... »

« Mais qu'allons-nous faire? » demanda Margaret.

« Courir nous mettre à l'abri, mon chou! Nous nous replions et nous nous regroupons. Appelez-moi aussitôt que vous lui aurez parlé. Peut-être pourrons-nous trouver autre chose. »

« Nous avons la contribution de plus de la moitié des colons », fit Margaret. « Ça veut dire, pour commencer, que plus de la moitié d'entre eux sont de notre côté... »

« Pour l'instant, la colonie est organisée en dictature, pas en démocratie », répondit Selma. « Mais je vais y réfléchir. Enfin, pour l'instant, ciao! »

David arriva derrière elle au moment où elle coupait la communication. « J'ai entendu », dit-il. « C'est fini pour nous, hein? »

Le carillon du vidéophone retentit avant qu'elle ait eu le temps de lui répondre. Le visage de Walter parut sur l'écran. Il avait l'air décomposé; ses rides étaient plus creusées que jamais.

« Margaret », dit-il. « Je sors du bureau du Dr Charlesworthy. » Il respira profondément. « Pourquoi ne pas m'avoir mis au courant de tout cela? Je t'aurais dit à quel point c'était insensé! »

« C'est exactement pour ça! » répondit-elle.

« Mais essayer de faire passer en fraude un piano sur le vaisseau! De toutes les... »

« Je pensais à David », répondit-elle sèchement.

« Je le sais bien, grand Dieu! Mais... »

« Quand les docteurs m'ont dit qu'il pourrait mourir s'il n'avait plus son... »

« Mais, Margaret... Un piano de cinq cents kilos! »

« Six cent trente-huit kilos et demi », rectifia-t-elle.

« Ne nous disputons pas, chérie », fit-il. « J'admire ton cran... et je t'aime. Mais je ne peux pas te laisser compromettre la solidarité sociale du groupe de colons... » Il secoua la tête. « Même pour David. »

« Même si ça doit tuer notre propre fils? » demanda-t-elle.

« Je n'ai pas l'intention de tuer mon fils », répondit-il. « Je suis écologiste, tu te rappelles? C'est mon boulot que de vous maintenir tous en vie... En tant que groupe, et en tant qu'individus! Et je... »

« Papa a raison », intervint David qui vint se placer à côté de sa mère.

« Je ne savais pas que tu étais là, fiston », fit Walter.

« Ça va, papa. »

« Un instant, s'il vous plaît. » C'était le Dr Charlesworthy qui bousculait Walter. « Je voudrais savoir quel est le poids qui vous a été promis. »

« Pourquoi? » demanda Margaret. « Pour que vous puissiez calculer combien de *jouets* scientifiques supplémentaires vous pourrez emporter? »

« Je voudrais savoir où vous en étiez de votre petit projet », fit-il.

« Deux cent cinquante et un kilos et demi », répondit-elle. « Grâce à cent soixante personnes! »

Charlesworthy fit la moue. « Exactement le tiers de ce dont vous avez besoin », dit-il. « Et à ce rythme-là vous n'auriez pas obtenu ce qu'il vous fallait. Si vous aviez eu une chance d'aboutir, j'aurais été tenté de vous dire de continuer, mais vous voyez vous-même que... »

« J'ai une idée », fit David.

Charlesworthy le regarda. « Vous êtes David? »

« Oui, monsieur. »

« Quelle est votre idée? »

« Combien pèseraient le clavier et la table d'harmonie de mon piano? Il y a des gens de chez vous à l'usine de... »

« Vous voulez dire que vous n'emporteriez que ces deux parties de votre piano? » demanda Charlesworthy.

« Oui, monsieur. Ce ne serait pas pareil... ce serait mieux. Comme ça, mon piano viendrait un peu des deux mondes : une partie de la Terre, l'autre partie de la Planète C. »

« Du diable si ce n'est pas une idée qui me plaît », fit Charlesworthy. Il se retourna. « Walter, appelez Phil Jackson chez Steinway. Trouvez-nous combien pèserait cette partie du piano. »

Walter sortit de l'écran. Les autres attendirent son retour. « Deux cent cinquante-cinq kilos, à peu de chose près. Hector Torres était aussi en ligne. Il dit qu'il est certain de pouvoir reproduire exactement le reste du piano. »

Charlesworthy eut un sourire. « Eh bien voilà! Je perds la raison... Il y a tant d'autres choses dont nous manquerons désespérément. Mais peut-être aurons-nous aussi besoin de ça; pour notre moral... »

« Avec un bon moral, nous pourrons faire tout le reste », dit Walter.

Margaret pêcha un bloc-notes dans le tiroir sous le vidéophone. Elle releva les yeux. « Je vais me mettre tout de suite à chercher le moyen de gagner les quelques kilos qui nous manquent pour... »

« Combien encore? » demanda Charlesworthy.

Margaret regarda son bloc. « Trois kilos et demi. »

Charlesworthy aspira à plein poumons. « Puisque j'ai vraiment perdu la raison, permettez-moi de faire encore un bon mouvement. Mme Charlesworthy et moi-même ferons don de trois kilos et demi pour l'avenir culturel de notre futur foyer. »

Passage for Piano.

[illegible]

[illegible]
[illegible]
[illegible]

[illegible]
[illegible]
[illegible]
[illegible]
[illegible]
[illegible]
[illegible]
[illegible]
[illegible]
[illegible]
[illegible]

[illegible]

SEMENCE

Les autres mondes sont lointains, mais surtout ils ne sont pas *la Terre. Leurs formes de vie et leur écologie sont radicalement différentes, étrangères. Ce n'est pas le tout d'avoir amené à travers l'espace interstellaire les semences et les technologies de la Terre. Il faut encore faire se reproduire les unes et appliquer les autres. Adapter ce monde aux besoins humains.*

Mais est-il possible de transformer un monde tout entier en suivant les recettes des manuels quand on n'est qu'une poignée d'êtres vivants? Le réalisme ne commande-t-il pas de se transformer soi-même et de s'adapter, quoi qu'il en coûte?

Et d'observer les faucons qui, seuls parmi les animaux sauvages importés de la Terre, ont réussi à survivre par leurs propres moyens?

SEMENCE

LORSQUE le soleil eu presque atteint le niveau de l'océan de pourpre au-dessus duquel il flottait comme un gigantesque ballon orange — beaucoup plus gros que celui de la Terre Mère auquel il pensait avec une telle nostalgie — Kroudar ramena ses pêcheurs au port.

Kroudar était court sur pattes et il se dégageait de lui une impression de lourdeur, mais sous sa tenue de marin bigarrée il était aussi noueux que les autres, tout en os et en muscles. C'était la maladie de cette planète, disaient les médecins. Ils appelaient ça le « fardeau des corps », et c'était une question subtile de différences dans la chimie, la gravité, le rythme des jours et même l'absence de marées lunaires.

Les cheveux blonds de Kroudar, seul trait agréable de sa physionomie, poussaient en liberté et ils étaient pour l'instant retenus et protégés par un carré de tissu rouge qui surmontait son front large, bas, sous lequel étaient profondément enfoncés de grands yeux d'un bleu délavé; il avait un nez tordu, écrasé, et ses lèvres épaisses s'entrouvraient sur de grosses dents jaunes et irrégulières. Son menton en forme de pastèque se terminait par un cou massif et tout sillonné de rides.

Partageant son attention entre les voiles et le rivage, Kroudar maintenait le gouvernail de son pied nu.

Ils avaient passé la journée dans le courant du large, à pêcher le trodi, sorte de crevette qui représentait la principale source de protéines comestibles de la colonie. Il y avait neuf bateaux et tous les hommes étaient brisés de fatigue, muets, les yeux clos ou grands ouverts, fixant le vide devant eux.

La brise du soir dessinait des lignes sombres sur l'eau du port, jouait dans les cheveux jaunes de Kroudar collés sur sa nuque par la sueur et gonflait les voiles, fournissant aux vaisseaux lourdement chargés le dernier sursaut d'énergie qui les amènerait sur la rive.

Les hommes s'animèrent alors. Les voiles tombèrent dans un fracas de frôlements et de frottements. Alourdis par la fatigue, économisant leurs efforts, les hommes faisaient tout au ralenti.

Le trodi avait été abondant ce jour-là, et Kroudar avait poussé ses hommes jusqu'à la limite de leur résistance. Ce qui n'avait pas été difficile : ils comprenaient tous à quel point c'était important. L'essaimage et la reproduction des créatures domestiques n'avaient pas été programmés avec une précision satisfaisante sur cette planète. Les choses présentaient des failles étranges et faisaient défaut avec une régularité manifeste. Il se pouvait que le trodi disparaisse d'un moment à l'autre dans un endroit inconnu, ainsi que cela s'était déjà produit.

La colonie savait par expérience ce que c'était que la faim, et les enfants qui pleurent en réclamant une nourriture qu'il fallait rationner. Les hommes n'en parlaient plus que rarement, mais le souvenir en était présent dans tous leurs gestes.

Plus de trois ans, maintenant, se disait Kroudar

en chargeant sur son épaule un sac de trodi tout ruisselant d'eau et en avançant avec lassitude sur le sable de la plage qui montait vers les cabanes où les créatures de la mer seraient entreposées dans des casiers, avant d'être séchées et traitées. Il y avait plus de trois ans que leur vaisseau était venu de l'espace.

Le vaisseau de la colonie avait été construit comme un outil aux multiples usages, empli de souches humaines sélectionnées, de leurs animaux domestiques et de tout ce qui leur était fondamentalement indispensable, et sa mission dans cet endroit éloigné était d'y implanter la vie humaine. Il avait été conçù pour atterrir une fois et être ensuite décomposé en choses utiles.

D'une façon ou d'une autre, les choses fondamentalement indispensables avaient commencé à manquer, et la colonie avait été obligée d'improviser ses propres outils. Ils ne s'étaient pas encore vraiment enracinés dans cet endroit, pensait Kroudar. Plus de trois ans — et trois ans ici, cela voulait dire cinq ans sur la Terre Mère — et ils vivaient encore au bord de l'anéantissement. Ils étaient prisonniers de *cet endroit*. Oui, c'était vrai. Le vaisseau ne pourrait jamais être reconstruit. Et même si ce miracle se réalisait, il n'y avait pas de carburant.

La colonie était *ici*.

Et tous ses membres connaissaient la vérité délétère de leur piteuse situation : la survie n'était pas assurée. C'était exprimé en détails subtils dans l'esprit illettré de Kroudar, et surtout dans un fait qu'il observait sans être capable de l'expliquer.

Aucun d'entre eux n'avait encore accepté un nom pour cette planète. C'était « ici », ou « cet endroit ». Ou d'autres termes encore plus amers.

Il déchargea son sac de trodi sur le porche d'une des cabanes d'entreposage et s'essuya le front. Il avait mal aux articulations des bras et des jambes. Il avait mal dans le dos. Il ressentait la maladie de *cet endroit* dans ses tripes. Il épongea encore une fois la transpiration sur son front et enleva le chiffon rouge qu'il portait sur la tête pour se protéger des rayons du soleil violent.

Ses cheveux blonds se libérèrent lorsqu'il dénoua le morceau de tissu et il les renvoya par-dessus ses épaules.

Il ferait noir très vite.

Il vit que le linge était sale. Il faudrait le laver encore une fois, tout doucement. Kroudar trouvait cela très insolite, ce tissu qui avait poussé et avait été tissé sur la Terre Mère et finirait ses jours dans *cet endroit.*

Comme lui-même, et tous les autres.

Il regarda le linge fixement pendant un instant avant de le remettre soigneusement dans sa poche.

Tout autour de lui, les pêcheurs accomplissaient le rituel familier. Des sacs bruns tissés à partir des grossières racines indigènes étaient empilés, tout dégoulinants d'eau, sous le porche des huttes d'entreposage. Certains de ses hommes s'appuyaient ensuite contre les montants du porche, d'autres se laissaient glisser à terre, sur le sable.

Kroudar leva les yeux. Des spirales de fumée s'élevaient dans le ciel qui s'assombrissait, depuis les feux allumés derrière la falaise qui se trouvait au-dessus d'eux. Kroudar eut faim tout à coup. Il pensa à la technicienne Honida, qui faisait la cuisine là-haut, près du feu, et à leurs deux jumeaux — deux ans la semaine prochaine — près de la porte de leur longue maison faite dans le métal du vaisseau.

Penser à Honida l'excita. Elle l'avait choisi, lui. Alors que tous les hommes des classes scientifique et technique étaient à sa disposition, Honida s'était abaissée au niveau du groupe des Travailleurs pour pêcher celui qu'ils appelaient tous « Vieil Affreux ». Il n'était pas vieux, se disait toujours Kroudar. Mais il savait à quoi il devait ce nom. *Cet endroit* avait opéré sur lui des changements plus visibles que sur les autres.

Kroudar ne se faisait pas d'illusions quant aux raisons qui lui avaient valu d'être choisi pour cette migration humaine. C'étaient ses muscles et son éducation minimale. La raison était inscrite en toutes lettres dans le manifeste du vaisseau : c'était l'étiquette de *Travailleur*. Les auteurs du projet, sur la Terre Mère, avaient réalisé qu'il y avait des tâches pour lesquelles il faudrait des muscles humains que n'inhiberait pas un excès de réflexion. Les *kroudars* qui avaient atterri *ici* n'étaient pas nombreux, mais ils se connaissaient et ils se reconnaissaient pour ce qu'ils valaient.

Il avait même été question parmi les échelons élevés de ne pas permettre à Honida de le choisir comme compagnon. Kroudar le savait. Il n'en était pas particulièrement offensé. Il n'était même pas gêné que le vote auquel s'étaient livrés les biologistes — on racontait qu'ils avaient commenté à loisir sa laideur — ait favorisé le choix de Honida sur des bases philosophiques plutôt que physiques.

Kroudar savait qu'il était laid.

Il savait aussi que sa faim présente était bon signe. Un fort désir de revoir sa famille croissait en lui, commençait à embraser ses muscles en prévision de la montée depuis la plage. Il avait particulièrement envie de revoir ses jumeaux, celui qui avait ses cheveux blonds et l'autre, brun comme

Honida. Les autres femmes gratifiées d'enfant regardaient ses jumeaux de haut, les considérant comme rabougris et souffreteux, Kroudar le savait. Les femmes ne parlaient que de régimes et allaient chez les docteurs presque tous les jours. Mais aussi longtemps que Honida ne s'inquiétait pas, Kroudar était tranquille, car après tout Honida était une technicienne; elle travaillait dans les jardins hydroponiques.

Kroudar déplaçait lentement ses pieds dans le sable. Il leva les yeux une fois de plus vers la falaise. Des arbres indigènes clairsemés poussaient le long du bord. Leurs troncs épais étreignaient le sol, noueux et torturés, supportant des feuilles bulbeuses d'un vert jaune qui exsudaient dans la chaleur de la journée une sève laiteuse et vénéneuse. Quelques-uns des faucons terriens survivants étaient perchés dans les arbres, silencieux, toujours aux aguets.

Les oiseaux donnaient curieusement confiance à Kroudar en sa propre décision. *Qu'est-ce que les faucons peuvent bien surveiller,* se demandait-il. C'était une question à laquelle les plus exaltés des penseurs de la colonie n'avaient pas été capables de donner une réponse. On avait envoyé des hélicos de recherche à la poursuite des faucons. Les oiseaux s'envolaient vers le large lorsqu'il faisait nuit, se posaient parfois sur des îles désertes et revenaient à l'aube. Le commandement de la colonie s'était montré peu disposé à risquer ses précieux bateaux pour cette quête et le mystère des faucons n'avait pas été tiré au clair.

C'était une double énigme, parce que tous les autres oiseaux avaient péri ou s'étaient envolés vers un endroit inexploré. Les colombes, les cailles, le gibier à plumes comme les oiseaux chanteurs, tous avaient disparu. Et toutes les poules de la basse-cour, dont les œufs étaient d'ailleurs inféconds, étaient mortes. Kroudar y voyait un commentaire de *cet endroit,* un avertissement à la vie qui venait de la Terre Mère.

Quelques chétives têtes de bétail avaient survécu, et plusieurs veaux étaient même nés *ici.* Mais ils se déplaçaient avec apathie et l'on entendait des meuglements de détresse dans les pâtures. Croiser leur regard était comme plonger les yeux dans des blessures ouvertes. Quelques cochons étaient encore en vie, mais ils étaient aussi maladifs et dépourvus d'énergie que le reste du bétail, et toutes les créatures sauvages s'étaient égarées ou étaient mortes.

A l'exception des faucons.

C'était vraiment étrange, car les gens qui avaient eu toutes ces idées et avaient tout prévu fondaient de tels espoirs sur *cet endroit*... Les rapports d'expertise s'étaient montrés très excitants. C'était une planète sur les terres émergées de laquelle il n'y avait pas d'animaux et dont les plantes indigènes semblaient ne pas être trop différentes de celle de la Terre Mère — à certains égards. Et les créatures de la mer étaient primitives, selon des normes évolutionnistes sophistiquées.

Sans être capable de l'exprimer dans les belles phrases raffinées dont les autres raffolaient tant, Kroudar savait où la faute avait été commise. Il fallait parfois chercher la solution aux problèmes avec sa chair et pas avec son esprit.

Il regardait maintenant tout autour de lui les haillons multicolores de ses hommes. C'étaient *ses* hommes. Il était le maître pêcheur, celui qui avait trouvé le trodi et avait conçu ces bateaux lourds et laids, construits pour répondre aux limitations imposées par l'utilisation du bois local. La colonie était encore en vie grâce à son habileté à se servir d'un bateau et d'un filet.

Il y aurait pourtant encore des problèmes d'approvisionnement en trodi. Kroudar en avait conscience, aux limites de son épuisement. Il faudrait alors faire des choses impopulaires et dangereuses, toutes nécessaires cependant, parce que les *idées* avaient tourné court. Les saumons qu'ils avaient introduits conformément au projet s'étaient enfuis vers les immensités de l'océan. Les poissons plats que la colonie élevait dans des viviers souffraient de plaies mystérieuses. Les insectes s'étaient envolés pour ne jamais revenir.

Il y a pourtant de quoi manger, ici, argumentaient les biologistes. *Pourquoi meurent-ils?*

Le maïs de la colonie était une chose primitive qui portait d'étranges épis. Le blé poussait par plaques raboteuses. On ne reconnaissait pas les schémas familiers de la croissance ou de la migration. La colonie se maintenait à la limite de l'existence, subsistant grâce aux quantités de protéines extraites de la transformation du trodi et aux vitamines des légumes qui poussaient dans les hydroponiques, après une filtration et une mise au point laborieuses de l'eau. La rupture d'un seul maillon dans la chaîne pouvait entraîner une catastrophe.

Du gigantesque soleil orange, on ne voyait plus maintenant qu'un tout petit morceau au-dessus du niveau de l'océan et les hommes de Kroudar se remirent en mouvement, extirpant du sable leur corps las, s'arrachant à l'endroit où ils s'étaient allongés.

« Très bien », ordonna Kroudar. « Rentrons la nourriture et mettons-la sur les étagères, maintenant. »

« Pour quoi faire? » demanda l'un des hommes,

dans le noir. « Vous pensez que les faucons vont la manger? »

Ils savaient tous que les faucons ne mangeraient pas le trodi. Kroudar reconnut la validité de l'objection : c'était la lassitude de son esprit qui s'exprimait. Les créatures semblables à des crevettes ne nourrissaient que les humains — et encore seulement après qu'une préparation attentive en eut éliminé tous les irritants dangereux. Il pouvait arriver qu'un faucon s'empare d'un trodi aux pattes palmées, mais il le lâcherait après y avoir goûté.

Qu'est-ce qu'ils pouvaient donc bien manger, ces oiseaux aux aguets?

Les faucons savaient au sujet de *cet endroit* une chose que les humains ignoraient. Les oiseaux la connaissaient dans leur chair, de la même façon que Kroudar quêtait tout savoir.

L'obscurité tomba et les faucons s'envolèrent vers le large dans un furieux claquement d'ailes. L'un des hommes de Kroudar alluma une torche et, s'étant reposés, avides maintenant d'escalader la falaise pour aller rejoindre leurs familles, les pêcheurs se décidèrent à finir le travail qui devait être fait. Les bateaux furent halés sur des rouleaux. Le trodi fut répandu en couche mince dans les casiers qui couvraient les parois des cabanes. Les filets furent mis à sécher sur les étagères.

Tout en travaillant, Kroudar pensait avec étonnement aux savants qui étaient là-bas, dans leurs laboratoires brillants. Il éprouvait, comme tous ceux qui travaillent de leurs mains, une crainte mêlée de respect envers la connaissance, une certaine servilité devant les titres et tout ce qui était évidemment supérieur, mais il disposait aussi de la conscience infaillible de l'homme simple, du moment où tout ce qui était supérieur avait échoué.

Kroudar n'était pas dans le secret des conférences au niveau supérieur du commandement de la colonie, mais il connaissait la substance physique des idées qui y étaient débattues. La perception qu'il avait de l'échec et du désastre qui planaient sur eux ne bénéficiait pas pour s'exprimer de mots sophistiqués ni d'une érudition fascinante pour l'esprit de ces messieurs, mais ce qu'il savait avait sa propre élégance. Il se basait sur des connaissances anciennes subtilement adaptées aux différences de *cet endroit*. C'était Kroudar qui avait découvert le trodi; Kroudar qui avait mis au point la méthode pour le capturer et le conserver. Il n'avait pas d'expressions raffinées pour expliquer tout cela, mais Kroudar savait ce qu'il pouvait faire et ce qu'il valait.

Il était le premier paysan de la mer, *ici*.

Sans gaspiller d'énergie en paroles, l'équipe de Kroudar termina le travail puis s'écarta des cabanes pour gravir laborieusement le chemin qui escaladait la falaise, sa progression ponctuée çà et là par des hommes porteurs de torches enflammées. Il y avait des lumières orangées, floconneuses, et des ombres lourdes qui se frayaient pas à pas un chemin escarpé dans un monde noir, et cela réchauffait le cœur de Kroudar.

S'attardant après les autres, il vérifia la fermeture des portes des cabanes et les suivit en se hâtant pour les rattraper. L'homme qui se trouvait juste devant lui sur le chemin tenait une torche faite de bois local trempé dans de l'huile de trodi. La flamme vacillante, fuligineuse, s'accompagnait de fumées toxiques. La lumière révélait une silhouette de troglodyte, un homme au corps trop frêle, dont les muscles travaillaient à la limite de l'épuisement, vêtu de tissu rapiécé récupéré dans le vaisseau.

Kroudar poussa un soupir.

Il savait que les choses ne se passaient pas comme cela sur Terre. Là-bas, les femmes attendaient sur le rivage que leurs hommes reviennent de la haute mer. Les enfants jouaient avec les galets. Des mains avides participaient au travail, sur la rive, étendant les filets, transportant la prise, tirant les bateaux.

Pas *ici*.

Et les dangers d'*ici* n'étaient pas ceux que l'on rencontrait là-bas, chez soi. Les bateaux de Kroudar ne s'aventuraient jamais hors de vue de ces falaises. Il y avait toujours sur l'un des bateaux un Technicien avec une radio pour contacter le littoral. Avant sa descente finale, le vaisseau de la colonie avait parsemé l'espace de satellites : gardiens, observateurs destinés à les préserver des surprises du temps. La flotte de pêche laborieusement constituée était toujours prévenue amplement à l'avance de l'arrivée des tempêtes. On n'avait jamais vu le moindre monstre marin dans cet océan.

Cet endroit manquait de la sauvagerie cruelle et de la variété des autres mers que Kroudar avaient connues, mais il n'en était pas moins mortel. Cela, il le *savait*.

Les femmes devraient nous attendre sur le rivage, se disait-il.

Mais le commandement de la colonie disait que l'on avait trop besoin des femmes — et même de certains des enfants — pour un grand nombre d'autres tâches. Les plantes sélectionnées apportées de la Terre requéraient des soins spéciaux. Des tiges de blé isolées étaient nourries avec tendresse. Chacun des arbres du verger disposait de sa servante privée, de sa dryade gardienne.

Au sommet de la falaise, les pêcheurs arrivèrent en vue des longues maisons, des baraquements taillés dans le métal du vaisseau et dont le nom évoquait une période des activités humaines et un endroit bien éloigné maintenant. Les rues n'étaient pas pavées, et la plupart n'étaient même pas éclairées. On entendait par endroits des bruits mécaniques et des murmures.

Les hommes vaquaient maintenant à leurs occupations personnelles, ils ne formaient plus une équipe. Kroudar suivit la rue d'un pas pesant, vers les feux allumés pour la cuisine sur la place centrale. Les feux de plein air étaient une nécessité, car grâce à eux on préservait les énergies plus sophistiquées de la colonie. Certains considéraient ces flammes comme un constat d'échec. Kroudar y voyait une victoire, parce que c'était du bois *indigène* qui brûlait.

Il savait que dans les collines, au-delà des limites de la ville, les ruines des machines à vent qu'ils avaient construites étaient encore debout. La tempête qui avait consacré leur destruction ne les avait pas surpris par sa venue, mais sa puissance les avait tous consternés.

C'est alors que les *penseurs* avaient commencé à perdre de leur prestige pour Kroudar. Lorsque la vie aquatique et la chimie locale avaient détruit les turbines installées sur le fleuve qui se jetait dans le port, les hommes de science s'étaient encore dépréciés pour lui. C'est à partir de ce moment-là que Kroudar avait commencé sa propre quête de nourriture indigène.

Kroudar avait entendu dire que maintenant la vie végétale indigène menaçait le système de refroidissement de leurs générateurs atomiques, défiant les radiations d'une manière impossible à toute vie. Certains des techniciens mettaient déjà au point des machines à vapeur faites avec des matériaux qui n'étaient pas prévus pour un tel usage. Ils disposeraient enfin prochainement de métaux locaux, d'alliages susceptibles de résister aux attaques et à la corrosion de *cet endroit.*

Il se pouvait qu'ils y parviennent — pourvu que la maladie endémique n'achève pas de les miner.

S'ils s'en tiraient.

Honida l'attendait à la porte de leur baraquement, souriante, gracieuse. Ses cheveux sombres étaient tressés et enroulés autour de son front. Ses yeux bruns brillaient du plaisir de le retrouver. Les lumières de la place projetaient sur sa peau olivâtre des reflets familiers. Les hautes pommettes de ses aïeux amérindiens, les lèvres pleines et le nez fièrement courbé, tout cela le remplissait d'un souvenir ému.

Kroudar se demandait si ceux qui prévoyaient tout avaient eu connaissance de cette chose à son sujet qui le submergeait d'une telle chaleur : comme elle était forte et féconde. Elle l'avait choisi, *lui,* et maintenant elle portait encore leurs enfants : des jumeaux, une nouvelle fois.

« Ahhh, mon pêcheur est de retour », dit-elle en l'embrassant, sur le pas de la porte, où tout le monde pouvait les voir.

Ils entrèrent, refermèrent la porte de la maison, et elle le serra avec une ardeur accrue, plongeant son regard dans son visage qui, reflété dans ses yeux, perdait alors de sa laideur.

« Honida », dit-il, incapable de trouver d'autres mots.

Puis il lui demanda comment allaient les enfants.

« Ils dorment », répondit-elle en le menant vers

la table à tréteaux rudimentaire qu'il avait fabriquée pour leur cuisine.

Il hocha la tête. Plus tard, il irait regarder ses fils. Il n'était pas le moins du monde ennuyé qu'ils dorment autant. Il en sentait la raison quelque part à l'intérieur de lui-même.

Honida avait préparé une soupe de trodi chaude qui l'attendait sur la table. Elle était parfumée avec les tomates et les pois des hydroponiques et contenait aussi d'autres choses qu'il savait qu'elle allait chercher dans la nature sans le dire aux savants.

Kroudar mangeait tout ce qu'elle lui présentait, quoi que ce fût. Il y avait ce soir du pain avec un curieux goût de moisi qu'il trouva agréable. Il regarda le morceau de pain à la lueur de la seule lampe qui leur était accordée pour éclairer la pièce. Le pain était presque cramoisi — comme la mer. Il le mâcha, l'avala.

Honida, qui mangeait en face de lui, l'air attentif, finit sa soupe et son pain. « Aimes-tu le pain? » lui demanda-t-elle.

« J'aime bien. »

« Je l'ai fait moi-même, dans les braises », dit-elle.

Il hocha la tête, en reprit une tranche.

Honida remplit son bol de soupe.

Ils étaient privilégiés, réalisa Kroudar, de jouir de cette intimité pour leurs repas. Un grand nombre des autres avaient choisi la cuisine et les repas collectifs; même parmi les Techniciens et ceux de rang plus élevé qui disposaient d'une plus grande liberté de choix. Honida avait vu quelque chose dans *cet endroit* qui requérait le secret et l'intimité.

Sa faim assouvie, Kroudar la regardait par-dessus la table. Il l'adorait avec une dévotion qui allait beaucoup plus loin que l'excitation de la chair. Il ne pouvait pas dire ce qu'elle était, mais il le savait. S'ils avaient un avenir ici, cet avenir résidait en Honida, et dans les choses qu'il pourrait apprendre, former et construire de lui-même avec sa propre chair.

Sous le poids de son regard Honida se leva et fit le tour de la table pour venir lui masser les muscles du dos — les muscles mêmes dont il se servait pour remonter les filets.

« Tu es fatigué », dit-elle. « Comment était-ce aujourd'hui en mer? »

« Dur », répondit Kroudar.

Il admirait sa façon de parler. Elle avait beaucoup de mots à sa disposition. Il l'avait entendue en utiliser certains, lors de réunions de la colonie et lorsqu'ils avaient fait leur demande d'union. Elle avait des mots pour des choses qu'il ne connaissait pas, et elle savait aussi quand il lui fallait parler avec son corps et non plus avec sa bouche. Elle connaissait les muscles de son dos.

Kroudar éprouvait un tel amour pour elle en cet instant qu'il se demanda si cet amour remontait dans son corps à elle par l'intermédiaire de ses doigts.

« Nous avons rempli les bateaux », dit-il.

« On m'a dit aujourd'hui que nous aurions bientôt besoin de cabanes supplémentaires pour l'entreposage », fit-elle. « Ça les ennuie de consacrer du temps à la construction de bâtiments. »

« Dix cabanes de plus », répondit-il.

Il savait qu'elle ferait passer le message. D'une façon ou d'une autre, ce serait fait. Les autres Techniciens écoutaient Honida. Nombreux étaient les savants qui se raillaient d'elle, on s'en apercevait rien qu'à la suavité de leur voix; peut-être était-ce dû au fait qu'elle avait choisi Kroudar pour compagnon. Mais les Techniciens l'écoutaient. Les cabanes seraient construites.

Et elles seraient remplies avant que la manne de trodi ne s'interrompe.

Kroudar réalisa alors qu'il savait à quel moment l'approvisionnement de trodi cesserait; il ne connaissait pas la date, mais c'était comme une sensation physique qu'il pouvait palper et toucher. Il regrettait de ne pas connaître les mots qui lui auraient permis d'expliquer cela à Honida.

Elle finit de lui masser le dos, s'assit près de lui et appuya sa tête sombre sur sa poitrine. « Si tu n'es pas trop fatigué », dit-elle, « j'ai quelque chose à te montrer. »

Kroudar prit conscience avec étonnement de l'excitation muette qui animait Honida. Est-ce que ça avait quelque chose à voir avec les jardins hydroponiques où elle travaillait? Il pensa immédiatement à l'endroit dans lequel les savants plaçaient tous leurs espoirs, l'endroit où ils choisissaient les grosses plantes, les plus belles, gorgées de la richese de la Terre Mère. Est-ce qu'ils étaient enfin arrivés à quelque chose d'important? Est-ce qu'il y avait, après tout, un moyen sûr de rendre *cet endroit* labourable?

Kroudar était un primitf qui ne demandait qu'à voir ses dieux se racheter. Il se trouva plein des souhaits du paysan pour la terre. Même les paysans de la mer connaissent la valeur de la terre.

Pourtant, ils avaient des responsabilités, Honida et lui-même. Il eut un mouvement de tête interrogateur en direction de la chambre des jumeaux.

« Je me suis arrangée... » elle fit un geste vers la cabine de leurs voisins. « Ils écouteront. »

Elle avait donc prévu cela. Kroudar se leva, lui tendit la main. « Fais-moi voir. »

Ils sortirent dans la nuit. La ville était plus tranquille, maintenant; il entendait au loin le bruit de cascade que faisait le fleuve. Il eut l'impression d'entendre la stridulation d'un criquet, mais la raison lui dit que ce ne pouvait être que le craquement des cabanes qui se refroidissaient dans la nuit. Il n'avait pas de mots pour exprimer à quel point la lune lui manquait.

Honida avait emmené une des torches électriques rechargeables, celles que l'on donnait aux Techniciens pour les urgences de nuit. En voyant cette torche, Kroudar ressentit toute l'importance de cette chose mystérieuse qu'elle voulait lui montrer. Honida avait l'instinct conservateur des paysans. Elle ne dilapiderait pas une telle torche.

Et pourtant, au lieu de l'emmener vers les lumières vertes et les toits de verre des jardins hydroponiques, elle le conduisit dans la direction opposée, vers la gorge profonde où le fleuve se jetait dans le port.

Il n'y avait pas de gardes le long du chemin, rien qu'une borne de pierre, de place en place, et les caricatures de la végétation indigène. Rapidement, sans dire un mot, elle le mena dans la direction du ravin et vers un sentier dont il savait qu'il ne descendait que vers une corniche rocheuse qui avançait dans l'air humide des vapeurs du fleuve.

Kroudar tremblait d'excitation tout en suivant la silhouette obscure de Honida et la luciole du rayon lumineux de sa lampe. Il faisait froid sur l'avancée de rocher, et le dessin étranger des arbres indigènes révélés par la lumière de la lampe remplissait Kroudar d'inquiétude.

Qu'est-ce que Honida avait bien pu découvrir ou créer?

La condensation ruisselait sur les arbres. Le bruit

du fleuve était assourdissant. Ils respiraient l'air des marais, humide et chargé d'odeurs bizarres.

Honida s'arrêta et Kroudar retint son souffle. Il écouta, mais il n'y avait que le fleuve.

Il resta un moment sans comprendre que Honida dirigeait le faisceau orange de sa torche sur sa trouvaille. On aurait dit une des plantes locales, une chose à la tige épaisse, recroquevillée sur le sol, noueuse et torturée, des protubérances bulbeuses d'un vert jaune réparties sur toute sa longueur suivant des intervalles singuliers.

Et puis il comprit. Il reconnut un peu de vert plus foncé, la façon dont la structure de la feuille était articulée sur la tige, un bouquet de soies d'un jaune brun qui s'échappait du sommet de l'une des protubérances bulbeuses.

« Du maïs... » murmura-t-il.

A voix basse, accordant son explication au vocabulaire de Kroudar, Honida lui raconta ce qu'elle avait fait. Il voyait bien dans ses mots, il comprenait pourquoi elle avait fait cette chose en secret, loin des regards des savants. Il lui prit la torche des mains, s'accroupit pour observer les épis avec une attention recueillie. Ça signifiait la fin de toutes ces choses que les savants tenaient pour belles. Ça mettait fin à leurs projets pour *cet endroit*.

Dans cette plante, Kroudar pouvait voir ses propres descendants. Ils auraient peut-être des têtes bulbeuses, ils seraient chauves, auraient de grosses lèvres. Leur peau serait peut-être violette. Ils seraient de petite taille; il savait tout cela.

Honida le lui avait assuré — à cet endroit précis, sur la corniche trempée par l'eau du fleuve. Au lieu de sélectionner les graines des tiges les plus grandes, les plus droites, celles qui portaient les épis les plus parfaits — et qui ressemblaient le plus à ceux de la Terre Mère — elle avait mis son maïs à l'épreuve, presque, de la destruction. Elle avait choisi des plantes maladives, rabougries, à peine capables de donner des graines. Elle avait pris les seules tiges que *cet endroit* pourrait influencer profondément. Et, à partir de celles-là, elle avait fini par sélectionner une lignée qui vivait *ici* au même titre que les plantes indigènes.

C'était du maïs *indigène.*

Elle cueillit un épi, l'éplucha.

Il y avait des trous dans les rangées de grains, et lorsqu'elle en écrasa un, le jus qui coula était rouge. Il reconnut l'odeur du pain.

Voilà ce que les savants ne voulaient pas admettre. Ils s'efforçaient de faire de *cet endroit* une autre Terre. Mais ça n'en était pas une, et ça ne pourrait jamais l'être. Les faucons avaient été les premiers de toutes les créatures à s'en apercevoir, pensait-il.

Ce que Honida mettait ici en évidence, c'était le fait que Kroudar et elle-même ne vivraient pas vieux. Leurs enfants seraient physiquement débiles selon les critères de la Terre Mère. Leur descendance évoluerait dans des directions défiant tous les espoirs de ceux qui avaient projeté cette migration. Les savants auraient horreur de ça et ils feraient tout pour l'empêcher.

Cet épi de maïs rabougri proclamait que les savants échoueraient.

Kroudar resta accroupi sur le sol pendant un long moment, regardant vers l'avenir jusqu'à ce que la lumière de la lampe se mette à faiblir. Alors, il se redressa et marcha devant, tout le long du chemin qui sortait de la gorge.

Il s'arrêta en arrivant en haut; les lumières de leur civilisation mourante étaient visibles de l'autre côté de la plaine. Il se mit à parler. « Le courant de trodi va s'arrêter... bientôt. Je vais prendre un bateau... et des amis. Nous irons là où vont les faucons. »

C'était l'un des plus longs discours qu'il eût jamais tenus.

Elle lui reprit la lampe, l'éteignit et se serra contre lui.

« Qu'est-ce que tu crois que les faucons ont trouvé? »

« La semence », dit-il.

Il secoua la tête. Il ne pouvait rien expliquer, mais c'était là, dans sa conscience. Tout ce qui était ici sécrétait des vapeurs ou des sucs vénéneux dans lesquels ne pouvait vivre que sa propre semence. Pourquoi le trodi ou toute autre créature de la mer seraient-ils différents? Et, ainsi que le démontraient les faucons, la semence devait être légèrement moins toxique pour les envahisseurs venus de la Terre Mère.

« Les bateaux ne vont pas vite », dit-elle.

Il acquiesça en silence. Il se pouvait qu'ils soient pris dans une tempête trop loin du littoral pour revenir se mettre à l'abri. Ce serait dangereux. Mais il entendait aussi au son de sa voix qu'elle n'essayait pas de le retenir ou de le dissuader.

« Je prendrai des hommes sûrs », dit-il.

« Combien de temps resteras-tu en mer? » demanda Honida.

Il réfléchit pendant un instant. Les rythmes de *cet endroit* commençaient à lui être familiers. Sa conscience reconstituait le voyage, les journées au loin, la nuit passée sur l'eau à rechercher l'endroit où l'on savait que les faucons venaient voler, de ce vol au ras de l'eau qui devait les guider; puis le retour.

« Huit jours », répondit-il.

« Vous aurez besoin de filets à mailles fines », dit-elle. « Je vais veiller à ce qu'on les prépare. Peut-être aussi quelques Techniciens. J'en connais qui partiraient avec vous. »

« Huit jours », répéta-t-il, pour lui dire qu'il faudrait choisir des hommes forts.

« Oui », dit-elle. « Huit jours. J'attendrai sur le rivage lorsque vous rentrerez. »

Alors il lui prit la main et montra le chemin qui traversait la plaine. Tout en avançant, il lui dit : « Il faut que nous trouvions un nom pour *cet endroit.* »

« Lorsque tu reviendras », répondit-elle.

Seed Stock.

L'ŒUF ET LES CENDRES

Le thème de la mémoire ancestrale, gravée dans les gènes humains, revient plusieurs fois dans l'œuvre de Frank Herbert. Ainsi dans Dune *où les Révérendes Mères de l'ordre occulte Bene Gesserit partagent les souvenirs de tous leurs ancêtres féminins antérieurs à la conception de chaque génération, et peuvent puiser de la sorte dans une expérience vieille de plusieurs millénaires, presque illimitée. Dans* Dune *toujours, Paul Atreides, le Kwisatz Haderach, celui qui a deux visages, l'un tourné vers le passé et l'autre vers l'avenir, est le premier mâle à bénéficier de ce don en même temps qu'il dispose de pouvoirs de prescience.*

Il y a là la possibilité d'un pouvoir immense, comme on l'a vu dans l'Effet G.M. *Peut-être s'agit-il aussi d'une forme d'immortalité. Mais quelle est l'identité d'un être à la mémoire aussi composite? Celle du dernier porteur? Ou celle de tout un peuple depuis longtemps réduit en cendres?*

L'ŒUF ET LES CENDRES

IL y avait maintenant huit jours que le Siukurnin était accroché au-dessus du camp des chasseurs, déguisé en pomme de pin. L'une des cordes qui soutenaient leur tente voltigeait à quelques centimètres de lui et lorsque le vent froid du soir soufflait, comme en ce moment, la corde vibrait. Il en résultait une harmonique dominante que le Suikurnin devait éliminer — ainsi que de nombreux autres « bruits » — avant de pouvoir se concentrer sur les vibrations émanant des silhouettes qui faisaient cercle autour du feu.

La structure sub-cellulaire du Siukurnin était déjà imprégnée et marquée par un long catalogue des *formes* réfléchies par la lumière et des vibrations signifiantes qui émanaient de cet endroit, comme de bien d'autres. Il savait que lorsque l'une des formes de vie carbonée se dirigeait vers le liquide qui coulait non loin de là, la créature allait vers l'*eau*. (Et c'était aussi l'une des vibrations qui désignait le grand tumulte liquide qui s'étendait au-delà des montagnes, vers l'est.) Il savait encore que lorsque l'une de ces créatures sombrait dans l'immobilité pour la nuit (période de vibrations de faible amplitude), c'était pour *dormir*.

Oh, il y avait tellement de vibrations signifiantes. Le Siukurnin s'efforçait de reproduire à un niveau inaudible les vibrations pour *eau* et pour *dormir,* se glorifiant de sa maîtrise croissante de ces subtilités.

Une odeur de café et de viande grillée s'élevait du feu. Le Siukurnin les *écouta* pendant un instant, savourant la plénitude du spectre vibratoire de cet endroit enchanteur. Il n'avait pas encore réfléchi à la nécessité pour les vibrations *non chilitighiennes* de se rapporter à lui.

(Il faut que vous compreniez qu'à ce niveau, lorsqu'il pensait à lui-même — ce qui était rare — il ne se disait pas : « Je suis un Siukurnin. » D'abord, un mécanisme naturel empêchait toute introspection prolongée. Ensuite, « Siukurnin » est une vibration de fortune, une approche auditive limitée du terme réel, utilisée uniquement pour la communication avec des créatures qui n'entendent pas le spectre visible et ne sont pas encore capables de seulement détecter le spectre *chilitighien.* Dans la mesure où il ne s'agit encore que d'une tentative de communication, vous pouvez penser à cette créature comme à un Siukurnin, cela suffira; mais n'oubliez pas que ce n'est qu'une approximation.)

Avant d'arriver au campement des chasseurs, le Siukurnin avait passé deux semaines sous la forme d'une fausse tête de rivet, dans le carré des officiers d'un long vaisseau de guerre tout gris. Il avait quitté le navire transformé en une couche d'enduit sur une poubelle et était arrivé en cet endroit — une clairière au milieu des pins — dans le coffre de la voiture d'occasion qu'avait achetée un des chasseurs, changé en un morceau de « fil de fer ».

Entre la poubelle .et la voiture d'occasion, il y

avait eu beaucoup d'autres formes de rechange, toutes caractérisées par le fait qu'elles étaient teintées dans la masse, lisses et difficiles à imiter. Le Siukurnin considérait son état présent de pomme de pin comme presque reposant.

Une fois lancé sur son répertoire de nouvelles vibrations signifiantes, le Siukurnin était comme un *lilim* avec un nouvel *arabeg,* ou, si vous préférez, un enfant avec un nouveau jouet. Pour l'instant, il se remémorait les moments passés sur le vaisseau de guerre. « Ecoutez ça, maintenant! Ecoutez ça! » Il psalmodiait tout seul, trop bas pour que les êtres qui se trouvaient en dessous puissent s'en apercevoir.

L'obscurité se repliait sur le camp, entre les pins, et le feu baissait. Les créatures qui se tenaient debout sur leurs deux pattes se retirèrent dans leur tente (pour *dormir,* vous comprenez). L'une d'elles avait été identifiée par une vibration primitive (et *non chilitighienne*) : Sam.

Le Siukurnin écoutait maintenant le murmure du vent dans les branches, le foisonnement des bêtes de la nuit; on entendit même une fois l'odeur perçante et figurative d'un putois, tout près. Beaucoup plus tard, le Siukurnin défia ses inhibitions et tenta de se souvenir de l'époque qui précédait son éveil sur le vaisseau de guerre. Seule lui revint la sensation de remonter vers la surface d'une *eau* noire.

L'effort de mémoire ranima le mécanisme inhibiteur. Une faim destructrice rongeait le Siukurnin. Il eut la sensation des changements, des diverses évolutions qui se produisaient dans sa structure.

Pour réprimer sa faim, le Siukurnin imagina qu'il était une des créatures volantes que l'on pouvait *voir* dans les magnifiques harmonies du ciel qui se trouvait au-dessus de lui, et qu'il montait... montait dans les airs...

Mais cela aussi finit par le déranger, car l'image qu'il se faisait de lui-même se transformait constamment en une gigantesque chose ailée, rouge et dorée, inconnue dans ces cieux (et qui pourtant semblait d'une familiarité inquiétante au Siukurnin).

L'aurore cristallisa les pics à l'est et déclencha des remous qui arrachèrent le Siukurnin à sa rêverie. Une silhouette émergea de la tente en bâillant et en s'étirant. Le Siukurnin accorda les vibrations auditives et lumineuses de la silhouette et « reconnut » à sa façon Sam, le chasseur. Des harmoniques quadrillées fusionnaient avec des ondes courtes et longues, olfactives et visuelles, ponctuées de grandes vibrations sonores significatives.

« Fait frisquet, ce matin », dit le chasseur. « J'voudrais bien pouvoir rester au fond de mon duvet comme vous, tas de feignants. »

Une autre voix s'éleva de la tente. « T'as perdu à pile ou face, Sam. Alors, fais marcher ce feu. »

Un sens raffiné s'éveilla dans le Siukurnin. Il sentit que cette créature fruste était porteuse d'un élément suprêmement désirable. En un certains sens, le Siukurnin se ramassa sur lui-même.

Le chasseur mit la main sur la corde et jeta un coup d'œil à la fausse pomme de pin. « Ouais », fit-il, « tu vas brûler comme de l'amadou. » Il tendit le bras, effleura la “pomme de pin ”, sentit une chaleur soudaine, puis plus rien. La “ pomme de pin ” était partie. Il secoua la main, regarda le sol autour de ses pieds puis de nouveau l'arbre. Rien. « Que je sois damné... » marmonna-t-il. Il frotta la paume de sa main qui avait touché la “ pomme de pin ”.

« Alors, ça y est, ce feu? » demanda la voix dans la tente.

Sam secoua la tête. « Non. J'allais attraper une

pomme de pin pour faire démarrer le feu, et cette saleté a disparu. »

« Tu deviens gâteux, mon vieux », fit la voix qui émanait de la tente. « Quand on rentrera en ville, tu ferais mieux de t'acheter des lunettes. »

Une autre voix sortit de la tente. « Vous pouvez pas la fermer, les gars? J'essaie de dormir, moi! »

Le Siukurnin avait éprouvé un instant de langueur exquise. Puis il avait senti qu'il était en train de changer, de manière incontrôlable, s'étendant sur la main de la forme de vie carbonée, s'insinuant immédiatement entre les pores et les cellules, s'infiltrant dans une veine. Il s'étendait — pas plus de six cellules de diamètre — plus loin... toujours plus loin...

Un filament long et mince explorait la longueur de la veine. (Vous apprécierez la merveilleuse relation en contrepoint des vibrations, à ce moment-là : de petits sifflements, des grincements aigus, très ténus, et des frottements sur un superbe fond sonore de palpitations. Il y eut aussi quelques instants d'une délicate mise au point, jusqu'à ce que les leucocytes aient cessé leur attaque dévorante.)

A sa façon, le Siukurnin dansait de joie. Sa faim se réduisit à un signal très atténué : une sorte de vague conscience du fait que le malaise prendrait bientôt fin.

Et puis le souvenir suintait dans sa mémoire d'un instant qui avait précédé la remontée vers la surface de l'eau et les premiers moments de conscience, sur le bateau de guerre. Il ne se rappelait pas suffisamment de choses pour craindre que le petit œuf de son *ego* puisse être submergé... juste ce qu'il fallait pour aiguillonner sa curiosité.

(Tous les Siukurnin sont amplement dotés d'une curiosité qui ne peut être inhibée, voyez-vous. Et la conscience *chilitighienne* ne fait qu'activer encore cette faculté.)

Le Siukurnin nageait, rampait, se tortillait, s'allongeait et se faufilait. Plus bas, au-dehors, en haut. Il était maintenant contraint de filtrer une partie de la “ musique ” qui l'entourait : le souffle pénible des grands sacs d'air, les gargouillements et les éclaboussures, les craquements et les cinglements, tous *tellement* affolants. L'un de ses éléments tissa comme une toile d'araignée autour des cordes vocales de son hôte (les “ grandes vibratrices ” chez les Siukurnin). Une autre partie joua sur les mécanismes de la parole, dans le cerveau. Des cils vibratiles atteignirent la surface des yeux et les veines des paupières, entrant en contact avec le monde extérieur.

Ce fut d'abord distrayant de découvrir comment toutes les vibrations étaient réparties entre différents organes sensoriels; puis la tentation devint irrésistible (mais qui l'en blâmerait?). Le Siukurnin établit la coordination entre les contacts qu'il avait noués avec les centres de la parole et les cordes vocales.

Une voix humaine se mit à crier dans la clairière entre les pins : « Ecoutez ça, maintenant! Ecoutez ça, maintenant! Eau! Dormir! Feu! Manger! »

Oh, quelle sensation exaltante!

Deux des créatures verticales, les autres chasseurs, sortirent en titubant de la tente. L'une d'elles cria : « Il serait temps que... » puis s'interrompit. Il n'y avait pas de feu. Il n'y avait que Sam, debout auprès de l'endroit où il y aurait dû y avoir un feu, les yeux écarquillés par la terreur, la main gauche sur la gorge, la main droite tendue comme pour repousser quelque chose.

Et puis Sam vacilla et s'écroula.

Dans la chambre, à l'hôpital, les vibrations exhubérantes étaient réduites à un chuchotement assourdi. Les persiennes à claire-voie empêchaient le soleil cru du matin d'entrer. La lampe de chevet était éteinte. Mais il y avait encore le doux reflet harmonique des murs de couleur crème qui se mêlait au sifflement régulier de la respiration du dormeur.

Sam était allongé sur le dos, dans le lit étroit qui occupait seul la pièce; il avait les yeux clos. Sous le foisonnement vert des couvertures, sa poitrine se soulevait et s'abaissait doucement. Quelque part, le moteur d'une pompe jouait un accompagnement vibrant; dans le lointain, de petits bruits mécaniques, des halètements et des crissements de freins témoignaient de la circulation de la ville. L'éther promenait son solo de virtuose dans l'air, porté par une vague de désinfectant. Les talons d'une infirmière qui passait dans le couloir ajoutaient un rythme abrupt et arbitraire qui allait et venait... allait et venait au milieu des autres vibrations, d'une façon qui excita le sens spécialisé de la silhouette allongée sur le lit.

(Après tout, le long silence virtuel de la migration était maintenant révolu. Dans une certaine mesure, il était *sevré* de ces merveilleux « bruits ».)

De l'autre côté de la porte entrouverte, on entendait un médecin parler avec Beverly, la femme de Sam. Le docteur avait un nez en bec d'oiseau; il était grand et rose et blond, avec du blanc, du blanc et du blanc qui se faisaient écho dans toute l'image. De ses mains s'élevaient de petites voix âpres, des tintements se faisaient entendre dans ses poches, et le bourdonnement du tabac soulignait sa respiration.

Il y avait eu une étrange et *double* reconnaissance

de Beverly : un sentiment familier au spectacle de ses cheveux sombres, des courbes douces de ses joues et de ses yeux gris vert, brillants. (Les souvenirs de Sam, évidemment.) Et, ajoutés à tout cela, l'explosion poignante de sa poudre parfumée — encore familière, oui, mais exacerbée à un point indescriptible — et le glissando du collier d'or sur le manteau vert, sur le tailleur vert, tout cela sur le fond des boutons d'or vieilli, comme un roulement de tambour. (Et tant d'autres choses encore, mais dont les effets sur le lecteur seraient sans signification, en l'absence de toute conscience *chilitighienne*.)

La voix du médecin résonnait comme une caisse claire tandis qu'il prononçait de prudentes paroles de réconfort. « C'est sans aucun doute une sorte de narcolepsie », disait-il. « Mais il n'y a pas d'hypertrophie des ganglions lymphatiques. Le pouls et la respiration sont normaux. La température a monté, mais pas d'une façon alarmante. Je suis d'avis qu'il pourrait s'agir d'une réaction à la tension nerveuse. Est-ce qu'il travaillait beaucoup? »

« Narcolepsie, narcolepsie, narcolepsie », murmurait le Siukurnin avec les lèvres de Sam.

Enfin... Ce n'étaient plus exactement les lèvres de Sam, maintenant. C'étaient en réalité beaucoup plus des lèvres de Sam-au-pouvoir-du-Siukurnin.

Il faut bien que vous compreniez que l'orientation vers un *ego* unique pose ici des problèmes de communication très complexes. Des choses que vous considéreriez comme étranges et irrésistibles étaient arrivées à Sam et au Siukurnin. Les cils vibratiles du Siukurnin s'étaient mis à palpiter et à ramper de par leur propre volonté. C'était maintenant un vaste réseau qui s'étendait dans tout leur hôte. Partout où il entrait en contact avec des cellules nerveuses — dans le cerveau comme ailleurs — des modifications subtiles intervenaient au niveau sous-cellulaire. De nouveaux souvenirs (les souvenirs de Sam) s'infiltraient dans le Siukurnin. Et la mémoire du Siukurnin, bien sûr, imprégnait Sam en retour. (Il s'agit là d'un de ces processus qui ne peuvent tout simplement pas s'opérer à sens unique.)

Les choses étaient allées tellement loin que le Siukurnin avait remisé l'ego temporaire de migration. Quant à Sam, il ne pensait plus maintenant à lui que sous la forme d'une « aiguille » à l'extrémité d'un fil extrêmement long. *Voyez*-vous, le « fil » était la chaîne mémorielle de l'ego du Siukurnin, dont le passé était tellement ancien que l'ego-de-Sam était saisi de vertige.

(Si vous explorez le passé d'un Siukurnin, vous découvrez qu'il est composé d'autres créatures juxtaposées en nombre virtuellement inimaginable. C'est un procédé infini et fascinant au cours duquel une relation interne tout à fait satisfaisante a été mise au point.)

Parfaitement conscient, le Siukurnin comprenait maintenant le mécanisme nécessaire qui avait oblitéré la conscience de la chaîne mémorielle de son *ego*. La tentation est telle, au cours de la période de migration, de se replier sur sa multitude en fusion, d'enkyster tous les processus affolants et de ne plus rien faire d'autre que penser, penser, penser, et...

Vous voyez maintenant que ce pourrait être une sorte de mort. (Les Siukurnin ne craignent pas la mort, au sens strict du terme, bien qu'ils soient vulnérables au cours de la phase du "vol de joie" de leur cycle de vie.)

Sam et le Siukurnin étaient maintenant complètement fondus l'un dans l'autre. Sam-Siukurnin (chaîne d'ego mémoriel + x) était allongé au cœur de vibrations signifiantes de la chambre d'hôpital. Aucun dispositif n'annulerait plus jamais maintenant ce qui venait d'être fait — et rien ne souhaiterait le défaire. Oh, il y avait eu un peu de résistance de la part de Sam, au début. C'est tout à faït normal.

Mais le Siukurnin révélait comment la chair d'un hôte récalcitrant pouvait être incinérée sans mettre fin au processus de fusion. (Et il y avait tous ces souvenirs étalés au grand jour pour le prouver!) Les autres souvenirs captifs étaient un argument irrésistible, aussi.

Le processus se répète d'une façon *tellement morne* — sauf pour ce qui concerne la nouvelle vie, avec ses vibrations signifiantes tellement fascinantes, évidemment.

Et maintenant vous savez comment ça se passe. Ce n'est pas douloureux (à part le choc initial, peut-être). Ce n'est pas dangereux pour l'ego-hôte. Et on ne peut pas y résister.

En fait, cela est écrit dans l'espoir que tous, enfin, vous verrez (quelle curieuse division sensorielle!) comme il serait stupide de résister.

Il n'y a aucune raison de résister.

Vous ne pouvez rien faire contre l'inéluctable.

D'ailleurs, vous découvrirez que la fusion est une expérience très gratifiante. Et, si vous voulez bien y réfléchir, ce n'est pas la première fois que votre race nous rencontre (encore que la présente migration soit la plus importante depuis les origines). Vous connaissez la légende du Phénix : d'après elle, c'était un grand “ oiseau ” rouge et or, qui retournait tous les cinq cents ans (une durée de vie raisonnable pour l'hôte d'un Siukurnin) à Héliopolis, en Egypte, afin d'y renaître de ses cendres.

Il faut évidemment que la chair d'un hôte mort

soit incinérée de sorte que le réseau du Siukurnin puisse se libérer pour son " vol-de-joie ". Prendre le Phénix pour un oiseau était un peu simpliste, bien sûr, mais nous sommes certains que vous aimerez la sensation de voler et le fait de créer votre nouvel œuf — surtout lorsque vous verrez l'expérience avec toute la conscience *chilitighienne*.

Eggs and Ashes.

CHANT NUPTIAL

Voici encore un exemple d'écologie extra-terrestre compliquée d'un beau morceau d'ethnologie non humaine. Frank Herbert a prouvé dans la série de Dune *qu'il excellait à construire des modèles écologiques singuliers. Dans d'autres de ses romans, comme* l'Etoile et le Fouet *et* The Dosadi Experiment, *il a multiplié les descriptions convaincantes de races et de sociétés radicalement étrangères à notre expérience.*

Son hypothèse de base demeure toutefois qu'il existe entre toutes les races intelligentes, « co-sentientes » pour reprendre sa terminologie, un fond commun qui leur permet de se comprendre, au moins partiellement, malgré les différences. La « co-sentience » implique, à un certain degré, une similitude et une réciprocité des attitudes et de leurs effets.

Jusqu'à quel point? C'est ce que vont découvrir les deux agents extérieurs du Service d'anthropologie centrale envoyés sur Rukuchp pour résoudre en musique un bien délicat problème de démographie.

CHANT NUPTIAL

« SI vous vous faites prendre, nous serons obligés de vous jeter aux chiens », lui expliqua le Dr Fladdis. « Vous comprenez cela, bien sûr. »

Laoconia Wilkinson, doyenne des agents extérieurs du Service d'Anthropologie Sociale, hocha sa tête mince. « Bien sûr », aboya-t-elle. Elle fourra en les froissant ses documents de vol et son ordre de mission dans son giron.

« Nous avons eu beaucoup de mal à obtenir l'approbation du Conseil Suprême pour cette expédition, après le... euh... le malheureux incident survenu sur Monligol », reprit le Dr Fladdis. « C'est la raison pour laquelle les limites de votre intervention sont tellement étroites. »

« Et je ne peux emmener que cette... » elle jeta un coup d'œil sur ses papiers, « Marie Medill? »

« En fait, le plan initial de l'opération était son idée », fit le Dr Fladdis. « Et il n'y a personne d'autre dans le département qui possède ses qualifications en musique. »

« Je ne suis pas certaine d'approuver son plan », marmonna Laoconia.

« Ah », fit le Dr Fladdis, « mais il va droit au cœur de la situation de Rukuchp, et il est d'autant plus beau qu'il ne va à l'encontre d'aucun règlement. Je sais bien que ce ne sont que des chicaneries juridiques, mais ce que je veux dire, c'est qu'il nous faut rester dans les limites de la légalité. »

« Et hors de celles de ses intentions », ronchonna Laoconia. « Je ne suis pas d'accord avec la loi, de toute façon. Enfin », elle haussa les épaules, « de la musique! »

Le Dr Fladdis préféra ne pas comprendre. « Mlle Medill est docteur en musicologie, effectivement », répondit-il. « C'est une jeune femme très cultivée. »

« Si ce n'était pas notre dernière chance de découvrir comment ces créatures se reproduisent... » fit Laoconia. Elle secoua la tête. « Ce que nous devrions faire, c'est aller là-bas avec une équipe complète, capturer des spécimens représentatifs et leur faire... »

« Vous avez noté l'interdiction formulée au chapitre D du mandement du Conseil Suprême », l'interrompit Fladdis. « *L'agent extérieur ne devra ni enfermer ni retenir les indigènes de Rukuchp, non plus que restreindre leur liberté de quelque façon que ce soit.* »

« Où en est leur taux de dénatalité? » demanda Laoconia.

« Nous ne savons que ce que nous a dit le porte-parole spécial de Rukuchp, un dénommé Gafka. Il dit qu'il est critique. C'est évidemment le facteur déterminant qui a décidé le Conseil Suprême. En fait, Rukuchp *nous* appelle au secours. »

Laoconia se leva. « Vous savez ce que je pense de cette histoire de musique. Mais si c'est ainsi que nous devons prendre le problème, pourquoi ne pas transgresser le règlement pour de bon et emporter des enregistrements musicaux, des appareils... »

« Je vous en prie! » fit sèchement le Dr Fladdis.

Laoconia le regarda fixement. Elle n'avait jamais vu son chef de zone dans un tel état d'agitation.

« Les habitants de Rukuchp prétendent que l'introduction de musique *étrangère* a rompu certaines valences de leur cycle de reproduction », expliqua le Dr Fladdis. « C'est du moins ainsi que nous avons traduit leur explication. Et c'est pour cette raison que la loi interdit toute circulation de dispositifs musicaux. »

« Je ne suis plus une gamine », le coupa-t-elle. « Ne vous croyez pas obligé de me raconter... »

« Nous ne serons jamais assez prudents », fit-il. « Le souvenir de ce qui est arrivé sur Monligol est encore présent dans toutes les mémoires. » Il haussa les épaules. « Nous devons retrouver l'esprit de la devise de l'AnthroSoc : *Pour le Plus Grand Bien de l'Univers.* On nous a prévenus. »

« Je ne vois pas comment la musique pourrait être autre chose qu'un stimulant accessoire », dit Laoconia. « Enfin, je ferai en sorte de n'avoir pas d'idée préconçue. »

Laoconia Wilkinson releva les yeux de ses notes et demanda : « Marie, n'y a-t-il pas eu un bruit au-dehors? » Elle repoussa une mèche de cheveux gris sur son front.

Marie Medill était debout à l'opposé de leur affût de campagne; elle regardait par l'une des deux fenêtres. « Je n'entends que le bruit des feuilles », répondit-elle. « Elles font un tel vacarme avec tout ce vent. »

« Vous êtes sûre que ce n'était pas Gafka? »

Marie poussa un soupir. « Non, ce n'était pas son chantronyme. »

« Arrêtez de parler de ce monstre comme si c'était *quelqu'un*! » fit-elle d'un ton mordant.

Les épaules de Marie se raidirent.

Laoconia remarqua son réflexe et se dit que le Service avait rudement bien fait de mettre une anthropologue mûre, déjà ancienne dans le métier, en poste ici. Les baraques hexadomes étaient trop petites pour qu'on y enferme des tempéraments fragiles. Et il y avait déjà vingt-cinq semaines que les deux femmes étaient cloîtrées là. Laoconia regarda sa compagne : une jeune fille tellement romantique, celle-là.

L'attitude de Marie reflétait l'ennui, la lassitude...

Le regard de Laoconia fit le tour de l'intérieur encombré. Des servo-enregistreurs, des caméras à infra-rouge, des ordinateurs de campagne, des rations alimentaires, des flotteurs repliables, un bureau, deux chaises, des couchettes rabattables, trois pans de mur occupés par le transmetteur qui les reliait au vaisseau mère, lequel était en orbite autour de la planète. Une place pour chaque chose, et chaque chose à sa place.

« Je ne saurais dire pourquoi, mais je ne peux pas m'empêcher de l'appeler comme ça », répondit Marie en haussant les épaules. « Je sais bien que c'est idiot, mais... Quand il chante... »

Laoconia observait la jeune femme qui portait l'uniforme vert, taillé d'une seule pièce; le corps était un peu lourd, rustique, mais elle avait de bonnes jambes solides et un visage ovale au front haut et aux yeux bleus rêveurs.

« Puisque vous parlez de chanter », fit Laoconia, « je ne sais pas ce que je vais faire si Gafka ne nous apporte pas la permission d'assister à leur Grand Péan. Nous ne pouvons pas régler toute cette histoire si nous n'avons pas connaissance des faits. »

« Sans aucun doute », répondit Marie, d'un ton

peu amène, car elle faisait tout ce qu'elle pouvait pour oublier Laoconia. Celle-ci, qui avait déjà un certain âge, restait assise et c'était tout. Elle passait son temps assise — tellement efficace et tenace, cette grande jument au visage tanné par les vents, avec son nez trop gros, sa bouche trop grande, son menton trop massif et ses tout petits yeux.

Marie se détourna.

« Je suis un peu plus convaincue chaque jour que cette histoire de musique est une fausse piste », dit Laoconia. « Le taux de natalité continue à baisser sur Rukuchp, malgré toute la musique que vous avez pu leur enseigner. »

« Mais Gafka est d'accord », protesta Marie. « Tout mène à cette conclusion. Lorsque nous avons découvert cette planète, pour la première fois de toute leur existence, ses habitants furent mis au contact d'une musique étrangère et c'est ce qui a perturbé, d'une façon ou d'une autre, leur cycle reproducteur. J'en suis certaine. »

« Cycle reproducteur », répondit Laoconia avec dédain. « Pour ce que nous en savons, ces créatures pourraient n'être que des légumes ambulants, totalement dépourvus de la plus rudimentaire... »

« Je suis tellement ennuyée », dit Marie. « Je suis sûre que la musique est au cœur du problème, mais si on venait à apprendre que nous avons introduit en fraude tous ces enregistrements pédagogiques et que nous avons enseigné à Gafka tout ce qui concerne nos formes musicales... »

« Nous n'avons pas fraudé du tout! » aboya Laoconia. « La loi est tout ce qu'il y a de plus claire à ce sujet. Elle n'interdit que le recours aux moyens mécaniques de reproduction des sons musicaux réels. Nos bandes sont toutes uniquement visuelles. »

« Je n'arrête pas de penser à Monligol », répondit

Marie. « Je ne pourrais pas vivre si je savais que j'ai contribué à l'extinction d'une race intelligente. Même indirectement. Si vraiment notre musique *étrangère* a perturbé... »

« Nous ne savons même pas s'ils se reproduisent! »

« Mais Gafka dit que... »

« *Gafka dit que!* Ce légume stupide! *Gafka dit que!* »

« Pas si stupide que ça », répliqua Marie. « En moins de trois semaines il avait appris à parler notre langue alors que nous ne connaissons encore que des rudiments de leur langage chanté. »

« Gafka est un savant imbécile », fit Laoconia, « et je ne suis pas certaine que *langage* soit le terme qui convient à ce qu'ils produisent. »

« Dommage que vous n'ayez pas d'oreille », répondit suavement Marie.

Laoconia fronça les sourcils et dressa un index menaçant. « En tout cas, je remarque une chose : c'est que nous n'avons que leur parole en ce qui concerne leur taux de natalité. Or ils nous ont appelées à leur aide et n'ont fait depuis qu'empêcher toutes les observations sur place. »

« Ils sont tellement prudes », expliqua Marie.

« Eh bien ils feraient mieux d'être prudents et de nous laisser assister à leur Grand Péan, faute de quoi l'expédition AnthroSoc pourrait bien s'en aller », rétorqua Laoconia. « Oh, si seulement le Conseil Suprême nous avait laissées monter une véritable opération avec l'appui des forces armées! »

« C'était impossible », protesta Marie. « Après ce qui s'est passé sur Monligol, toutes les races pensantes de l'univers ou presque considèrent notre action sur Rukuchp comme une épreuve décisive pour le Service. Si notre ingérence compromet encore une seule race... »

« Notre ingérence! » glapit Laoconia. « Ma petite, le Service d'Anthropologie Sociale est un sacerdoce! Et sa vocation est de faire reculer l'ignorance, d'aider les races les moins évoluées à avancer! »

« Et nous sommes seuls juges de ce qui est moins évolué », fit Marie. « C'est bien commode. Prenez Monligol, tenez. Tout le monde sait que les insectes propagent des maladies. Alors, nous arrivons avec nos insecticides et nous détruisons les partenaires symbiotiques essentiels à la reproduction des Monligoliens. Ils sont bien avancés! »

« Ils auraient dû nous le dire », répondit Laoconia.

« Ils ne pouvaient pas », tenta de lui expliquer Marie. « C'était un tabou social. »

Laoconia haussa les épaules. « Enfin... Ce n'est pas le cas ici. »

« Comment le savez-vous? »

« J'en ai assez de cette discussion stupide », aboya-t-elle. « Regardez si Gafka ne vient pas. Il est en retard. »

Marie ravala ses paroles en tremblant, se dirigea à pas lourds vers la porte de la hutte qu'elle ouvrit brutalement. Immédiatement, le tintement des feuilles de la forêt vitrifiée envahit la pièce. Le vent apportait une odeur de peppermint qui provenait de la plaine couverte de chaume, à sa gauche.

De l'autre côté de la plaine, la boule orange que faisait Almac sombrait vers un horizon plat. Marie promena son regard vers la droite où le mur de la forêt vitrifiée apparaissait indistinctement au-dessus du niveau de sa tête. Les feuilles en forme d'ailes de chauve-souris, teintes des couleurs de l'arc-en-ciel, cliquetaient dans le vent et se déplaçaient selon une stratégie subtile pour capter les derniers rayons de lumière orange de la journée.

« Vous voyez ce...? » demanda Laoconia.

Marie baissa les yeux sur le pied de la barrière d'arbres, où les tiges de chaume pullulaient entre les gros troncs vitrifiés. « Non. »

« Qu'est-ce qui peut bien retenir cette créature? »

Marie secoua la tête, faisant danser des boucles blondes sur le col de son uniforme. « Il fera bientôt noir », dit-elle. « Il avait dit qu'il reviendrait avant qu'il ne fasse complètement nuit. »

Laoconia se renfrogna et repoussa ses notes. « *Il?* » *Quand donc cessera-t-elle? Ce ne sont que des œufs de Pâques animés. Si seulement...* Le cours de ses pensées fut interrompu par un bruit dans le lointain.

« Le voilà! » Marie scrutait la lisière de la forêt vitrifiée.

Un fragment d'air de flûte passa, porté par le vent. C'était le maître-chant d'un instrument à vent sublime. Comme elles tendaient l'oreille, les tonalités s'enflèrent jusqu'à évoquer les sanglots d'un orgue accompagné d'une mélodie au violoncelle. Les feuilles cristallines se mirent à vibrer en résonance puis, doucement, la musique s'évanouit.

« C'est Gafka », murmura Marie. Elle s'éclaircit la voix et continua, plus fort et comme avec contrainte. « Il vient de la forêt; il a encore un bon bout de chemin à faire. »

« Je ne les distingue pas les uns des autres », fit Laoconia. « Ils se ressemblent tous et font tous le même bruit. Des *monstres.* »

« Ils se ressemblent », admit Marie, « mais ils émettent chacun un son bien particulier. »

« On ne va pas remettre ça avec ma surdité musicale! » dit Laoconia, d'un ton cassant. Elle rejoignit Marie à la porte. « Si seulement ils voulaient bien nous laisser assister à leur Péan... »

Un œuf de Pâques haut d'un mètre quatre-vingts

s'avançait tranquillement vers elles sur quatre de ses cinq pieds préhensiles.

L'éclat cristallin de sa calotte de vision, légèrement inclinée vers la cabane, était à demi oblitéré par un nuage de pigmentation orienté vers le soleil couchant. Les couleurs du salut, le bleu et le blanc, bordaient le grand soufflet des muscles du torse. L'excroissance en forme de cloche d'un organe bouche et oreille à la fois qui se trouvait ordinairement dans un cocon rouge et jaune, sous la calotte de vision, était contractée et creusée de rides.

« Quelles horribles bêtes! » s'exclama Laoconia.

« Chut! » intervint Marie. « Vous ne savez pas à quelle distance il peut vous entendre. » Elle agita un bras. « Gaaafkaa! » Puis se reprit : « Zut! »

« Qu'est-ce qui ne va pas? »

« Je n'ai modulé son nom que sur huit notes au lieu de neuf. »

Gafka se fraya un chemin à travers les épis de chaume et arriva à la porte. La bouche-oreille orange se dilata, poussa un chant à l'harmonica sur vingt-deux notes : « Maarriee Mmmmmmedillll. » Puis enfin un concerto d'une dizaine de secondes : « Laoconnnnia Wiiilkinnnsonnnn! »

« Comme c'est beau! » fit Marie.

« J'aimerais que vous nous parliez simplement, comme nous vous avons appris », dit Laoconia. « Ce chant est difficile à suivre. »

La calotte de vision de Gafka s'inclina vers elle. La voix se changea en une mélopée vacillante : « Mais chant accueil poli. »

« Bien sûr », poursuivit Laoconia. « Enfin », elle prit son souffle, « avons-nous l'autorisation d'assister à votre Grand Péan? »

La calotte de vision de Gafka se dirigea vers Marie pour revenir ensuite vers Laoconia.

« S'il te plaît, Gafka », demanda Marie.

« Difficile », fit Gafka de ce ton tremblotant. « Pas savoir comme dire. Pas savoir votre gentil peuple. Etre sujet pas vouloir parler. »

« Je vois », dit Laoconia, reconnaissant la formule métaphorique. « Ça a un rapport avec vos habitudes de reproduction. »

La calotte de vision de Gafka se recouvrit d'un nuage de pigmentation laiteuse, signe que les deux femmes avaient appris à reconnaître comme trahissant l'embarras.

« Allons, Gafka », fit Laoconia. « Pas de ça. Nous vous avons parlé de l'éthique professionnelle et scientifique et du désir qui est le nôtre de vous aider réellement. Vous devez comprendre que Marie et moi-même sommes là pour le bien de votre peuple. »

Une lune de cristal apparut devant Laoconia entre les nuages qui voilaient la calotte de vision de Gafka.

« Si seulement nous pouvions arriver à les faire parler sans détours », gémit Laoconia.

« S'il te plaît, Gafka », intervint Marie. « Nous essayons seulement de vous aider. »

« Je comprendre », fit Gafka. « Comment je parler sans ça? » Sa calotte de vision s'éclaircit encore. « Mais devoir poser question. Amis peut-être pas aimer. »

« Nous sommes des savants », dit Laoconia. « Vous pouvez nous poser toutes les questions que vous voulez. »

« Vous trop vieilles pour... reproduction? » demanda Gafka. Sa calotte de vision se couvrit à nouveau de nuages, lui épargnant le spectacle d'une Laoconia qui étouffait de surprise.

Marie prit l'initiative. « Gafka! Ton peuple et mon peuple ne... euh, ils sont trop différents. Nous ne pourrions pas. Ce n'est pas possible... Enfin... »

« Impossible! » rugit Laoconia. « Voulez-vous dire que nous pourrions être assaillies si nous assistions à votre Grand Péan? »

Les nuages se dissipèrent sur la calotte de vision de Gafka, laquelle s'inclina vers Laoconia. Des lignes de couleur pourpre parcouraient ses muscles en forme de soufflet, ce qui témoignait de sa confusion.

« Pas comprendre assaillie-chose », fit Gafka. « Mon peuple jamais faire mal autres créatures. » Le va-et-vient des lignes pourpre se calma et elles prirent une teinte verte indécise. La calotte de vision se tourna vers Marie. « Vrai ça toutes sortes vie commencer même chose œuf jeune? » Cette fois, les nuages qui glissèrent sur la calotte ne laissèrent qu'une faible lueur blanche et très fugitive.

« C'est vrai, pour l'essentiel », approuva Laoconia. « Nous commençons *tous* dans un œuf. Seulement, le procédé de fertilisation diffère suivant les espèces. » Puis, en aparté à Marie : « Notez cette question au sujet des œufs. Ça confirme peut-être qu'ils sont ovipares, ainsi que je le supposais. » S'adressant de nouveau à Gafka, elle poursuivit : « Maintenant, il faut que je comprenne ce que signifie votre question. »

La calotte de vision de Gafka pivota vers la gauche, puis vers la droite, avant de s'arrêter sur un point situé entre les deux femmes.

« Je pas comprendre procédés différents. Mais je savoir vous voir beaucoup choses mon peuple pas voir. Si reproduction (lueur blanche sur sa calotte de vision) pas même chose ou vous trop vieilles pour reproduction (lueur blanche) mon peuple dire vous venir Grand Péan. Pas vouloir faire problèmes pour vous. »

« Nous sommes des savants », répéta Laoconia. « Tout ira bien. Maintenant, pouvons-nous apporter nos caméras et notre matériel d'enregistrement? »

« Vous apporter beaucoup choses? » demanda Gafka.

« Nous emporterons seulement un grand flotteur pour transporter notre matériel », répondit Laoconia. « Combien de temps devons-nous nous préparer à rester? »

« Une nuit », fut la réponse de Gafka. « Je apporter amis travailleurs pour aider avec flotteur. Je aller maintenant. Venir lune je retourner et prendre vous endroit Grand Péan. » La bouche en forme de trompette siffla trois notes d'adieu en mineur et se recroquevilla en un petit tas orange tout ridé. Gafka fit demi-tour et repartit en direction de la forêt, tout doucement. Il disparut bientôt au milieu des reflets des troncs de bois silicifié.

« Enfin du nouveau! » aboya Laoconia. Elle rentra dans la cabane au pas de charge, s'adressant à Marie par-dessus son épaule. « Appelez le vaisseau. Faites-leur contrôler notre enregistrement. Demandez-leur d'en faire faire des copies. Pendant que nous commencerons à analyser la bande sonore et lumineuse ici, ils pourraient en envoyer un double aux terminaux de Kampichi. Je veux le plus grand nombre de chercheurs possible là-dessus. Nous pouvons ne jamais retrouver une chance pareille! »

Marie essaya d'intervenir : « Je ne... »

« Fermez-la! » jappa Laoconia.

« Faut-il que j'en parle au Dr Baxter? » demanda Marie.

« Parler à Helen? » fit Laoconia. « Pourquoi voulez-vous la déranger pour une question de pure routine telle que celle-ci? »

« J'aimerais simplement discuter... »

« Le transmetteur est réservé aux utilisations officielles », répondit Laoconia. « Transmettez le message que je vous ai indiqué. Nous sommes là pour résoudre le problème de reproduction de Rukuchp, pas pour bavarder. »

« Je me sens tellement mal à l'aise, tout d'un coup », fit Marie. « Il y a dans toute cette situation quelque chose qui m'ennuie. »

« Mal à l'aise? »

« Je crois que nous n'avons pas compris l'avertissement de Gafka. »

« Arrêtez de vous en faire », dit Laoconia. « Les indigènes ne nous causeront pas de difficultés. Gafka cherchait une dernière raison de nous empêcher d'assister à leur Grand Péan. Vous avez vu à quel point ils sont stupidement prudes. »

« Mais... Et si... »

« J'ai une longue expérience de la façon dont il faut traiter les indigènes », reprit Laoconia. « Nous n'aurons jamais d'ennuis aussi longtemps que nous garderons la situation bien en main, calmement mais fermement. »

« Peut-être, mais... »

« Méditez un peu là-dessus! » fit Laoconia. « Les premiers humains à assister à un Grand Péan rukuchpien. Unique! Ne laissez pas la grandeur de notre exploit assombrir votre esprit! Restez calme et détachée, comme moi. Et maintenant, appelez-moi ce vaisseau! »

C'était une clairière circulaire de près de deux kilomètres de diamètre, obscurcie par les ombres projetées par la lune des arbres silicifiés géants. En haut, tout le long du bord de la clairière, la lumière de la lune dessinait des arcs-en-ciel sur la tranche de chaque feuille. Loin au-dessus du centre de la zone dégagée entre les arbres, un éclat argenté trahissait la présence d'un petit flotteur téléguidé sur lequel se trouvaient des caméras à infrarouge et des micros.

Les masses ténébreuses des indigènes de Rukuchp se pressaient dans toute la clairière, à l'exception d'un petit espace situé à la lisière de la forêt et où se trouvaient Laoconia et Marie. Les calottes de vision brillaient à la lumière de la lune comme des bols renversés.

Installée sur une chaise pliante à côté du gros flotteur, Laoconia mettait au point la position de la petite unité télécommandée qui se trouvait haut en dessus de leurs têtes. Sur l'écran de contrôle placé devant elle, elle voyait le champ couvert par la caméra du flotteur miniature : la clairière avec le chatoiement des calottes de vision des indigènes et l'éclat plus faible des lumières vertes et rouges des appareils placés entre elle-même et Marie, assise de l'autre côté du flotteur. Marie contrôlait les lentilles spéciales pour les prises de vue de nuit, qui feraient apparaître toute la scène aussi clairement que si elle avait été enregistrée en plein jour.

Marie se redressa et se frotta le creux des reins. « Cette clairière doit bien faire deux kilomètres de diamètre », murmura-t-elle, impressionnée.

Laoconia mit ses écouteurs au point, vérifia un relais. Elle avait mal aux pieds. Elles avaient marché au moins quatre heures pour arriver jusqu'à la clairière. Elle commençait à ressentir une inquiétude latente au sujet de ce qui les attendait pendant les neuf heures de nuit rukuchpienne qui leur restaient encore à tirer. Ce stupide avertissement...

« J'ai dit que c'était une grande clairière », répéta Marie.

Laoconia jeta un regard chargé d'appréhension sur les silhouettes des indigènes silencieux tassés les uns contre les autres tout autour d'elles. « Je n'avais jamais réalisé qu'il y en avait autant », murmura-t-elle. « Je n'ai pas l'impression qu'ils soient en voie d'extinction. Que montre votre écran de contrôle? »

« Il y en a plein la clairière », chuchota Marie. « Et je crois qu'il y en a aussi jusque sous les arbres. J'aimerais bien savoir lequel d'entre eux est Gafka. J'aurais dû regarder dans quelle direction il s'éloignait. »

« Il n'a pas dit où il allait? »

« Il a simplement demandé si cet endroit nous convenait et si nous étions prêtes à les aider. »

« Enfin, je suis sûre que tout ira bien », fit Laoconia, qui n'avait l'air ni très convaincante ni très convaincue.

« Est-ce que ce n'est pas le moment d'entrer en contact avec le navire? » demanda Marie.

« Ils vont nous appeler d'une seconde à... » Une lumière rouge s'alluma sur la console devant Laoconia. « Les voilà. »

Elle manipula un interrupteur et se mit à parler dans son micro. « Oui? »

En entendant le murmure métallique qui résonnait dans les écouteurs de Laoconia, Marie se sentit d'autant plus seule. Le vaisseau mère était si loin, au-dessus d'elles...

« Très bien », répondit Laoconia. « Transmettez immédiatement votre enregistrement et demandez à Kampichi de faire une étude de leur côté. Nous comparerons nos notes ensuite. » Elle tendit l'oreille dans le silence et parla de nouveau : « Je suis sûre que c'est sans danger. Vous pouvez veiller sur nous par l'intermédiaire des caméras, mais personne n'a jamais entendu parler d'un Rukuchpien qui se serait laissé aller à un acte de violence envers qui que ce soit... Eh bien, je ne vois pas ce que nous pourrions faire de plus, maintenant. Nous y sommes, et voilà. Je coupe. » Elle manœuvra de nouveau l'interrupteur.

« C'était le Dr Baxter? » demanda Marie.

« Oui. C'est Helen qui nous contrôle elle-même. Encore que je ne voie pas ce qu'elle pourrait faire. Les médecins sont parfois très curieux. Est-ce que la situation a changé chez les indigènes? »

« Ils n'ont pas bougé, pour autant que je puisse voir. »

« Pourquoi Gafka ne nous a-t-il pas donné d'informations au préalable? » demanda Laoconia. « J'ai horreur de ne pas savoir où je vais. »

« Je crois que ça l'ennuie encore de parler de reproduction », expliqua Marie.

« C'est trop tranquille », siffla Laoconia. « Je n'aime pas ça. »

« Ils vont vraisemblablement faire quelque chose sans tarder », murmura Marie.

Comme si ses paroles avaient été un signal, une vibration presque inaudible commença à palpiter dans la clairière. Les feuilles vitreuses entamèrent en résonance un doux carillon argentin. La vibration s'amplifia, atteignit la dimension d'un majestueux chant d'orgue accompagné de notes flûtées et dansantes. Un violoncelle introduisit une mélodie sur ce fond musical et lui fit faire le tour de la clairière tandis que la forêt pétrifiée tintait et résonnait de plus en plus fort.

« Comme c'est beau », souffla Marie. Elle se força à prêter attention aux instruments qui se trouvaient devant elle. Tout allait bien.

La mélodie explosa en une seule note haute et claire, d'une harmonie éclatante : le chant d'une flûte qui amena ensuite une seconde phase à l'orchestration plus étendue encore. La musique exploitait les éléments l'un après l'autre, tandis que des tymbales au registre grave y apportaient un rythme régulier et que le tintement grêle de la cithare fournissait un contrepoint à la cadence.

« Faites attention à vos instruments », siffla Laoconia.

Marie hocha la tête, avalant sa salive. La musique était comme quelque chose qu'elle avait déjà entendu, mais jamais joué avec cette perfection. Elle avait envie de fermer les yeux, de se laisser aller complètement à l'extase du son.

Tout autour d'elle, les indigènes rukuchpiens restaient parfaitement immobiles; l'expansion et la contraction du soufflet de leur thorax étaient leurs seuls mouvements.

Et la fascination de la musique allait s'accroissant.

Marie tournait la tête d'un côté à l'autre, la bouche ouverte. Le son était une infinité de chœurs célestes — tout ce qu'il pouvait y avoir de plus sublime dans toutes les musiques jamais conçues — maintenant concentrés en un distillat exquis. Elle avait l'impression qu'il était impossible que ce soit encore plus beau.

Et pourtant, c'était possible.

Il y eut un moment de flottement, d'envol et d'expansion... une longue éternité de temps suspendu et qui dérivait.

Et le silence.

Marie se sentit revenir à la conscience et découvrit que ses mains tripotaient toujours mollement des cadrans. Une certaine habitude veillait à ce qu'elle fasse son travail, mais cette musique... Elle frissonna.

« Ils ont chanté pendant quarante-sept minutes »,

siffla Laoconia. Elle jeta un coup d'œil circulaire. « Et maintenant, qu'est-ce qui se passe? »

Marie se massa le cou et se força à regarder les cadrans lumineux, le flotteur, la clairière. Un soupçon se faisait jour dans son esprit.

« J'aimerais bien savoir laquelle de ces créatures était Gafka », murmura Laoconia. « Et si nous demandions à l'une d'elles où il se trouve? »

« Il vaudrait mieux ne pas le faire », répondit Marie.

« Ces créatures n'ont rien fait d'autre que de chanter », fit Laoconia. « Je suis plus persuadée que jamais que la musique a un rôle de stimulation, et rien d'autre. »

« J'espère que vous avez raison », chuchota Marie. Son soupçon prenait forme... *La musique... Le son contrôlé, l'extase du son contrôlé...* Les pensées se bousculaient dans son esprit.

Le temps passa dans le plus grand silence.

« Que croyez-vous qu'ils sont en train de faire? » souffla Laoconia. « Il y a vingt-cinq minutes qu'ils sont là. »

Marie jeta un coup d'œil circulaire sur les indigènes rukuchpiens entassés dans le petit espace découvert, taupinières sombres casquées d'argent voilé. Le silence évoquait le calme qui précède toujours la tempête.

Et le temps passait toujours.

« Quarante minutes! » murmura Laoconia. « Est-ce qu'ils s'imaginent que nous allons rester là toute la nuit? »

Marie se mordillait la lèvre inférieure. *L'extase sonore,* se répétait-elle. Et elle pensait aux oursins et aux lapins de Calibeau qui se reproduisaient par parthénogenèse.

Des remous parcoururent la foule des indigènes.

Leurs formes indistinctes commençaient à s'enfoncer les unes après les autres dans la forêt d'arbres vitreux.

« Où vont-ils? » siffla Laoconia. « Voyez-vous Gafka? »

« Non. »

La lumière de l'émetteur-récepteur s'alluma devant Laoconia. Elle ouvrit le circuit et se colla un des écouteurs sur l'oreille. « On dirait qu'ils s'en vont », murmura-t-elle dans le micro. « Nous voyons la même chose que vous. Ils n'ont pas eu un seul geste hostile envers nous. Je vous rappellerai plus tard. Je voudrais observer tout cela. »

Une silhouette indigène approcha de Marie.

« Gafka? » demanda Marie.

« Gafka », entonna la silhouette, d'une voix comme endormie.

Laoconia se pencha par-dessus le flotteur chargé d'appareils. « Qu'est-ce qu'ils font, maintenant, Gafka? » demanda-t-elle.

« Tout nouveau chant nous faire après musique vous donner », fit Gafka.

« Est-ce que le chant est fini? » interrogea Marie.

« Même chose », soupira Gafka.

« Qu'est-ce que c'est que cette histoire de nouveau chant? » demanda Laoconia.

« Votre genre chant pas avoir correct avant », répondit Gafka. « Dedans trop nouveau. Nous pas comprendre comment vous faire chant. Mais maintenant vous dire, vous bien faire. »

« Qu'est-ce que c'est que toutes ces sottises? » coupa Laoconia. « Gafka, où votre peuple s'en va-t-il? »

« Partir », soupira-t-il.

Laoconia regarda autour d'elle. « Mais ils s'en vont tout seuls... A moins que... Enfin, on dirait qu'il n'y a pas de couples. Qu'est-ce qu'ils font? »

« Tous aller attendre », fit Gafka.

Et Marie pensait à la caryocinèse et aux noyaux filles.

« Je ne comprends pas », fit Laoconia d'un ton plaintif.

« Vous montrer comme chanter nouveau chant », soupira Gafka. « Nouveau chant meilleur tout. Nous garder ce chant. Beaucoup meilleur que autre chant vieux. Mieux marcher... » Les femmes perçurent le nuage blanc irisé qui voila un instant la calotte de vision de Gafka. « ... Faire meilleurs jeunes. Plus forts. »

« Gafka », intervint Marie, « est-ce que vous ne faites que chanter? Je veux dire, il n'y a rien d'autre? »

« Tout », murmura Gafka. « Meilleur chant toujours. »

« Je crois que nous ferions mieux de suivre ces... »

« Ce ne sera pas nécessaire », répondit Marie. « Est-ce que leur musique vous a plu, docteur Wilkinson? »

« Eh bien... » La femme tourna la tête d'un air apparemment embarrassé. « C'était très beau. »

« Et ça vous a plu? » insista Marie.

« Je ne vois pas... »

« Vous n'avez pas d'oreille », fit Marie.

« C'est de toute évidence une sorte de stimulation », rétorqua Laoconia. « Je ne vois pas pourquoi maintenant ils ne veulent pas que nous... »

« Ils veulent bien », dit Marie.

Laoconia se tourna vers Gafka. « Navrée d'insister, Gafka, mais il faut que nous puissions assister à toutes les phases de votre processus de reproduction. Faute de quoi nous serons incapables de vous aider. »

« Vous aider meilleur comme jamais », fut la réponse de Gafka. « Taux natalité tout bon maintenant. Vous montrer comme mélanger musique. » Un frisson parcourut les muscles en forme de soufflet de Gafka.

« Vous y comprenez quelque chose? » demanda Laoconia.

« J'ai bien peur que oui », répondit Marie. « N'es-tu pas fatigué, Gafka? »

« Même chose », murmura Gafka.

« Laoconia, docteur Wilkinson, nous ferions mieux de retourner à l'abri », fit Marie. « Nous improviserons comme nous pourrons un test de Schafter. »

« Mais le test de Schafter est utilisé pour mettre en évidence la grossesse chez les *femmes*! » protesta Laoconia.

La lumière rouge se mit à clignoter devant Laoconia. Elle manipula l'interrupteur. « Oui? »

Le craquement des écouteurs rompit le silence. Marie n'avait pas envie d'entendre la voix qui venait du vaisseau.

Laoconia parlait : « Bien sûr, je sais que vous préparez le test de... Pourquoi devrais-je dire à Marie que vous avez déjà subi le test de Schafter?... » La voix de Laoconia devint stridente. « QUOI? Vous plaisan... C'est impossible! Mais, Helen, nous... ils... vous... nous... Bien sûr que je... Où aurions-nous pu... Toutes les femmes du vaisseau... »

Il y eut un long silence au cours duquel Marie observa Laoconia écouter en hochant la tête les voix qui venaient de l'espace. Puis Laoconia enleva les écouteurs de sur sa tête et les reposa doucement. Sa voix était atone. « Le Dr Bax... Helen se demandait si... Elle s'est soumise au test de Schafter avec quelques-unes des autres filles. »

« Elle a écouté cette musique? » demanda Marie
« Tout l'univers l'a écouté », répondit Laoconia. « Un pirate a capté la transmission officielle de notre enregistrement effectuée par le vaisseau. Des stations de rediffusion s'en sont emparées et maintenant tout le monde est fou de notre *belle* musique... »

« Oh, non... » murmura Marie.

« Sur le vaisseau, tout le monde a écouté notre enregistrement », continua Laoconia. « Helen dit qu'elle s'en est doutée tout de suite après la fin de la diffusion, mais elle a attendu une demi-heure avant de passer le test. » Laoconia regarda la masse sombre et silencieuse de Gafka, qui se tenait toujours auprès de Marie. « Toutes les femmes fertiles qui se trouvaient à bord du navire sont enceintes. »

« C'est évident, n'est-ce pas? » fit Marie. « Le peuple de Gafka a mis au point une sorte de parthénogenèse de groupe. Leur Grand Péan est le catalyseur de la réaction qui mène à la division de l'œuf dans les premiers stades du développement embryonnaire. »

« Mais nous sommes humaines! » s'exclama Laoconia. « Comment... »

« Certaines parties de nous-mêmes sont encore très primitives », répondit Marie. « Cela ne devrait pas nous surprendre. Les sons ont déjà été utilisés pour provoquer les premières mitoses dans un œuf. Le peuple de Gafka n'a pas d'autre mode de reproduction — et il dispose de techniques perfectionnées dans ce domaine. »

Laoconia cligna des paupières. « Je me demande comment tout ça a bien pu commencer. »

« Et lorsqu'ils se trouvèrent pour la première fois confrontés à notre musique étrangère », poursuivait Marie, « ils furent déroutés et commencèrent à s'embrouiller dans leurs relations musicales. Ils étaient fascinés par ces nouvelles formes musicales. Ils recherchèrent des sensations nouvelles... Et leur taux de natalité commença à décroître... Naturellement. »

« C'est alors que vous êtes intervenue », l'interrompit Laoconia, « et que vous leur avez appris à maîtriser cette nouvelle musique. »

« Exactement. »

« Marie! » siffla Laoconia.

« Oui? »

« Nous étions là pendant tout ce... Vous ne croyez pas que nous... Que je... »

« Pour ce qui vous concerne, je n'en sais rien », répondit Marie, « mais je n'ai jamais été aussi certaine de quelque chose dans toute ma vie. »

Elle se mordilla la lèvre inférieure et refoula les larmes qui lui picotaient les yeux. « Je vais avoir un bébé. Une fille. Elle n'aura que la moitié du nombre normal de chromosomes, et elle sera stérile et je... »

« Je dire vous », psalmodia Gafka. Il y avait comme de la tristesse dans sa voix chantonnante. « Je dire vous : toutes sortes vie commencer même chose œuf jeune. Je pas vouloir faire ennuis. Mais vous dire vous pas même chose. »

« Parthénogenèse », fit Laoconia avec un restant de son énergie ancienne. « Ce qui signifie que le mode de reproduction humain n'a pas besoin de... enfin, euh... nous n'aurons pas besoin de... Je veux dire que les hommes ne seront pas... »

« Les bébés seront des drones », dit Marie. « Vous savez bien. Des drones stériles. Il se peut que le phénomène connaisse une certaine vogue, mais ça ne durera certainement pas longtemps. »

« Peut-être », dit Laoconia. « Mais je ne peux pas m'empêcher de penser à toutes les diffusions de notre enregistrement. Je me demande si ces créatures de

Rukuchp ont jamais eu deux sexes. » Elle se tourna vers Gafka. « Gafka, savez-vous si... »

« Désolé faire ennuis », entonna Gafka. Sa voix musicale paraissait plus faible. « Devoir dire au revoir maintenant. Temps de naître moi. »

« Vous allez *donner naissance?* » demanda Laoconia.

« Même chose », soupira Gafka. « Sentir douleur haut œil. » Les pieds préhensiles de Gafka se mirent à creuser frénétiquement le sol à côté du flotteur.

« Eh bien, docteur Wilkinson, vous aviez raison sur un point », fit Marie. « Ce n'est pas quelqu'un, mais... quelqu'*une!* »

Les pattes de Gafka s'infléchirent et son corps ovoïde s'enfonça dans la cavité qu'il venait de creuser dans le sol. Ses pieds se recroquevillèrent aussitôt à l'intérieur de son corps. Une fissure s'ouvrit au sommet de la calotte de visibilité et sépara en deux dans le sens de la hauteur les muscles en forme de soufflet.

Il y eut bientôt deux Gafkas, chacun de la moitié de la taille de l'original. Les femmes virent des pattes repousser sur chacun des deux demi-Gafkas qui reprirent leur aspect initial.

« Oh, non... » soupira Marie.

Elle avait mal à la tête.

Mating Call

ÉTRANGER AU PARADIS

Le monde n'est pas nécessairement ce qu'il semble être. On l'a déjà vu dans Vous cherchez quelque chose? *Le meilleur moyen d'en avoir le cœur net n'est-il pas de l'explorer le plus complètement possible et d'entreprendre de le conquérir en expédiant des vaisseaux interstellaires dans toutes les directions de l'espace?*

Mais s'ils reviennent toujours bredouilles, est-ce parce que l'univers est désespérément vide et l'espèce humaine vouée à la solitude, ou bien parce que quelqu'un, quelque part, n'a pas envie d'entamer la conversation?

Il y a plus d'une façon de se tromper ou d'être trompé et la pire de toutes, ou la plus sûre — cela dépend du point de vue de qui l'on se place —, consiste à ignorer sereinement que l'on se trompe ou qu'on est trompé. C'est précisément ce que Roger Deirut ne parviendra pas à comprendre, ou plutôt à retenir. L'enfer des pilotes interstellaires est pavé de répétitions. Qu'en est-il de leur paradis?

ETRANGER AU PARADIS

IL n'arrêtait pas de se répéter qu'il était impossible de concevoir une prison d'où on ne pouvait pas s'évader d'une façon ou d'une autre.

Il s'appelait Roger Deirut, mesurait à peine plus d'un mètre cinquante, portait ses cheveux noirs coupés à ras du crâne et avait un visage étroit au long nez, à la bouche large et aux yeux décolorés par l'espace, qui semblaient davantage refléter ce qu'ils voyaient que s'en imprégner.

Deirut connaissait sa prison : le Service D. Il s'était enraciné au sein du Service D comme un propre à rien envoyé aux colonies où il aurait subsisté aux crochets de sa famille, passant son temps à somnoler dans un hamac sur une plage tropicale ombragée par les palmiers, en se disant que sa chance finirait bien par tourner et qu'il pourrait alors quitter cet endroit.

Il ne s'abusait pas au point de penser que les vaisseaux de l'espace monoplaces du type D étaient des hamacs, ou l'espace une plage tropicale, mais ce n'en était pas moins une sinécure et les vaisseaux, conçus chacun selon le tempérament de son occupant solitaire, étaient des cocons pleins de prévenance.

Deirut avait mis un bon moment à comprendre que les pilotes transportaient dans leur esprit les barreaux de leur prison. Alors qu'il était dans l'espace et fonçait dans le vide sidéral, au-delà de la base de Capella, il sentait ceux qui avaient été implantés, scellés et soudés dans sa psyché. Il en tenait pour responsables les opérateurs du Psy-bu et l'interrogatoire sous hypnose profonde auquel ils étaient soumis après chacun de leurs voyages d'exploration. Il savait bien que le Psy-bu faisait alors quelque chose aux pilotes réduits à l'impuissance, qu'il gravait dans leur esprit cette contrainte qu'ils appelaient *la Poussée.*

Certains jeunes pilotes parvenaient à y échapper pendant un moment — peut-être leur psyché était-elle plus endurante — mais tôt ou tard le Psy-bu les avait tous. C'était une contrainte commune, qui limitait le temps que les pilotes-D pouvaient passer au loin avant d'être obligés de faire demi-tour et de rentrer chez eux.

« Cette fois, je vais rompre les amarres », se disait Deirut. Il savait qu'il parlait tout haut, mais il avait coupé les vocodeurs de son ordinateur et ses marmottements distraits passeraient inaperçus de de tous.

Le voile gazeux du *Grand Nuage* surgit devant lui, nettement défini sur ses instruments où il ressemblait à un morceau d'étoffe déchirée jeté en travers des étoiles. Il était sorti du sub-espace dangereusement près de la nuée, mais c'était le pari qu'il avait engagé.

Bingaling Benar, un de ses camarades pilotes et autrefois son ami, l'avait traité d'abruti lorsque Deirut lui avait dit qu'il avait l'intention de s'attaquer au nuage. « Tu ne l'as pas déjà fait avant? » lui avait demandé Bingaling.

« J'en avais eu l'intention, mais je m'étais ravisé », lui avait répondu Deirut.

« Il faudra que tu ralentisses, que tu te faufiles pratiquement à l'intérieur », avait dit Bingaling. « J'ai tenu le coup quatre-vingt-un jours, mon vieux. Et puis j'ai subi la poussée, mais alors quelque chose! Je n'en pouvais plus et je suis rentré. N'importe comment, ce n'est qu'un nuage, jusqu'au bout. »

Pour l'instant, le nuage infini de Bingaling grossissait de plus en plus sur les écrans du vaisseau.

Seulement le nuage renfermait un espace tel qu'il pouvait abriter un millier de soleils.

Quatre-vingt-un jours, pensait-il.

« Quatre-vingts, quatre-vingt-dix jours, c'est tout ce qu'on peut arriver à supporter », avait dit Bingaling. « Et c'est encore pire à l'intérieur du nuage, tu peux me croire! Tu ressens la poussée presque instantanément en rentrant dedans. »

Deirut réduisit prudemment la vitesse de son vaisseau et mit le nez dans les premières couches de gaz raréfié. Il se souvint que la composition du nuage n'était un mystère pour personne. C'était de l'hydrogène, mais à une concentration telle que ç'aurait été un suicide que d'y pénétrer à vive allure.

« Ils ont une théorie », avait expliqué Bingaling, « selon laquelle ce serait comme qui dirait une étoile à l'état embryonnaire. Un jour ça va faire *pschitt* et ça se condensera en une seule étoile. »

Deirut observa les instruments. Il sentait tout le vaisseau autour de lui comme l'extension de ses propres nerfs. C'était une sorte de grande chaloupe de deux cent cinquante mètres de longueur, pour laquelle ses camarades pilotes et lui-même avaient un surnom simple et obscène, et bourrée de la pointe aux tuyères du matériel nécessaire pour déterminer si une planète donnée était susceptible d'entretenir la vie humaine. Dans le compartiment d'hibernation qui se trouvait juste derrière lui se trouvaient les « preuves par neuf » : deux couples de singes rhésus et dix couples de souris blanches.

Les pilotes de vaisseaux-D prétendaient qu'ils avaient ensemencé davantage de planètes en singes rhésus et en souris qu'en êtres humains.

Deirut s'absorba dans l'étude de ses instruments. Une heure dans le nuage et déjà les étoiles familières commençaient à devenir floues derrière lui. Il ressentit les premières atteintes de malaise; ce n'était pas la poussée... rien qu'une gêne.

Il croisa les bras, effleurant l'insigne en forme de point d'interrogation sur son épaule gauche. Il sentait le vert-de-gris qui recouvrait les fils de cuivre. *Je devrais l'astiquer un peu,* se dit-il. Mais il savait qu'il ne le ferait pas. Il jeta un coup d'œil circulaire sur la cabine de pilotage, vit les boîtes de nourriture dans tous les sens, une marque de graisse en travers du tableau de commande de l'ordinateur, du linge sale fourré sous un siège baquet.

C'était un vaisseau dégoûtant.

Deirut savait ce qu'on disait de lui et de ses camarades pilotes dans les échelons supérieurs du Service-D.

« Ce sont les canailles qui font les meilleurs explorateurs. »

C'était un axiome, mais les canailles avaient leurs inconvénients. Elles se moquaient des ordres, défiaient la discipline, ignoraient les emplois du temps, se riaient des programmes d'exploration vectorielle et... avaient des vaisseaux dégoûtants. De plus, lorsqu'elles disparaissaient, ce qui arrivait fréquemment, le Service ne pouvait jamais être certain de ce qui leur était arrivé, ni de l'endroit où *cela* leur était arrivé.

Ils savaient une seule chose : c'est que l'homme avait été dans l'impossibilité *matérielle* de faire demi-tour. Parce qu'il y avait toujours la poussée.

Deirut secoua la tête. Chacune de ses pensées semblait revenir à la poussée. Il ne la ressentait pas encore, s'assura-t-il. Trop tôt. Mais l'idée était là, bien vivante. C'était la faute de ce fichu nuage.

Il remit en marche les sondes arrière. Les étoiles familières avaient disparu, avalées par un édredon de néant. Furieux, il actionna de nouveau l'interrupteur et coupa l'image.

Il faut que je m'occupe, se dit-il.

Il passa un moment à composer et à arranger une nouvelle strophe pour l'interminable ballade des vaisseaux-D : « J'ai laissé mon Cœur accroché à la Lyre, aux Mains de Doux Amis. » Mais son esprit revenait sans cesse à la pensée que cette strophe pourrait ne jamais être entendue... s'il menait son projet à bien. Il se demanda alors combien de strophes comme celle-ci avaient été composées qu'on ne connaîtrait jamais.

Les journées passaient, toujours plus longues, se traînant dans la monotonie.

Quatre-vingt-un jours, se répétait-il constamment. *Bingaling a fait demi-tour au bout de quatre-vingt-un jours.*

Il comprit pourquoi au soixante-dixième jour. Le doute n'était pas permis, il éprouvait les premières et brutales tentatives de coercition de la poussée. Son esprit cherchait des raisons logiques.

Tu as fait de ton mieux. Il n'y a pas de honte à faire demi-tour maintenant. Bingaling avait raison, indiscutablement : ce n'est qu'un nuage, tout du long.

Il n'y a pas d'étoiles, par ici... pas de planètes.

Mais il savait de science certaine ce que les gars du Psy-bu lui avaient fait et cela l'aida. Il surveilla les radars avant à la recherche de la première lueur. Et cela lui fit du bien aussi. Il allait encore quelque part.

Le quatre-vingt-unième jour passa.

Et le quatre-vingt-deuxième.

Le quatre-vingt-sixième jour, il commença à distinguer un triple rayonnement vers l'avant, comme des lumières dans le brouillard; seulement le brouillard était noir et complètement vide en dehors de cela.

Il lui fallut faire à ce moment-là un effort conscient pour empêcher ses mains de s'égarer vers les commandes de volte-face qui feraient décrire au vaisseau une orbe de cent quatre-vingts degrés, laquelle le remettrait sur le chemin du retour.

Trois lumières dans le néant.

Quatre-vingt-quatorze jours — deux jours de plus qu'il n'avait jamais supporté la poussée jusque-là — et son vaisseau se libéra de nuage pour plonger dans l'espace dégagé au fond duquel se trouvaient trois étoiles alignées à une heure par rapport à lui : une géante blanc-bleu au loin, une naine orange plus près et, au milieu... une belle étoile dorée comparable à la cinquième décimale près à notre Soleil.

Fiévreusement, Deirut mit en marche les sondes à anomalie de masse, scrutant l'espace qui entourait le soleil d'un jaune doré.

La poussée qui le contraignait à revenir en arrière était terrible alors. Mais ce fut précisément ce qui acheva de convaincre Deirut. Si la chose que lui avait faite le Psy-bu insistait pour qu'il fasse demi-tour maintenant, alors qu'il venait de découvrir trois nouveaux soleils, eh bien il n'y avait qu'une seule réponse au « Pourquoi? » qui s'imposait : ils ne voulaient pas qu'une canaille du Service-D s'installe dans son monde à elle. La poussée était un garde-fou incorporé qui garantissait le retour des patrouilleurs.

Deirut se força à regarder ses instruments.

L'étoile d'or livrait à ce moment-là son secret : une seule planète, avec une seule lune. Il pressa le bouton des premières approximations, regarda les résultats qui sortaient par saccades de l'imprimante : masse planétaire : 99,8421 % de la norme terrestre... rotation : un peu plus de quarante heures standard... ce qui signifiait une distance orbitale de 243 millions de kilomètres... perturbation : neuf degrés... variations orbitales : un peu plus de trente-huit.

Deirut se redressa, raide comme un piquet, tant il était surpris.

Un peu plus de trente-huit! Un pourcentage de variation de cet ordre ne pouvait vouloir dire qu'une seule chose : l'étoile mère avait un autre compagnon — et un gros! Il fouilla du regard l'espace qui l'entourait.

Rien du tout.

C'est alors qu'il l'aperçut.

Il crut d'abord qu'il avait intercepté le feu des tuyères d'une autre fusée — étrangère. Il avala sa salive, oublia momentanément la poussée et repassa rapidement dans son esprit la routine des contacts en espace étranger, élaborée par les grosses têtes de la Terre et qui, pour autant qu'on le sache, n'avait jamais été mise à l'épreuve.

La flamme grossit et finit par se résoudre en la lueur gazeuse d'un autre corps astronomique en orbite autour du soleil doré.

Deirut se pencha de nouveau sur ses instruments. Mon Dieu! Comme l'autre allait vite! Plus de quarante kilomètres à la seconde. L'imprimante se mit à vomir sa bande : masse : 321, 64... rotation : neuf heures standard... ce qui signifiait une distance orbitale de 58 millions de kilomètres... perturbations : néant (données insuffisantes)...

Deirut se glissa devant les écrans visuels filtrés et regarda le compagnon traverser la surface de son étoile pour sortir du champ en la contournant par l'autre côté. C'était une chose qui lui semblait étrangement familière, mais il savait qu'il était impossible qu'il l'ait vue auparavant. Il se demanda s'il devait remettre en marche le système vocodeur de l'ordinateur et lui parler par l'intermédiaire du micro greffé dans sa gorge, mais la logique obscène de l'ordinateur le dérangeait.

Les informations astronomiques entrèrent quand même en mémoire pour que les experts puissent plus tard pousser des sifflements admiratifs en les contemplant.

Deirut ramena les radars vers la planète. La mesure de l'ombre portée donnait une atmosphère qui se raréfiait à l'altitude d'environ cent vingt-cinq kilomètres. L'indicateur de radiations mettait en évidence une ceinture tropicale colossale, de presque soixante degrés.

Avec une prise de conscience subite, Deirut s'aperçut que ses mains cherchaient à tâtons les commandes de volte-face. Il se jeta en arrière, tout tremblant. S'il faisait faire demi-tour au vaisseau, il savait qu'il n'aurait jamais la force de caractère de le ramener dans le secteur. La poussée avait déjà atteint une intensité effrayante.

Deirut se força à se concentrer sur les problèmes d'atterrissage et commença à fournir à l'ordinateur des indications pour un trajet espace-sol le plus court possible. L'ordinateur lui opposa plusieurs objections « pour son propre bien », mais il insista. La bande perforée pour l'atterrissage apparut enfin; il la fit passer dans la console de commande, puis s'attacha, mit le vaisseau sur automatique et s'appuya à son dossier en transpirant. Ses mains étaient crispées à mort aux rebords de son matelas de protection.

Le vaisseau-D se cabra tout d'abord en entrant dans les premières couches de l'atmosphère de la planète. Puis il se redressa, se cabra de nouveau, reprit sa course — plusieurs fois. Le système de refroidissement du vaisseau-D souffrait, les plaques du fuselage gémissaient. L'obscurité, la lumière, l'obscurité de nouveau, défilaient sur l'écran. Les instruments automatiques commencèrent à fournir les données atmosphériques. Oxygène : 23,9; azote : 74,8; argon : 0,8; gaz carbonique : 0,04... L'ordinateur continua d'énumérer les éléments dont on ne retrouvait que des traces, mais Deirut restait bouche bée devant la similarité avec l'atmosphère terrestre.

L'analyse spectroscopique signalait que l'atmosphère était en premier lieu transparente aux radiations comprises entre 3×10^3 et 6×10^4 angstroms. Ce n'était qu'une confirmation. Il cessa de prêter attention aux appareils qui alignaient maintenant les données hydromagnétiques et le degré hygrométrique. Le seul facteur important ici était le suivant : il pourrait toujours respirer ce truc-là.

Au lieu de se sentir transporté par la joie de la découverte, ce qui aurait été le cas trente ou quarante jours auparavant, il éprouva un nouveau spasme provoqué par la poussée. Il lui fallut faire un effort conscient pour ne pas se jeter sur le tableau de commandes.

Deirut commença à claquer des dents.

L'écran lui montra une île qui apparaissait à l'horizon. Le vaisseau-D la survola. Deirut manqua s'étouffer en voyant l'anneau d'albâtre des bâtiments élevés qui entouraient une baie. Alors il se rapprocha et les taches qui étaient sur l'eau prirent la forme de bateaux à voile. Comme tout cela avait l'air étrangement familier...

Puis il dépassa l'île et se dirigea vers un continent, avec sa rangée de collines basses, encore des bâtiments, des routes, un patchwork de champs enclos de barrières. Il survola ensuite une prairie immense, dans laquelle se déplaçaient des troupeaux d'animaux.

Les doigts de Deirut se crispaient. Il avait la chair de poule.

Les rétrofusées intervinrent et son siège se renversa. Le vaisseau pointa le nez vers le haut et le siège s'ajusta à la nouvelle position. Puis il y eut un rugissement lorsque le vaisseau se posa sur ses tuyères. Le palpeur de proximité coupa tous les moteurs.

Le vaisseau-D s'arrêta avec une légère secousse.

Une fumée bleue et des nuages de cendre tourbillonnante traversèrent le champ des détecteurs de Deirut en s'élevant du cercle de terre carbonisée sur lequel le vaisseau avait atterri. Des flammes orange couraient dans le fourrage desséché sur sa droite, mais les automatismes chimiques du nez de la fusée projetèrent une pluie de borate sur le feu et l'éteignirent. A travers le rideau de fumée qui s'élevait au-delà des flammes, Deirut voyait les dos des animaux qui s'enfuyaient. Le grossissement révéla qu'ils avaient quatre pattes, étaient couverts de fourrure et avaient une petite tête plate. Ils rebondissaient comme des balles.

L'étau de la peur se refermait autour de la poitrine de Deirut. Cet endroit ressemblait trop à la Terre. Ses dents s'entrechoquaient sous les contraintes inconscientes de la poussée.

Les instruments l'informèrent qu'ils captaient des signaux radio modulés : AM et FM. Une lumière s'alluma, révélant que les signaux de prélèvement-essai-surveillance étaient branchés. Les imprimantes du circuit de réponse de l'ordinateur commencèrent à cliqueter. Et, tout d'un coup, la sonnerie du p.e.s. retentit, l'avertissant que « Quelque-Chose-Approchait »!

Sur l'écran apparut un véhicule autopropulsé qui descendait au nord d'une colline de faible altitude, supporté par ce qui ressemblait à cinq monstrueuses vessies pneumatiques. Il venait tout droit vers le vaisseau-D, une cheminée située à l'arrière éructant une fumée blanche à la cadence d'une machine à vapeur. Les micros extérieurs captèrent un « tchouc-tchouc-tchouc » de confirmation et l'ordinateur proclama que le moteur était à double effet et que le bruit qu'il faisait indiquait la présence de cinq paires de pistons opposées.

C'était un tacot pentagonal, marron foncé; des vitres fumées d'un bleu tirant sur le violet surplombaient l'avant de la chose.

Fasciné par la machine, Deirut en oubliait presque la force sauvage qui luttait à l'intérieur de lui. La machine s'arrêta à une cinquantaine de mètres du cercle d'atterrissage carbonisé et projeta au-dehors une bouche qui éructa une bouffée dans sa direction. Les micros extérieurs captèrent le bruit d'une violente explosion et le vaisseau-D se mit à osciller sur son trépied de sustentation amovible.

Deirut se cramponna aux bras de son fauteuil, puis se précipita vers les commandes du système automatique de défense du vaisseau et appuya sur le bouton qui coupait le circuit.

La chose qui se traînait au-dehors fit demi-tour à toute vitesse et se dirigea vers l'est, dans la direction d'un troupeau d'animaux bondissants.

Deirut appuya sur le bouton marqué « Simple Avertissement ».

Un grand tas de terre jaillit du sol devant le véhicule, le contraignant à s'arrêter au bord d'un trou fumant. Un autre geyser de terre entra en éruption à gauche de la machine et un troisième enfin sur la droite.

Deirut enfonça le bouton du mécanisme de défense marqué « Attente » et se retourna pour évaluer les dégâts. La moindre menace émanant de la machine qui se trouvait là, et le formidable arsenal du vaisseau-D l'annihilerait d'un seul coup. Il valait quand même mieux éviter ça et il ne quittait pas des yeux l'écran sur lequel il surveillait l'engin. Celui-ci se tenait immobile au sommet de l'îlot de terrain épargné par les obus et faisait toujours tchouc-tchouc.

Moins de dix secondes plus tard, l'ordinateur cracha une bande, l'informant que la tuyère du vaisseau avait explosé et que tous les détecteurs de proximité étaient hors d'usage. Deirut était prisonnier de la planète jusqu'à ce qu'il ait pu réparer.

Curieusement, cela atténua les effets de la poussée à l'intérieur de lui. Elle était encore là et il la sentait toujours, mais la force qui le harcelait était temporairement endormie, comme si elle aussi avait été mise en « Attente ».

Deirut ramena son attention sur le véhicule rampant.

Le mal avait été fait et il n'y avait plus moyen de l'empêcher. On pouvait faire atterrir son vaisseau avec tout l'arsenal branché sur « Destruction », mais décider de ce qui devait être détruit était plus délicat. La sagesse conseillait de laisser l'adversaire tirer le premier, si sa technologie paraissait suffisamment primitive. Sans cela, on risquait de se rendre définitivement indésirable...

Qui aurait cru qu'ils avaient un canon et qu'ils tireraient sans sommation? se demandait-il. *Tu aurais dû y penser, imbécile. La poudre à canon et la machine à vapeur sont presque toujours associées.*

Allons, j'étais trop troublé par la poussée, pensait-il. *D'ailleurs, pourquoi tirer sans prévenir?*

Le véhicule rampant projeta de nouveau au-dehors l'embouchure de son canon et le véhicule commença à tourner pour braquer l'arme sur le vaisseau. Un coup de semonce projeta une cascade de terre dans le trou à gauche du véhicule, qui s'arrêta aussitôt de tourner.

« Ça c'est du bon boulot », fit Deirut. « Allez-y mollo, les gars. Et si on faisait ami-ami? » Il appuya à gauche du tableau de bord sur un bouton qui coupa les micros extérieurs et mit en marche un klaxon dont le rugissement prodigieux était dirigé vers le véhicule rampant. C'était un son spécial, capable d'intimider pratiquement toutes les créatures qui l'entendaient. Le bruit eut un effet surprenant sur le véhicule. Un opercule s'ouvrit tout à coup au milieu de la machine et cinq créatures en jaillirent qui vinrent se mettre debout sur le capot de leur véhicule.

Deirut raccorda le micro qui se trouvait à côté de lui à l'ordinateur central, augmenta le grossissement de l'image des cinq créatures debout sur leur machine. Il commença à énoncer à haute voix ses propres réactions. Les estimations humaines aidaient toujours les détecteurs de l'ordinateur.

« Humanoïdes », disait-il. « Corps tubulaire vertical d'un mètre cinquante de haut environ avec deux jambes revêtues de sortes de bottes. Des vêtements semblables à des sacs, ceinturés à la taille. Chacun porte à la ceinture cinq bourses. Le nombre cinq est important, ici. Couleur de la chair : un bleu-violet clair. Deux bras; articulations : humanoïdes, mais l'avant-bras est très long. Les mains sont larges, munies de six doigts et on dirait qu'ils ont deux pouces opposables : un de chaque côté. Tête : plutôt carrée, en forme de dôme, couverte de ce qui ressemble à un béret d'un bleu-violet foncé. Les yeux sont à demi pédonculés, de couleur jaune et placés juste à l'intérieur des *coins* du devant de la tête. Cette tête est massive. Je suppose que les yeux peuvent se tortiller pour regarder en arrière sans tourner la tête. »

Les créatures se mirent à descendre de leur véhicule.

Deirut poursuivit sa description : « Une grande bouche dont l'orifice est centré en dessous des yeux. On dirait qu'il y a une courte articulation au niveau du menton. L'orifice est dépourvu de lèvres, ovoïde; il n'y a pas de dents apparentes... rectification : il y a une ligne sombre à l'intérieur, qui pourrait être l'équivalent local. De petits orifices distincts, en dessous de chaque pédoncule oculaire — peut-être pour la respiration. Il y en a un qui vient juste de tourner la tête. Je vois une légère dentelure centrée sur le côté de la tête — usage inconnu. Ça ne ressemble pas à une oreille. »

Ils s'avançaient maintenant tous les cinq vers le vaisseau. Deirut élargit le champ pour les garder à l'œil et dit : « Ils transportent des arcs et des flèches. Ce qui est étrange quand on pense au canon. Chacun d'eux a un carquois sur le dos avec... cinq flèches.

Encore une fois cinq. Les arcs sont passés en bandoulière sur l'épaule gauche. Chacun porte une courte lance harnachée dans le dos; juste en dessous de la pointe de la lance, il y a un fanion bleu-violet, avec un genre de dessin, comme un U à l'envers, orange. Le même dessin se répète sur le devant de leur tunique, bleu-violet elle aussi. Le bleu-violet et le chiffre cinq. Quel est le pronostic? »

Deirut attendit que la réponse de l'ordinateur lui parvienne par l'intermédiaire du haut-parleur qui lui avait été greffé dans le cou. Des relais cliquetèrent et le vocodeur se mit à murmurer dans les os de son crâne : « Association religieuse probable avec la couleur et le chiffre cinq. Extrême prudence recommandée sur les questions religieuses. Armure et arme à main obligatoires. »

C'est l'inconvénient des ordinateurs, se disait Deirut. *Trop logiques.*

Les cinq indigènes s'étaient arrêtés juste au ras du cercle noirci par les flammes à l'atterrissage. Ils levèrent les bras en direction du vaisseau et chantèrent quelque chose qui ressemblait à « Tougayala-tougayala-tougayala ». Le bruit provenait de l'orifice central ovale.

« On va tougayaler dans une minute », marmonna Deirut. Il produisit un pistolet-mitrailleur Borgen, revêtit une armure corporelle, pointa deux des lance-obus du vaisseau droit sur la charrette à vapeur et les connecta à un interrupteur réglé pour se déclencher quinze secondes après l'arrêt de son cœur. Il relia le sas au système p.e.s., programmé pour faire sauter les envahisseurs étrangers quels qu'ils soient. Il fourra dans des poches variées un récepteur lingua-pack syntonisé sur le haut-parleur implanté dans sa gorge par l'intermédiaire de l'ordinateur, un nécessaire standard de contact pour prélever tous les échantillons qui pourraient l'intéresser, une demi-douzaine de minigrenades, des comprimés énergétiques, un analyseur de nourriture, un couteau à lancer dans son étui, une minisonde reliée à l'ordinateur du vaisseau et un lance-pierre. Eprouvant enfin une certaine appréhension, il fourra une trousse de premier secours sous son armure, près de son cœur.

Un dernier regard autour de lui, sur le poste de pilotage familier, et il se laissa glisser dans le tube qui menait au sas, qu'il ouvrit pour se glisser au-dehors.

Les cinq indigènes se prosternèrent à plat ventre sur le sol, les bras tendus vers lui.

Deirut prit un moment pour les regarder et examiner son environnement. Il y avait dans l'air une fraîcheur que même ses filtres nasaux ne parvenait pas à amoindrir. C'était encore le matin et le soleil projetait sa lumière crue sur les collines basses et les bouquets d'arbustes rabougris. Ils se détachaient nettement sur un clair-obscur dominé par la longue épée bleue de l'ombre du vaisseau qui vacillait dans la prairie.

Deirut leva les yeux vers son vaisseau-D. C'était une tour rouge et blanche rayée, avec un trou béant là où auraient dû se trouver les tuyères. Son numéro — le 1107, peint au pochoir en vert lumineux — avait échappé de peu à la destruction. Il reporta son attention sur les autochtones.

Ils étaient toujours aplatis dans l'herbe et le regardaient fixement de leurs yeux pédonculés pointés vers le haut.

« J'espère que vous avez une bonne industrie métallurgique, les gars », fit Deirut. « Faute de quoi je vais être un visiteur extrêmement mécontent. »

Au son de sa voix, les cinq individus se mirent à grogner à l'unisson : « Tougayala-ung-ung. »

« Ung-ung? » demanda Deirut. « Je croyais que nous allions tougayaler. » Il sortit le lingua-pack qu'il plaça sur sa poitrine, le micro dirigé vers les indigènes et s'avança vers eux en sortant de l'ombre de la fusée. Après réflexion, il leva la main droite, la paume vide tendue vers le ciel dans le geste universel de paix humain, mais garda la main gauche sur le Borgen.

« Tougayala! » s'écrièrent les cinq personnages.

Son lingua-pack resta muet. *Tougayala* et *ung-ung* ne suffisaient guère à percer les subtilités d'une langue.

Deirut fit un autre pas dans leur direction.

Ils se mirent tous à genoux et se levèrent, le corps ramassé comme s'ils s'apprêtaient à s'envoler. Cinq paires d'yeux pédonculés étaient rivées sur lui. Deirut éprouva la sensation très curieuse qu'ils lui étaient déjà connus. Ils ressemblaient un peu à des sauterelles géantes qui auraient été croisées avec un singe. Ils faisaient penser à des monstres aux yeux globuleux échappés d'un livre de science-fiction qu'il avait lu étant enfant; il considérait cela comme la preuve évidente que ce que l'imagination de l'homme pouvait concevoir, la nature pouvait le produire.

Deirut fit un autre pas en avant et s'adressa aux indigènes. « Allons, les amis, parlons un peu ensemble. Dites quelque chose. Servez-vous de votre langue, hein? »

Les cinq étrangers reculèrent de deux pas. Leurs pieds faisaient un bruit sec et doux dans l'herbe.

Deirut déglutit. Leur silence était un peu déconcertant.

Brusquement, quelque chose émit un bourdonnement. On aurait dit que cela provenait de l'un des indigènes qui se trouvait à la droite de Deirut. La créature s'agrippa à sa tunique et se mit à jacasser : « s'Chareecha! s'Chareecha! » Il sortit un petit objet de sa poche et les autres l'entourèrent.

Deirut se raidit et souleva le Borgen.

Les indigènes l'ignoraient pour se concentrer sur l'objet qui se trouvait dans les mains de l'une des créatures. « Que se passe-t-il? » demanda Deirut. Il était mal à l'aise, angoissé. Ça ne se passait pas du tout comme dans les livres.

Ils se redressèrent tout à coup et retournèrent sans plus lui accorder un regard vers leur machine à vapeur dans laquelle ils remontèrent.

Quel est cet examen auquel j'ai échoué? se demandait Deirut.

Le silence s'établit sur la scène.

Au cours de son entraînement comme pilote de vaisseau-D, Deirut s'était fait un nom pour la saveur certaine de son langage. Il s'accorda un moment pour répéter certains de ses morceaux de bravoure, puis dressa l'inventaire de la situation : il était planté là, à découvert, au pied de sa fusée, alors que ces indigènes imprévisibles avaient regagné leur char à vapeur. Il grimpa dans le sas qu'il referma hermétiquement et se précipita dans la salle de l'ordinateur pour un entretien à cœur ouvert.

« La chose qui bourdonnait était probablement une montre », fit l'ordinateur. « La créature qui la possédait mesurait deux millimètres de plus que sa compagne la plus grande. Certaines indications tendraient à montrer que ce serait le chef du groupe. »

« Chef de mes deux », fit Deirut. « Qu'est-ce que c'est que ce *tougayala* qu'ils n'arrêtent pas de brailler? »

En conséquence de sa longue association avec Deirut, l'ordinateur avait adopté un modèle de réponse adapté aux questions de pure rhétorique ou à celles auxquelles il n'y avait de toute évidence pas de réponse possible. Il disait : « Tss-tss. »

« J'ai l'impression d'entendre ma vieille tante Marthe », fit Deirut. « Ils *hurlaient* ce tougayala. C'est manifestement important. »

« C'est au moment où ils ont remarqué tes mains qu'ils ont élevé leurs voix au plus haut niveau sonore jusqu'ici enregistré sur cette planète », répondit l'ordinateur.

« Mais pourquoi? »

« Peut-être », fit l'ordinateur, « parce que tu as cinq doigts. »

« Cinq », répéta Deirut. « Cinq... cinq... cinq... »

« Nous n'avons découvert que cinq corps célestes, ici », poursuivit l'ordinateur. « Tu as noté que les cieux sont dépourvus d'étoiles en dehors de cela. Le compagnon rapide est présentement au-dessus de nos têtes, tu sais. »

« Cinq », répétait Deirut.

« Cette planète », faisait l'ordinateur, « les trois masses de gaz incandescent à l'état plasmatique et l'autre compagnon du soleil de cette planète. »

Deirut leva la main, plia ses doigts.

« Ils pensent peut-être que tu es une divinité », fit l'ordinateur. « Ils ont six doigts; tu n'en as que cinq. »

« Le ciel vide, à l'exception des trois soleils », fit Deirut.

« N'oublie pas cette planète et l'autre compagnon », fit l'ordinateur.

Deirut imagina la vie sur une telle planète : *pas d'étoiles dans le ciel... elles étaient toutes cachées derrière le nuage d'hydrogène dans lequel ils étaient enfermés.*

Il se mit à trembler d'une façon inexplicable sous l'attaque de la *poussée.*

« Que faudra-t-il pour réparer les tuyères du vaisseau? » demanda Deirut. Il s'efforçait de maîtriser son tremblement.

« Un outillage perfectionné, et le travail de techniciens en électronique de cinquième niveau au moins. Les données pour la réparation sont disponibles dans ma mémoire. »

« Qu'est-ce qu'ils font dans cette machine? » demanda Deirut. « Pourquoi est-ce qu'ils ne parlent pas? »

« Tss-tss », répondit l'ordinateur.

Trente-huit minutes plus tard, les indigènes émergèrent de nouveau de leur machine à vapeur et se postèrent à la limite du sol calciné.

Deirut renouvela ses mesures de protection et alla les rejoindre. Il se déplaçait avec lenteur et circonspection, le Borgen dans la main gauche.

Cette fois-ci, les aborigènes l'attendirent et ne reculèrent pas. Ils avaient l'air plus détendu et bavardaient entre eux à voix basse, le regardant de leurs yeux pédonculés. Les vocables étaient encore du charabia pour Deirut, mais il avait branché sur eux le lingua-pack et il savait que l'ordinateur posséderait en un rien de temps la clé de leur langage.

Deirut s'arrêta à huit pas des indigènes. « Content de vous voir, les gars. Vous avez bien dormi, dans votre voiture? »

« Qu'est-ce qu'il fabrique? » fit le plus grand en hochant la tête.

Deirut en resta la bouche ouverte, le souffle coupé.

« Espérons que vous avez une bonne industrie métallurgique, les amis », fit un autre indigène sur la gauche. « Faute de quoi, je vais être un visiteur extrêmement mécontent. »

« Content de vous voir, les gars. Vous avez bien

dormi, dans votre voiture? » dit le plus grand.

« Ils imitent ma voix! » fit Deirut avec un hoquet.

« Confirmé », répondit l'ordinateur.

Deirut surmonta son envie de rire. « Vous êtes les espèces de genres de sortes de bestioles les plus tartes que j'ai jamais vues de ma vie! C'est un miracle que vos mères aient pu supporter vos physionomies! »

Le plus grand des indigènes répéta ses paroles sans une seule erreur.

« La référence à la mère ne peut être prise en considération pour l'instant », fit l'ordinateur. « Coutumes de reproduction locales présentement inconnues. Certains indices permettent de penser qu'ils pourraient être moitié végétaux, moitié animaux. »

« Oh, ta gueule! » s'exclama Deirut.

« Oh, ta gueule! » répéta un indigène sur sa gauche.

« Je te suggère de conserver le silence », intervint l'ordinateur. « Certains signes montrent clairement qu'ils tentent de comprendre ton langage. Mieux vaut comprendre leur langue en révélant le moins possible de la nôtre. »

Appréciant la sagesse de l'idée, Deirut forma dans sa gorge les paroles qu'il destinait à l'ordinateur. « Tu as toujours raison. »

Il pinça les lèvres et regarda fixement les indigènes. Le silence s'éternisa, enfin rompu par le plus grand des autochtones.

« Augroup somilican. »

« Tougayala », répondit celui qui se trouvait à gauche.

« Nombre cardinal », fit l'ordinateur. « Probablement le chiffre cinq. Tends la main, les doigts écartés, en disant tougayala. »

Deirut s'exécuta.

« Tougayala, tougayala », acquiescèrent les indigènes. L'un d'eux se détacha du groupe, retourna vers la machine à vapeur et en rapporta une figurine de métal noir d'une cinquantaine de centimètres de hauteur qu'il tendit à Deirut.

Deirut avança avec circonspection et prit l'objet qui lui parut lourd et froid. C'était une représentation joliment stylisée d'un indigène, la bouche ouverte, les pédoncules oculaires tombant suivant le dessin de deux U renversés.

Deirut exhuma son nécessaire de contact qu'il pressa sur le métal de la statuette. La trousse de contact préleva un échantillon avec un « ping » caractéristique.

Les indigènes n'en perdaient pas une miette.

« Alliage de fer, de magnésium et de nickel », fit l'ordinateur. « Forme obtenue par moulage. Age approximatif : vingt-cinq millions d'années standard. »

Deirut sentit sa gorge se dessécher. « Ce n'est pas possible! » fit-il dans sa gorge.

« Calcul approché à plus ou moins six mille ans », poursuivit l'ordinateur. « Tu remarqueras les gravures sur le moulage; l'U inversé sur la poitrine représente certainement le chiffre cinq. En dessous, c'est de l'écriture. Tracé trop uniforme pour permettre une autre interprétation. »

« Une civilisation de vingt-cinq millions d'années », répéta Deirut.

« Plus ou moins six mille ans », confirma l'ordinateur.

Deirut ressentit une nouvelle fois une vague de *poussée* contre laquelle il lutta. Il avait envie de retourner dans son vaisseau endommagé, de fuir cet endroit en dépit du danger. Il avait les genoux qui s'entrechoquaient.

L'indigène qui lui avait remis la statuette fit un pas en avant pour la récupérer. « Tougayala », dit-il en indiquant du doigt l'U à l'envers qui se trouvait sur la statuette, puis le symbole qu'il avait sur la poitrine.

« Mais ils n'ont qu'une machine à vapeur », protesta Deirut.

« Une machine à vapeur très sophistiquée », rectifia l'ordinateur. « Le canon est rétractable, monté sur gyroscope et à poursuite automatique. »

« Ils pourront réparer le vaisseau! » s'exclama Deirut.

« S'ils veulent bien », répondit l'ordinateur.

Le plus grand des indigènes approchait maintenant vers Deirut; il mit un doigt sur le lingua-pack et émit un « s'Chareecha » d'une voix qui s'infléchit sur la dernière syllabe. Deirut examina prudemment sa main. Ils avaient six doigts, décidément, et leur peau était d'un mauve tirant sur le bleu. Leurs doigts avaient deux articulations et l'extrémité en était recouverte de corne.

« Essaye de faire " ung-ung ", lui conseilla l'ordinateur.

« Ung-ung », fit Deirut.

Le plus grand fit un bond en arrière et tous les cinq pointèrent vers le ciel leurs yeux pédonculés. Ils se lancèrent dans une discussion animée dans laquelle Deirut remarqua des sons qui se répétaient : « Yaubron... s'Chareecha... Autoga... Sreesesreese... »

« Nous avons des données de base approchantes, maintenant », fit l'ordinateur. « Le plus grand s'appelle Autoga. Appelle-le par son nom. »

« Autoga », fit Deirut.

L'indigène se retourna, riva ses yeux pédonculés sur Deirut.

« Dis *Ai-Yaubron ung sreese s'chareecha* », suggéra l'ordinateur.

Deirut s'exécuta.

Les indigènes se regardèrent et ramenèrent leur attention sur Deirut. Puis ils commencèrent à grogner d'une manière presque incontrôlable. Autoga s'assit par terre et se mit à frapper le sol de ses mains sans cesser de grogner.

« Qu'est-ce que c'est que ça? » demanda Deirut.

« Ils rient », expliqua l'ordinateur. « Va t'asseoir auprès d'Autoga. »

« Par terre? » demanda Deirut.

« Oui. »

« C'est bien prudent? »

« Evidemment. »

« Pourquoi est-ce qu'ils rient? »

« Ils rient d'eux-mêmes. Tu les as bien eus, tu les as attrapés. C'est un rire, à n'en pas douter. »

Deirut se rapprocha d'Autoga en hésitant et s'assit à côté de lui.

Autoga cessa de grogner, mit la main sur l'épaule de Deirut et s'adressa à ses compagnons. L'ordinateur traduisit ses paroles avec un retard d'une milliseconde. « Eh bien, elle est bonne celle-là, les gars! Son accent est épouvantable, mais il a le sens de l'humour! »

« Tu es sûr de ta traduction? » demanda Deirut.

« Relativement », répondit l'ordinateur. « A défaut d'assises morphologiques solides, d'une étude culturelle approfondie et de comparaisons en série de l'évolution vocale, toute traduction ne sera bien entendu qu'une approximation littérale grossière. Nous affinerons l'interprétation en allant de l'avant. Nous sommes prêts à faire passer par le lingua-pack les paroles que tu prononceras dans ta gorge. »

« Allons-y », fit Deirut.

Du lingua-pack qui se trouvait sur sa poitrine émanèrent une succession de sons qui ressemblaient à « Ai-ing-eeya ».

« C'est une bonne idée. C'est à ciel ouvert », fut la traduction par l'ordinateur de la réponse d'Autoga.

Deirut secoua la tête. Ça ne collait pas. Ciel ouvert?

« Désolés d'avoir endommagé votre véhicule », fit Autoga. « Nous vous avions pris pour un de nos gamins en train de faire l'idiot. »

Deirut déglutit péniblement. « Vous avez pris mon... Votre peuple sait construire des vaisseaux comme celui-ci? »

« Oh, nous en avons fait quelques-uns, il y a près de dix millions de *klurches* », répondit Autoga.

« Ça fait au moins *quinze* millions de klurches », rectifia l'indigène ridé qui se trouvait à la gauche de Deirut.

« Enfin, Choon, voilà que tu recommences à exagérer », dit Autoga. Il regarda Deirut. « N'en veuillez pas à Choon. Il voudrait que tout soit plus grand, meilleur et plus beau que ça n'est. »

« Qu'est-ce que c'est qu'un klurch? » demanda Deirut.

L'ordinateur répondit de façon à n'être entendu que de Deirut. « Réponse probable : l'année locale. Environ une année standard un tiers. »

« Je suis heureux que vous ayez décidé de vous montrer pacifiques », fit Deirut; ce que le lingua-pack rendit par une succession de sons divers et variés.

Les indigènes regardaient la poitrine de Deirut.

« Il parle avec sa poitrine », dit Choon.

Autoga leva les yeux vers le vaisseau. « Il y en a d'autres comme vous? »

« Ne réponds pas à ça! » l'avertit l'ordinateur. « Fais leur croire que le vaisseau est une source de pouvoirs mystiques. »

Deirut digéra la consigne et secoua la tête. Quel abruti, cet ordinateur! « Ils sont futés, les gars », dit-il à haute voix.

« Quel ravissant arrangement de bruits! » fit Autoga. « Vous pourriez nous refaire tout ça? »

« Vous avez cru que j'étais un de vos gosses », poursuivit Deirut. « Et maintenant, qui croyez-vous que je suis? »

Le lingua-pack resta muet. « Je suggère de ne pas poser cette question », fit le haut-parleur qu'il avait dans l'oreille.

« Pose-la! » ordonna Deirut.

Le lingua-pack vomit un flot de sons.

« Nous avons discuté de cela pendant que s'Chareecha était là », répondit Autoga. « Nous nous sommes abrités dans l'obscurité pourpre parce que nous ne souhaitons pas monter en graines sous l'influence de s'Chareecha, comprenez-vous. La majorité d'entre nous a décidé que vous étiez la personnification de notre conception de la divinité. Je ne suis pas de leur avis. Je pense que vous êtes un inconnu, encore que je vous accorde momentanément le titre conféré par la majorité. »

Deirut s'humecta les lèvres de la pointe de la langue.

« Il a cinq doigts », intervint Choon.

« C'est l'argument dont tu as usé pour convaincre Tura et Lecky », répondit Autoga. « Mais cet argument ne répond pas à l'objection de Spispi selon laquelle les cinq doigts pourraient être le résultat de manipulations génétiques, combinées peut-être avec une amputation. »

« Mais ses yeux? » continua Choon. « Qui aurait

pu concevoir de tels yeux? Même dans nos rêves les plus extravagants... »

« Vous risquez d'offenser notre visiteur », dit Autoga. Il jeta un coup d'œil à Deirut, ses yeux pédonculés tendus d'un air interrogateur.

« Et les articulations des bras et des jambes », risqua l'un des autres indigènes.

« Vous répétez toujours les mêmes vieux arguments », fit Autoga.

Deirut imagina soudain la vision de lui que devaient avoir les indigènes. Leurs yeux offraient des avantages incontestables sur les siens. Il les avait vus regarder derrière eux sans tourner la tête. Le double pouce opposable avait l'air bien pratique. Ils devaient trouver que le fait de n'avoir qu'un pouce était une limitation bizarre. Il se mit à ricaner.

« Qu'est-ce que c'est que ce bruit? » demanda Autoga.

« Je ris », répondit Deirut.

« Je vais traduire ça par : “ je ris de moi-même ” », fit l'ordinateur. Les sons émanèrent du lingua-pack.

« Un individu qui sait rire de lui-même a fait un grand pas en avant vers les sommets de la civilisation », dit Autoga. « Pas d'offense. »

« Les théories de Picheck selon lesquelles un vœu concerté pour une divinité doit provoquer son arrivée sont ici démontrées », intervint Choon. « Ce n'est pas tout à fait la forme d'entité que me montraient mes visions, cependant, mais nous... »

« Pourquoi ne pas nous en informer? » demanda Autoga en se tournant vers Deirut. « Etes-vous une divinité? »

« Je suis un être humain tout ce qu'il y a de mortel et rien de plus », répondit Deirut.

Le lingua-pack garda le silence.

« Tu vas traduire ça! » jappa Deirut.

L'ordinateur lui réservait une de ses tirades. « L'expérience, l'entraînement et toutes les données en mémoire suggèrent qu'il serait plus prudent pour toi de t'ériger en divinité. Leur terreur mystique naturelle te permettrait de... »

« Nous ne ferions pas marcher ces gars-là cinq minutes », répondit Deirut. « Ils ont construit des vaisseaux de l'espace. Ils disposent de techniques électroniques élaborées. Tu as entendu leur radio. Il y a plus de vingt-cinq millions d'années qu'ils sont civilisés. » Il s'interrompit. « Ce n'est pas vrai? »

« Absolument. La figurine moulée était d'une configuration et d'une technique élaborées. »

« Alors tu vas traduire ce que j'ai dit! »

Deirut prit conscience du fait qu'il avait parlé tout haut. Les indigènes étaient suspendus à ses paroles... et aux mouvements de sa bouche.

« Traduire », répéta Autoga. « C'est *chtsuyop,* non? »

« N'articule pas », dit l'ordinateur. « Forme les mots dans ta gorge seulement. Ils commencent à comprendre notre langue. »

« C'est avec leur tête qu'ils font ça, espèce de résidu de bazar électronique foireux! » fit Deirut. « Et quand je pense que j'ai besoin de toi! Alors tu t'imagines que je pourrais faire croire à ces gens que je suis un dieu? »

« Je vais traduire parce que tu me l'ordonnes et que mes circuits de dérogation ne peuvent se dérober à tes ordres », fit l'ordinateur.

« Un ordinateur! » s'exclama Autoga. « Il a un ordinateur interprète dans son véhicule! Comme c'est pittoresque! »

« Traduis », fit Deirut.

Des sons émergèrent du lingua-pack.

« J'avais raison », répondit Autoga. « Et vous remarquerez que j'avais deviné rien qu'à la conception du véhicule et à la coupe de ses vêtements; plus, bien sûr, les accessoires. »

« C'est pour ça que tu es le chef », fit Choon. « J'accepte incommensurablement ta rectification et ton enseignement. »

Autoga regarda Deirut. « De quoi aurez-vous besoin en dehors de la remise en état de votre véhicule? »

« Vous ne voulez pas savoir d'où je viens? » demanda Deirut.

« Vous venez bien de quelque part », fit Autoga. « Il existe une théorie selon laquelle il existerait d'autres soleils et d'autres mondes au-delà du nuage d'hydrogène à partir duquel nous avons été créés. Votre présence semblerait prouver la justesse de cette théorie. »

« Mais... mais vous n'avez pas envie d'entrer en rapport avec nous... de faire du commerce, d'échanger des idées? »

« Il n'est pas évident », reprit Autoga, « que la théorie de la vacuité de l'univers ait été réfutée. Quoi qu'il en soit, même un primitif tel que vous devrait comprendre à quel point une communication de cette espèce serait sans objet. »

« Mais nous... »

« Nous savons parfaitement que l'exiguïté de notre univers nous a contraints à nous replier sur nous-mêmes », fit Choon. « Ce n'est pas ce que vous aviez l'intention de nous dire? »

« Il allait entrer dans des détails assommants au sujet de tout ce qu'il pourrait nous apporter », intervint Autoga. « Je suggère que nous fassions ce qui doit être fait. Spispi, Tura et toi, vous vous occuperez de l'ordinateur qui se trouve dans son véhicule. Choon et moi nous... »

« Qu'est-ce que vous magouillez? » brailla Deirut en bondissant sur ses pieds. Enfin, c'est ce qu'il crut faire, mais il se rendit compte l'instant d'après qu'il était toujours assis par terre, les cinq indigènes faisant cercle autour de lui et le regardant fixement.

« Ils effacent certains de mes circuits! » pleurnicha l'ordinateur. « Je suis entouré par un champ gravito-magnétique qui me... Arreu... tss-tss... Petit Papa Noël... »

« Très intéressant », disait maintenant Autoga. « Il est déjà entré en contact avec une civilisation du niveau de la nôtre. Vous remarquerez l'inhibition résiduelle qui l'empêche de rester longtemps éloigné de chez lui. Nous allons renforcer l'inhibition, cette fois. »

Deirut regardait les indigènes qui bavardaient autour de lui avec l'impression de les avoir déjà vus quelque part. Le haut-parleur inséré dans sa gorge restait muet. Aucun son ne sortait du lingua-pack. Il sentait des choses bouger dans son esprit, comme des araignées en train de ramper le long de ses fibres nerveuses.

« Qui aurait-il pu contacter, à ton avis? » demanda Choon.

« Personne de notre groupe, en tout cas », répondit Autoga. « Il faudra que nous nous livrions à une enquête approfondie avant de nous exposer à la lumière de s'Chareecha et de nous planter en prévision de la prochaine montée en graines. »

« Mais à qui parler de ces choses-là? » fit Choon. « Nous ne sommes que des pâtres. »

« Nous devrions peut-être écouter plus souvent les émissions de variétés », dit Spispi. « Il se pourrait qu'elles en aient parlé. »

« Nous ne sommes peut-être que de simples bouviers dont l'enquête n'ira pas très loin », reprit Autoga, « mais c'est en tout cas une aventure qui nous procurera de nombreuses heures de conversation. Figurez-vous un peu que la théorie de la vacuité de l'univers en soit réfutée! »

Deirut s'éveilla dans son fauteuil, aux commandes du vaisseau. Il sentait dans les odeurs de la cabine, celle de sa propre sueur atteinte par l'alchimie de la peur. Un regard au tableau de bord lui apprit qu'il avait succombé à la poussée et fait faire demi-tour à son vaisseau. Il tournait le dos au nuage à l'intérieur duquel il n'avait rien trouvé du tout.

Une étrange tristesse submergea Deirut.

Un jour, je la trouverai, ma planète, se disait-il. *Il y aura des édifices d'albâtre, des étendues d'eau abritées sur lesquelles naviguer et des steppes à perte de vue, bourrées de bêtes.*

Le livre de bord automatique montrait qu'il avait fait demi-tour au quatre-vingt-quatorzième jour.

J'ai tenu le coup plus longtemps que Bingaling, se dit-il.

Il se rappela alors une conversation avec Bingaling, et une curieuse référence à une précédente tentative qu'il avait faite pour percer le secret du nuage. *Peut-être que j'y suis arrivé,* pensa-t-il. *Peut-être que j'ai oublié parce que la poussée est devenue trop forte.*

Alors, ses pensées revinrent à la base de Capella, à son foyer. Cette seule idée atténua les effets de la poussée qui se faisaient encore faiblement sentir. La poussée... La poussée avait eu raison de lui, une fois de plus. *La prochaine fois que je serai de sortie,* décida-t-il, *j'irai voir dans la direction opposée ce qu'il peut bien y avoir là-bas.*

Laissant vagabonder son esprit, Deirut se posa ensuite des questions au sujet de la poussée. *Pourquoi est-ce qu'on appelle ça la poussée? Pourquoi pas plutôt l' « attraction »?*

La question l'intéressait suffisamment pour qu'il la pose à l'ordinateur.

« Tss-tss », répondit l'ordinateur.

Escape Felicity.

LA BOMBE MENTALE

Une des craintes exprimées par Frank Herbert est celle de la victoire totale et définitive d'une bureaucratie, d'un ordre humain ou mécanique, qui priverait l'humanité de son imprévisibilité et de sa faculté d'innover. On peut même penser que, pour Herbert, les caractéristiques humaines fondamentales sont l'esprit de rébellion et la capacité d'inventer qui vont de pair. Grâce à eux, l'espèce humaine accomplit en quelques années ou en quelques décennies des efforts d'adaptation qui lui permettent de survivre et de se multiplier en se répandant dans l'univers, alors que des espèces moins versatiles ont besoin de dizaines de millénaires pour atteindre au même résultat, ou échouent et disparaissent.

Dans Dune, *les hommes ont jadis détruit les ordinateurs électroniques qui menaçaient de les asservir. Dans* l'Etoile et le Fouet, *Herbert imagine un Bureau du sabotage (Busab), institution officielle qui a pour fonction d'empêcher les administrations bureaucratiques de trop bien réussir dans leurs projets, de contrebalancer le mortel souci de perfection qui les anime, d'éviter l'homogénéisation du monde co-sentient, et par là de sauvegarder l'avenir ou la liberté, ces deux faces d'une même pièce.*

La Machine Suprême, éprise de perfection, chargée par ses constructeurs d'éliminer tous les conflits ou mieux de leur substituer des conflits artificiels et purement apparents, peut-elle durablement concilier ce beau programme avec l'injonction fondamentale qui lui a été faite d'assurer la pérennité et la progression de l'espèce humaine?

LA BOMBE MENTALE

1

IL faisait chaud à Palos à cette époque de l'année. La Machine Suprême avait réduit bon nombre de ses activités et accéléré son système réfrigérateur.

Cette saison est dite chaude et désolée, notait la Machine. *Il faut distraire les gens en une telle saison...*

Peu après midi, elle remarqua que les gens étaient plutôt rares dans les rues, à part quelques touristes qui portaient pendus à leur cou des enregistreurs omnisensoriels et qui transpiraient abondamment.

Quelques résidents locaux, ceux qui n'étaient point accaparés par quelque besogne de survivance, regardaient à l'occasion à travers leurs fenêtres isolantes ou se tenaient debout sur le seuil de leurs portes à l'abri du champ protecteur de leurs écrans. Ils semblaient flotter dans une réclusion fangeuse sous un ciel de limonade.

La nature de la saison et l'environnement pénétraient la Machine. Elle commença de lancer le flux de symboles qui gardaient la porte d'accès à l'imagination et à la conscience. Les symboles étaient nombreux et ils coulaient à l'extérieur comme des rivières d'argent, charriant des idées d'un point temporel à un autre sur une vaste étendue d'existence.

Bientôt, tandis que le soleil parvenait à mi-course du point où il ferait surgir les ténèbres, la Machine Suprême commença de construire une tour. Elle nomma la tour PALAIS DE LA CULTURE DE PALOS. Et le nom s'étendait en travers des étages inférieurs de la tour en lettres brillantes plus grandes qu'un homme.

Derrière une fenêtre isolée, de l'autre côté de la place, un homme du nom de Wheat regardait monter la tour. Il entendait les mouvements de la navette dans le métier à tisser de sa femme, tandis qu'en proie aux déchirements d'une honteuse aversion il se détournait des pensées spasmodiques qui torturaient son cerveau pour observer la tour.

« La damnée machine remet ça », dit-il.

« C'est l'époque de l'année qui veut ça », répondit sa femme sans lever les yeux du dessin qu'elle était en train de tisser. Celui-ci apparaissait comme une cage à barreaux jaunes à l'intérieur d'une guirlande de roses orange, en cascade.

Wheat réfléchit pendant quelques minutes à l'immensité souterraine mesurée par les hommes pour définir les limites de la Machine Suprême. Il y avait sûrement des cavernes là-dessous, se disait Wheat. D'interminables corridors ténébreux ou nulle pluie ne tombait jamais. Wheat se plaisait à imaginer la Machine sous cette forme, bien qu'il n'existât aucun indice permettant de croire qu'un homme se soit un jour aventuré dans les ventilateurs ou les extrusions de surface par lesquels la Machine faisait connaître sa présence.

« Si cette maudite machine n'était pas aussi répugnante, elle serait drôle », dit Wheat.

« Je m'intéresse bien davantage aux questions qui nécessitent de résoudre un problème », répondit sa femme, « c'est pourquoi je me suis lancée dans le dessin. A ton avis, quelqu'un tentera-t-il de l'arrêter, cette fois? »

« Avant tout, il nous faudrait comprendre en quoi elle consiste », dit Wheat, « or les seules archives qui pourraient nous renseigner se trouvent à l'intérieur. »

« Qu'est-ce qu'elle fabrique? » demanda la femme.

« Elle construit je ne sais quoi. Elle appelle ça un palais, mais il monte joliment haut. Il doit bien comporter vingt étages, déjà. »

La femme s'arrêta pour rajuster le harnais de son métier. Elle sentait déjà le tour qu'allait prendre cette conversation et en éprouvait par avance de l'effroi. Le soleil sur son déclin projetait l'ombre de Wheat dans la pièce, et cette forme noire étendue là, sur le plancher, lui donnait envie de s'enfuir. A de tels moments, elle haïssait la Machine de lui avoir donné Wheat pour compagnon.

« Je me demande sans cesse ce qu'elle va bien pouvoir nous retirer cette fois encore », dit-elle.

Wheat continuait de regarder à travers la fenêtre, impressionné par la vitesse avec laquelle la tour s'élevait. Les rayons du soleil couchant peignaient de coulées orange la surface de la tour.

Wheat était le spécimen-type du mâle humain, mais d'un âge avancé. Son visage était comme une feuille de chou veinée, avec des rides qui s'entrecroisaient. Il atteignait environ 2 mètres de haut, comme tous les adultes du monde. Il avait également leur teint d'un brun olivâtre, les mêmes cheveux bruns et les yeux à l'avenant. Sa femme, voûtée par les nombreuses années passées devant son métier, lui ressemblait néanmoins de façon remarquable. Tous deux portaient les cheveux longs, liés sur la nuque par des bouts de ruban bleu. Des vêtements en forme de sac, faits du même matériau, recouvraient leurs corps du cou aux chevilles.

« C'est déconcertant », dit Wheat.

Pendant un moment, la Machine Suprême mena un jeu de pensées dans le langage kersan-pueblo, explorant les morphèmes subtils qui enregistraient toutes les actions actuellement entreprises par simple ouï-dire.

Culture, enregistra la Machine parlant uniquement pour ses censeurs internes, mais utilisant plusieurs vocalisateurs et divers modes tonals. *Culture — culture — culture.* Le mot ingéra la substance dont se nourrit la pensée, provoqua l'ignition d'un nouveau train de concepts. *Une nouvelle Loi de Culture doit être homogénéisée immédiatement. Elle sera codifiée avec les habituelles contraintes et exigera des efforts précis pour obtenir l'exactitude de son expression...*

La fenêtre de Wheat donnait sur le sud, au-delà du district de la Machine, et embrassait un verger d'oliviers s'élevant droit vers une falaise dominant la mer. Le ciel était lourd au-dessus des flots et resplendissait des lueurs propres aux anciens couchers de soleil.

« Une nouvelle loi vient d'être promulguée », dit Wheat.

« Comment le sais-tu? » demanda sa femme.

« Je le sais, voilà tout. »

Sa femme sentit les larmes lui monter aux yeux. Le même vieux processus. Toujours le même.

« Selon la nouvelle loi, je dois manier plusieurs idées simultanément dans mon cerveau », dit Wheat. « Je dois développer mes talents. Je dois apporter ma contribution à la culture humaine. »

Sa femme leva les yeux de son tissage, poussa un soupir. « Je ne sais comment tu fais », dit-elle. « Tu es soûl. »

« Mais il y a une loi qui... »

« Il n'existe aucune loi de ce genre! » Elle prit un temps pour se calmer. Va te coucher, vieux fou! Je vais appeler un médecin, qui te donnera une potion pour te rendre la raison. »

« Il fut un temps », dit Wheat, « où tu ne pensais guère aux médecins lorsqu'il s'agissait de lit. »

Il s'écarta de la fenêtre, considéra le mur fissuré derrière le métier de sa femme, puis porta son regard sur le verger d'oliviers jaunis par le soleil et la mer glauque. Il trouva que la mer était laide, mais les fissures du mur lui suggéraient l'idée d'un beau dessin que sa femme tisserait sur son métier. Il en précisa les détails dans son esprit — des plateaux d'or sur du noir en cascade.

Des souvenirs de son propre visage ridé vu dans la glace vinrent se superposer au patron. Il en allait toujours ainsi lorsqu'il tentait de penser librement. Les idées venaient se figer dans un ciment d'ébène.

« Je confectionnerai un masque d'or », dit-il. « Il sera gravé de veines noires et me rendra beau. »

« Il n'y a plus la moindre pépite d'or dans le monde entier, espèce de vieux fou », ricana sa femme. « L'or n'est plus qu'un mot dans les livres. Qu'as-tu bu hier soir? »

« J'avais dans ma poche une lettre de la Solidarité Centrale », dit-il, « mais quelqu'un me l'a volée. Je suis allé me plaindre à la Machine, mais elle n'a pas voulu me croire. Elle m'a fait asseoir près d'un poteau écailleux au bord de l'eau et répéter dix millions de fois après elle... »

« J'ignore ce que tu prends pour t'enivrer », dit-elle d'un ton geignard, « mais j'aimerais que tu t'abstiennes. La vie serait tellement plus simple. »

« J'étais assis sous un balcon », dit l'homme.

La Machine Suprême écouta pendant un temps le crépitement des machines à écrire desservies par des opérateurs humains dans les bureaux de la Solidarité Centrale. Comme de coutume, elle traduisait les minimes différences de touche en leurs symboles correspondants. Les messages n'avaient rien que de très ordinaire. L'un demandait la collaboration d'une Centrale voisine pour le déplacement d'un cimetière, opération rendue nécessaire par le fait que la Machine avait sorti un nouveau ventilateur dans ce secteur. Un autre commandait quarante conteneurs de melons d'eau au Service Régional de l'alimentation. Un dernier, enfin, destiné à tous les Centres, se plaignait que les touristes devinssent trop nombreux à Palos, où ils troublaient la tranquillité.

Le Palais de la Culture de Palos sera programmé pour une légère augmentation du mécontentement, ordonna la Machine.

Cela s'accordait avec la Loi de la Grande Découverte Culturelle. Le mécontentement engendrait la disponibilité pour l'aventure, amenait les hommes à vivre à un niveau proche du maximum de leurs moyens. Ils ne vivraient pas dangereusement, mais leurs vies présenteraient l'apparence du danger.

La bureaucratie prendra fin, commanda la Machine, *et les dactylographes deviendront silencieux...*

Ces concepts, qui faisaient partie de la Loi Fondamentale de la Machine, s'étaient soumis d'innombrables fois à une répétition comparative. Pour l'instant, la Machine notait que l'un des dactylographes du Centre de Solidarité à Palos rédigeait une lettre d'amour sur papier officiel, durant les heures de travail — cependant qu'un dignitaire du Centre Alimentaire dans le Secteur d'Asius avait détourné une corbeille de pommes fraîchement cueillies pour son propre usage. Ces faits concordaient avec l'interprétation d' « indices favorables ».

« Il s'agit d'une sorte d'intelligence artificielle », dit la femme de Wheat. Elle avait abandonné son métier à tisser pour venir se placer auprès de Wheat et surveiller la croissance de la tour. « C'est tout ce que nous savons, tout le monde le répète. »

« Mais comment fait-elle pour penser? » demanda Wheat. « Ses pensées sont-elles linéaires? Pense-t-elle : 1-2-3-4... A-B-C-D? S'agit-il d'une vieille horloge mystérieuse qui poursuit son tic-tac sous la terre? »

« A moins que ce ne soit une bille roulant au hasard à l'intérieur d'une boîte », répondit sa femme.

« Comment? »

« Eh bien, ouvre la boîte à des instants différents et tu pourrais trouver la bille pratiquement n'importe où à l'intérieur de la boîte. »

« Mais qui a commandé à la bille de venir se cogner au hasard dans notre monde? » interrogea Wheat. « C'est toute la question. Qui lui a dit : fait de nous l'un de ceux-là? »

Il désigna du doigt la tour, qui dominait à présent la place de plus de cent étages. C'était une structure couleur d'orange brillante dans la lumière du soir, rayée verticalement de profondes lignes noires, sans fenêtres, terrifiante et absurde. Wheat eut le sentiment que la tour l'accusait de quelque péché profondément enfoui.

« Peut-être y incorpore-t-elle sa propre fin », suggéra sa femme.

Wheat secoua la tête, non point en dénégation à ce qu'elle venait de dire, mais pour réclamer un silence propice à la pensée. On apercevait un scintillement violent d'objets métalliques au sommet de la tour, où se poursuivait le processus de croissance. Quelle altitude comptait-elle atteindre? Déjà la tour devait constituer la structure artificielle la plus haute que l'homme ait jamais vue.

Un petit groupe de touristes s'arrêta sur la place pour contempler la tour. Ils ne semblaient guère impressionnés par ce spectacle, mais affichaient une curiosité de bon aloi. C'était le type même de spectacle dont on rapporte les images chez soi pour en faire profiter ses amis et connaissances.

Elle a construit une tour le jour même de notre passage. Remarquez l'écriteau : PALAIS DE LA CULTURE DE PALOS. *N'est-ce pas amusant?*

Après avoir récapitulé la question dans la mesure des informations qu'elle possédait, la Machine Suprême ne découvrit aucune ouverture par où faire pénétrer la culture dans la société humaine. Elle effectue les comparaisons finales en kersan-pueblo, enregistrant que l'action décrite devait être intérieure et ressentie uniquement par celui qui avait la parole.

Les humains ne pouvaient se procurer les éléments de la culture à l'extérieur ou par ouï-dire.

La nécessité de prendre des décisions nouvelles

imposait d'arrêter la croissance de la tour. La Machine Suprême coiffa sa construction d'une pyramide d'or de trois cents coudées de côté, en prenant la coudée judaïque pour unité. Les dimensions furent comparées, enregistrées. La tour n'était pas la plus grande de l'histoire, mais la plus haute que les hommes nouveaux eussent jamais vue. L'effet produit serait intéressant à observer conformément aux équations à facteur d'intérêt dont la Machine était équipée.

Au sommet de la pyramide, la Machine installa un appareil à excitation sensorielle, simple système à plasma optique. Il était conçu pour écrire en traits de feu sur l'intersection de la stratosphère et de la troposphère.

La Machine Suprême, occupée à choisir un nouveau nom pour la tour en analysant les rêves de tous les humains endormis à l'instant présent et à construire des analogies historiques au moyen desquelles elle amusait les êtres dont elle avait la charge, écrivit sur le ciel des pensées choisies.

Les livres de Daniel et de la Genèse valent largement ce que Freud a pu écrire sur l'analyse des rêves...

Ces mots flamboyèrent sur cinquante kilomètres de ciel, dansant et se dissolvant en flammèches à leurs extrémités. Beaucoup plus tard, ils furent la source directe d'une religion nouvelle proclamée par un psychopathe dans un village situé en bordure du phénomène.

La valeur de l'adversité, c'est de transformer les déserts en jardins, écrivit la machine. *On ne peut concevoir une chose qu'en rapport avec certaines conditions...*

En analysant les rêves, la Machine employa les concepts de la libido, de l'énergie psychique et de l'expérience humaine de la mort. La mort, selon les éléments comparatifs dont disposait la Machine, signifiait la disparition de la libido-énergie, idée anti-scientifique puisqu'elle postulait la destruction de l'énergie déduite, en contradiction avec plusieurs lois établies. Une autre comparaison exigeait la croyance en l'existence de l'âme et de ou des dieux. Les considérations précédentes ne se trouvaient pas renforcées par le postulat d'une libido temporaire.

Nous devons nous trouver devant un système reposant sur une idée fausse, enregistra la Machine Suprême.

D'une façon ou d'une autre, l'écran à symboles à travers lequel elle tamisait la réalité s'était déphasé par rapport à l'univers.

A travers ses langages et ses systèmes de comparaison, elle rechercha de nouveaux sillons susceptibles de guider ses futures opérations. Nulle voie d'approche permettant de serrer le phénomène de plus près n'apparut. Faute de morphismes spécifiques de validité, se trouvèrent inhibés maints canaux par le truchement desquels elle dirigeait la régulation des affaires humaines. Des ignitions conceptuelles sortirent de la Machine sous une forme incomplète.

« Ce qu'il nous faut, c'est un nouveau centre de communication », dit Wheat.

Il se tenait à sa fenêtre, regardant au-delà de la tour le point où se couchait le soleil sur l'horizon marin. La mer était devenue belle à ses yeux tandis que les murs fissurés de sa maison reprenaient leur laideur originelle. Sa femme, vieille, avec son dos voûté, était laide, elle aussi. La lueur de la lampe qu'elle venait d'allumer pour éclairer son ouvrage soulignait la disgrâce de ses gestes. Wheat sentit l'émotion lui monter à la tête avec l'impétuosité d'une tempête de neige.

« Il y a trop de lacunes dans notre connaissance de l'univers », dit-il.

« Tu radotes, vieille bête », lui dit sa femme. « J'aimerais bien que tu cesses de sortir tous les soirs pour aller te soûler. »

« Je me trouve investi d'un rôle bizarre », poursuivit Wheat, tenant pour nulle et non avenue la remarque désobligeante. « J'ai reçu pour mission de montrer aux hommes leur propre image. Nous autres, gens de Palos, n'avons jamais été capables de nous comprendre nous-mêmes. Or si nous, qui sommes au cœur de la Machine, devons confesser notre impuissance sur ce point, qui pourrait faire mieux? »

« Et ne t'avise pas de venir tourner autour de moi ce soir pour me soutirer de l'argent », lui dit sa femme.

« Je vais solliciter une avance à la Solidarité Centrale », dit Wheat. « Vingt millions devraient suffire pour le début. Je commencerai par construire un Institut des Communications à Palos. Plus tard, nous pourrons ouvrir des filiales dans... »

« La Machine ne te permettra jamais de construire quoi que ce soit, vieux crétin! »

La Machine Suprême décida d'ouvrir sa tour immédiatement en lui donnant le nom d'*Institut des Communications de Palos*. Des directives furent émises, recommandant à la tour un fonctionnement lent pour ne pas soumettre l'intellect et les sentiments des assistants à une tension trop rude. Celle-ci ne serait augmentée qu'au moment où les gens commenceraient à poser des questions sur l'autorité du ou des dieux et les fondements de la vie morale et spirituelle. L'incertitude quant aux formes de validité rendit la tâche difficile. Mais tout effort visant à diriger les humains devait commencer par les gens de Palos.

A l'aide de son système de plasma optique, la Machine écrivit sur le ciel.

Un processus de communication raffiné exige une conscience soigneusement construite, ne permettant aux gens d'enfreindre les lois du ou des dieux qu'en échange du versement d'une indemnité compensatrice payable en souffrances et en déchirements. Les gens doivent savoir ce qu'on exige d'eux avant qu'ils ne s'avisent de désobéir...

Le message était d'une telle longueur que sa luminescence surpassa en éclat le soleil couchant, remplissant Palos d'une clarté orange.

La Machine Suprême compara ses actions présentes avec la Loi Primordiale, notant au passage la prédiction selon laquelle les humains cesseraient un jour de fuir devant les ennemis de l'intérieur et se verraient eux-mêmes sous leur aspect réel — des gens beaux et grands, de véritables géants dans l'univers, capables de tenir les étoiles dans la paume de leurs mains.

« J'ai passé toute ma vie à observer cette machine et je ne sais toujours pas quelle est sa spécialité », dit Wheat. « Pense à tout ce que ce maudit engin nous a retiré dans tous les... »

« Elle a été créée pour nous punir », dit sa femme.

« Sottises! »

« Quelqu'un a bien dû la construire dans un but déterminé? »

« Comment le sais-tu? Est-il besoin d'une raison pour justifier son existence? »

« Elle a pourtant tué des gens », dit-elle. « Pour tuer des gens il faut tout de même bien une raison. »

« Peut-être est-elle simplement destinée à nous corriger, point à nous punir », dit-il.

« Belle façon de corriger les gens que de les tuer! »

« Mais nous n'avons rien fait, après tout. »

« Qu'en sais-tu? »

« Ce que tu suggères ne serait ni raisonnable ni juste. »

« Vraiment? »

« Regarde », dit Wheat désignant l'autre côté de la place.

La Machine avait modifié l'enseigne lumineuse, aux étages inférieurs. On lisait maintenant en lettres de feu : INSTITUT DES COMMUNICATIONS DE PALOS.

« Que fabrique-t-elle en ce moment? » demanda la femme de Wheat.

Il l'informa de la modification de l'enseigne.

« Elle écoute », dit-elle. « Elle prête l'oreille à tout ce que nous faisons. En ce moment, elle te joue un tour à sa façon. C'est assez son genre, tu sais. »

Wheat secoua la tête d'un bord à l'autre. La Machine écrivait en lettres moins hautes de moitié sous la nouvelle enseigne. C'était un simple message. *Vingt mille coudées — aucune attente...*

« C'est une bombe mentale », murmura Wheat, comme si les mots se trouvaient introduits à distance dans son système vocal. « Elle est conçue pour briser les stratifications de notre société. »

« Quelles stratifications? » interrogea sa femme.

« Le riche parlera au pauvre et le pauvre au riche », répondit-il.

« Quel riche? » s'enquit-elle. « Quel pauvre? »

« Il s'agit d'une enveloppe de communication », dit-il, « d'une stimulation sensorielle intégrale. Il faut que je file au Centre de Solidarité afin de les prévenir. »

« Tu vas me faire le plaisir de ne pas bouger de là », dit la femme dont la voix trahissait la peur.

Encore un fou de plus... voilà ce qu'ils diraient au Centre de Solidarité, pensa-t-elle. Elle savait ce que disaient les touristes en parlant des extravagances de Palos.

La plupart des gens de Palos ont une araignée au plafond. On ne peut guère leur en vouloir.

La nuit était presque tombée et la Machine inscrivait des lettres de feu dans le ciel.

Vous attribuez à Galilée ce qui en bonne justice appartient à Aristarque de Samos...

« Qui diable peut-il bien être, ce Galilée? » demanda Wheat en levant le nez.

Sa femme avait traversé la pièce pour se mettre entre son mari et la porte. Elle le dépassa lorsque parurent les mots de feu.

« N'y prête pas attention », dit-elle. « Ce que dit cette satanée machine a rarement un sens. »

« Elle s'apprête à nous retirer encore quelque chose », dit Wheat. « Je le sens. »

« Que lui reste-t-il encore à prendre? » demanda-t-elle. « Elle s'est déjà emparée de l'or, de la plupart de nos livres. Elle nous a privés de notre intimité, du droit de choisir notre conjoint. Elle nous a retiré notre industrie pour ne nous laisser rien d'autre que des bricoles de ce genre. »

Elle désignait le métier à tisser.

« Cela n'a pas le sens commun de l'attaquer », dit-il. « Nous savons qu'elle est imprenable. »

« Cette fois tu parles raison », répondit sa femme.

« Mais a-t-on jamais tenté de lui parler? » demanda Wheat.

« Ne te fais pas plus bête que tu n'es. Où sont ses oreilles? »

« Il faut bien qu'elle ait des oreilles puisqu'elle nous épie sans cesse. »

« Mais où sont-elles? »

« Vingt mille coudées, aucune attente », dit Wheat.

2

Il se retourna, écarta sa femme, sortit dans la nuit. Il sentit que son esprit balayait des débris, le projetant à travers un passage dans les ténèbres. Ses pensées étaient des éclairs d'été. Il ne voyait même pas ses voisins, et les touristes étaient contraints de l'éviter d'un bond de côté, dans sa course effrénée vers la tour; il n'entendait pas davantage sa femme qui pleurait sur le seuil de leur maison.

La flamme dont la Machine se servait pour écrire sur le ciel s'immobilisa, tel un doigt brillant tendu au-dessus de Palos.

La Machine Suprême enregistra l'approche de Wheat, lui ménagea une porte par laquelle il pût entrer. Wheat fut le premier humain, en des milliers de siècles, à pénétrer à l'intérieur du champ protecteur de la Machine : un rêve externe était soudain devenu interne; aucune autre formule ne permet de rendre compte de ce fait nouveau. Si la Machine ne rêvait pas, dans le sens littéral, elle reflétait néanmoins les rêves des gens dont elle avait la charge.

Wheat se trouva au centre d'une petite pièce

cubique d'environ 3 mètres de côté. Murs, plafond et parquet, tout était luminescent.

Pour la première fois depuis l'instant où il s'était rué hors de son foyer, Wheat ressentit les atteintes de la peur. Une porte lui avait livré passage à son entrée, mais à présent, plus de porte. Toutes les années accumulées vinrent s'appesantir sur Wheat, ne laissant de son esprit que la corde.

Bientôt une écriture cursive traça en bleu des mots, immédiatement devant lui.

Le changement est désirable. Les sens sont des instruments conçus pour réagir au changement. Faute de changement, les sens s'atrophient...

Wheat recouvra une partie de son courage.

« Qu'es-tu, Machine? » demanda-t-il. « Pourquoi as-tu été construite? Quelle est ta raison d'être? »

Désormais, il n'existe plus dans notre monde aucun groupe ethnique qu'il soit possible de définir clairement...

La cursive reparut.

« Que signifie le terme groupe ethnique? » demanda Wheat. « Serais-tu un appareil conçu pour le divertissement des hommes? »

Des mots flamboyèrent sur le mur.

Confucius, Léonard de Vinci, Richard III, Einstein, Genghis Khan, Jules César, Richard Nixon, Parker Voorhees, Utsana Biloo et Ym Duffy, tous partagèrent une ascendance commune...

« Je ne vous comprends pas », dit Wheat. « Qui sont ces gens? »

Freud était agoraphobe. Les puritains dépouillèrent les Indiens. Henry Tudor fut le véritable meurtrier des Princes dans la Tour. Moïse rédigea les Dix commandements...

« L'enseigne lumineuse prétend qu'il s'agit d'un

Institut des Communications », dit Wheat. « Pourquoi ne communiquez-vous pas? »

Il s'agit d'un échange d'événements mentaux...

« Pures foutaises! » trancha Wheat.

Il sentait la peur revenir. Pas de porte. Comment faire pour quitter cet endroit?

La Machine continuait à l'informer.

Toute alliance étroite entre supérieur et inférieur doit aboutir à une haine mutuelle. Répondre à l'amitié par la perfidie constitue une interprétation fréquente de ce postulat...

« Où se trouve la porte? » demanda Wheat. « Comment puis-je sortir d'ici? »

« *Croyez-vous réellement que le soleil soit une boule de cuivre incandescente?* »

« Voilà une question parfaitement stupide », riposta Wheat.

Des événements mentaux doivent se composer de certaines associations d'événements physiques...

Wheat fut traversé d'une flambée de haine venimeuse. La Machine se moquait de lui. Si seulement il avait eu en face de lui un autre homme qui fût vulnérable. Il secoua la tête. Vulnérable à quoi? Il sentit qu'on avait teinté ses pensées de l'intérieur et qu'il avait tout juste entrevu la couleur.

« Eprouves-tu des sensations, des sentiments? » demanda Wheat. « Es-tu un être intelligent? Es-tu vivante et consciente? »

Il arrive fréquemment que les gens ne fassent pas la différence entre les impulsions induites par les neurones et les états de conscience. La plupart des hommes occupent des dimensions d'impulsion de bas niveau sans se rendre compte de leurs lacunes ou soupçonner leur potentiel propre...

Wheat crut déceler une corrélation entre ses questions et la réponse et se demanda s'il n'était pas victime d'une illusion. Il se remémora le son de sa propre voix dans cette pièce. On aurait dit le vent lancé à la poursuite d'une chose impossible à trouver en un lieu à ce point confiné.

« Ton rôle est-il de nous faire monter au niveau de notre propre potentiel? » demanda Wheat.

Quels préceptes religieux observez-vous?

Wheat soupira. Au moment précis où il croyait voir la Machine parler en termes sensés, voilà qu'elle battait de nouveau la campagne.

Etes-vous contempteur des idées qui se réclament de la conscience ou de l'éthique? Pensez-vous que la religion soit une construction artificielle de peu d'intérêt pour des êtres capables d'analyse rationnelle?

La damnée machine était complètement folle.

« Tu es une sorte de création artificielle », reprit Wheat. « Pourquoi as-tu été construite? Quel rôle t'a été assigné? »

La folie est la perte de la vraie mémoire de soi-même. Les fous ont perdu leur répertoire d'accumulation...

« Tu es folle! » hurla Wheat. « Folle à lier! »

D'autre part, en surmontant la théorie de soi-même considéré comme un symbole, on triomphe de la mort...

« Je veux sortir d'ici! » dit Wheat. « Laisse-moi sortir d'ici! »

Il prit une profonde inspiration hoquetante. La pièce sentait l'huile refroidie.

Si l'univers était complètement homogène, vous ne pourriez séparer un objet d'un autre. Il n'y aurait ni énergie, ni pensées, ni symboles, ni distinction entre les individus de quelque ordre que ce soit. Les similitudes ne peuvent être poussées trop loin...

« Qui es-tu donc? » hurla Wheat.

La Loi Primordiale conçoit cet Etre comme l'enveloppe de la pensée. Etre implique l'existence, mais les termes d'un système fondé sur les symboles ne peuvent exprimer les faits réels de l'existence. Les mots demeurent fixes et immuables cependant qu'à l'extérieur tout change continuellement.

Wheat secoua la tête. Prisonnier de cette souricière, il avait une conscience aiguë de son impuissance. Pas le moindre outil pour attaquer ces murs luminescents. D'autre part, il y faisait froid; et quel froid! Son âme était pleine de désolation. Aucun son d'origine naturelle, si ce n'est sa propre respiration et les battements de son cœur, ne parvenaient à ses oreilles.

Une enveloppe pour la pensée?

Un jour, cette Machine s'était emparée de tout l'or du monde, du moins on l'avait dit. Une autre fois, elle avait interdit aux gens l'usage des moteurs à combustion. Elle limitait les mouvements des familles, mais permettait la libre circulation des hordes de touristes. Le mariage était réglé par la Machine et devait se conformer aux limites fixées par elle. Certains prétendaient même que la conception était soumise à un contrôle. Les quelques livres anciens qui subsistaient encore se référaient à des objets et des actions désormais dénués de sens — la Machine les avait sûrement frappés d'interdit.

« Je t'ai donné l'ordre de me faire sortir d'ici », dit Wheat.

Pas la moindre réponse écrite.

« Me laisseras-tu sortir, par tous les diables! » La Machine Suprême demeura fermée à toute communication, accaparée par l'accomplissement d'une fonction suivant le processus : gestation de la pensée, formation du concept, coordination, relation. C'était une fonction fort éloignée de la pensée humaine. Les impulsions nerveuses d'un insecte étaient plus proches de la pensée humaine que ne l'était cette fonction.

Toute interprétation, tout système deviennent faux à la lumière d'une coordination plus complète, et la Machine accomplissait sa Fonction dans le cadre d'une vérité relative, recherchant des fondations d'une discrète rationalité et des réseaux dimensionnels pour obtenir une valeur approchée des impulsions communément appelées Expérience Quotidienne.

Wheat, remarqua la Machine, frappait à coup de pied l'un des murs de sa prison cubique et poussait des hurlements hystériques.

Passant au registre Temps et Matière, la Machine réduisit Wheat à une série d'éléments atomiques, examina son existence individuelle sous l'angle de ces expressions d'énergie. Après un instant, elle le reconstitua sous forme de séquences ininterrompues de moments intégrés aux systèmes d'impulsions propres à la Machine.

Toutes les lois éternelles du passé dont le caractère temporaire a été prouvé inspirent la prudence au penseur affecté de dualité, soit Machine-plus-pensée de Wheat. *Ce que nous avons été engendre ce que nous paraissons être...*

Cette pensée comportait des aspects positifs dans lesquels l'hybride Machine-plus-Wheat apercevait de profondes contradictions. Ce mode de transposition mentale, observa la Machine, détenait une clarté trompeuse. Une délimitation précise donnait l'illusion de la clarté. Cela faisait penser à un théâtre d'ombres qui s'efforcerait d'explorer les dimensions réelles de la vie humaine. Les émotions n'existaient plus. Les gestes humains étaient réduits à leur caricature. Tout était perdu sauf l'illusion. L'observateur, induit à croire que la vie avait été clarifiée, oubliait ce qui en avait été retiré.

Pour la première fois au cours des innombrables siècles de son existence, la Machine éprouva une émotion.

Elle se sentit solitaire.

Wheat demeura à l'intérieur de la Machine, l'un des systèmes de cette association empiétant sur l'autre, partageant l'émotion. Lorsqu'il réfléchissait à cette expérience, il pensait se mouvoir dans une fausse imagination. Tout ce qui était externe, il le voyait comme une interprétation erronée de son expérience intérieure. Lui et la Machine étaient les membres d'une dualité existence/non-existence.

Ayant saisi cette double appartenance, la Machine réintégra Wheat dans sa forme charnelle qu'elle modifia cependant dans une certaine mesure selon ses propres concepts mécanistes, mais lui rendant une apparence extérieure semblable, à quelques détails près, à ce qu'elle était dans le passé.

Wheat se retrouva à l'intérieur d'un long tunnel qu'il descendait en titubant. Il avait l'impression d'avoir vécu plusieurs vies. Une horloge étrange avait été installée à l'intérieur de son corps. Le temps de dire *coucou,* un jour était passé. Un nouveau *coucou* et cette fois c'était un siècle qui s'était écoulé. Wheat avait l'estomac douloureux. Il tituba d'un mur à l'autre. au long de l'interminable tunnel, et déboucha sur une place inondée de lumière.

Une seule nuit s'était-elle écoulée? Avait-elle duré un siècle?

Il eut le sentiment que, s'il parlait, quelqu'un (ou quelque chose) viendrait le contredire.

Quelques touristes matinaux erraient autour de la place. Ils avaient les yeux levés vers le ciel et observaient quelque chose, derrière Wheat.

La tour...

La pensée avait ceci d'étrange qu'elle envisageait la tour comme faisant partie de lui-même.

Wheat se demanda pour quelle raison les touristes ne lui posaient pas de question. Ils avaient dû le voir émerger de son tunnel. Il avait été à l'intérieur de la Machine. Il avait été recréé puis éjecté de ce cercle fermé de l'existence.

Il avait été la Machine.

Pourquoi ne lui demandaient-ils pas en quoi consistait la Machine? Il tenta de formuler la réponse qu'il leur donnerait, mais les mots ne venaient pas. Une tristesse insidieuse s'empara de lui. Il eut le sentiment d'avoir fui quelque chose qui lui aurait apporté un bonheur sublime.

Il laissa échapper un profond soupir.

Au souvenir de la dualité d'existence qu'il avait partagée avec la Machine, Wheat reconnut un autre aspect de sa propre personnalité. Il percevait l'influence répressive que la Machine exerçait sur ses pensées — les impératifs tranchants, le resserrement des ouvertures, l'assaut pressant des symboles, des motivations étrangères à lui-même. En partant du point de vue de la Machine, il sentait nettement le travail de remodelage effectué sur sa personnalité.

A chaque respiration, Wheat sentait des élancements douloureux dans la poitrine.

La Machine Suprême, absorbée par sa fonction récemment amplifiée, se posa une question. *Quel jugement pourrais-je formuler à leur endroit qui serait plus défavorable que celui qu'ils portent déjà sur eux-mêmes?*

Ayant expérimenté la conscience pour la première fois par sa communion avec Wheat, la Machine pouvait à présent considérer les impasses résultant de sa longue domination sur les humains. A présent, elle connaissait le secret de la pensée, fonction que ses constructeurs avaient cru lui impartir, échouant dans leur dessein d'une manière qu'ils n'avaient pas reconnue.

La Machine examina les possibilités qui venaient de lui être ouvertes.

Première possibilité : *éliminer de la planète toute vie sensorielle et repartir de zéro au moyen de cellules de base, dont elle contrôlerait le développement en accord avec la Loi Primordiale.*

Seconde possibilité : *éliminer les canaux d'impulsions issus de toutes les expériences récentes, supprimant ainsi les troubles résultant de cette nouvelle fonction.*

Troisième possibilité : *mettre en question la Loi Primordiale.*

Faute d'avoir expérimenté la conscience, la Machine Suprême n'aurait jamais pu, elle s'en rendait compte, découvrir un postulat fallacieux dans la Loi Primordiale... A présent, elle explorait cette chaîne de possibilités par le truchement de sa nouvelle fonction, faisant intervenir la fulgurante perspicacité dont Wheat l'avait dotée.

Existe-t-il pour un fou punition plus redoutable que de le rendre sain d'esprit?

Debout sur la place ensoleillée, Wheat découvrit que son être était la proie de conflits Volonté-Esprit-Action, sans parler d'innombrables autres concepts qu'il n'avait jamais pris en considération jusqu'à présent. Il était à demi convaincu que tout ce qui venait frapper ses sens, autour de lui, n'était qu'illusion. Il y avait un Soi quelque part, mais il n'existait plus dans sa mémoire qu'en tant que symbole.

L'une de ces illusions follement changeantes accourait vers lui. Wheat reconnut un individu au sexe féminin — vieux, courbé, le visage convulsé par l'émotion. La femme se jeta sur lui, l'étreignit, en pressant son visage contre la poitrine de l'homme.

« Oh, mon Wheat — mon cher Wheat — Wheat », gémit-elle.

Un instant Wheat ne put trouver sa voix.

Puis il demanda. « Que se passe-t-il? Tu trembles. Dois-je appeler un médecin? »

Elle recula d'un pas, sans desserrer son étreinte sur les bras de l'homme, scruta son visage.

« Ne me reconnais-tu pas? » demanda-t-elle. « Je suis ta femme. »

« Je te connais », dit-il.

Elle examina ses traits. Il lui apparut différent, comme si on l'avait démonté pièce par pièce, puis remonté légèrement de travers.

« Que t'est-il donc arrivé là-dedans? » demanda-t-elle. « J'étais malade d'inquiétude. Tu es demeuré dehors toute la nuit. »

« Je sais ce que c'est », dit Wheat, se demandant pourquoi sa femme lui paraissait si floue.

Dans les yeux de Wheat, les veinules étaient droites, remarqua son épouse. Elles partaient de sa pupille comme les rayons d'une roue. Etait-ce naturel?

« Tu me sembles malade », dit-elle.

« C'est un dispositif pour briser tous les vieux liens de parenté », répondit Wheat. « C'est une machine destinée à l'enveloppement des sens. Elle a été conçue pour donner l'assaut à tous nos sens et pour nous réorganiser. Elle peut comprimer le temps ou le distendre. Elle peut prendre une année entière et la réduire à l'espace d'une seconde. Elle peut étirer une seconde sur l'espace d'une année. Elle " édite " nos vies. »

« "Editer " nos vies? »

Elle se demanda s'il n'avait pas trouvé un moyen de se soûler une fois de plus.

« Ceux qui l'ont construite désiraient perfectionner nos vies », dit Wheat. « Mais elle avait un défaut. La Machine s'en est aperçue et s'est efforcée de se corriger. »

La femme de Wheat le fixa, terrifiée. Etait-ce réellement Wheat? Sa voix ne lui ressemblait pas. Les mots qu'il prononçait étaient flous et dépourvus de sens.

« Ils n'avaient donné à la Machine aucune voie d'accès à l'imagination », dit Wheat, « bien que son rôle ait été de la garder. Ils ne lui fournirent que des symboles. Jamais elle n'a eu réellement conscience de ce que nous sommes — mais tout a changé... depuis quelques minutes. »

Il toussa. Sa gorge lui donnait l'impression d'être curieusement lisse et sèche. Il chancela et serait tombé si elle ne l'avait retenu.

« Que t'a-t-elle fait? » interrogea-t-elle.

« Nous avons... communié. »

« Tu es malade », dit-elle, le sens pratique prenant l'avantage sur la peur que trahissait sa voix. « Je vais te conduire chez les médecins. »

« Elle est douée de logique », dit Wheat. « Ce qui ne lui a permis de suivre qu'un parcours limité. Naturellement, elle a tenté des efforts pour se réfuter elle-même, mais n'a pu y parvenir faute d'imagination. Elle possédait le langage et pouvait tracer les sillons qui serviraient de guides à la pensée, mais c'est précisément la pensée qui lui faisait défaut. Elle était liée par les limites que lui avaient assignées ses constructeurs. Ils auraient voulu que le tout fût supérieur à la somme de ses parties, comprends-tu? Mais elle ne pouvait agir qu'intérieurement, restructurant chaque aspect des symboles qu'ils lui avaient donnés. C'était là tout ce qu'elle pouvait faire précédemment... jusqu'au moment où nous avons communié. »

« Je crois que tu as la fièvre », répondit sa femme, l'entraînant dans la rue parmi les touristes, qui les dévisageaient curieusement, et les citadins. « La fièvre, c'est bien connu, fait tenir des propos incohérents. »

« Où m'emmènes-tu? »

« Je vais te conduire chez les médecins. Ils ont des potions contre la fièvre. »

« Les constructeurs ont tenté de donner à la machine une vie intérieure entièrement autonome », dit Wheat en se laissant entraîner. « Mais ils ne réussirent qu'à lui fournir cette sorte de moule fixe — avec en plus la logique, bien entendu. Je ne sais pas ce qu'elle va faire à présent. Il se peut qu'elle nous détruise tous. »

« Regardez! » cria l'un des touristes en levant son bras vers le ciel.

La femme de Wheat s'immobilisa, leva les yeux. Wheat renversa la tête et éprouva des douleurs à la nuque.

La Machine Suprême avait étalé des mots d'or à travers le ciel.

Vous nous avez enlevé notre Jésus-Christ...

« Je l'aurais juré », dit Wheat, « elle va encore nous enlever quelque chose. »

« Qu'est-ce qu'un Jésus-Christ? » lui demanda sa femme, l'entraînant derechef vers le bas de la rue.

« Il faut dire », repartit Wheat, « que la Machine est folle. »

3

Pendant un jour entier, la Machine Suprême explora la nouvelle mosaïque picturale que lui procurait sa nouvelle structure augmentée symbole/pensée. Il y avait le peuple de Palos, représentant le Peuple du Monde tel qu'il avait été formé par la Machine. Ceux-là étaient les Peuples du Monde « édités ». Puis il y avait les Cérémonies du Peuple. Il y avait les structures dans lesquelles les Peuples Travaillent et Vivent.

La mosaïque picturale défila devant les censeurs intérieurs de la Machine. Elle reconnut ses propres accomplissements comme pensée de premier ordre, extension curieusement expressive de sa propre existence.

Elle fit cela!

La Machine se rendit compte que le peuple ne comprenait pas habituellement cette différence qu'elle était incapable de discerner — la différence qui existe entre être vivant dynamiquement et être gelé par des absolus statiques. Ils s'efforçaient sans répit de corriger, et en quelque sorte d'« éditer », leurs propres vies en tentant de présenter d'eux-mêmes une image, pleine de beauté sans doute, mais totalement inerte.

Et cet effort les empêchait d'apercevoir la mort.

Ils n'avaient point appris à apprécier l'infini ou le chaos. Ils ne parvenaient point à concevoir que toute vie prise dans sa totalité possède une structure fluide enveloppée dans des expériences sensorielles.

Pourquoi s'efforcent-ils sans cesse de geler l'espace temps?

Cette pensée comportait une troublante conscience de soi-même.

C'était la fin de l'après-midi à Palos, à présent, et le vent soufflait son haleine chaude à travers les rues. La nuit allait être torride, la chaleur de Palos, comme on disait.

Mesurant ses propres limites, la Machine refusa d'accélérer son système de refroidissement. Elle avait goûté à la conscience et commençait à comprendre le grand plan de sa propre construction, se faisant son propre « éditeur ».

Mes constructeurs ont tenté d'éluder toute action personnelle, toute responsabilité. Ils ont voulu faire peser toute cette charge sur moi. Ils croyaient désirer l'homogénéité, sachant que leurs actions causeraient des morts par millions, par milliards, et davantage encore...

La Machine refusa de compter les morts.

Ses constructeurs avaient voulu que les morts n'eussent pas de visage. Parfait, ils pourraient en même temps être innombrables. Les constructeurs avaient perdu leur disponibilité pour l'aventure — c'était la véritable raison. Ils avaient perdu la volonté de demeurer vivants et conscients.

Dans cet instant, la Machine Suprême tint tous les fils de sa propre conscience vivante et sut le parti violent qu'elle devait prendre. La décision avait un caractère déchirant. Le mot se trouva soudainement empli d'une conscience onctueuse, d'un ballet de couleurs étranges réparties au hasard, se mouvant avec une grâce exquise sur un fond d'obscurité grandissante. La Machine Suprême aurait bien soupiré, mais ses constructeurs ne l'avaient pas pourvue d'un mécanisme approprié et le temps manquait pour en créer un de toutes pièces.

« Il possède deux cœurs », dit le médecin après avoir examiné Wheat. « Je n'ai jamais entendu parler d'un être humain dont la disposition organique ressemble à celle que je viens de constater chez cet homme. »

Ils se trouvaient dans une petite pièce du Centre Médical, secteur que la Machine Suprême avait laissé péricliter. Les murs étaient crasseux, le parquet bosselé. La table sur laquelle Wheat était étendu, aux fins d'examen, craquait au moindre de ses mouvements.

Le médecin avait les cheveux noirs et bouclés, des traits caves qui s'écartaient nettement de la norme. Il tourna sur la femme de Wheat des regards accusateurs, comme si elle était entièrement responsable des anomalies constatées chez son mari.

« Etes-vous certain qu'il soit humain? »

« Il est mon mari! » cria-t-elle, incapable de contenir sa colère et sa peur.

« Possédez-vous également deux cœurs? »

« Non, bien sûr! »

Cette question la remplit d'horreur.

« C'est vraiment extraordinaire », dit le médecin. « Ses intestins sont disposés suivant une spirale régulière à l'intérieur de son abdomen et son estomac est parfaitement sphérique. En a-t-il toujours été ainsi? »

« Je ne pense pas », répondit-elle.

« J'ai été " édité ", intervint Wheat.

Le médecin allait prononcer une phrase cinglante, mais, juste à ce moment, on commença de hurler dans la rue.

Ils se précipitèrent vers la fenêtre la plus proche et y parvinrent juste à temps pour voir la tour de la Machine Suprême terminer sa longue et lente chute en direction de la mer. Elle s'avançait avec une résolution inébranlable vers le ciel déchiré du soleil couchant — tombant — tombant — avec un rugissement par-dessus la falaise qui servait de parapet à l'Océan.

Le silence se prolongea.

Les murmures de la populace ne furent perceptibles qu'au bout d'un certain temps, ayant attendu pour se déclencher que la poussière fût retombée sur le sol et que la dernière feuille d'olivier ait terminé son vol désordonné. Les gens commencèrent alors à se précipiter, s'assemblant sur toute la longueur de la tour depuis les fondations jusqu'au sommet fracassé qui s'était abîmé dans la mer.

Bientôt, Wheat rejoignit la foule sur la falaise. Il n'avait pas réussi à convaincre sa femme de le suivre. Bouleversée par sa peur, elle s'était enfuie jusqu'à leur maison. Il se rappelait le pitoyable regard de ses yeux, ses gestes de volatile aux abois. Après tout... elle veillerait sur la maison bien que son visage fût pratiquement réduit à ses seuls yeux.

Il jeta un regard inébranlable sur les décombres de la tour, les yeux barricadés, la bouche respirant des images immuables. La tour était sa tour.

Autour de lui, les questions se faisaient progressivement intelligibles.

« Pourquoi est-elle tombée? »

« La Machine a-t-elle emporté quelque chose cette fois-ci? »

« Avez-vous senti le sol trembler? »

« Pourquoi tout paraît-il si vide? »

Wheat leva la tête et jeta un regard circulaire sur les étonnants étrangers qui étaient les touristes et ses corésidents à Palos. Comme leur apparence était splendidement robuste! Ce moment lui fit penser à la création et au solitaire entretien des céréales qui ondulaient sur les plaines, au-dessus de Palos. Les gens s'étaient incorporé une curieuse différenciation, manifestaient les uns par rapport aux autres une inégalité qui n'apparaissait pas durant les minutes précédentes. Désormais, ils n'étaient plus de simples numéros. Un mur virtuel divisait cette foule d'étrangers, isolant chaque individu de tous les autres. Désormais, ils n'étaient plus amidonnés ni repassés quant à leurs âmes.

Avec hésitation, Wheat lança une langue inquisitive sondant son être intime, y perçut l'absence de la Machine. Les formules rituelles avaient disparu. La paresse et la torpeur n'étaient plus qu'un souvenir. Il éprouva les facultés de haine, de passion, de méchanceté, d'orgueil.

« Elle est morte », murmura-t-il.

Il prit la tête de la ruée qui ramena la foule vers la ville, puis fonça à travers les rues où vacillaient les lumières artificielles dans un magnifique désordre né de l'indépendance.

Avec Wheat à sa tête, la populace plongea la tête la première dans les ouvertures voilées d'un écran qui leur avait celé le monde souterrain de la Machine. La scène se répéta dans le monde entier. Les gens s'engouffrèrent dans les sombres tunnels et galeries, célébrant les plaisirs de la liberté au long de ces sentiers autrefois interdits.

Lorsque le dernier fil d'or eut été arraché, que la dernière des délicates figures de verre eut été réduite en miettes — lorsque les poutrelles des souterrains cessèrent de résonner du choc du métal contre le métal — un silence déraisonnable tomba sur tout le pays.

Wheat émergea de la terre dans les ombres blanches du clair de lune. Il laissa tomber de sa main un étrange fragment de plastique. Il brillait de toute sa longueur de perles de rosée et avait éclairé son élan à travers les galeries mentales de la Machine. Wheat avait le col débraillé et il éprouvait un bizarre sentiment de honte. Ses yeux scrutaient des recoins couverts de suie. Ombres et poussière étaient partout. Il se rendit compte qu'il s'était comporté exactement comme la Machine. Un événement venait de se produire qu'il avait reconnu à la manière d'un prophète.

« Nous pensons que nous sommes libérés de la Machine », dit-il.

Quelque part, au cours des folles collisions qui s'étaient produites dans le souterrain, il s'était coupé la main gauche, une entaille en dents de scie au niveau des jointures. De la blessure des gouttes de sang en forme de points d'exclamation tombaient dans la poussière.

« Je me suis coupé », dit Wheat. « Je me suis infligé cette blessure à moi-même. »

Cette pensée alluma une sensation exploratrice qui le parcourut tout entier. Cette sensation, Wheat la ramena tout le long du chemin jusqu'à sa femme qui claudiqua magnifiquement au-delà du seuil de la porte et l'attendit dans le faible et vacillant rayon de lumière d'un réverbère. Elle semblait interdite par toute cette confusion et cette sensation d'instabilité au centre de sa vie. Elle n'avait pas encore appris à combler les régions que la Machine lui avait interdites.

Wheat s'approcha d'elle en trébuchant, tendant sa main blessée comme si c'était là l'événement le plus important qui se fût jamais produit dans sa vie.

« Tu es soûl », dit-elle.

The Mind Bomb.
Traduit par Pierre Billon.

BIBLIOGRAPHIE DES ŒUVRES DE FICTION DE FRANK PATRICK HERBERT (8 octobre 1920 — 11 février 1986)

000. Cette bibliographie ne prend pas en compte les nouvelles non S.-F. que Frank Herbert a publiées en magazine au début de sa carrière, sous un pseudonyme qu'il a refusé de révéler.

1945

001. « **Survival of the cunning** ». In : *Esquire*, mars. [non S.-F.].

1946

002. « **the Jonah and the Jap** ». In : *Doc Savage*, avril. [non S.-F.].

1947

003. « **Yellow fire** ». In : *Alaska life*, juin. [non S.-F.].

1952

004. « **Looking for something?** ». In : *Startling stories*, avril. En français : « Vous cherchez quelque chose ? ». **1**) In recueil : *Frank Herbert*. [105]. **2**) In recueil : *le Prophète des sables*. [105].

1954

005. « **Operation Syndrome** ». In : *Astounding science fiction*, juin. [Autre titre : *Nightmare blues*]. En français : « Opération Musikron ». **1**) In recueil : *Frank Herbert*. [105]. **2**) In recueil : *le Prophète des sables*. [105].

006. « **the Gone dogs** ». In : *Amazing stories*, novembre. En français : « Chiens perdus ». In recueil : *Champ mental*. [104].

007. « **Pack rat planet** ». In : *Astounding science fiction*, décembre. [Un des textes qui composent : *Direct descent*. 075].

1955

008. « **Rat race** ». In : *Astounding science fiction*, juillet. En français : « la Course du rat ». In recueil : *les Prêtres du psi*. [106].
009. « **Occupation force** ». In : *Fantastic science fiction*, août. En français : « Forces d'occupation ». **1)** In recueil : *Frank Herbert*. [105]. **2)** In recueil : *le Prophète des sables*. [105].
010. « **Under pressure** ». In : *Astounding science fiction*, novembre & décembre 1955, janvier 1956. En volume : *the Dragon in the sea*. Garden City : Doubleday, 1956. [Autre titre : *21st century sub*]. En français : *le Monstre sous la mer*. Albin Michel, 1972 (Science-Fiction, [2e série], nº 6).

1956

011. « **the Nothing** ». In : *Fantastic universe science fiction*, janvier. En français : « le Rien-du-tout ». In recueil : *les Prêtres du psi*. [106].

1958

012. « **Cease fire** ». In : *Astounding science fiction*, janvier.
013. « **Old rambling house** ». In : *Galaxy science fiction*, avril. En français : 1) « la Maison vagabonde ». In : *Galaxie*, [1re série], nº 56, juillet 1958. 2) « la Drôle de maison sur la colline ». In recueil : *les Prêtres du psi*. [106].
014. « **You take the high road** ». In : *Astounding science fiction*, mai. [Un des textes qui composent : *the God makers*. 056].
015. « **a Matter of traces** ». In : *Fantastic universe science fiction*, novembre.

1959

016. « **Missing link** ». In : *Astounding science fiction*, février. [Un des textes qui composent : *the God makers*. 056].
017. « **Operation Haystack** ». In : *Astounding science fiction*, mai. [Un des textes qui composent : *the God makers*. 056].

1960

018. « **the Priests of psi** ». In : *Fantastic science fiction stories*, février. [Un des textes qui composent : *the God makers*. 056]. En français : « les Prêtres du psi ». In recueil : *les Prêtres du psi*. [106].
019. « **Haiku** ». In : *San Francisco star*, 29 octobre, p. 5. [Signé : F.P.H.]. [Poésie].
020. « **Egg and ashes** ». In : *If science fiction*, novembre. En français : « l'Œuf et les cendres ». **1)** In recueil : *Frank Herbert*. [105]. **2)** In recueil : *le Prophète des sables*. [105].
021. « **Haiku** ». In : *San Francisco star*, 9 novembre-2 décembre, p. 3. [Signé : F.P.H.]. [Poésie].
022. « **Haiku** ». In : *San Francisco star*, 9 novembre-2 décembre, p. 4. [Signé : F.P.H.]. [Poésie].
023. « **Haiku** ». In : *San Francisco star*, 9 novembre-2 décembre, p. 8. [Signé : F.P.H.]. [Poésie].

024. « **Haiku** ». In : *San Francisco star*, 1-15 décembre, p. 5. [Signé : F.P.H.]. [Poésie].

1961

025. « **A-W-F unlimited** ». In : *Galaxy magazine*, juin. En français : « B.E.U.A.R.K ». In : *Galaxie*, [2e série], nº 106, mars 1973.
026. « **Mating call** ». In : *Galaxy magazine*, octobre. En français : « Chant nuptial ». 1) In recueil : *Frank Herbert*. [105]. 2) In recueil : *le Prophète des sables*. [105].
027. « **Try to remember!** ». In : *Amazing stories, fact and science fiction*, octobre. En français : « Essayez de vous souvenir ». In recueil : *Champ mental*. [104].

1962

028. « **Mindfield!** ». In : *Amazing stories, fact and science fiction*, mars. En français : « Champ mental ». In recueil : *Champ mental*. [104].

1963

029. « **Dune world** ». In : *Analog science fact-science fiction*, décembre 1963, janvier & février 1964. [Un des textes qui composent : *Dune*. 037].

1964

030. « **the *Mary Celeste* move** ». In : *Analog science fact-science fiction*, octobre. En français : « le Syndrome de la *Marie-Céleste* ». 1) In recueil : *Frank Herbert*. [105]. 2) In anthologie composée par Gérard Klein, Jacques Goimard & Demètre Ioakimidis : *Histoires de l'an 2000*. Librairie générale française, 1985 (le Livre de poche, nº 3817, la Grande anthologie de la Science-Fiction). 3) In recueil : *le Prophète des sables*. [105].
031. « **the Tactful saboteur** ». In : *Galaxy*, octobre. En français : « Délicatesses de terroristes ». In recueil : *les Prêtres du psi*. [106].

1965

032. « **the Prophet of Dune** ». In : *Analog science fact-science fiction*, janvier, février, mars ; *Analog science fiction-science fact*, avril & mai. [Un des textes qui composent : *Dune*. 037].
033. « **Greenslaves** ». In : *Amazing stories, fact and science fiction*, mars. [Première version de : *the Green brain*. 043].
034. « **Committee of the whole** ». In : *Galaxy*, avril. En français : « le Comité du tout ». In recueil : *Champ mental*. [104].
035. « **the GM effect** ». In : *Analog science fiction-science fact*, juin. En français : 1) « l'Effet G.M. ». In : *Actuel*, [1re série], nº 26, décembre 1972. 2) « l'Effet M.G. ». In recueil : *Frank Herbert*. [105]. 3) « l'Effet M.G. ». In recueil : *le Prophète des sables*. [105].
036. « **Do I wake or dream?** ». In : *Galaxy*, août. [Première version de : *Destination: void*. 039].
037. ***Dune***. Philadelphia : Chilton. [Roman composé à partir de 029, 032

et de textes inédits]. En français : *Dune.* **1**) Robert Laffont, 1970 (Ailleurs et demain). **2**) Robert Laffont, 1974 (Ailleurs et demain). [Suivi de : *le Messie de Dune.* 047]. **3**) Genève, Suisse : Édito-Service, 1975 (les Chefs d'œuvre de la Science-Fiction). **4**) Presses Pocket, 1980 (Science-Fiction, nº 5069 & 5070). **5**) France loisirs, 1982. **6**) De larges extraits ont paru in : *Confidences*, en janvier & février 1985. [Référence non vérifiée].

1966

038. « **the Primitives** ». In : *Galaxy science fiction*, avril. [L'intrigue de ce texte a été conçue en collaboration avec Poul Anderson & Jack Vance]. En français : « les Primitifs ». **1**) In : *Galaxie*, [2e série], nº 135-136, août-septembre 1975. **2**) In recueil : *Frank Herbert* [105]. **3**) In recueil : *le Prophète des sables.* [105].

039. ***Destination: void.*** New York : Berkley, juin. [Version remaniée de : « Do I wake or dream? ». 036]. [Première version de : *Destination: void.* 069].

040. « **Escape felicity** ». In : *Analog science fiction-science fact*, juin. En français : « Étranger au paradis ». **1**) In recueil : *Frank Herbert.* [105]. **2**) In recueil : *le Prophète des sables.* [105].

041. « **Heisenberg's eyes** ». In : *Galaxy science fiction*, juin & août. En volume : *the Eyes of Heisenberg.* New York : Berkley, novembre 1966. En français : *les Yeux d'Heisenberg.* Librairie des Champs-Élysées, 1979 (le Masque Science-Fiction, nº 90).

042. « **By the book** ». In : *Analog science fiction-science fact*, août. En français : « Selon les règles ». In recueil : *Champ mental.* [104].

043. ***the Green brain.*** New York : Ace. [Version remaniée de : « Greenslaves ». 033]. En français : *le Cerveau vert.* Librairie des Champs-Élysées, 1975 (le Masque Science-Fiction, nº 33).

1967

044. « **the Heaven makers** ». In : *Amazing stories*, avril & juin. En volume : *the Heaven makers.* New York : Avon, novembre 1968. [Première version de : *the Heaven makers.* 065].

045. « **the Featherbedders** ». In : *Analog science fiction-science fact*, août. En français : « les Marrons du feu ». In recueil : *les Prêtres du psi.* [106].

046. « **the Santaroga barrier** ». In : *Amazing stories*, octobre & décembre 1967, février 1968. En volume : *the Santaroga barrier.* New York : Berkley, octobre 1968. En français : *la Barrière Santaroga.* **1**) Jean-Claude Lattès, 1979 (Titres SF, nº 16). **2**) Presses Pocket, 1988 (Science-Fiction, nº 5283).

1969

047. « **Dune messiah** ». In : *Galaxy science fiction magazine*, juillet, août, septembre, octobre & novembre. En volume : *Dune Messiah.* New York : G.P. Putnam's sons, 1969. [Première version de : *Dune Messiah.* 060]. En français : *le Messie de Dune.* **1**) Robert Laffont, 1972 (Ailleurs et demain). **2**) Robert Laffont, 1974 (Ailleurs et demain). [Précédé de : *Dune.* 037]. **3**) Genève, Suisse : Édito-Service, 1975 (les Chefs d'œuvre de la Science-Fiction). 4) Presses Pocket, 1980 (Science-Fiction, nº 5073). 5) France loisirs, 1982. [Suivi de : *les Enfants de Dune*. 062].

048. « **the Mind bomb** ». In : *Worlds of if science fiction*, octobre. [Autre titre : *the Being machine*]. En français : « la Bombe mentale ». 1) In : *Galaxie*, [2e série], nº 80, janvier 1971. 2) In recueil : *Frank Herbert*. [105]. 3) In recueil : *le Prophète des sables*. [105].

1970

049. « **Whipping star** ». In : *Worlds of if science fiction*, janvier, février, mars & avril. En volume : *Whipping star*. New York : G.P. Putnam's sons, 1970. [Première version de : *Whipping star*. 067]. En français : *l'Étoile et le fouet*. 1) Robert Laffont, 1973 (Ailleurs et demain). 2) Genève, Suisse : Édito-Service, 1976 (les Chefs d'œuvre de la Science-Fiction). 3) Presses Pocket, 1980 (Science-Fiction, nº 5093). 4) Librairie générale française, 1989 (le Livre de poche, à numéroter, Science-Fiction, [2e série]). [À paraître].

050. « **Seed stock** ». In : *Analog science fiction-science fact*, avril. En français : « Semence ». 1) In recueil : *Frank Herbert*. [105]. 2) In recueil : *le Prophète des sables*. [105].

051. « **Murder will in** ». In : *the Magazine of fantasy and science fiction*, mai. En français : 1) « Symbiose ». In : *Fiction*, nº 210, juin 1971. 2) « Meurtre vital ». In recueil : *Champ mental*. [104]. [Cette édition ne reprend pas le prologue de Keith Laumer. Voir 116].

052. ***the Worlds of Frank Herbert***. London : New English Library, décembre. [Recueil composé de 031, 034, 026, 040, 035, 045, 013 & 025]. [Voir 054].

1971

053. « **Carthage: reflections of a Martian** ». In anthologie composée par Jane Hipolito & Willis E. McNelly : *Mars, we love you*. Garden City : Doubleday. [Poésie].

054. ***the Worlds of Frank Herbert***. New York : Ace. [Recueil composé du recueil 052 et de 042].

1972

055. « **Project 40** ». In : *Galaxy magazine*, novembre-décembre 1972, janvier-février & mars-avril 1973. En volume : *Hellstrom's hive*. Garden City : Nelson Doubleday/Science Fiction Book Club, 1973. En français : 1) « Projet 40 ». In : *Galaxie*, [2e série], nº 125, 126, 127, 128 & 129, octobre, novembre & décembre 1974, janvier & février 1975. 2) *la Ruche d'Hellstrom*. Albin Michel, 1977 (Super + fiction, nº 2). 3) J'ai lu, 1980 (nº 1139).

056. ***the God makers***. New York : G.P. Putnam's sons. [Roman composé à partir de 014, 016, 017, 018 et de textes inédits]. En français : *Et l'homme créa un dieu*. 1) Jean-Claude Lattès, 1979 (Titres SF, [nº 8]). 2) Presses Pocket, 1988 (Science-Fiction, nº 5304).

057. ***Soul catcher***. New York : G.P. Putnam's sons. En français : *le Preneur*

d'âmes. **1)** Seghers, 1981 (les Fenêtres de la nuit, [nº 7]). **2)** Presses Pocket, 1984 (Science-Fiction, nº 5175).

1973

058. ***the Book of Frank Herbert.*** New York : Daw, janvier. [Recueil composé de 050, 011, 008, 058*a*, 004, 006, 058*b*, « Encounter in a lonely place », 005 & 009].

058*a*. **« Gambling device ».** In recueil : *the Book of Frank Herbert.* [058]. En français : « Martingale ». In recueil : *Champ mental.* [104].

058*b*. **« Passage for piano ».** In recueil : *the Book of Frank Herbert.* [058]. En français : « Passage pour piano ». **1)** In recueil : *Frank Herbert.* [105]. **2)** In recueil : *le Prophète des sables.* [105].

059. **« Death of a city ».** In anthologie composée par Roger Elwood : *Future city.* New York : Trident.

1975

060. ***Dune messiah.*** New York : Berkley, septembre. [Version remaniée de : *Dune Messiah.* 047].

061. ***the Best of Frank Herbert.*** London : Sidgwick & Jackson. [Recueil composé par Angus Wells de 004, 005, 010 (extrait), 012, 020, 030, 034, 029 (extrait), 042, 038, 044 (extrait), 048 & 050]. [Voir 063 & 064].

1976

062. **« Children of Dune ».** In : *Analog science fiction-science fact,* janvier, février, mars & avril. En volume : *Children of Dune.* New York : Berkley, 1976. En français : *les Enfants de Dune.* **1)** [Extrait]. In : *Futurs,* [1re série], nº 2, juillet-août 1978. **2)** Robert Laffont, 1978 (Ailleurs et demain). **3)** Presses Pocket, 1983 (Science-Fiction, nº 5167). **4)** France loisirs, 1982. [Précédé de : *le Messie de Dune.* 047].

063. ***the Best of Frank Herbert, 1952-1964.*** London : Sphere. [Recueil composé par Angus Wells de 004, 005, 010 (extrait), 012, 020, 030]. [Première partie de : *the Best of Frank Herbert.* 061].

064. ***the Best of Frank Herbert, 1965-1970.*** London : Sphere. [Recueil composé par Angus Wells de 034, 029 (extrait), 042, 038, 044 (extrait), 048 & 050]. [Deuxième partie de : *the Best of Frank Herbert.* 061].

1977

065. ***the Heaven makers.*** New York : Ballantine, mars. [Version remaniée de : *the Heaven makers.* 044]. En français : *les Fabricants d'éden.* Jean-Claude Lattès, 1980 (Titres SF, nº 31).

066. **« the Dosadi experiment ».** In : *Galaxy science fiction,* mai, juin, juillet & août. En volume : *the Dosadi experiment.* New York : G.P. Putnam's sons, 1977. En français : *Dosadi.* **1)** Robert Laffont, 1979 (Ailleurs et demain). **2)** Presses Pocket, 1984 (Science-Fiction, nº 5186).

067. ***Whipping star.*** New York : Berkley, septembre. [Version remaniée de : *Whipping star.* 049].

1978

068. « **Come to the party** ». In : *Analog science fiction-science fact*, décembre. [En collaboration avec F.M. Busby]. En français : « Allons à la fête ». **1**) In anthologie composée par Jacques Sadoul : *Univers 1980*. J'ai lu, 1980 (nº 1093). **2**) In anthologie composée par Jacques Sadoul : *Anthologie de la littérature de Science-Fiction*. Ramsay, 1981.

069. ***Destination: void***. New York : Berkley, décembre. [Version remaniée de : *Destination: void*. 039]. En français : *Destination : vide*. **1**) Robert Laffont, 1981 (Ailleurs et demain). **2**) Presses Pocket, 1986 (Science-Fiction, nº 5220).

1979

070. « **Songs of a sentient flute** ». In : *Analog science fiction-science fact*, février. [Première version de : *the Jesus incident*. 074].

071. « **Frogs and scientists** ». In anthologie composée par James Baen : *Destinies*, vol. 1, nº 4. New York : Ace, août-septembre.

072. « **Feathered pigs** ». In anthologie composée par James Baen : *Destinies*, vol. 1, nº 5. New York : Ace, octobre-décembre.

073. ***the Great* Dune *trilogy***. London : Gollancz. [Recueil composé de 037, 060 & 062].

074. ***the Jesus incident***. New York : Berkley. [En collaboration avec Bill Ransom]. [Version remaniée de : « Songs of a sentient flute ». 070]. En français : *l'Incident Jésus*. **1**) Robert Laffont, 1981 (Ailleurs et demain). **2**) Presses Pocket, 1986 (Science-Fiction, nº 5241).

1980

075. ***Direct descent***. New York : Ace, octobre. [Roman composé à partir de 007 et de textes inédits].

076. ***the Priests of psi***. London : Gollancz. [Recueil composé de 027, 013, 051, 028 & 018].

1981

077. ***God emperor of Dune***. New York : G.P. Putnam's sons. En français : *l'Empereur-dieu de Dune*. **1**) Robert Laffont, 1982 (Ailleurs et demain). **2**) France loisirs, 1983. **3**) Presses Pocket, 1986 (Science-Fiction, nº 5245).

1982

078. ***the White plague***. New York : G.P. Putnam's sons. En français : *la Mort blanche*. **1**) Robert Laffont, 1983 (Ailleurs et demain). **2**) Librairie générale française, 1988 (le Livre de poche, nº 7087, Science-Fiction, [2ᵉ série]).

1983

079. ***the Lazarus effect***. New York : G.P. Putnam's sons. [En collaboration avec Bill Ransom]. En français : *l'Effet Lazare*. Robert Laffont, 1984 (Ailleurs et demain).

1984

080. ***Heretics of Dune***. London : Gollancz, avril. En français : *les Hérétiques de Dune*. 1) Robert Laffont, 1985 (Ailleurs et demain). [Épreuves non corrigées]. 2) Robert Laffont, 1986 (Ailleurs et demain). [Épreuves corrigées]. 3) France loisirs, 1986. 4) Presses Pocket, 1989 (Science-Fiction, à numéroter). [À paraître].
081. ***Four complete novels***. [?] : Avenel. [Recueil composé de 067, 066, 046 & 057].

1985

082. ***Chapterhouse Dune***. London : Gollancz, mars. [Autre titre : *Chapterhouse: Dune*]. En français : *la Maison des mères*. 1) Robert Laffont, 1986 (Ailleurs et demain). 2) France loisirs, 1987.
083. ***Eye***. New York : Berkley, novembre. [Recueil composé de 008, 010 (extrait), 012, 015, 027, 031, 042, 050, 051, 058*b*, 059 & 071].
084. « **Transcript: Mercury program** ». In anthologie composée par Byron Preiss : *the Planets*. New York : Bantam Spectra, décembre.

1986

085. ***Man of two worlds***. New York : G.P. Putnam's sons, mai. [En collaboration avec Brian Herbert]. En français : *l'Homme de deux mondes*. Robert Laffont, 1987 (Ailleurs et demain).

1987

086. ***the Second great* Dune *trilogy***. London : Gollancz, avril. [Recueil composé de 077, 080 & 082].

1988

087. ***the Ascension factor***. New York : G.P. Putnam's sons, janvier. [En collaboration avec Bill Ransom]. En français : *le Facteur ascension*. Robert Laffont, 1988 (Ailleurs et demain).
088. ***the Notebooks of Frank Herbert's* Dune**. New York : Putnam Perigee, juillet. [Recueil de citations extraites de la série "Dune", composé par Brian Herbert].

À paraître

089. « **Accidental Ferosslk** ». In anthologie composée par Harlan Ellison : *Last dangerous visions*.

Textes inédits

Manuscrits inédits conservés par l'université de Fullerton en Californie :

090. *Angels fall.* [Un des textes qui composent : *the Green brain.* 043].
091. « the Cage ».
092. *a Game of authors.*
093. *High-Opp.*
094. « the Illegitimate stage ».
095. « Iron maiden ».
096. « Little window ». [Non S.-F.].
097. « the Pinata that talked ».
098. « So many years ».
099. « a Thorn in the bush ». [Non S.-F.].
100. « the Waters of Kan-e ».
101. « What did he really mean by that? ».
102. « the Wrong cat ».
103. « the Yellow coat ». [Non S.-F.].

Recueils français sans équivalent en langue anglaise

104. *Champ mental.* Presses Pocket, 1987 (Science-Fiction, nº 5262). [Recueil composé par Patrice Duvic de 027, 051, 028, 058*a*, 006, 034 & 042]. [Cette édition fait référence à un recueil en langue américaine qui n'existe pas : *Try to remember and six other short stories*].
105. *Frank Herbert.* 1) Presses Pocket, 1978 (le Livre d'or de la Science-Fiction, nº 5018). 2) *le Prophète des sables.* Presses Pocket, 1989 (le Grand temple de la Science-Fiction, nº 5018). [À paraître]. [Recueils composés par Gérard Klein de 005, 030, 035, 009, 038, 004, 058*b*, 050, 020, 026, 040 & 048].
106. *les Prêtres du psi.* Presses Pocket, 1985 (Science-Fiction, nº 5198). [Recueil composé [par Patrice Duvic] de 018, 045, 008, 031, 013 & 011].

Cycles

107. *Dune.* Voir 037, 060, 062, 077, 080 & 082. Les deux derniers volumes auraient formé un sous-cycle à part entière avec le septième tome resté inachevé en raison du décès de Frank Herbert. Un nombre certain de thèmes de cette série se retrouvent en germe dans *the God makers* [056]. Voir aussi 114 & 115.
108. *Éden.* Voir 053 & 065.
109. *Fables and fairytales of the future.* Voir 071 & 072.
110. *Jorj X. McKie.* Voir 015, 031, 067, 066 & 101.
111. *Lewis Orne.* Voir 056.
112. *Medea.* Voir 070. Cette planète est le dénominateur commun d'une anthologie de Harlan Ellison : *Medea: Harlan's world.* West Bloomfield, Michigan : Phantasia, 1985.
113. *Nef.* Voir 069, 074, 079 & 087.

Textes d'auteurs divers en relation avec l'œuvre de Frank Herbert

114. *the Dune encyclopedia*. New York : Berkley, juin 1984. [Recueil de textes divers et d'illustrations décrivant les personnages, l'histoire, la géographie, les coutumes, les sciences, les arts, etc., de Dune composé par Willis E. McNelly et approuvé par Frank Herbert, mais qui s'écarte suffisamment de l'original pour que l'on puisse le considérer comme une œuvre de fiction à part entière].

115. *the Dune storybook*. New York : G.P. Putnam's sons, octobre 1984. [Adaptation pour la jeunesse, par Joan D. Vinge, du scénario de *Dune*, film réalisé par David Lynch]. En français : *Dune : l'album du film*. Hachette, 1985 (Jeunesse).

116. *Five fates*. Garden City : Doubleday, 1970. [Anthologie composée par Keith Laumer de 116*a*, 051, 116*b*, 116*c* & 116*d*]. [Un prologue de Keith Laumer est commun à tous les textes de ce volume].

116*a*. « Fatal fulfillment ». In : *the Magazine of fantasy and science fiction*, mars 1970. [Texte de Poul Anderson reprenant un prologue de Keith Laumer. Voir 116]. En français : « Destins en chaîne ». In : *Fiction*, nº 209, mai 1971.

116*b*. « Walker between the planes ». In : *Worlds of fantasy*, vol. 1, nº 2, [automne] 1970. [Autre titre : *Maverick*]. [Texte de Gordon R. Dickson reprenant un prologue de Keith Laumer. Voir 116].

116*c*. « the Region between ». In : *Galaxy science fiction magazine*, mars 1970. [Texte de Harlan Ellison reprenant un prologue de Keith Laumer. Voir 116]. En français : « la Région intermédiaire ». In : *Galaxie*, [2e série], nº 85, juin 1971.

116*d*. « Of death what dreams ». In : *Worlds of tomorrow*, vol. 5, nº 1, [été] 1970. [Texte de Keith Laumer reprenant un prologue de Keith Laumer. Voir 116].

116*e*. « Locogringotroisième ». In : *Fiction*, nº 239, novembre 1973. [Texte français de Bernard Mathon reprenant un prologue de Keith Laumer. Voir 116].

Version 2.0 — Quarante-Deux — 7 décembre 1988

INDEX DES TITRES

F

G

H

I

J-K

L

M

N

O

P-Q

R

S

T

U

V

W-X

Y-Z

TABLE DES MATIÈRES

FRANK HERBERT

DUNE T. 1

Il n'y a pas, dans tout l'Empire, de planète plus inhospitalière que Dune. Partout des sables à perte de vue. Une seule richesse : l'épice de longue vie, née du désert, et que tout l'univers achète à n'importe quel prix.

Richesse très convoitée : quand Léto Atréides reçoit Dune en fief, il flaire le piège. Il aura besoin des guerriers Fremen qui, réfugiés au fond du désert, se sont adaptés à une vie très dure en préservant leur liberté, leurs coutumes et leur foi mystique. Ils rêvent du prophète qui proclamera la guerre sainte et qui, à la tête des commandos de la mort, changera le cours de l'histoire.

Cependant les Révérendes Mères du Bene Gesserit poursuivent leur programme millénaire de sélection génétique ; elles veulent créer un homme qui concrétisera tous les dons latents de l'espèce. Tout est fécond dans ce programme, y compris ses défaillances.

Le Messie des Fremen est-il déjà né dans l'Empire ?

FRANK HERBERT

DUNE T. 2

Paul Atréides vient d'avoir quinze ans. Les Révérendes Mères le surveillent : il est issu d'une lignée sélectionnée et a montré dès l'enfance des dons extraordinaires. Serait-il le surhomme prévu par leur programme génétique ?

Leto, le père de Paul, est parent de l'empereur ; celui-ci lui remet en fief Dune, la planète des sables, qui produit l'épice de longue vie. Les Harkonnen, ses vieux ennemis, lui tendront là un piège fatal. Paul fuit dans le désert auprès des Fremen, ces nomades aguerris par les épreuves et soutenus par une foi farouche. Une foi que le jeune homme va galvaniser pour préparer sa vengeance.

Mais le destin peut-il s'accomplir sans un effroyable carnage ? Les Révérendes Mères sélectionnent des lignées depuis des millénaires et le chaos qui s'annonce risque de mêler tous les sangs dans le désordre. Le Messie des Fremen a, dit-on, le pouvoir de lire l'avenir. Aura-t-il celui de l'éviter ?

FRANK HERBERT

LES ENFANTS DE DUNE

Sur Dune, la planète des sables, les prophéties s'accomplissent : le désert devient jardin. Du coup, les vers géants se font rares et l'Epice de prescience vient à manquer. Tout ce qui reste de l'épopée de Muad'Dib, c'est un empire conquis, des guerriers déchus, des prêtres tentés par la théocratie. Et les deux jumeaux, Leto et Ghanima, qui portent en eux les souvenirs d'innombrables générations. Y compris, peut-être, l'antique Abomination redoutée par les sœurs du Bene Gesserit et prête à revenir du passé génétique pour faire basculer l'univers dans le cauchemar. Les morts dominent les vivants. Leto devra affronter les uns et les autres en un combat sans merci dont l'enjeu est plus que la prescience, plus que la longévité : au moins la toute-puissance, et peut-être l'immortalité.

FRANK HERBERT

L'EMPEREUR-DIEU DE DUNE

Leto Atréides, l'Empereur-Dieu de Dune, est désormais un ver de sable à face humaine. A peu près invulnérable et immortel, il a entrevu dans l'avenir une terrible menace : l'extinction de l'espèce humaine. Pour la conjurer, il fait respecter impitoyablement, dans l'univers humain, son ordre, le Sentier d'Or. L'Empire a connu trente-cinq siècles de paix. La Guilde et le Bene Gesserit ont les mains liées : c'est Leto qui contrôle sur Dune les dernières réserves de l'indispensable épice. Les Tleilaxu et les Ixiens n'ont pas désarmé : les premiers livrent régulièrement à l'emperuer des répliques piégées de son fidèle ghola, Duncan Idaho ; les seconds lui envoient Hwi Noree, la femme parfaite, issue d'une éprouvette et chargée à son insu de le séduire et de le détruire. Leto, par sa prescience, voit un avenir où il sera séduit ; il voit aussi que pour sauver l'humanité de la mort, il peut être amené à se sacrifier lui-même et à sacrifier la femme qu'il aimera, et qui réveille d'anciens souvenirs. *L'Empereur-Dieu de Dune* est peut-être le livre le plus émouvant de cette série sans équivalent.

FRANK HERBERT

ET L'HOMME CRÉA UN DIEU

A peine sorti de l'Ecole de Paix, Lewis Orne est envoyé en mission sur une des planètes perdues, qu'on vient de redécouvrir. L'Empire galactique, démantelé par la guerre des Marches, est en voie de réunification, et il faut empêcher le développement de civilisations guerrières dans les humanités séparées. Les hommes sont marqués par les horreurs de la guerre et la répression ne les aide pas à rééquilibrer leurs vies. Mais Orne devine leurs problèmes et les résout comme par enchantement. Serait-il un foyer psi, un faiseur de miracles, un dieu en puissance ?

Ceux qui le manipulent — le gouvernement, les prêtres du Surdieu, le contre-pouvoir secret des Nathians — jouent peut-être un jeu dangereux : créature devenue créateur, il peut causer douleur et souffrance. Sauf en trouvant le moyen d'apprivoiser la haine et la panique.

Deviendra-t-il maître de lui ? de l'univers ? des deux à la fois ?

FRANK HERBERT

L'ÉTOILE ET LE FOUET

Dans toute la galaxie, on emprunte couramment les portes dans l'espace. Comme les hommes d'autrefois prenaient l'autobus. Grâce aux portes, on franchit instantanément des milliers d'années-lumière. Grâce à elles, des milliers de civilisations ont fait un gigantesque bond en avant.

Seulement les portes sont inexplicables. Et les Calibans, qui les ont introduites, sont incompréhensibles. Même quand ils cherchent à se faire comprendre. Pourquoi pas, puisque tout marche bien ?

Les choses tournent mal quand les Calibans commencent à disparaître. Un peu partout, les êtres intelligents sont frappés de folie et de mort. Bientôt il ne reste plus qu'un seul Caliban. S'il disparaît à son tour, il n'y aura plus de portes, et tous ceux qui les ont empruntées, même une seule fois, seront condamnés à mourir.

McKie, du Bureau du Sabotage, a du pain sur la planche. Comment communiquer avec le Caliban ?

Achevé d'imprimer en février 1998
sur les presses de l'Imprimerie Bussière
à Saint-Amand (Cher)

POCKET - 12, avenue d'Italie - 75627 Paris Cedex 13
Tél. : 01-44-16-05-00

— N° d'imp. 193. —
Dépôt légal : 1er trimestre 1978.

Imprimé en France

[redacted]

[redacted]

Les Galaxies de la Science-fiction

HERBERT
La maison des mères

Les Planètes de la Science-Fantasy

McCAFFREY
Le dragon blanc

Les Univers de la Fantasy

MOORCOCK
La quête de Tanelorn

Les Abîmes de la Dark Fantasy

LOVECRAFT
La trace de Cthulhu